白居易集箋校

三

〔唐〕白居易 著

朱金城 箋校

上海古籍出版社

白居易集箋校卷第十五

律詩　五言　七言　自兩韻至一百韻　凡九十九首

渭村退居寄禮部崔侍郎翰林錢舍人詩一百韻

聖代元和歲，閑居渭水陽。不才甘命舛，多幸遇時康。朝野分倫序，賢愚定否臧。重文疏卜式，尚少棄馮唐。由是推天運，從兹樂性場。籠禽放高翥，霧豹得深藏。世慮休相擾，身謀且自强。猶須務衣食，未免事農桑。薙草通三徑，開田占一坊。晝扉扃白版，夜碓掃黄粱。隙地治場圃，閑時糞土疆。枳籬編刺夾，薤壟擘科秧。穡力嫌身病，農心願歲穰。朝衣典盃酒，佩劍博牛羊。困倚栽松鍤，飢提採蕨筐。引泉來後澗，移竹下前岡。生計雖勤苦，家資甚渺茫。塵埃常滿甑，錢帛少盈囊。弟病仍扶杖，妻愁不出房。傳衣念襤褸，舉案笑糟糠。犬吠村胥鬧，蟬鳴織婦忙。納租看縣帖，輸粟問軍倉。夕歇攀村樹，秋行繞野塘。雲容陰慘澹，月色冷悠揚。蕎麥鋪花白，棠梨間葉黄。早寒風摵摵，新霽月蒼蒼。園菜迎霜死，庭蕪過雨荒。簷空愁宿燕，壁闇思啼螿。眼爲看書損，肱因運甓傷。病骸渾似木，老鬢欲成霜。少睡知年長，端憂覺夜長。舊遊多廢忘，往事偶思量。忽憶煙霄路，常陪劍履行。登朝思檢束，入閤學趨蹌。命偶風雲會，恩覃雨露霶。沾枯發枝葉，磨鈍起鋒鋩。崔閣連鑣鶩，錢兄接翼翔。齊竽混韶夏，燕石廁琳琅。同日升金馬，分宵直未央。共詞加寵命，合表謝恩光。廐馬驕初跨，天廚味始嘗。朝晡頒餅餌，寒暑賜衣裳。對秉鵝毛筆，俱含雞舌香。青縑衾薄絮，朱裏幕高張。晝食恒連案，宵眠每並牀。差肩承詔旨，連署進封章。起草偏同視，疑文最共詳。滅私容點竄，窮理析毫芒。便共輸肝膽，何曾異肺腸？慎微參石奮，決密學張湯。禁闥青交瑣，宮垣紫界牆。井欄排菡萏，簷瓦鬬鴛鴦。樓額題鳷鵲，池心浴鳳凰。風枝萬年動，温樹四時芳。宿露凝金掌，晨暉上璧璫。砌筠塗緑粉，庭果滴紅漿。曉從朝興慶，春陪宴柏梁。傳呼鞭索索，拜舞珮鏘鏘。仙仗環雙闕，神兵闢兩廂。火翻紅尾旆，冰卓白竿槍。滉瀁經魚藻，深沉近浴堂。分庭皆命婦，對院即儲皇。貴主冠浮動，親王轡鬧裝。金鈿相照耀，朱紫間熒煌。毬簇桃花騎，歌巡竹葉觴。窪去銀中貴帶，昂黛內人粧。賜禊東城下，頒酺曲水傍，樽罍分聖酒，妓樂借仙倡。淺酌看紅藥，徐吟把綠楊。宴迴過御陌，行歇入僧房。白鹿原東脚，青龍寺北廊。望春花景暖，避暑竹風涼。下直閑如社，尋芳醉似狂。有時還後到，無處不相將。雞鶴初雖雜，蕭蘭久乃彰。來燕隗貴重，去魯孔恓惶。聚散期難定，飛沉勢不常。五年同晝夜，一別似參商。屈折孤生竹，銷摧百鍊鋼。途窮任憔悴，道在肯彷徨？尚念遺簪折，仍憐病雀瘡。卹寒分賜帛，救餒減餘糧。藥物來盈裹，書題寄滿箱。殷勤翰林主，珍重禮闈郎。呴沫誠多謝，摶扶豈所望？提攜勞氣力，吹簸不飛揚。拙劣才何用？龍鍾分自當。粧嫫徒費黛，磨甎詎成璋？習隱將時背，干名與道妨。外身宗老氏，齊物學蒙莊。疏放遺千慮，愚蒙守一方。樂天無怨歎，倚命不劻勷。憤懣胸須豁，交加臂莫攘。珠沉猶是寶，金躍未爲祥。泥尾休搖掉，灰心罷激昂。漸閑親道友，因病事醫王。息亂歸禪定，存神入坐亡。斷癡求慧劍，濟苦得慈航。不動爲吾志，無何是我鄉。可憐身與世，從此兩相忘！

【箋】

作於元和九年（八一四），四十三歲，下邽。城按：此詩陳譜繫於元和五年，非是。陳譜云：「『五年同晝夜，一別似參商。』自二年爲學士至此五年。崔謂崔羣，嘗同狀謝官，故又云『共詞加寵命，合表謝恩光』也。」二年至五年，前後僅四年，安可云「五年同晝夜」？據丁居晦重修承旨學士壁記，元和六年，崔羣庫部郎中、知制誥，錢徽祠部郎中，何得題稱禮部崔侍郎及錢舍人？至元和九年六月二十六日，崔始出拜禮部侍郎。八年五月九日，錢徽轉司封郎中、知制誥（唐人知制誥得稱舍人）。而居易元和九年入朝。合此推之，是詩斷爲九年秋所作無疑。又按：唐代翰林學士獨稱内相，親近宮廷，他司無比。此詩言之頗詳。參見容齋隨筆卷四。

〔禮部崔侍郎〕崔羣。元和九年遷禮部侍郎，見舊書卷一五九本傳。丁居晦重修承旨學士壁記：「（元和）九年六月二十六日出院，拜禮部侍郎。」白氏有答崔侍郎錢舍人書問因繼以詩（卷七）、寄李相公崔侍郎錢舍人（卷十六）等詩及答户部崔侍郎書（卷四五），蓋又由禮部轉户部也。

〔錢舍人〕錢徽。舊書卷一六八、新書卷一七七有傳。重修承旨學士壁記：「錢徽，元和三年八月二十六日自祠部員外郎充。六年四月二十五日加本司郎中。八年五月九日轉司封郎中、知制誥。十一月賜緋。十年七月二十三日遷中書舍人。十一月出守本官。」白氏有登龍昌上寺望江南山懷錢舍人（卷十一）、得錢舍人書問眼疾（卷十四）、寄李相公崔侍郎錢舍人（卷十六）等詩。

〔忽憶烟霄路以下八十四句〕何義門云：「忽憶以下四十二韻，連敘内署事，大都可作故實。」

〔崔閣連鑣鶩二句〕據丁居晦重修承旨學士壁記，崔羣及白居易於元和二年十一月六日同日入充翰林學士，故曰「崔閣連鑣鶩」，又曰「同日升金馬」。錢徽約後九月入，故曰「錢兄接翼翔」。

〔金馬〕金馬門。見卷十四答馬侍御見贈詩箋。

〔未央〕未央宫。三輔黄圖卷二：「未央宫：漢書曰：高祖七年，蕭何造未央宫。」長安志卷三引括地志云：「未央宫在長安故城中，近西南隅。」

〔興慶〕興慶宫。在長安興慶坊。又曰南内。兩京城坊考卷一：「武后大足元年，睿宗在藩，賜爲五王子宅，明皇始居之。……開元二年置宫，以本坊爲名。十四年，又取永嘉、勝業之半增廣之，置朝堂。十六年正月，以宫成御朝，德音釋徒以下罪。二十年，築夾城入芙蓉園，自大明宫夾東羅城複道，經通化門、觀以達此宫，次經春明、延興門至曲江芙蓉園，而外人不之知也。」

〔柏梁〕柏梁臺。在長安未央宫。三輔黄圖卷五：「柏梁臺：武帝元鼎二年春起，此臺在長安城中北關内。三輔舊事云：以香柏爲梁也。帝嘗置酒其上，詔羣臣和詩，能七言詩者乃得上。太初中災。」長安志卷三：「漢書：武帝元鼎元年春起柏梁臺。」

〔魚藻〕魚藻宫。兩京城坊考卷一：「魚藻宫：貞元十二年浚魚藻池，深一丈。又發神策軍二千人浚之。唐會要：宫去宫城十三里，在禁苑神策軍後。宫有九曲山池。貞元十三年詔，魚藻池先深一丈，更淘四尺。通鑑注言自東内苑光化門入禁苑，魚藻宫在其西。按：玉海云：禁苑池中有山，山上建魚藻宫，在大明宫北。則胡氏説非也。」

〔浴堂〕浴堂殿。見卷四陵園妾詩箋。

〔親王轡鬧裝〕胡應麟少室山房筆叢藝林學山三：「京師鬧裝帶，其名始於唐。樂天詩：『貴主冠浮動，親王帶鬧裝。』薛田詩：『九苞綰就佳人髻，三鬧裝成子弟韉。』曲有『角帶鬧黃鞓』，今作『傲』，非也。（以上見楊慎升庵集藝林伐山）應麟按：樂天寄翰林學士詩：『貴主冠浮動，親王轡鬧裝。』白集及文獻通考俱同（通考翰林院類引此詩），非帶字也。薛田『九苞綰就佳人髻，三鬧裝成子弟韉』，正用樂天語。韉與轡互證自明。楊因近有鬧裝帶之名，遂改白詩『轡』字爲『帶』，以附會之。又改元調『傲黃』爲『鬧黃』。噫！亦大橫矣。（傲黃，蓋顔色之名。如楊説，則裝可鬧，黃亦可鬧；帶可鬧裝，鞓亦鬧裝耶？）鬧裝帶，余遊燕日，嘗見於東市中，合衆寶雜綴而成，故曰鬧裝。白詩之『轡』，薛詩之『韉』，蓋皆此類。」城按：白氏和高僕射罷節度讓尚書授少保分司喜遂游山水之作（卷三一）云：「鞍轡鬧裝光滿馬，何人信道是書生。」則以胡氏之言爲是。

〔白鹿原〕見卷十三城東閑遊詩箋。

〔青龍寺〕見卷九青龍寺早夏詩箋。

〔五年同晝夜〕居易以元和二年入翰林，六年出翰林，作詩時追計其共事之日，故曰「五年同晝夜」也。

〔倚命不劻勷〕何義門云：「劻勷是擾攘之意，今人無不誤用矣。」

【校】

〔九十九首〕宋本、那波本、馬本俱誤作「一百首」，據汪本改正。

〔薙草〕「薙」下馬本注云：「他計切，又音雉。」

〔扃白版〕「扃」，馬本訛作「肩」，據宋本、那波本、汪本、全詩、查校、盧校改正。

〔薤壟〕「薤」，馬本注云：「何戒切，韮菜也。」

〔歲穰〕「穰」下馬本注云：「如羊切。」

〔家資〕「資」，馬本訛作「貧」，據宋本、那波本、汪本、全詩改正。

〔襤褸〕宋本、那波本、全詩、盧校俱作「繿縷」。汪本注云：「一作『繿縷』。」全詩注云：「一作『襤褸』。」又馬本「襤」下注云：「盧監切。」「褸」下注云：「兩舉切。」城按：襤褸同繿縷。

〔搣搣〕宋本作「槭槭」。

〔朝晡〕「晡」，馬本注云：「奔摸切。」

〔析毫芒〕「析」，馬本訛作「折」，那波本作「辯」，亦非。據宋本、汪本、全詩、何校、盧校改正。

〔學張湯〕「學」，盧校同馬本。宋本、那波本、汪本、全詩俱作「與」。全詩注云：「一作『學』。」

〔宮垣〕「宮」，馬本、汪本俱作「官」，非。據宋本、那波本、查本、盧校改正。全詩注云：「一作『官』。」亦非。

〔鳷鵲〕「鳷」下馬本注云：「旨而切。」

〔璧璫〕「璧」，宋本、那波本俱訛作「壁」。

〔對院〕「院」，馬本作「面」，非。據宋本、那波本、汪本、盧校改。城按：容齋隨筆引此詩亦作

「院」，是也。全詩注云：「一作『面』。」亦非。

〔桃花騎〕「騎」，馬本、全詩俱訛作「綺」。據宋本、那波本、汪本、盧校改正。按：容齋隨筆亦作「騎」，是也。

〔窪銀〕「窪」下小注「去」字，那波本、馬本、汪本俱無，據宋本、全詩增。又「窪」下馬本注云：「烏瓜切。」

〔賜禊〕「禊」下馬本注云：「胡計切。」

〔頒餔〕「餔」下馬本注云：「昆逋切。」

〔東脚〕「脚」，那波本、馬本、汪本俱作「郭」，據宋本、全詩、盧校改。汪本注云：「一作『脚』。」全詩注云：「一作『郭』。」

〔參商〕「參」下馬本注云：「疏簪切。」

〔百鍊鋼〕「鋼」，宋本、那波本、盧校俱作「剛」。全詩注云：「一作『剛』。」城按：鋼、剛字通。

〔徬徨〕宋本、那波本、盧校俱作「憧惶」。汪本注云：「一作『憧惶』。」全詩注云：「一作『憧徨』。」

〔磨甋〕「甋」下馬本注云：「丁歷切，磚也。」

酬盧秘書二十韻 時初奉詔除贊善大夫。

謬歷文場選，慚非翰苑才。雲霄高暫致，毛羽弱先摧。識分忘軒冕，知歸返草萊。杜陵書積蠹，豐獄劍生苔。晦厭鳴雞雨，春驚震蟄雷。舊恩收墜履，新律動寒灰。鳳詔容徐起，鵷行許重陪。衰顔雖拂拭，蹇步尚徘徊。睡少鐘偏警，行遲漏苦催。風霜趁朝去，泥雪拜陵迴。上感君猶念，傍慚友或推。石頑鐫費匠，女醜嫁勞媒。倏忽青春度，奔波白日頽。性將時共背，病與老俱來。聞有蓬壺客，知懷杞梓材。世家標甲地，官職滯麟臺。筆盡鉛黄點，詩成錦繡堆。嘗思豁雲霧，忽喜訪塵埃。心爲論文合，眉因勸善開。不勝珍重意，滿袖寫瓊瓌。

【箋】

作於元和十年（八一五），四十四歲，長安，太子左贊善大夫。陳譜及汪譜均繫此詩於元和九年，非是。城按：居易以元和九年冬入朝，詩云「春驚震蟄雷」，當係十年春所作。元集卷十二有酬盧秘書詩。

〔盧秘書〕盧拱。元和十年間爲秘書郎。元集卷十二酬盧秘書詩序云：「予自唐歸京之歲，秘書郎盧拱作喜遇白贊善學士詩二十韻，兼以見貽。白時酬和先出，予草蹙未暇皇，頻有致師之挑。」白氏又有題盧秘書夏日新栽竹二十韻（本卷），戲題盧秘書新移薔薇（本卷）兩詩，均係酬拱之作。

〔石頑鐫費匠二句〕清康發祥伯山詩話後集卷三：「白香山有句云：『石頑鐫費匠，女醜嫁勞媒。』蓋猶是鐫石也，而頑石則費匠民之力；猶是嫁女也，而醜女則勞媒妁之心。」

【校】

〔題〕此下那波本無注。

〔徘徊〕宋本、那波本、全詩、盧校俱作「低徊」。汪本「徘」下注云：「一作『低』。」全詩「低」下注云：「一作『徘』。」

〔泥雪〕「泥」，馬本、汪本俱作「雨」，據宋本、那波本、全詩、盧校改。汪本注云：「一作『泥』。」全詩注云：「一作『雨』。」

〔費匠〕「匠」，馬本、宋本、那波本俱作「力」，據汪本、全詩、盧校改。汪本、全詩俱注云：「一作『力』。」

〔白日穨〕「白日」，馬本、汪本俱作「白石」，非。據宋本、那波本、全詩、盧校改。「石」，汪本注云：「一作『日』。」「日」，全詩注云：「一作『石』。」又「穨」，宋本作「積」，字通。

〔甲地〕「地」，馬本、汪本、全詩俱作「第」，非。城按：何校云：「宋刻作『地』，『甲地』謂甲乙族姓也。」則作「地」是，據宋本、那波本、何校、盧校改正。全詩注云：「一作『地』。」

題盧秘書夏日新栽竹二十韻

湘竹初封植，盧生此考槃。久持霜節苦，新託露根難。等度須當砌，疏稠要滿欄。買憐分薄俸，栽稱作閑官。葉翦藍羅碎，莖抽玉琯端。幾聲清淅瀝，一簇綠檀欒。未夜青嵐入，先秋白露團。拂肩搖翡翠，熨手弄琅玕。韻透窗風起，陰鋪砌月殘。炎天聞覺冷，窄地見疑寬。梢動勝搖扇，枝低好挂冠。碧籠煙羃羃，珠灑雨珊珊。晚籜晴雲展，陰芽蟄虺蟠。愛從抽馬策，惜未截魚竿。松韻徒煩聽，桃夭不足觀。梁慚當家杏，臺陋本司蘭。古詩云：「盧家蘭室杏爲梁。」又秘書府即蘭臺也。撐撥詩人興，勾牽酒客歡。静連蘆簟滑，涼拂葛衣單。豈止消時暑？應能保歲寒。莫同凡草木，一種夏中看。

【箋】

作於元和十年（八一五），四十四歲，長安，太子左贊善大夫。唐宋詩醇卷二三：「正寫、旁寫、虛寫、實寫，曲盡新栽竹之趣。彫鎪組織，異樣新鮮，既不笨拙，又不纖巧，此變盛唐之格調而自出機杼者也。晚唐以後，多學此種。」

〔盧秘書〕見前一首酬盧秘書二十韻詩箋。并參見本卷題盧秘書新移薔薇詩。

【校】

〔須當砌〕英華作「雖當户」，注云：「集作『須當砌』。」全詩「須」下注云：「一作『雖』。」「砌」下注云：「一作『户』。」何校：「作『當户』乃與『等度』二字相應也。」

〔白露團〕「團」，英華作「漙」，注云：「集作『團』。」全詩、汪本俱注云：「一作『漙』。」

〔拂肩〕「肩」，英華作「樓」，注云：「集作『肩』。」

〔熨手〕「熨」，馬本訛作「慰」。據宋本、那波本、汪本、全詩、盧校改正。

〔韻透〕「透」，英華作「遶」。

〔冪冪〕此下馬本注云：「莫狄切。」又全詩作「幕幕」。

〔晚籜〕「晚」，英華作「曉」。汪本、全詩俱注云：「一作『曉』。」「籜」下馬本注云：「他各切。」

〔煩聽〕「煩」，英華、何校俱作「頻」。

〔撐撥〕「撐」，那波本、汪本、全詩俱作「撑」。盧校云：「按唐韻：撐，撥也。撑同。」

渭村酬李二十見寄

百里音書何太遲？暮秋把得暮春詩。柳條緑日君相憶，梨葉紅時我始知。莫歎學官貧冷落，猶勝村客病支離。形容意緒遥看取，不似華陽觀裏時。

【箋】

作於元和九年（八一四），四十三歲，下邽。

〔渭村〕見卷十渭村雨歸詩箋。

〔李二十〕李紳。見卷十三看渾家牡丹花戲贈李二十詩箋。并參見代書詩一百韻寄微之（卷十三）、遊城南留元九李二十晚歸（卷十五）、靖安北街贈李二十（卷十五）等詩。

〔莫歎學官貧冷落〕時李紳任國子助教。

〔不似華陽觀裏時〕華陽觀見卷五永崇里觀居詩箋。城按：永貞元年至元和元年，白居易與元稹居華陽觀準備應制試，時紳亦至長安應進士試，三人過從甚密。白氏代書詩一百韻寄微之詩自注：「謂自冬至夏頻改試期，竟與微之堅待制試也。」又靖安北街贈李二十詩云：「還似往年安福寺，共君私試却回時。」可以想見當時文字切磋之情景。

初授贊善大夫早朝寄李二十助教

病身初謁青宮日，衰貌新垂白髮年？寂寞曹司非熱地，蕭條風雪是寒天。遠坊早起常侵鼓，瘦馬行遲苦費鞭。一種共君官職冷，不如猶得日高眠。

【箋】

作於元和九年（八一四），四十三歲，長安，太子左贊善大夫。見陳譜。

〔李二十助教〕李紳。舊書卷一七三、新書卷一八一有傳。城按：元和四年紳至長安爲校書郎。八年至九年間任國子助教。據此詩及上一首渭村酬李二十見寄詩可證。舊、新書本傳謂紳

「元和初登進士第，釋褐國子助教」，非是。白氏又有東南行一百韻寄李二十助教員外等詩（卷十六）可參看。

【校】

〔熱〕宋本作「熟」。何校：「『熱』，宋刻作『熟』，黄無改。」

欲與元八卜鄰先有是贈

平生心迹最相親，欲隱牆東不爲身，明月好同三徑夜，緑楊宜作兩家春。每因暫出猶思伴，豈得安居不擇鄰？可獨終身數相見，子孫長作隔牆人。

【箋】

作於元和十年（八一五），四十四歲，長安，太子左贊善大夫。查慎行白香山詩評：「『明月好同三徑夜，緑楊宜作兩家春』對更好。」何義門云：「結句欲遠及子孫，第五却言暫出，轉掣不測。」唐宋詩醇卷二三：「句句細貼，一層深一層。」兩京城坊考卷三：「按白居易詩，每言與元八卜鄰，其後哭元尹詩云：『水竹鄰居竟不成』，是終未結鄰也。」城按：元宗簡宅在長安昇平坊，白時居昭國坊，地雖鄰近，然亦非隔牆之鄰，其和元八侍御升平新居四絶句自注云：「時方與元八卜鄰」，亦指欲卜鄰而言也。又按：白氏六帖事類集卷第三：「晏子曰：唯鄰是卜。」又云：「二三子先卜鄰矣。」亦可與此詩參證。

〔元八〕元宗簡。見卷六東陂秋意寄元八詩箋。

〔平生心迹最相親〕何義門云：「起句含蓋全篇。」

〔豈得安居不擇鄰四句〕何義門云：「後四句變化生動。」

〔可獨〕即「豈獨」之意。與白氏與諸客空腹飲詩「醉後歌尤異，往來舞可難」句中之「可」字意同。見敦煌變文字義通釋第六篇釋虚字。

【校】

〔可獨〕「可」，馬本、全詩俱訛作「何」。據宋本、那波本、汪本改正。詳見前箋。

遊城南留元九李二十晚歸

老遊春飲莫相違，不獨花稀人亦稀。更勸殘盃看日影，猶應趁得鼓聲歸。

【箋】

作於元和十年（八一五），四十四歲，長安，太子左贊善大夫。城按：元和十年正月，元稹自唐州召還長安（見元稹酬樂天東南行詩自注），與白居易、樊宗師、李紳等同遊長安城南，復出爲通州司馬。是年三月二十九日，與居易别于鄠東蒲池村。又白氏與元九書（卷四五）云：「如今年春遊城南時，與足下馬上相戲，因各誦新豔小律，不雜他篇。自皇子陂歸昭國里，迭吟遞唱，不絕聲者二十里餘，樊、李在傍，無所措口。」與此詩相證，知爲李紳，而非李建。

〔城南〕長安城南。

〔元九〕元稹。見卷一酬元九對新栽竹有懷見寄詩箋。

〔李二十〕李紳。見卷十三看渾家牡丹花戲贈李二十詩箋。并參見代書詩一百韻寄微之（卷十三）及本卷渭村酬李二十見寄、靖安北街贈李二十等詩。

廣宣上人以應制詩見示因以贈之詔許上人居安國寺紅樓院以詩供奉

道林談論惠休詩，一到人天便作師。香積筵承紫泥詔，昭陽歌唱碧雲詞。紅樓許住請平銀鑰，翠輦陪行蹋玉墀。惆悵甘泉曾侍從，與君前後不同時。

【箋】

作於元和十年（八一五），四十四歲，長安，太子左贊善大夫。何義門云：「廣宣幾欲自比慧琳，假天子餘寵以邀結朝士。落句淡得妙，言外亦隱然偶不同時，不爲顏監耳。惆悵二字含糊兩借，此詩人之譎也。」又云：「前六句文與而實不與，觀第四固戲之也。」

〔廣宣上人〕姓廖氏，蜀中人。與劉禹錫最善。元和、長慶兩朝並爲内供奉。賜居安國寺紅樓院。有紅樓集，今存詩十七首，編爲一卷。見全詩卷八二二小傳。新書卷六〇藝文志録有僧廣宣與令狐楚倡和集一卷。國史補卷中云：「韋相貫之爲尚書右丞入内，僧廣宣贊門曰：『竊聞閣下不久拜相。』貫之叱曰：『安得不軌之言！』命紙草奏，僧恐懼走出。」則廣宣乃奔走於公卿之門者。劉禹錫有送慧則法師歸上都因呈廣宣上人及廣宣上人寄在蜀與韋令公唱和詩卷因以令公手札答詩示之兩詩，韓愈有廣宣上人頻見過詩，楊巨源有和權相公南園閑涉寄廣宣上人詩，均見文苑英華卷二二一。又楊巨源送定師歸蜀詩自注云：「法師即詩僧廣宣兄弟。」

〔安國寺紅樓院〕安國寺在長安朱雀門街東第四街長樂坊。原爲睿宗在藩舊宅，景雲元年立爲寺，以本封「安國」爲名。酉陽雜俎續集卷五：「長樂坊安國寺紅樓，睿宗在藩時舞榭。」兩京城坊考卷三：「寺有紅樓，睿宗在藩時舞榭。元和中，廣宣上人住此院，有詩名，時號爲『紅樓集』。……南部新書：『長安名德多聚安國寺。』」

【校】

〔題〕英華題中無「許」字。

〔惠休〕「休」，那波本訛作「休」。

〔人天〕「天」，英華作「間」。汪本、全詩俱注云：「一作『間』。」

〔請銀鑰〕「請」下馬本、汪本、那波本俱無小注，據宋本、英華、全詩增。

〔甘泉〕「甘」，英華訛作「耳」。

重過秘書舊房因題長句　時爲贊善大夫。

閣前下馬思徘徊，第二房門手自開。昔爲白面書郎去，今作蒼鬚贊善來。吏人不識多新補，松竹相親是舊栽。應有題牆名姓在，試將衫袖拂塵埃。

【箋】

作於元和十年（八一五），四十四歲，長安，太子左贊善大夫。元集卷二〇有和樂天過秘閣書省舊聽詩。

【校】

〔徘徊〕全詩作「裴回」。城按：徘徊亦作裴回。

〔蒼鬚〕「鬚」，馬本、汪本俱作「頭」，非。據宋本、那波本、全詩、何校、盧校改正。汪本注云：「一作『鬚』。」全詩注云：「一作『頭』。」

重到城七絶句

見元九

容貌一日減一日，心情十分無九分。每逢陌路猶嗟歎，何況今朝是見君。

【箋】作於元和十年（八一五），四十四歲，長安，太子左贊善大夫。城按：元和十年正月，元稹自唐州召還，月末至長安。三月二十五日再出爲通州司馬。元白即在此時相見。〔元九〕元稹。見卷一酬元九對新栽竹有懷見寄詩箋。

【校】〔重到城七絶句〕宋本、那波本俱作「重到城見元九七絶句」，後無「見元九」分題。萬首作「重見元九」。俱誤。

高相宅

青苔故里懷恩地，白髮新生抱病身。涕淚雖多無哭處，永寧門館屬他人。

【箋】作於元和十年（八一五），四十四歲，長安，太子左贊善大夫。元集卷十九有和樂天高相宅詩。

（高相宅）高郢宅第，在長安朱雀門街東第三街永寧坊。兩京城坊考卷三：「白居易高相宅詩云『青苔故里懷恩地，……』謂高郢也。」參見卷十六重題之四詩箋。

張十八

諫垣幾見遷遺補？憲府頻聞轉殿監。獨有詠詩張太祝，十年不改舊官銜。

【箋】

作於元和十年（八一五），四十四歲，長安，太子左贊善大夫。

（張十八）張籍。見卷六酬張十八訪宿見贈詩箋。并參見寄張十八（卷六）、和張十八秘書謝裴相公寄馬（卷十九）、喜張十八博士除水部員外郎（卷十九）等詩。

（獨有詠詩張太祝二句）籍官太常寺太祝在元和初，據此詩可證。白氏與元九書（卷四五）云：「張籍五十，未離一太祝。」又有酬張太祝晚秋卧病見寄詩（卷九）。

劉家花

劉家牆上花還發，李十門前草又春。處處傷心心始悟，多情不及少情人。

【箋】

作於元和十年（八一五），四十四歲，長安，太子左贊善大夫。元集卷八有和樂天劉家花詩。

何義門云：「『心始悟』三字歷劫不出，義山有當句對，此是當句轉也。」

〔劉家〕劉敦質家。在長安朱雀門街東第四街宣平坊。白氏過劉三十二故宅（卷十三）詩云：「朝來惆悵宣平過，柳巷當頭第一家。」

〔李十〕名未詳。城按：此「李十」非白氏詩中之「李十使君」（李渤），蓋是時渤方在長安，元和十年八月與居易同日貶官，與詩意不合也。又按：「十」那波本作「士」，即「十一」二字，疑即李十一復禮（拒非），然亦不可爲拒非早逝之證，蓋元稹元和十二年作於興元之歲日贈拒非詩云：「思君曲水嗟身老，我望通州感道窮。同入新年兩行淚，白頭翁坐説城中。」可知是時復禮仍健在。參見卷二白氏和答詩序箋。

裴五

莫怪相逢無笑語，感今思舊戟門前。張家伯仲偏相似，每見清揚一惘然！

【箋】

作於元和十年（八一五），四十四歲，長安，太子左贊善大夫。

〔裴五〕名未詳。岑仲勉唐人行第録：「味詩意似裴垍之子，名未詳。」

〔張家伯仲〕疑爲張徹、張復兄弟。見白氏醉後走筆酬劉五主簿長句之贈兼簡張大賈二十四先輩昆季詩（卷十二）「二張得雋名居甲」句箋。

【校】

〔清揚〕「揚」，那波本、馬本、萬首俱作「楊」，據宋本、汪本、盧校改。全詩注云：「一作『青楊』。」

仇家酒

年年老去歡情少，處處春來感事深。時到仇家非愛酒，醉時心勝醒時心。

【箋】

作於元和十年（八一五），四十四歲，長安，太子左贊善大夫。元集卷十九有和樂天仇家酒詩。

〔仇家酒〕當係指長安之仇家酒肆。白氏東南行一百韻寄通州元九侍御等詩（卷十六）云：「軟美仇家酒，幽閑葛氏姝。十千方得斗，二八正當壚。」

恒寂師

舊遊分散人零落，如此傷心事幾條？會逐禪師坐禪去，一時滅盡定中消。

【箋】

作於元和十年（八一五），四十四歲，長安，太子左贊善大夫。元集卷十九有和樂天贈雲寂師詩，疑爲此詩之和篇。

〔恒寂師〕本卷白氏有苦熱題恒寂師禪室詩，同爲一人。

靖安北街贈李二十

榆莢抛錢柳展眉，兩人並馬語行遲。還似往年安福寺，共君私試却迴時。

【箋】

作於元和十年（八一五），四十四歲，長安，太子左贊善大夫。

〔靖安北街〕在長安朱雀門街東第二街靖安坊。元稹居此。其答姨兄胡靈之詩自注云：「予宅在靖安北街。」

〔李二十〕李紳。見卷十三看渾家牡丹花戲贈李二十詩箋。并參見代書詩一百韻寄微之（卷十三）及本卷渭村酬李二十見寄、遊城南留元九李二十晚歸等詩。時李任國子助教。

〔還似往年安福寺二句〕貞元二十年李紳至長安應進士試，曾寓元稹靖安里第，并因元稹識白居易。太平廣記卷四八八鶯鶯傳云：「貞元歲九月，執事李公垂宿予靖安里第，語及于是，公垂卓然稱異，遂爲鶯鶯歌以傳之。崔氏小名鶯鶯，公垂以命篇。」至永貞元年，居易與元稹居華陽觀準備制試，紳亦時相過從。故白氏渭村酬李二十見寄詩云：「形容意緒遥看取，不似華陽觀裏時。」又醉送李二十常侍赴鎮浙東（卷三一）云：「靖安客舍花枝下，共脱春衫典濁醪。」與此詩均係追憶在長安交遊應試時情景。安福寺在長安皇城安福門，當係應試時必經之處。杜陽雜編：「咸通十四年四月八日，佛骨入長安，自開遠門安福樓夾道佛聲振地，上御安福寺親自頂禮。」

重傷小女子

學人言語憑牀行，嫩似花房脆似瓊。纔知恩愛迎三歲，未辯東西過一生。汝異下殤應殺禮，吾非上聖詎忘情。傷心自歎鳩巢拙，長墮春雛養不成。

【箋】

作於元和十年（八一五），四十四歲，長安，太子左贊善大夫。城按：此係悼念殤女金鑾子之詩。參見金鑾子晬日（卷九）、念金鑾子（卷十）、病中哭金鑾子（卷十四）等詩。

【校】

〔嫩似〕「嫩」，馬本作「嫰」，非。據宋本、那波本、汪本、全詩改正。

過顏處士墓

向墳道徑没荒榛，滿室詩書積闇塵。長夜肯教黃壤曉？悲風不許白楊春。簞瓢顏子生仍促，布被黔婁死更貧。未會悠悠上天意，惜將富壽與何人？

【箋】作於元和十年（八一五），四十四歲，長安，太子左贊善大夫。

【校】〔道徑〕「道」，馬本、汪本俱作「通」，據宋本、那波本、全詩、盧校改。汪本注云：「一作『道』。」全詩注云：「一作『通』。」

〔長夜〕「長」，宋本、那波本、盧校俱作「厚」。全詩注云：「一作『厚』。」何校：「宋刻作『厚』。」

題周皓大夫新亭子二十二韻

東道常爲主，南亭別待賓。規模何日創？景致一時新。廣砌羅紅藥，疏窗蔭緑筠。鎖開賓閣曉，梯上妓樓春。置醴寧三爵，加籩過八珍。茶香飄紫筍，膾縷落紅鱗。輝赫車輿鬧，珍奇鳥獸馴。獼猴看櫪馬，鸚鵡喚家人。錦額簾高卷，銀花盞慢巡。勸嘗光禄酒，許看洛川神。周兼光禄卿，有家妓數十人。斂翠凝歌黛，流香動舞巾。裙翻繡鸂鶒，梳陷鈿麒麟。笛怨音含楚，筝嬌語帶秦。侍兒催畫燭，醉客吐文茵。投轄多連夜，鳴珂便達晨。入朝紆紫綬，待漏擁朱輪。貴介交三事，光榮照四鄰。甘濃將奉客，穩煖不緣身。十載歌鐘地，三朝節鉞臣。愛才心倜儻，敦舊禮殷勤。門以招賢盛，家因好事貧。始知豪傑意，富貴爲交親。

【箋】

作於元和十年（八一五），四十四歲，長安，太子左贊善大夫。

〔周皓大夫新亭子〕在長安朱雀門街之東光福坊。見白氏宴周皓大夫光福宅詩（卷十四）箋。

【校】

〔題〕英華題無「子二十二韻」五字，「皓」下注云：「一作『浩』。」全詩「皓」下注云「一作『浩』。」

〔別待〕英華作「列大」。

〔景致〕「景」，英華作「境」。

〔疏窗〕「疏」，英華作「高」。全詩注云：「一作『高』。」

〔賓閤曉〕「曉」，英華作「晚」。全詩注云：「一作『晚』。」

〔看櫪馬〕英華作「櫪馬看」，誤倒。

〔洛川神〕那波本此下無注。

〔連夜〕「夜」，英華作「曙」。全詩注云：「一作『曙』。」

〔便達晨〕「便」，英華作「更」。

〔光榮〕「榮」，何校作「華」。

賦得聽邊鴻

驚風吹起塞鴻羣，半拂平沙半入雲。爲問昭君月下聽，何如蘇武雪中聞？

【箋】作於元和十年（八一五），四十四歲，長安，太子左贊善大夫。

見楊弘貞詩賦因題絶句以自諭

賦句詩章妙入神，未年三十即無身。常嗟薄命形顦顇，若比弘貞是幸人。

【箋】作於元和十年（八一五），四十四歲，長安，太子左贊善大夫。〔楊弘貞〕據白氏酬楊九弘貞長安病中見寄（卷五）及傷楊弘貞（卷九）兩詩，約卒於元和初。

病中早春

今朝枕上覺頭輕，强起堦前試脚行。羶膩斷來無氣力，風痰惱得少心情。暖銷霜瓦津初合，寒減冰渠凍不成。唯有愁人鬢間雪，不隨春盡逐春生。

【箋】

作於元和十年（八一五），四十四歲，長安，太子左贊善大夫。

〔不隨春盡逐春生〕何義門云：「加『逐春生』三字便翻來又別。」

送人貶信州判官

地僻山深古上饒，土風貧薄道程遥。不唯遷客須恓屑，見説居人也寂寥。溪畔毒沙藏水弩，城頭枯樹下山魈。若於此郡爲卑吏，刺史廳前又折腰。

【箋】

作於元和十年（八一五），四十四歲，長安，太子左贊善大夫。

〔信州〕信州上饒郡。本鄱陽郡地。唐乾元元年置。屬江南道。見元和郡縣志卷二八。

〔地僻山深古上饒〕信州所屬上饒縣爲吴之舊縣。

【校】

〔山魈〕「魈」下馬本注云：「先彫切。」

曲江醉後贈諸親故

郭東丘墓何年客？江畔風光幾日春？只合殷勤逐盃酒，不須疏索向交親。中天或有長生藥，下界應無不死人。除却醉來開口笑，世間何事更關身？

【箋】

作於元和十年（八一五），四十四歲，長安，太子左贊善大夫。

〔曲江〕見卷一杏園中棗樹詩箋。

和元八侍御升平新居四絶句 時方與元八卜鄰。

看花屋

忽驚映樹新開屋，却似當簷故種花。可惜年年紅似火，今春始得屬元家。

【箋】

作於元和十年（八一五），四十四歲，長安，太子左贊善大夫。

〔元八侍御〕元宗簡。白氏故京兆元少尹文集序（卷五九）云：「居敬姓元，名宗簡，河南人。

自舉進士歷御史府、尚書郎訖京兆亞尹，凡二十年。」知其曾官監察御史，故稱侍御也。元集卷十二見人詠韓舍人新律詩因有戲贈詩「七字排居敬」原注云：「侍御八兄能爲七言絕句。」本卷又有李十一舍人松園飲小酎酒得元八侍御詩序云在臺中推院有鞫獄之苦即事書懷因酬四韻、雨中攜元九詩訪元八侍御等詩。

〔升平新居〕元宗簡宅，在長安朱雀門街東第四街升平坊。白氏哭諸故人因寄元八詩（卷十一）云：「早晚升平宅，開眉一見君。」又有欲與元八卜鄰先有是贈（本卷）詩，亦係指升平新居而言。楊巨源亦有和元員外題昇平里新齋詩。

〔忽驚映樹新開屋〕何義門云：「『映樹』可作亭名。」

【校】

〔題〕此下小注那波本無。

〔映樹〕「映」，宋本、那波本俱作「暎」，字同。

累土山

堆土漸高山意出，終南移入戶庭間。玉峯藍水應惆悵，恐見新山忘舊山。元舊居在藍田山。

【箋】

作於元和十年（八一五），四十四歲，長安，太子左贊善大夫。

〔堆土漸高山意出〕何義門云：「『山意』亦可作亭名。」
〔終南〕終南山。太平寰宇記卷二五雍州：「終南山在（萬年）縣南五十里。」
〔玉峯〕藍田山。見卷六遊藍田山卜居詩箋。
〔藍水〕即藍溪水。見卷六遊藍田山卜居及卷八長慶二年七月自中書舍人出守杭州路次藍溪作詩箋。

【校】

〔忘舊山〕「忘」，馬本、全詩俱訛作「望」。據宋本、那波本、汪本、查校、盧校改正。又此下那波本無小注。汪本小注「元」下有「八」字。盧校云：「注『八』字衍。」

高亭

亭脊太高君莫拆，東家留取當西山。好看落日斜銜處，一片春嵐映半環。

【箋】

作於元和十年（八一五），四十四歲，長安，太子左贊善大夫。
〔一片春嵐映半環〕何義門云：「清新。」

松樹

白金換得青松樹，君既先栽我不栽。幸有西風易憑仗，夜深偷送好聲來。

【箋】作於元和十年(八一五),四十四歲,長安,太子左贊善大夫。

【校】〔倫送〕「送」,馬本作「得」,據宋本、那波本、汪本改。全詩注云:「一作『得』。」

〔好聲〕「聲」下全詩注云:「一作『春』。」

醉後却寄元九

蒲池村裏匆匆別,澧水橋邊兀兀回。行到城門殘酒醒,萬重離恨一時來。

【箋】作於元和十年(八一五),四十四歲,長安,太子左贊善大夫。元集卷二〇有酬樂天醉別詩。城按:元和十年春,元稹自唐州召回長安,與劉禹錫、柳宗元同時,而再貶通州司馬又與劉、柳之出刺連、柳二州同時。由此可知,元和九年末之徵還遷客不止王、韋黨人,而徵還後斥者,亦有稹在內,不僅劉、柳也。又按:元稹酬樂天東南行詩一百韻序云:「元和十年三月二十五日,予司馬通州。二十九日,與樂天於鄠東蒲池村別,各賦一絶。」後白氏元和十四年作十年三月三十日別微之於澧上十四年三月十一日夜遇微之於峽中停舟夷陵三宿而別言不盡者以詩終之因賦七言十七韻以贈且欲寄所遇之地與相見之時爲他年會話張本也詩（卷十七）云：「澧水店頭春盡日，送君馬上謫通川。」元稹又有澧西別樂天博載樊宗憲李景信兩秀才姪谷三月三十日相餞送詩云：「今朝相送自同遊，酒語詩情替別愁。忽到澧西總回去，一身騎馬向通州。」白氏復有城西別元九詩（卷七二補遺上）云：「城西三月三十日，別友辭春兩恨多。帝里却歸猶寂寞，通州獨去又如何？」考元稹赴通州，乃取道澧鄠通向巴蜀之陸路，蒲池村居澧水西岸橋邊。綜合元稹、白居易前後酬答諸詩，可知元稹三月二十九日自長安首途，居易等人相送至澧水西岸橋邊蒲池村，天色已晚，依依惜別不捨，同在澧水橋邊旅店内借宿一宵，至次日（三十日）復於蒲池村分別，居易等人再渡過澧水橋返回長安城。白氏此詩：「蒲池村裏匆匆別，澧水橋邊兀兀回。行到城門殘酒醒，萬重離恨一時來。」乃自遠及近之倒寫手法，而爲研究元、白此次分別日期提供有用之資料。今人卞孝萱元稹年譜未涉及此一問題，顧肇倉、周汝昌白居易詩選附録白居易年譜簡編、顧學頡白居易年譜簡編、日本花房英樹元稹年譜俱繫元稹、白居易三月二十九日別于鄠東蒲池村，疑非是。又拙著白居易年譜第六八頁云：「則知居易等元和十年三月二十九日送積至鄠東蒲池村，不忍離去，復送至澧水，至三十日始於澧水西岸橋邊分手。」此蓋誤以蒲池村與澧水西岸橋邊爲兩處，附考更正於此。

〔元九〕元稹。見卷一酬元九對新栽竹有懷見寄詩箋。

〔蒲池村〕在鄠縣東。參見前箋。

〔灃水〕清統志西安府：「灃水源出終南山灃峪。舊志：出鄠縣東南終南山。北流逕縣東。又北流逕長安縣西。又北至咸陽縣東南入渭。一作『澧』。又作『酆』。」白氏十年三月三十日别微之於澧上十四年三月十一日夜遇微之於峽中停舟夷陵三宿而别言不盡者以詩終之因賦七言十七韻以贈且欲寄所遇之地與相見之時爲他年會話張本也詩（卷十七）云：「灃水店頭春盡日，送君馬上謫通川。」

【校】

〔灃水〕「灃」，宋本、那波本、馬本、汪本俱訛作「澧」，據何校、全詩改正。

重寄

蕭散弓驚雁，分飛劍化龍。悠悠天地内，不死會相逢。

【箋】

作於元和十年（八一五），四十四歲，長安，太子左贊善大夫。

【校】

〔題〕萬首作「重寄元九」。全詩注云：「一作『重寄元九』。」

李十一舍人松園飲小酎酒得元八侍御詩序云在臺中推院有鞫獄之苦即事書懷因酬四韻

愛酒舍人開小酌，能文御史寄新詩。亂松園裏醉相憶，古柏廳前忙不知。早夏我當逃暑日，晚衙君是慮囚時。唯應清夜無公事，新草亭中好一期。元於升平宅新立草亭。

【箋】

作於元和十年（八一五），四十四歲，長安，太子左贊善大夫。

〔李十一舍人〕李建。見卷十一早祭風伯因懷李十一舍人詩箋。并參見舟行阻風寄李十一舍人（本卷）、東南行一百韻寄灃州李十一舍人（卷十六）等詩。

〔元八侍御〕元宗簡。見本卷和元八侍御升平新居絶句詩箋。

〔愛酒舍人開小酌〕本卷舟行阻風寄李十一舍人「迎寒新酒煖開顔」句自注：「李十一好小酎酒，故云。」

【校】

〔題〕「詩」下「序」字，汪本、全詩俱作「敘」，字通。

〔好一期〕此下小注，馬本「立」上無「新」字，據宋本、汪本、全詩、盧校增。又那波本無此注。

重到華陽觀舊居

憶昔初年三十二，當時秋思已難堪。若爲重入華陽院，病鬢愁心四十三？

【箋】

作於元和九年（八一四），四十三歲，長安，太子左贊善大夫。

〔華陽觀舊居〕在長安朱雀門街東第三街永崇坊。貞元末、元和初，居易爲校書郎時寓居永崇里華陽觀。參見永崇里觀居詩（卷五）箋。

〔憶昔初年三十二〕白居易三十二歲時爲貞元二十年。

答勸酒

莫怪近來都不飲，幾迴因醉却沾巾。誰料平生狂酒客，如今變作酒悲人？

【箋】

約作於元和九年（八一四）至元和十年（八一五），長安，太子左贊善大夫。

【校】

〔狂酒〕何校云：「『酒狂』從黄校。」

題王侍御池亭

朱門深鎖春池滿，岸落薔薇水浸莎。畢竟林塘誰是主？主人來少客來多。

【箋】

作於元和十年（八一五），四十四歲，長安，太子左贊善大夫。元集卷二〇有和樂天題王家亭子詩。

〔王侍御〕王起。元和間爲殿中侍御史。見舊書卷一六四本傳。

【校】

〔題〕萬首作「題王侍御池」。

聽水部吴員外新詩因贈絶句

朱紱仙郎白雪歌，和人雖少愛人多。明朝説向詩家道，水部如今不姓何。

【箋】作於元和十年（八一五），四十四歲，長安，太子左贊善大夫。

〔水部吴員外〕吴丹。元和間官水部員外郎。見白氏故饒州刺史吴府君神道碑銘（卷六九）。并參見贈吴丹（卷五）等詩。

【校】

〔題〕萬首題無「因贈絶句」四字。

〔説向〕宋本、那波本、萬首俱作「與向」。汪本「向」下注云：「一作『與』。」全詩、盧校俱作「説與」。全詩「與」下注云：「一作『向』。」

雨夜憶元九

天陰一日便堪愁，何況連宵雨不休。一種雨中君最苦，偏梁閣道向通州。

【箋】作於元和十年（八一五），四十四歲，長安，太子左贊善大夫。元集卷二〇有酬樂天雨夜見寄詩。

〔元九〕元稹。見卷一酬元九對新栽竹有懷見寄詩。

【校】

〔便堪愁〕「便」，萬首作「但」。

〔通州〕「通」，全詩注云：「一作『東』。」非是。

雨中攜元九詩訪元八侍御

微之詩卷憶同開，假日多應不入臺。好句無人堪共詠，衝泥蹋水就君來。

【箋】

作於元和十年（八一五），四十四歲，長安，太子左贊善大夫。

〔元九〕元稹。見卷一酬元九對新栽竹有懷見寄詩箋。

〔元八侍御〕元宗簡。見本卷和元八侍御升平新居絶句詩箋。

【校】

〔假日〕「假」，馬本作「暇」，據宋本、那波本、汪本、全詩、盧校改。

贈楊秘書巨源

楊嘗有贈盧洺州詩云：「三刀夢益州，一箭取遼城。」由是知名。

早聞一箭取遼城，相識雖新有故情。清句三朝誰是敵？白鬚四海半爲兄。貧家薙草時時入，瘦馬尋花處處行。不用更教詩過好，折君官職是聲名。

【箋】

作於元和十年（八一五），四十四歲，長安，太子左贊善大夫。元集卷二〇有和樂天贈楊秘書詩。唐宋詩醇卷二三：「結是戲語，歐陽修謂愈窮愈工，則有慨乎其言之也。」

〔楊秘書巨源〕字景山，河中人。貞元五年，劉太真下第二人及第。初爲張弘靖從事，由秘書郎擢太常博士，虞部員外郎。（城按：唐才子傳誤爲自虞部遷太常博士，詳見卷十七答元八郎中楊十二博士詩箋。）後除國子祭酒。長慶末、大和初爲河中少尹。唐才子傳卷五謂其「才雄學富，用意聲律，細挹得無窮之源，緩有愈雋永之味。長篇刻琢，絶句清冷，蓋得於此而失於彼者矣」。又見登科記考卷十二。白氏有答元八郎中楊十二博士（卷十七）、聞楊十二新拜省郎遥以詩賀（卷十七）、京使迴累得南省諸公書因以長句詩寄謝……楊十二員外（卷十八）等詩，均係酬巨源之作。

〔早聞一箭取遼城〕唐詩紀事卷三五：「楊巨源以『三刀夢益州，一箭取遼城』得名，故樂天詩云：『早聞一箭取遼城，……折君官職是虚名。』」城按：此蓋本之居易自注，全唐詩話卷二所記略同。考唐人「一箭」典故多用魯仲連事。史記魯仲連傳：「齊田單攻聊城歲餘，士卒多死而聊城不下。魯連乃爲書，約之矢以射城中，遺燕將。……燕將見魯連書，泣三日，猶豫不能自決。欲歸燕，已有隙，恐誅。欲降齊，所殺虜於齊甚衆，恐已降而後見辱。喟然歎曰：『與人刃我，寧自刃。』乃自殺。聊城亂，田單遂屠聊城。歸而言魯連，欲爵之。」李白五月東魯行答汶上翁詩云：「我以一箭書，能取聊城功。」李商隱街西池館詩云：「太守三刀夢，將軍一箭歌。」俱指此。疑「遼城」爲「聊城」之誤。

〔貧家薙草時時入二句〕何義門云：「二句含官卑。」

【校】

〔題〕此下小注，宋本、馬本、汪本及全詩俱作「遼城」，誤，詳前箋。又那波本無此注。馬本注脱「盧」字，據各本增。

〔薙草〕「薙」下馬本注云：「他計切。」

和武相公感韋令公舊池孔雀 同用深字。

索寞少顔色，池邊無主禽。難收帶泥翅，易結著人心。頂毳落殘碧，尾花銷闇金。放歸飛不得，雲海故巢深。

【箋】

作於元和十年（八一五），四十四歲，長安，太子左贊善大夫。全詩卷三一六武元衡有四（一作西）川使宅有韋令公（一作太尉）時孔雀存焉暇日與諸公同玩座中兼故府賓妓興嗟（一作歎）久之因賦此詩用廣其意詩，即白詩所和原作。

〔武相公〕武元衡。字伯蒼，河南緱氏人。元和二年拜門下侍郎、平章事。淮蔡用兵，憲宗悉以機務委之，以是爲王承宗所咎怨。元和十年六月三日將赴朝，爲盜殺於靖安里（城按：新傳作静安里）宅第東北隅牆之外。元衡工五言詩，好事者傳之，往往被於管弦。見舊書卷一五八、新書卷一五二本傳。

〔韋令公〕韋皋。貞元末以擒論莽熱功檢校司徒、兼中書令，封南康郡王。卒於永貞元年。見舊書卷一四〇、新書卷一五八本傳、舊書卷十四憲宗紀。城按：韓愈有奉和武相公鎮蜀時詠使宅韋太尉所養孔雀詩，劉集外七有和西川李尚書傷韋令孔雀及薛濤之什詩，兩詩與白詩均涉及韋皋。皋蓋永貞政變幕後策動人物之一，王、韋之敗，皋有以啓之。故禹錫詩云：「玉兒已逐金環葬，翠羽先隨秋草萎。唯見芙蓉含曉露，數行紅淚滴清池。」其間含有無窮隱恨，與靖安佳人怨追憾武元衡之詞意略相似，深可玩味，較之韓、白兩人漠然無關之和作實迴不相同也。

【校】

〔題〕那波本此下無小注。

〔頂毦〕「毦」，馬本注云：「充芮切。」

寄生衣與微之因題封上

淺色縠衫輕似霧，紡花紗袴薄於雲。莫嫌輕薄但知著，猶恐通州熱殺君。

【箋】

作於元和十年（八一五），四十四歲，長安，太子左贊善大夫。元集卷二一有酬樂天寄生衣詩。

〔生衣〕絹製之夏衣，爲熟衣（即暖衣）之反義詞。白氏秋熱詩（卷十六）云：「猶道江州最涼冷，至今九月著生衣。」感秋詠意詩（卷三五）云：「炎涼遷次速如飛，又脱生衣著熟衣。」又王建秋日後詩云：「立秋日後無多熱，漸覺生衣不著身。」

【校】

〔題〕萬首無「因題封上」四字。

〔縠衫〕「衫」，馬本訛作「紗」，據宋本、那波本、汪本、萬首、全詩、盧校改正。

〔薄於雲〕「於」，馬本作「如」，據宋本、那波本、汪本、全詩改。

白牡丹

白花冷澹無人愛，亦占芳名道牡丹。應似東宮白贊善，被人還喚作朝官。

【箋】

作於元和十年（八一五），四十四歲，長安，太子左贊善大夫。見陳譜。

〔白贊善〕白居易。時爲太子左贊善大夫。

【校】

〔應似〕「似」，馬本作「是」，非。據宋本、那波本、汪本、全詩、唐歌詩、查校、盧校改。全詩注云：「一作『是』。」

夢舊

別來老大苦修道，鍊得離心成死灰。平生憶念消磨盡，昨夜因何入夢來？

【箋】

作於元和十年（八一五），四十四歲，長安，太子左贊善大夫。

戲題盧秘書新移薔薇

風動翠條腰嫋娜，露垂紅萼淚闌干。移他到此須爲主，不別花人莫使看。

【箋】

作於元和十年（八一五），四十四歲，長安，太子左贊善大夫。

〔盧秘書〕盧拱。見本卷酬盧秘書二十韻詩箋。并參見本卷題盧秘書夏日新栽竹二十韻詩。

〔不別花人莫使看〕韻語陽秋卷十六云：「樂天詩多説別花，如紫薇花詩云：『除却微之見應愛，世間少有別花人。』薔薇花詩云：『移他到此須爲主，不別花人莫使看。』今之好事之家有奇花多矣，所謂『別花人』，未之見也。鮑溶作仙壇花詩寄袁德師侍御有『欲求御史更分別』之句，豈謂是耶？」陳友琴白居易詩評述彙編云：「所謂『別花』即辨別得花、識別得花之意。樂天謝李六郎中寄新蜀茶詩末云：『不寄他人先寄我，應緣我是別茶人。』『別茶』亦即辨別得茶、識別得茶之意。『別花人』與『別茶人』涵義正同。惟另有除蘇州刺史別洛城東花詩云：『別花何用伴，勸酒有殘鶯。』遊趙村杏花詩云：『七十三人難再到，今春來是別花來。』此等處『別花』二字則是與花分別之意。放翁春興詩：『雖非愛酒伴，猶是別花人。』今人黄逸之陸游詩注云：『別花人猶言惜花人也。』白樂天紫薇花詩：不別花人不與看。』別，似無惜字意。『別花人』和『惜花人』似不同。」所論甚是。

【校】

〔嫋娜〕「娜」，馬本作「嫋」。據宋本、那波本、汪本、萬首、唐歌詩、全詩、盧校改。全詩注云：「一作『嫋嫋』。」

〔不別〕「別」，馬本作「愛」，萬首作「爲」，俱非。據宋本、那波本、汪本、唐歌詩、全詩改。全詩注云：「一作『愛』。」亦非。詳見前箋。

曲江夜歸聞元八見訪

自入臺來見面稀，班中遥得揖容輝。早知相憶來相訪，悔待江頭明月歸。

【箋】

作於元和十年（八一五），四十四歲，長安，太子左贊善大夫。

〔曲江〕見卷一杏園中棗樹詩箋。

〔元八〕元宗簡。見卷六東陂秋意寄元八詩箋。

苦熱題恒寂師禪室

人人避暑走如狂，獨有禪師不出房。可是禪房無熱到，但能心静即身涼。

【箋】作於元和十年(八一五),四十四歲,長安,太子左贊善大夫。

〔恒寂師〕本卷白氏有恒寂師詩,同爲一人。

微之到通州日授館未安見塵壁間有數行字讀之即僕舊詩其落句云渌水紅蓮一朵開千花百草無顔色然不知題者何人也微之吟歎不足因綴一章兼録僕詩本同寄省其詩乃是十五年前初及第時贈長安妓人阿軟絶句緬思往事杳若夢中懷舊感今因酬長句

十五年前似夢遊,曾將詩句結風流。偶助笑歌嘲阿軟,可知傳誦到通州。昔教紅袖佳人唱,今遣青衫司馬愁。惆悵又聞題處所,雨淋江館破牆頭。

【箋】作於元和十年(八一五),四十四歲,長安,太子左贊善大夫。元集卷二〇有見樂天詩。

〔通州〕通州通川郡，唐屬山南西道。見新書卷四〇地理志。

〔阿軟〕與秋娘同時之長安名倡。韋縠才調集卷一載白氏江南喜逢蕭九徹因話長安舊遊戲贈五十韻云：「多情推阿軟，巧語屬秋娘。」城按：「阿軟」，汪立名白香山詩集補遺卷上及全詩卷四六二均作「阿軓」，據此詩，疑「軓」字係「軟」字之譌。任半塘唐戲弄劇録及初盛中唐優伶兩章録此詩亦誤作「阿軓」。并參見卷十二琵琶引詩箋。

【校】

〔題〕題中「字」字，馬本作「事」，據宋本、那波本、汪本、全詩、盧校改正。

得微之到官後書備知通州之事悵然有感因成四章

來書子細説通州，州在山根峽岸頭。四面千重火雲合，中心一道瘴江流。蟲蛇白晝攔官道，蚊蟆黄昏撲郡樓。何罪遣君居此地？天高無處問來由。

匼匝巔山萬仞餘，人家應似甑中居。寅年籬下多逢虎，亥日沙頭始賣魚。衣斑梅雨長須熨，米澀畬田不解鉏。努力安心過三考，已曾愁殺李尚書。李實尚書先貶此州，身歿於彼處。

人稀地僻醫巫少，夏旱秋霖瘴瘧多。老去一身須愛惜，别來四體得如何？侏儒飽笑東方朔，薏苡讒憂馬伏波。莫遣沈愁結成病，時時一唱濯纓歌。

通州海内恓惶地，司馬人間冗長去官。傷鳥有弦驚不定，卧龍無水動應難。劍埋獄底誰深掘？松偃霜中盡冷看。舉目争能不惆悵，高車大馬滿長安。

【箋】

作於元和十年（八一五），四十四歲，長安，太子左贊善大夫。見汪譜。元集卷二一有酬樂天得微之詩知通州事因成四首詩。

〔亥日沙頭始賣魚〕吴旦生歷代詩話卷五一：「青箱雜記：荆、吴俗有寅、申、巳、亥日集於市。故曰亥市。蜀有痎市，間日一集，如痎瘧之發歇爲市喻。徐筠水志云：分寧縣，本常州亥市也。西蜀曰痎，如瘧疾間日復作也。江南人惡以疾稱，故止曰亥耳。豫章漫鈔云：南中每以丑、卯、酉日爲市，故曰兔場、牛場、雞場，豈用亥日爲市，故謂之亥。余按月令廣義云：亥音皆。釋名：亥，核也。收藏百物，核取其好惡真僞也。市之爲亥，或取此義，當取亥日爲正。」韻語陽秋卷十六云：「元微之謫通州，白樂天有詩云：『寅年籬下多逢虎，亥日沙頭始賣魚。』後又有東南行云：『亥日饒蝦蠏，寅年足虎貙。』張籍云：『江邨亥日長爲市。』山谷亦有『魚收亥日妻到市』之句。」

〔李實尚書〕道王元慶玄孫。貞元末爲司農少卿，加檢校工部尚書、司農卿，京兆尹。順宗時貶通州長史。後遇赦量移虢州，卒於道。見舊書卷一三五、新書卷一六七本傳。

〔通州海内恓惶地一首〕何義門云：「中篇似元，落句太淺。」

【校】

〔蚊蟆〕「蟆」，馬本、汪本、全詩俱作「蚋」，據宋本、那波本、盧校改。汪本、全詩俱注云：「一作『蟆』。」

〔匼匝〕「匼」，馬本注云：「遏合切。」

〔尚書〕此下那波本無注。

〔冗長〕「長」下那波本、馬本俱無小注「去」字，據宋本、全詩增。汪本「長」下注云：「去聲。」

病中答招飲者

顧我鏡中悲白髮，盡津上君花下醉青春。不緣眼痛兼身病，可是樽前第二人？

【箋】

作於元和十年（八一五），四十四歲，太子左贊善大夫。

【校】

〔盡君〕「盡」，馬本作「儘」，無「津上」二字小注，據宋本、汪本、全詩、盧校增改。又那波本無小注。

〔樽前〕「樽」，汪本、全詩俱作「尊」，城按：尊爲樽之本字。

燕子樓三首　并序

徐州故張尚書有愛妓曰眄眄，善歌舞，雅多風態。予爲校書郎時，遊徐泗間，張尚書宴予。酒酣，出眄眄以佐歡，歡甚。予因贈詩云：「醉嬌勝不得，風嫋牡丹花。」盡歡而去。邇後絶不相聞，迨兹僅一紀矣。昨日，司勳員外郎張仲素繢之訪予，因吟新詩，有燕子樓三首，詞甚婉麗。詰其由，爲眄眄作也。繢之從事武寧軍累年，頗知眄眄始末。云尚書既殁，歸葬東洛，而彭城有張氏舊第，第中有小樓名燕子。眄眄念舊愛而不嫁，居是樓十餘年，幽獨塊然，于今尚在。予愛繢之新詠，感彭城舊遊，因同其題作三絶句。

滿窗明月滿簾霜，被冷燈殘拂卧牀。燕子樓中霜月夜，秋來只爲一人長。

鈿暈羅衫色似煙，幾回欲著即潸然。自從不舞霓裳曲，疊在空箱十一年。

今春有客洛陽回，曾到尚書墓上來。見説白楊堪作柱，争教紅粉不成灰？

【箋】

作於元和十年（八一五），四十四歲，長安，太子左贊善大夫。唐宋詩醇卷二三：「一唱三嘆，餘音繞梁。似此風調，雖起王昌齡、李白輩爲之，何以復加。」

〔燕子樓〕明統志徐州府：「燕子樓在州城西北隅，唐貞元中尚書張建封鎮徐州，有妾曰盼盼，爲築此樓以居之。建封既卒，盼盼樓居十餘年不嫁。」清統志徐州府二：「燕子樓在銅山縣西北隅。」城按：歷來紀載謂盼盼爲建封家妓之誤沿襲已久。宋皇都風月主人綠窗新話引麗媚記，宋曾慥類説引麗情集均誤盼盼爲張建封僕射家妓。唐詩紀事卷七八載此詩及序，題曰張建封妓。施注蘇詩卷十二和趙郎中見戲詩注引白氏燕子樓詩序亦誤作張建封。郎瑛七修類稿卷三六亦謂「今始知樓在徐州西北水滸，至今猶有迹焉。盼盼念建封而不下樓者十年」，此與明統志及清統志均係歷來相傳之誤。全唐詩卷八〇二關盼盼小傳云：「徐州妓也，張建封納之。」其誤亦同。考此誤宋陳振孫白文公年譜早已辨正云：「燕子樓事，世傳爲張建封。按建封死在貞元十六年，且其官爲司空，非尚書也。尚書乃其子愔，麗情集誤以爲建封耳。此雖細事，亦可以正千載傳聞之謬。」陳氏之説良是。故乾隆江南通志卷三三古蹟徐州府亦據以正明統志及清統志之謬云：「燕子樓，明一統志云在城西北隅。南畿志云在州廨中，唐貞元中徐州節度使張愔妾關盼盼所居。」清張宗泰質疑删存亦云：「汪立名白公年譜辨麗情集以爲張建封有誤，良是。然謂建封未爲尚書，亦非。唐書張建封傳，建封於貞元七年進位檢校禮部尚書，十二年加檢校右僕射，不過加僕射後不可仍稱尚書耳。不若據貞元二十年斷之，建封卒於貞元十六年，則二十年非愔而何？」張氏所云之「汪立名白公年譜」，實即陳振孫白文公年譜，而非汪氏新譜，似亦微誤。又按：張仲素燕子樓詩三首原作云：「樓上殘燈伴曉霜，獨眠人起合歡牀。相思一夜情多少？地角天涯不是長。」「北邙松柏鎖愁煙，燕子樓人思悄然。自埋劍履歌塵散，紅袖香消已十年。」「適看鴻雁岳陽回。又覩玄禽逼社來。瑶瑟玉簫無意緒，任從蛛網任從灰。」汪立名白香山詩集卷十五承郎瑛七修類稿之誤，引此詩謂係關盼盼作，全唐詩卷八〇二誤同。白氏和詩原序云：「昨日司勳員外郎張仲素繢之訪予，因吟新詩，有燕子樓三首，詞甚婉麗，詰其由，爲盼盼作也。」據此則可斷言必非盼盼之作。又考七修類稿所引盼盼和詩云：「自守空樓歛恨眉，形同春後牡丹枝。舍人不會人深意，訝道泉臺不去隨。」又云：「兒童不識冲天物，謾把青泥污雪毫。」（全詩卷八〇二亦誤載爲盼盼作）考七修類稿、全唐詩俱係承襲唐詩紀事之誤，故此兩詩當係出於宋人僞作。質疑刪存復辨正云：「世所傳盼盼所答之詩，其第三句云：『舍人不會人深意』，按：白公之爲中書舍人在長慶元年。今按燕子樓詩序云：『予爲校書郎時，遊徐、泗間，張尚書宴予。酒酣，出盼盼以佐歡，因贈詩云云。邇後絶不相聞，迨兹一紀矣。』又考白公泛渭賦序，白公於高郢『掌貢舉，以鄉貢進士舉及第；鄭珣瑜領選部，以書判拔萃登科。十九年，天子命二公對掌鈞軸。明年予爲校書郎。』證之兩唐書、高、鄭並以貞元十九年同中書門下平章事，與賦序同。白公之爲校書郎在二公作相之明年，則貞元二十年矣。是年歲在甲申，迨長慶元年則歲在辛丑，相距前後十八年。按：張愔於元和二年被疾請代，徵爲兵部尚書，未出界而卒。燕子樓詩云：『自從不舞霓裳曲，疊在空箱十一年。』則所謂『十一年』，當從愔卒之元和二年起算，白公因佐歡贈盼盼詩在貞元二十年，亦與詩序所云『迨茲一紀』相合，大約在元和十二、三年間。元和終十六年，次年方爲長慶元年，是白之爲中書舍人尚有五年，盼盼不得即豫稱爲舍人，此作僞顯然之迹一也。然此詩語猶和平，至若更有句云：『兒童不識沖霄物』，則是有憾於白公而死，不得爲從容就義矣。其所以表揚盼盼者淺矣。又況白生大曆七年壬子，至長慶元年辛丑年五十矣，焉有杖家之年之人尚謂之兒童耶？且以貞元二十年計之，壬子生者當年三十三，其年盼盼方以舞妓佐歡，度其年不得太長，不過十三四耳。是盼盼少於樂天將二十歲，以少二十年之人而指長二十年之人爲兒童，此又自貢其僞之迹者二也。大抵此等不足徵信之詩多出前明。」城按：張氏所考頗精審，故詳録之。惟元和終十五年，非十六年。張愔被疾請代在元和元年十一月，見新書卷一五八本傳及舊書卷十四憲宗紀，非元和二年。居易授校書郎在貞元十九年，非二十年，其養竹記一文可證。張氏亦微誤。

〔張尚書〕張愔。徐泗濠節度使張建封子。建封死，授爲留後。俄進武寧軍節度使。元和元年以疾求代，召爲工部尚書，卒於是年十二月，贈尚書右僕射。見新書卷一五八本傳、舊書卷十四憲宗紀。參見「燕子樓」箋及白氏感故張僕射諸妓詩（卷十三）。

〔張仲素繢之〕舊、新書均無傳。郎官考卷八司勳員外郎有張仲素名。舊書卷一六四楊於陵傳：「（元和）七年，吏部尚書鄭餘慶以疾請告，乃復置考判官，以兵部員外郎韋顗、屯田員外郎張仲素、太學（常）博士陸亘等爲之。」重修承旨學士壁記：「張仲素，元和十一年八月十五日，自禮部郎中充翰林學士。」據此，可知仲素爲司勳員外郎必在屯田員外郎之後、禮部郎中之前。唐才子傳卷五謂仲素貞元二十年遷司勳員外郎，除翰林學士，大誤。

【校】

〔張尚書〕馬本作「尚書張」，據宋本、那波本、汪本、全詩改。

〔眄眄〕宋本、那波本、容齋隨筆俱同馬本。汪本、唐詩紀事、全詩俱作「盼盼」。城按：宋人此二字多混書，後此有關燕子樓之記載多作「盼盼」。參見前箋。下同。

〔盡歡〕「盡」，宋本、唐詩紀事、全詩俱作「一」。

〔張仲素繢之〕「繢」，馬本、汪本俱訛作「績」。城按：論語八佾云：「繪事後素。」「繪」同「繢」，當以作「繢」爲正，據宋本、那波本、唐詩紀事、唐才子傳、全詩改正。下同。

〔霜月〕唐詩紀事作「寒月」。

〔鈿暈〕唐詩紀事作「細帶」。

〔欲著〕唐詩紀事作「欲起」，非。

〔霓裳曲〕唐詩紀事作「霓裳袖」。

〔十一〕唐詩紀事誤作「二十」。

〔争教〕唐詩紀事作「忍教」，非。

初貶官過望秦嶺 自此後詩江州路上作。

草草辭家憂後事，遲遲去國問前途。望秦嶺上迴頭立，無限秋風吹白鬚。

【箋】

作於元和十年（八一五），四十四歲，長安至江州途中。見汪譜。

〔望秦嶺〕通典卷一七五商州：「上洛，漢舊縣，有秦嶺山。」望秦嶺當即秦嶺山之别名。白氏有自望秦赴五松驛馬上偶睡睡覺成吟詩（卷八）。

【校】

〔題〕此下小注，那波本爲大字同題。

藍橋驛見元九詩 詩中云：「江陵歸時逢春雪。」

藍橋春雪君歸日，秦嶺秋風我去時。每到驛亭先下馬，循牆遶柱覓君詩。

【箋】

作於元和十年（八一五），四十四歲，長安至江州途中。城按：元稹有西歸絶句十二首，其末二首均係詠藍橋之作。而「江陵歸時逢春雪」句今不傳，惟見於白詩注中。又此詩見才調集卷五。

〔藍橋驛〕在藍田縣東南四十里。見長安志卷十六。白氏有宿藍橋對月詩（卷八）。

〔元九〕元稹。見卷一酬元九對新栽竹有懷見寄詩箋。

〔秦嶺〕即秦嶺山。

【校】

〔題〕此下那波本無小注。

〔每到〕「到」，才調作「去」。

韓公堆寄元九

韓公堆北澗西頭，冷雨涼風拂面秋。努力南行少惆悵，江州猶似勝通州。

【箋】

作於元和十年（八一五），四十四歲，長安至江州途中。

〔韓公堆〕長安志卷十六藍田縣：「韓公堆驛在縣南三十五里。」

〔元九〕元稹。見卷一酬元九對新栽竹有懷見寄詩箋。

發商州

商州館裏停三日，待得妻孥相逐行。若比李三猶自勝，兒啼婦哭不聞聲。時李固言新殁。

【箋】

作於元和十年（八一五），四十四歲，長安至江州途中。

〔商州〕商州上洛郡。唐屬關内道。新書卷三七地理志：「貞元七年，刺史李西華自藍田至内鄉，開新道七百餘里，迴山取塗，人不病涉，謂之偏路。」白氏初與元九別後忽夢見之及寤而書適至兼寄桐花詩悵然感懷因以此寄詩（卷九）云：「言是商州使，送君一封書。」

〔李三〕李顧言。卒於元和十年春。此詩原注誤作「固言」。見卷六村中留李三宿詩箋。並參見哭李三詩（卷十）

【校】

〔聞聲〕馬本此下脱小注，據宋本、汪本、全詩增，「固言」當作「顧言」，説見前箋。又那波本無注。

武關南見元九題山石榴花見寄

往來同路不同時，前後相思兩不知。行過關門三四里，榴花不見見君詩。

【箋】作於元和十年（八一五），四十四歲，長安至江州途中。元集卷二一有酬樂天武關南見微之題山石榴花詩。城按：山石榴花即杜鵑花。白氏有山石榴寄元九（卷十二）、題山石榴花（卷十六）、戲問山石榴（卷十六）等詩，均可參看。

〔武關〕太平寰宇記卷一四一商州：「武關在（商洛）縣東南九十里。」新書卷三七地理志：「商洛東有武關。」清統志商州：「武關在州東一百八十五里。」閻若璩潛邱札記卷二：「武關在商州東百八十里。輿程記：自武關西北行四百十里，至藍田縣，皆行山中。至藍田縣始出險就平云。」

【校】

〔關門〕「門」，全詩注云：「一作『西』。」

紅鸚鵡 商山路逢。

安南遠進紅鸚鵡，色似桃花語似人。文章辯慧皆如此，籠檻何年出得身？

【箋】作於元和十年（八一五），四十四歲，長安至江州途中。

【校】

〔題〕那波本此下無注。

題四皓廟

卧逃秦亂起安劉，舒卷如雲得自由。若有精靈應笑我，不成一事謫江州。

【箋】

作於元和十年（八一五），四十四歲，長安至江州途中。

〔四皓廟〕長安志卷十一萬年縣：「四皓廟在終南山，去縣五十里，唐元和八年重建。」太平寰宇記卷一四一商州：「四皓墓在（上洛）縣西四里廟後。高車山在（上洛）縣北二里。高士傳云：高車山上有四皓碑及祠，皆漢惠帝所立也。高后使張良詣南山迎四皓之處，因名高車山。」白氏有答四皓廟詩（卷二）。

【校】

〔題〕萬首作「題商山廟」。全詩注云：「一作『題商山廟』。」

罷藥

自學坐禪休服藥，從他時復病沈沈。此身不要全强健，强健多生人我心。

【箋】

作於元和十年（八一五），四十四歲，長安至江州途中。

【校】

〔題〕萬首作「羅藥」，誤。

白鷺

人生四十未全衰，我爲愁多白髮垂。何故水邊雙白鷺，無愁頭上亦垂絲？

【箋】

作於元和十年（八一五），四十四歲，長安至江州途中。

〔何故水邊雙白鷺二句〕柳亭詩話：「香山詩：『何故水邊雙白鷺，無愁頭上亦垂絲？』楊誠齋全用其意曰：『君道愁多頭易白，鷺絲從小鬢成絲。』宋子虛亦云：『吴霜兩鬢早先秋，聞道愁多會白頭。溪上鷺絲渾似雪，想應無那一身愁。』」

襄陽舟夜

下馬襄陽郭，移舟漢陰驛。秋風截江起，寒浪連天白。本是多愁人，復此風波夕！

【箋】

作於元和十年（八一五），四十四歲，長安至江州途中。

〔襄陽〕見卷九遊襄陽懷孟浩然詩箋。

〔漢陰驛〕即漢陰城舊址。太平寰宇記卷一四五襄州：「漢陰城在穀城縣北，漢爲縣，今廢城存。」

【校】

〔題〕「夜」，馬本作「中」，據宋本、那波本、汪本改。全詩注云：「一作『中』。」

江夜舟行

煙澹月濛濛，舟行夜色中。江鋪滿槽水，帆展半檣風。叫曙嗷嗷鴈，啼秋唧唧蟲。只應催北客，早作白鬚翁。

【箋】

作於元和十年（八一五），四十四歲，長安至江州途中。

紅藤杖

交親過滻別，車馬到江迴。唯有紅藤杖，相隨萬里來。

【箋】

作於元和十年（八一五），四十四歲，長安至江州途中。

〔紅藤杖〕即赤藤杖。產自南詔，爲唐代朝士所珍賞之物。白氏蠻子朝詩（卷三）云：「清平官持赤藤杖，大軍將繫金呿嗟。」朱藤杖紫驄吟詩（卷八）云：「南詔紅藤杖，西江白首人。」同詩自注云：「杖出南蠻。」三謡序（卷三九）云：「予廬山草堂中有朱藤杖一、蟠木机一、素屏風二，時多杖藤而行，隱机而坐，掩屏而卧。」其中之朱藤謡云：「朱藤朱藤，温如紅玉，直如朱繩。自我得爾以爲杖，大有裨於股肱。」可知朱藤杖關係白氏生活至爲密切也。又韓愈和虞部盧四汀酬翰林錢七徽赤藤杖歌云：「赤藤爲杖世未窺，臺郎始攜自滇池。」張籍和李僕射秋日病中作云：「獨倚紅藤杖，時時堦上行。」裴夷直南詔朱藤杖詩云：「六節南藤色似朱，拄行階砌勝人扶。」〔交親過滻別〕長安志卷十一萬年：「滻水在縣東北流四十里入渭。」雍録：「滻水原出藍田縣境之西曁，稍北行，至白鹿原西，即趨大興城。隋世自城外馬頭堰壅之向長樂坡（即滻坂也，在滻之西）。入城至萬年、長安兩縣。凡邑里宫禁花囿，多以此水爲用。」城按：唐人送行多至滻水爲别。白氏朱藤謡（卷三九）云：「前年左遷，東南萬里。交遊别我于國門，親友送我于滻水。」與楊虞卿書（卷四四）云：「及僕左降詔下，明日而東。足下從城西來，抵昭國坊，已不及矣。走馬至滻水，才及一執手，憫然而訣，言不及他。」均可證。

江上吟元八絶句

大江深處月明時，一夜吟君小律詩。應有水仙潛出聽，翻將唱作步虚詞。

【箋】

作於元和十年（八一五），四十四歲，長安至江州途中。

〔元八〕元宗簡。見卷六東陂秋意寄元八詩箋。

途中感秋

節物行摇落，年顔坐變衰。樹初黄葉日，人欲白頭時。鄉國程程遠，親朋處處辭。唯殘病與老，一步不相離。

【箋】

作於元和十年（八一五），四十四歲，長安至江州途中。

〔樹初黄葉日兩句〕范晞文對牀夜語卷四：「詩人發興造語，往往不約而合。如『雨中山果落，燈下草蟲鳴』，王維也。『樹初黄葉日，人欲白頭時』，樂天也。司空曙有云：『雨中黄葉樹，燈下白頭人。』句法王而意參白，然詩家不以爲襲也。」

【校】

〔唯殘〕「殘」，馬本、汪本俱作「憐」，據宋本、那波本、全詩、盧校改。汪本注云：「一作『殘』。」全詩注云：「一作『憐』。」

登郢州白雪樓

白雪樓中一望鄉，青山簇簇水茫茫。朝來渡口逢京使，説道煙塵近洛陽。時淮西寇未平。

【箋】

作於元和十年（八一五），四十四歲，長安至江州途中。

〔郢州〕舊爲安陸郡。唐貞觀十七年改置郢州，屬山南道。見元和郡縣志卷二一。

〔白雪樓〕太平寰宇記卷一四四郢州：「白雪樓基在州子城西。」輿地紀勝卷八四：「白雪樓：圖經：子城三面墉基皆天造，正西絶壁，下臨漢江，白雪樓冠其上，石城之名本此。今在郡治。」清統志安陸府：「白雪樓在府城西，宋謝譓有記。」

〔淮西寇〕指吴元濟之叛。

【校】

〔洛陽〕此下那波本無小注。

舟夜贈内

三聲猿後垂鄉淚，一葉舟中載病身。莫憑水窗南北望，月明月闇總愁人！

【箋】

作於元和十年（八一五），四十四歲，長安至江州途中。

逢舊

我梳白髮添新恨，君掃青蛾減舊容。應被傍人怪惆悵，少年離別老相逢！

【箋】

作於元和十年（八一五），四十四歲，長安至江州途中。

【校】

〔我梳〕「梳」，萬首作「留」。

臼口阻風十日

洪濤白浪塞江津，處處邅迴事事迍。世上方爲失途客，江頭又作阻風人。魚鰕遇雨腥盈鼻，蚊蚋和煙癢滿身。老大光陰能幾日？等閑臼口坐經旬。

【箋】

作於元和十年（八一五），四十四歲，長安至江州途中。

〔臼口〕即臼口市。清統志安陸府：「臼口市在鍾祥縣南九十里漢水東。」又云：「臼水在鍾祥縣東南，……西流合寨子河注於漢水。其入漢處謂臼口。」

【校】

〔白浪〕「白」，英華作「波」。汪本、全詩俱注云：「一作『波』。」

浦中夜泊

闇上江隄還獨立，水風霜氣夜稜稜。回看深浦停舟處，蘆荻花中一點燈。

【箋】

作於元和十年（八一五），四十四歲，長安至江州途中。

盧侍御與崔評事爲予於黄鶴樓致宴宴罷同望

江邊黄鶴古時樓，勞致華筵待我遊。楚思淼茫雲水冷，商聲清脆管絃秋。白花浪濺頭陀寺，紅葉林籠鸚鵡洲。總是平生未行處，醉來堪賞醒堪愁。

【箋】

作於元和十年（八一五），四十四歲，長安至江州途中。清黄培芳香石詩話卷三：「律詩貴音節清亮，白樂天有盧侍御與崔評事爲予於黄鶴樓置宴宴罷同望一律云：『江邊黄鶴古時樓……醉來堪賞醒堪愁。』錢籜石云：『幾於一字一珠。』」

〔盧侍御〕本卷有盧侍御小妓乞詩座上留贈詩，當同爲一人。

〔黄鶴樓〕水經注江水：「江之右岸有船官浦，歷黄鵠西而南。船官浦東即黄鵠山，林澗甚美。山下謂之黄鵠岸。岸下有灣，目之爲黄鵠灣。黄鵠山東北對夏口城。」城按：古鵠、鶴字通，故莊子天運篇、庚桑楚篇釋文皆云：鵠本亦作鶴。琴操别鶴操亦作「别鵠操」。黄鵠山即黄鶴山也。元和郡縣志卷二七鄂州：「城西臨大江西南角，因磯爲樓，名黄鶴樓。」輿地紀勝卷六六鄂州：「黄鶴樓在子城西南隅黄鵠磯山上，自南朝已著，因山得名。鵠、鶴古通用字。」清統志武昌府：「黄鶴山在江夏縣治西隅，一名黄鵠山。府志：黄鶴山自高冠山西至於江，其首隆然，黄鶴樓枕焉。」則樓因山名信矣。

〔白花浪濺頭陀寺〕文選卷五九王巾頭陀寺碑云：「頭陀寺者，沙門釋慧宗之所立也。」元和郡縣志卷二七：「頭陀寺在（江夏）縣東南二里。」陸游入蜀記卷四：「二十六日，與統、紓同遊頭陀寺，寺在州城之東隅石城山。」輿地紀勝卷六六：「頭陀寺在（鄂州）清遠門外黄鵠山上。」宋王得臣麈史卷中「白傅自九江赴忠州，過江夏，有與盧侍御於黄鶴樓宴罷同望詩曰：『白花浪濺頭陀寺，紅葉林籠鸚鵡洲。』句則美矣，然頭陀寺在郡城之東絶頂處，西去大江最遠，風濤雖惡，何由及之？或曰甚云之辭，如『峻極於天』之謂也。予以謂世稱子美爲詩史，蓋實録也。」城按：此詩係白氏元和十年赴江州時作，王氏謂係赴忠州時作，非是。又清吴翌鳳遜志堂雜鈔辛集云：「余留武昌最久，求所謂頭陀寺者，了不可得。或云城西觀音寺是。觀音寺在黄鵠磯下，背磯面江，地勢庳下。案李太白江夏贈韋南陵詩曰：『頭陀雲外多僧氣，』黄山谷詩曰：『頭陀全盛時，宫殿梯空級。』似在山阜高處。城中大觀山繚繞如伏蛇（俗因名蛇山），自西亘東，寺或在其上。嘗記陸放翁入蜀記言寺在州之東，則非今之觀音寺可知矣。楚人不但不知其處，且多不能舉其名。」則吴氏之説與塵史相合。然白氏詩純係詩人想象之辭，亦不可過泥也。

〔鸚鵡洲〕元和郡縣志卷二七：「鸚鵡洲在（江夏）縣西南二里。」太平御覽地部三四引江夏記云：「鸚鵡洲在縣北。案後漢書曰：黄祖爲江夏太守，黄祖太子射賓客大會，有獻鸚鵡於此洲，故以爲名。」輿地紀勝鄂州：「鸚鵡洲舊自城南跨城西大江中，尾直黄鵠磯，黄祖殺禰衡處。衡嘗作鸚鵡賦，故遇害之處得名。」海録碎事：「黄祖殺禰衡，埋于沙洲之上，後人因號其洲爲鸚鵡洲，以衡嘗爲鸚鵡賦故也。」清統志武昌府：「鸚鵡洲在江夏縣西南二里，禰衡墓在鸚鵡洲，今淪於江。」

【校】

〔勞致〕「致」，馬本、全詩俱作「置」。據宋本、那波本、汪本改。

〔淼茫〕「淼」，馬本注云：「匹妙切。」

舟中讀元九詩

把君詩卷燈前讀，詩盡燈殘天未明。眼痛滅燈猶闇坐，逆風吹浪打船聲。

【箋】作於元和十年（八一五），四十四歲，長安至江州途中。元集卷二一有酬樂天舟泊夜讀微之詩。唐宋詩醇卷二三：「字字沈着，二十八字中無限層折。元微之聞樂天左降江州詩云：『殘燈無焰影幢幢，此夕聞君謫九江。垂死病中驚坐起，暗風吹雨入寒窗。』居易以爲此句他人尚不可聞，況僕心哉！此詩真可謂同調。」

〔元九〕元稹。見卷一酬元九對新栽竹有懷見寄詩箋。

舟行阻風寄李十一舍人

扁舟厭泊煙波上，輕策閑尋浦嶼間。虎蹋青泥稠似印，風吹白浪大於山。且愁江郡何時到？敢望京都幾歲還？今日料君朝退後，迎寒新酎煖開顏。李十一好小酎酒，故云。

【箋】作於元和十年（八一五），四十四歲，長安至江州途中。

〔李十一舍人〕李建。見卷十一早祭風伯因懷李十一舍人詩箋。

〔迎寒新酎煖開顏〕本卷李十一舍人松園飲小酎酒得元八侍御詩序云在臺中推院有鞫獄之

苦即事書懷因酬四韻云：「愛酒舍人開小酌，能文御史寄新詩。」

【校】

〔浦嶼〕「嶼」，馬本注云：「象呂切。」

〔開顔〕此下小注，馬本「李」下脱「十一」二字，據宋本、全詩增。那波本、汪本俱無注。

雨中題衰柳

濕屈青條折，寒飄黄葉多。不知秋雨意，更遣欲如何。

【箋】

作於元和十年（八一五），四十四歲，長安至江州途中。

【校】

〔如何〕馬本誤倒，據宋本、那波本、汪本、唐歌詩、全詩、盧校乙正。

題王處士郊居

半依雲渚半依山，愛此令人不欲還。負郭田園八九頃，向陽茅屋兩三間。寒松縱老風標在，野鶴雖飢飲啄閑。一卧江村來早晚，著書盈帙鬢毛斑。

【箋】作於元和十年（八一五），四十四歲，長安至江州途中。

歲晚旅望

朝來暮去星霜换，陰慘陽舒氣序牽。萬物秋霜能壞色，四時冬日最凋年。煙波半露新沙地，鳥雀羣飛欲雪天。向晚蒼蒼南北望，窮陰旅思兩無邊。

【箋】作於元和十年（八一五），四十四歲，長安至江州途中。唐宋詩醇卷二三：「倚天拔地，字字奇警，與杜甫閣夜詩極相似。」

【校】〔旅思〕「旅」，馬本作「離」，據宋本、那波本、汪本、全詩、盧校改。全詩注云：「一作『離』。」

晏坐閑吟

昔爲京洛聲華客，今作江湖潦倒翁。意氣銷磨羣動裏，形骸變化百年中。霜侵殘鬢無多黑，酒伴衰顔只暫紅。賴學禪門非想定，千愁萬念一時空。

【箋】作於元和十年（八一五），四十四歲，長安至江州途中。

【校】〔潦倒〕「潦」，宋本、那波本俱作「老」。全詩注云：「一作『老』。」

題李山人

廚無煙火室無妻，籬落蕭條屋舍低。每日將何療飢渴？井華雲紛一刀圭。

【箋】作於元和十年（八一五），四十四歲，長安至江州途中。

讀莊子

去國辭家謫異方，中心自怪少憂傷。爲尋莊子知歸處，認得無何是本鄉。

【箋】

作於元和十年（八一五），四十四歲，長安至江州途中。

江樓偶宴贈同座

南浦閑行罷，西樓小宴時。望湖凭檻久，待月放盃遲。江果嘗盧橘，山歌聽竹枝。相逢且同樂，何必舊相知？

【箋】

作於元和十年（八一五），四十四歲，長安至江州途中。

【校】

〔相知〕「相」，宋本、那波本俱作「新」。

放言五首 并序

元九在江陵時有放言長句詩五首，韻高而體律，意古而詞新。予每詠之，甚覺有味，雖前輩深於詩者，未有此作。唯李頎有云：「濟水至清河自濁，周公大聖接輿狂。」斯句近之矣。予出佐潯陽，未届所任，舟中多暇，江上獨吟，因綴五篇以續其意耳。

朝真暮僞何人辨？古往今來底事無？但愛臧生能詐聖，可知甯子解佯愚？草螢有耀終非火，荷露雖團豈是珠？不取燔柴兼照乘，可憐光彩亦何殊？

世途倚伏都無定，塵網牽纏卒未休。禍福迴還車轉轂，榮枯反覆手藏鉤。龜靈未免刳腸患，馬失應無折足憂。不信君看弈棋者，輸贏須待局終頭。

贈君一法決狐疑，不用鑽龜與祝蓍。試玉要燒三日滿，真玉燒三日不熱。辨材須待七年期。豫章木生七年而後知。周公恐懼流言日，王莽謙恭未篡時。向使當初身便死，一生真僞復誰知？

誰家第宅成還破？何處親賓哭復歌？昨日屋頭堪炙手，今朝門外好張羅。北邙未省留閑地，東海何曾有定波？莫笑賤貧誇富貴，共成枯骨兩如何！

泰山不要欺毫末，顔子無心羡老彭。松樹千年終是朽，槿花一日自爲榮。何須戀世常憂死，亦莫嫌身漫厭生。生去死來都是幻，幻人哀樂繫何情！

【箋】

作於元和十年（八一五），四十四歲，長安至江州途中。見汪譜。元集卷十八有放言五首。後漢書荀韓鍾陳傳論云：「漢由中世以下，閹豎擅恣，故俗遂以遁身矯絜放言爲高。」即此詩題涵義所本。

〔濟水至清河自濁二句〕全唐詩卷一三三李頎雜興云：「沈沈牛渚磯，舊説多靈怪。行人夜來生犀燭，洞照洪深闢滂湃。乘車駕馬往復旋，赤紱朱冠何偉然。波驚海若潛幽石，龍抱胡髯卧黑泉。水濱丈人曾有語，物或惡之當害汝。武昌妖夢果爲災，百代英威埋鬼府。青青蘭艾本殊香，察見泉魚固不祥。濟水自清河自濁，周公大聖接輿狂。千年魑魅逢華表，九日茱萸作佩囊。善惡生死齊一貫，祇應斗酒任蒼蒼。」

〔試玉要燒三日滿〕吕氏春秋士容高誘注：「鍾山之玉，燔以爐炭，三日三夜，色澤不變。」又白氏答友問詩（卷一）：「大圭廉不割，利劍用不缺。當其斬馬時，良玉不如鐵。置鐵在洪爐，鐵銷易如雪。良玉同其中，三日燒不熱。君疑才與德，咏此知優劣。」

〔辨材須待七年期〕史記卷一一七司馬相如傳裴駰集解：「郭璞曰：『豫章，大木也，生七年乃可知也。』」文選嵇康養生論李善注：「淮南子曰：豫章之生七年可知。延叔堅曰：豫章與枕木相似，須七年乃可別耳。」又白氏寓意詩五首之一（卷二）：「豫章生深山，七年而後知。」

〔周公恐懼流言日四句〕郎瑛七修類稿：「『周公恐懼流言日，王莽謙恭下士時。假使當年身便死，一生真僞有誰知？』諸書引者皆以爲荆公之詩，臨川集不載，不知何人也。以格律論之，亦必宋人耳。」城按：仁實此説殊粗疏。清恒仁月山詩話云：「明劉定之雜誌引王介甫詩云：『周公恐懼流言日，王莽謙恭下士時。假使當年身便死，終身真僞有誰知？』且曰：『其意謂已嘗辭館職出於真，異己者若司馬君實辭樞副、范景仁辭翰長出于僞，爲莽之徒云云。』愚按：此四句乃樂天放言詩，非介甫詩也。當是介甫嘗引此詩以譏君實、景仁，而定之因誤以爲介甫自作。」

【校】

〔李頎〕「頎」下馬本注云：「渠宜切。」

〔多暇〕「暇」下馬本衍「又」字，據宋本、那波本、汪本、全詩删。

〔臧生〕「臧」，馬本、汪本俱作「莊」，據宋本、那波本、全詩、盧校改。汪本注云：「一作『臧』。」全詩注云：「一作『莊』。」

〔輸贏〕「贏」，宋本作「嬴」，字通。

〔三日滿〕此下那波本無小注。

〔七年期〕此下那波本無小注。

〔流言日〕「日」，宋本、那波本、全詩、盧校俱作「後」。汪本注云：「一作『後』。」全詩注云：

「一作『日』。」

〔當初〕「初」，馬本、汪本俱作「時」，據宋本、那波本、全詩、盧校改。汪本注云：「一作『初』。」全詩注云：「一作『時』。」

歲暮道情二首

壯日苦曾驚歲月，長年都不惜光陰。爲學空門平等法，先齊老少死生心。

半故青衫半白頭，雪風吹面上江樓。禪功自見無人覺，合是愁時亦不愁。

【箋】

作於元和十年（八一五），四十四歲，長安至江州途中。

【校】

〔光陰〕萬首訛作「花陰」。

讀李杜詩集因題卷後

翰林江左日，員外劍南時。不得高官職，仍逢苦亂離。暮年逋客恨，浮世謫仙悲。吟詠流千古，聲名動四夷。文場供秀句，樂府待新詞。天意君須會，人間要好詩。賀監知章目李白爲謫仙人。

【箋】作於元和十年（八一五），四十四歲，長安至江州途中。白氏與元九書（卷四五）云：「況詩人多蹇：如陳子昂、杜甫各授一拾遺而迍剥至死。李白、孟浩然輩不及一命，窮悴終身。」又云：「又詩之豪者世稱李、杜。李之作才矣奇矣，人不逮矣，索其風雅比興十無一焉。杜詩最多，可傳者千餘首。至於貫串今古，覼縷格律，盡工盡善，又過于李。然撮其新安吏、石壕吏、潼關吏、塞蘆子、留花門之章，『朱門酒肉臭，路有凍死骨』之句，亦不過三四十首。杜尚如此，況不逮杜者乎？」又李白墓（卷十七）云：「採石江邊李白墳，遶田無限草連雲。可憐荒隴窮泉骨，曾有驚天動地文。但是詩人多薄命，就中淪落不過君。」程大昌考古録卷七云：「白樂天題李、杜詩卷，歷叙二公流落而詩名動四夷者，末乃曰：『天意君須會，人間要好詩』，此歐公所謂非詩窮人窮而後工者也。」

【校】〔好詩〕那波本此下無注。

强酒

若不坐禪銷妄想，即須行醉放狂歌。不然秋月春風夜，争那閑思往事何？

【箋】作於元和十年(八一五),四十四歲,長安至江州途中。

【校】〔行醉〕「行」,馬本作「吟」,非。據宋本、那波本、汪本、萬首、全詩、盧校改正。全詩注云:「一作『吟』。」

獨樹浦雨夜寄李六郎中

忽憶兩家同里巷,何曾一處不追隨?閑遊預算分朝日,静話多同待漏時。花下放狂衝黑飲,燈前起坐徹明棋。可知風雨孤舟夜,蘆葦叢中作此詩?

【箋】作於元和十年(八一五),四十四歲,長安至江州途中。

〔李六郎中〕李諒。城按:此時李景儉官非郎中。白氏李諒除泗州刺史制(卷五〇)云:「以諒自澄城長訖尚書郎中間,又再爲州牧,三宰劇縣。」又今郎官石柱度中欄有李諒題名。故知長慶前諒曾官郎中,疑此「李六郎中」即諒也。見岑仲勉唐人行第録。

〔静話〕「話」,馬本、汪本、全詩俱作「語」,據宋本、那波本、盧校改。全詩注云:「一作『話』。」

聽崔七妓人箏

花臉雲鬟坐玉樓，十三絃裏一時愁。憑君向道休彈去，白盡江州司馬頭。

【箋】

作於元和十年（八一五），四十四歲，長安至江州途中。

望江州

江迴望見雙華表，知是潯陽西郭門。猶去孤舟三四里，水煙沙雨欲黄昏。

【箋】

作於元和十年（八一五），四十四歲，江州，江州司馬。

〔江州〕見卷六江州雪詩箋。

〔潯陽〕見卷一潯陽三題詩箋。

【校】

〔孤舟〕「舟」，萬首作「城」。全詩、汪本俱注云：「一作『城』。」

初到江州

潯陽欲到思無窮，庾亮樓南湓口東。樹木凋疏山雨後，人家低濕水煙中。菰蔣餧馬行無力，蘆荻編房卧有風。遥見朱輪來出郭，相迎勞動使君公。

【箋】

作於元和十年（八一五），四十四歲，江州，江州司馬。

〔江州〕見卷六江州雪詩箋。

〔潯陽〕見卷一潯陽三題詩箋。

〔庾亮樓南湓口東〕庾亮樓即庾樓。清統志九江府一：「庾樓在府治後，濱大江，其磯石突出江干百許步。相傳晉庾亮鎮江州時所建。按：此因晉書庾亮傳有『秋夜登南樓』之事而傅會也。亮時江州自鎮武昌，不在湓城，史傳甚明。李白詩：『清景南樓夜，風流在武昌。』亦未嘗誤。白居易詩云：『潯陽欲到思無窮，庾亮樓南湓水東。』自後遂爾傳訛。」城按：清統志所辨良是，考晉惠帝元康初始置江州，傳綜爲刺史，治武昌。東晉初，王敦領荊州，移鎮武昌，後謝尚、庾亮、庾翼、陶侃、桓温並鎮此。見讀史方輿紀要卷七六武昌縣。白氏作此詩時，蓋承誤已久。至張芸叟謂庾亮鎮潯陽，其誤益甚。陸游入蜀記卷三辨之云：「庾亮嘗爲江、荊、豫州刺史，其實則治武昌。若武昌南樓名庾樓猶有理，今江州治所，在晉特柴桑縣之湓口關耳。此樓附會甚明。然白樂天詩固已云『潯陽欲到思無窮，庾亮樓南湓口東』，則承誤已久矣。張芸叟南遷録云：『庾亮鎮潯陽，經始此樓。』其誤尤甚。」范成大吴船録卷下云：「甲午，泊江州，登庾樓。前臨大江，後對康廬，背面皆登臨奇絶。又名山大川悉萃此樓，他處不得兼有，此獨擅之。庾元亮故事本是武昌南樓，後人以元亮嘗刺江州，故亦以庾名此樓，然景物則有南樓不逮者。」范氏殆亦失考。清洪亮吉北江詩話卷四復詳考之云：「九江府署後距城有樓三楹，人傳爲晉庾亮與殷浩等登眺之所，不知非也。亮鎮荆州（按：當作江州）時，治所實在今湖北武昌縣，土人呼爲小武昌，以别于今。武昌府在江之北，樓正面江，故名南樓。若九江府在江南，有樓面江，乃北樓耳。何得云亮與浩等所登乎？余同年方太守體以爲亮弟翼鎮江州時所築樓近之。余有庾樓詩一篇云：『吴楚山川此上遊，茲樓剛對武昌樓。南來傑閣推章郡，東下雄藩是石頭。頻歲舳艫趨海道，全家棣萼領江州。憑闌一望真無際，千點飛帆雜渚鷗。』蓋訂向來之誤也（文選注以此爲湓口南樓）。」城按：庾翼鎮江州。在咸康六年，時已移治柴桑，洪氏所考當亦可信。清胡虔柿葉軒筆記云：「南樓有三，皆以庾太尉得名。一在德化：按庾以咸和五年鎮江州，治武昌（今武昌縣）。九年督江、荆等六州，以武昌爲鎮。咸康六年，江州乃移治柴桑，而庾之鎮武昌至薨未嘗改蒞柴桑也。亮本傳載亮秋夜登南樓爲在武昌時事，則德化有庾樓妄矣。其一在武昌。一在江夏（唐建，在黄鵠山）。明圮。乾隆壬子又改布政司前鼓樓爲南樓）。陸務觀入蜀記言鄂州南樓甚悉（宋鄂州治江夏）。考江夏，晉沙羨縣也。吴志：黄初二年，權自公安都鄂（漢縣），改名武昌（宋地理志以武昌山爲名），以武昌、下雉、尋陽、陽新、柴桑、沙羨六縣爲武昌郡。郡治武昌，而沙羨爲屬邑。晉因吳舊，庾鎮武昌，即今之武昌縣。水經『江之右岸有鄂縣故城』注：晉惠帝永平（城按：晉惠帝永平年號，僅三月，未滿一年）中始置江州，傅綜爲刺史治此，後太尉庾亮所鎮也。庾鎮武昌決無在沙羨之事。通雅謂都督必居形勝之地，武昌乃山僻邑。然考其地實處江湖之衝，孫吳再都於此，以太子重臣鎮守之。其在晉咸康中庾欲移鎮石城，以石虎陷邾城而止，一江南北，險與敵分。及宋嘉定以武昌縣爲江西上流衝要隘口，升爲壽昌軍。元升爲府。武昌形要尤重於江夏，非古今時勢之殊耶？故南樓之蹟，以在武昌者爲確，而在江夏者誤也。昔樂天謫江州，山谷知鄂州，皆有詠南樓詩，蓋二公已不能知其失矣。」則知山谷詩亦失考，固不獨樂天也。白氏又有庾樓曉望（卷十六）、庾樓新歲（卷十六）、三月三日登庾樓寄庾三十二（卷十六）等詩，可參看。

〔相迎勞動使君公〕程大昌演繁露續集卷四：「東坡離徐州詩曰：『父老拜馬前，請壽使君公。』君即公也，語似重出。今見白樂天集（十五卷）初到江州曰：『遥見朱輪來出郭，相迎勞動使君公』坡蓋用白語云。」

【校】

〔菰蔣〕馬本「菰」下注云：「攻手切。」「蔣」下注云「子良切。」

醉後題李馬二妓

行摇雲髻花鈿節，應似霓裳趁管絃。豔動舞裙渾是火，愁凝歌黛欲生煙。有風縱道能迴雪，無水何由忽吐蓮。疑是兩般心未決，雨中神女月中仙。

【箋】

作於元和十年（八一五），四十四歲，江州，江州司馬。

盧侍御小妓乞詩座上留贈

鬱金香汗裛歌巾，山石榴花染舞裙。好似文君還對酒，勝於神女不歸雲。夢中那及覺時見，宋玉荆王應羨君。

【箋】

作於元和十年（八一五），四十四歲，江州，江州司馬。

〔盧侍御〕本卷有盧侍御與崔評事爲予於黄鶴樓致宴宴罷同望詩。當同係一人。

【校】

〔裛歌巾〕「裛」下馬本注云：「一入切。」

白居易集箋校卷第十六

律詩　五言　七言　自兩韻至一百韻　凡一百首

東南行一百韻寄通州元九侍御澧州李十一舍人果州崔二十二使君開州韋大員外庾三十二補闕杜十四拾遺李二十助教員外竇七校書

南去經三楚，東來過五湖。山頭看候館，水面問征途。地遠窮江界，天低極海隅。飄零同落葉，浩蕩似乘桴。漸覺鄉原異，深知土產殊。夷音語嘲哳，蠻態笑睢盱。水市通闤闠，煙村混舳艫。吏徵魚户税，人納火田租。亥日饒蝦蠏，寅年足虎貙。成人男作丱，事鬼女爲巫。樓闇攢倡婦，隄喧簇販夫。夜船論鋪賃，春酒斷缾沽。見果多盧橘，聞禽悉鷓鴣。山歌猿獨叫，野哭鳥相呼。嶺徼雲成棧，江郊水當郛。月移翹柱鶴，風汎颭檣烏。鼇礙潮無信，蛟驚浪不虞。鼉鳴江擂鼓，蜃氣海浮圖。樹裂山魈穴，沙含水弩樞。喘牛犁紫芋，羸馬放青菰。繡面誰家婢？鴉頭幾歲奴？泥中採菱芡，燒後拾樵蘇。鼎膩愁烹鼈，盤腥厭膾鱸。鍾儀徒戀楚，張翰浪思吴。氣序涼還熱，光陰旦復晡。身方逐萍梗，年欲近桑榆。渭北田園廢，江西歲月徂。憶歸恒慘澹，懷舊忽踟躕。自念咸秦客，嘗爲鄒魯儒。蘊藏經國術，輕棄度關繻。賦力凌鸚鵡，詞鋒敵轆轤。戰文重掉鞅，射策一彎弧。崔杜鞭齊下，元韋轡並驅。名聲逼楊馬，交分過蕭朱。世務經磨揣，周行竊覬覦。風雲皆會合，雨露各濡。共偶昇平代，偏慚固陋軀。承明連夜直，建禮拂晨趨。美服頒王府，珍羞降御廚。議高通白虎，諫切伏青蒲。柏殿行陪宴，花樓走看酺。神旗張鳥獸，天籟動笙竽。丸劍星芒耀，魚龍電策驅。定場排漢旅，促座進吴歈。縹緲疑仙樂，嬋娟勝畫圖。歌鬟低翠羽，舞汗墮紅珠。別選閑遊伴，潛招小飲徒。一盃愁已破，三盞氣彌麤。軟美仇家酒，幽閑葛氏姝。十千方得斗，二八正當壚。論笑杓胡硉，談憐鞏囁嚅。李酣尤短竇，庾醉更蔫迂。鞍馬呼教住，骰盤喝遺輸。長驅波卷白，連擲采成盧。骰盤、卷白波、莫走、鞍馬皆當時酒令。籌併頻逃席，觥嚴別置盂。滿卮那可灌，頹玉不勝扶。入視中樞草，歸乘内廐駒。醉曾銜宰相，驕不揖金吾。日近恩雖重，雲高勢却孤。翻身落霄漢，失脚到泥塗。博望移門籍，潯陽佐郡符。予自太子贊善大夫出爲江州司馬。時情變寒暑，世利算錙銖。即日辭雙闕，明朝別九衢。播遷分郡國，次第出京都。十年春，微之移佐通州。其年秋，予出佐潯陽。明年冬，杓直出牧澧州。崔二十二出牧果州。韋大出牧開州。秦嶺馳三驛，商山上二邗。商山險道中有東西二邗。峴陽亭寂寞，夏口路崎嶇。大道全生棘，中丁盡執殳。江關未徹警，淮寇尚稽誅。時淮西未平，路經襄鄂二州界，所見如此。林對東西寺，山分大小姑。東林、西林寺在廬山北。大姑、小姑在廬山南彭蠡湖中。廬峯蓮刻削，湓浦帶縈紆。蓮花峯在廬山北，湓水在江城南，何遜詩云：「湓城對湓水，湓水縈如帶。」九派吞青草，潯陽江九派南通青草、洞庭湖。孤城覆緑蕪。南方城壁多以草覆。黄昏鐘寂寂，清曉角嗚嗚。春色辭門柳，秋聲到井梧。殘芳悲鶗鴂，音啼決，見楚詞。暮節感茱萸。蕊拆金英菊，花飄雪片蘆。波紅日斜没，沙白月平鋪。幾見林抽筍，頻驚燕引鶵。歲華何倏忽？年少不須臾。眇默思千古，蒼茫想八區。孔窮緣底事？顔夭有何辜？龍智猶經醢，龜靈未免刳。窮通應已定，聖哲不能逾。況我身謀拙，逢他厄運拘。漂流隨大海，鎚鍛任洪爐。險阻嘗之矣，栖遲命也夫！沈冥消意氣，窮餓耗肌膚。防瘴和殘藥，迎寒補舊襦。書牀鳴蟋蟀，琴匣網蜘蛛。貧室如懸磬，端憂劇守株。時遭人指點，數被鬼揶揄。兀兀都疑夢，昏昏半似愚。女驚朝不起，妻怪夜長吁。萬里抛朋侣，三年隔友于。自然悲聚散，不是恨榮枯。去夏微之瘧，今春席八殂。天涯書達否？泉下哭知無？去年聞元九瘴瘧，書去竟未報。今春聞席八殁，久與還往，能無慟矣！謾寫詩盈卷，空盛酒滿壺。只添新悵望，豈復舊歡娱？壯志因愁減，衰容與病俱。相逢應不識，滿頷白髭鬚！

【箋】

作於元和十二年（八一七），四十六歲，江州，江州司馬。元集卷十二有酬樂天東南行詩一百韻。城按：汪譜繫此詩於元和十三年，非是。元稹酬樂天東南行詩一百韻詩序云：「（元和）十三年，予以赦當遷，簡省書籍，得是八篇，吟歎方極。適崔果州使至，爲予致樂天去年十二月二日書，書中寄予百韻至兩韻，凡二十四章。」則當作於元和十二年。唐宋詩醇卷二三：「波瀾壯闊，筆力沈雄，較代書百韻更勝。杜甫而下，罕與爲儷。圖字一韻重押，以字義不同也，唐宋人往往有之。」元詩「投分刻肌膚」下自注引此題增出「兼投弔席八舍人」七字，惟「杜十四」作「杜二十四」，「十」上衍「二」字。

〔通州〕通州通川郡。唐屬山南西道。見新書卷四〇地理志。

〔元九侍御〕元稹。元和四年，稹任監察御史，故有此稱。城按：唐人稱殿中侍御史及監察御史爲侍御，並喜以京職相稱。因話録卷五：「御史臺三院：一曰臺院，其僚曰侍御史，衆呼爲端公。二曰殿院，其僚曰殿中侍御史，衆呼爲侍御。三曰察院，其僚曰監察御史，衆亦呼爲侍御。」

〔澧州〕澧州澧陽郡。唐屬山南東道。見新書卷四〇地理志。

〔李十一舍人〕李建。元和十一年冬出刺澧州前，曾官兵部郎中、知制誥。見舊書卷一五五、新書卷一六二本傳。城按：唐人知制誥得稱爲舍人。參見白氏早祭風伯因懷李十一舍人（卷十一）、李十一舍人松園飲小酎酒得元八侍御詩序云在臺中推院有鞫獄之苦即事書懷因酬四韻（卷十五）、舟行阻風寄李十一舍人（卷十五）、聞李十一出牧澧州崔二十二出牧果州因寄絶句（本卷）等詩。

〔果州〕果州南充郡。唐屬山南西道。見新書卷四〇地理志。

〔崔二十二使君〕崔韶。舊書卷十五憲宗紀：「（元和十一年九月）辛未，……禮部員外郎崔韶爲果州刺史，並爲補闕張宿所搆，言與貫之朋黨故也。」參見白氏聞李十一出牧澧州崔二十二出牧果州因寄絶句（本卷）、京使迴累得南省諸公書因以長句詩寄謝崔二十二員外……（卷十八）等詩。

〔開州〕開州盛山郡。本隋之萬世郡。唐天寶元年更此名。屬山南西道。見新書卷四〇地理志。

〔韋大員外〕韋處厚。舊書卷十五憲宗紀：「（元和十一年）九月，……考功郎中韋處厚爲開州刺史。」城按：此詩稱員外，疑舊紀有誤。白氏京使迴累得南省諸公書因以長句詩寄謝蕭五劉二元八吴十一韋大陸郎中……（卷十八）詩，作於元和十四年，則處厚當係自外郡遷任郎中。

〔庾三十二補闕〕庾敬休。曾官右補闕，見舊書卷一八七本傳。并參見卷十一夢與李七庾三十三同訪元九詩箋。

〔杜十四拾遺〕杜元穎。貞元十六年與居易同登進士第。舊書卷一六三本傳：「元和中爲左拾遺，右補闕，召入翰林充學士。」新書卷九六本傳略同。城按：兩唐書記其轉歷之階均未詳。丁居晦重修承旨學士壁記云：「杜元穎，元和十二年□月十三日，自太常博士充。二十日，改右補闕。」殆最得其實。以白氏此詩證之，元穎蓋以拾遺改太博召入，隨復改官補闕。白氏代書（卷四三）云：「持此札爲予謁庾三十二補闕、翰林杜十四拾遺、金部元八員外、監察牛二侍御、秘省蕭正字、藍田楊主簿兄弟。」此文作於元和十二年三月十三日，居易於時尚未得其詳，故仍稱拾遺也。岑仲勉翰林學士壁記注補據鄧本校補元穎入翰林爲元和十二年二月十三日，所考良是。

〔李二十助教員外〕李紳。舊書卷一七三、新書卷一八一俱有傳。城按：李紳元和四年至長安爲校書郎。八年至九年間改任國子助教。舊書、新書本傳謂紳「元和初登進士第，釋褐國子助教」，非是。又據李紳南梁行詩原注云：「元和十四年，故山南節度、僕射崔公奏觀察判官，蒙以書奏見委，常戲拙速。」故知紳元和十四年春間猶爲國子助教。白氏又有初授贊善大夫早朝寄李二十助教詩（卷十五）。又按：元稹酬樂天東南行詩一百韻「投分刻肌膚」句下自注引白詩原題「李二十助教」下無「員外」二字，疑此二字衍。

〔竇七校書〕竇鞏。字友封，元和二年進士。平盧薛平辟爲副使。入朝拜侍御史，歷司勳員外郎，刑部郎中。元稹觀察浙東，奏爲副使。稹移鎮武昌，鞏又從之。後終於鄂渚。（城按：褚藏言竇鞏傳謂鞏終於長安崇德里私第，與舊傳異。）見舊書卷一五五、新書卷一七五本傳、登科記考卷十六。城按：鞏何時爲校書，各書均未載，此詩作於元和十二年，是時鞏或已爲外任，蓋唐人喜以内職相稱也。白氏有戲和微之答竇七行軍之作（卷二八），亦爲酬鞏之作。

〔亥日饒蝦蟹二句〕汪立名云：「洪氏隆興職方乘：嶺南村落有市謂之虚，以其不常會，多虚日也。西蜀曰痎，言如痎疾間而後作，江南惡以疾稱，因止曰亥。獨徐筠水志云荆、吴俗以寅、申、巳、亥日集於市。觀公詩用亥日甚多，則徐氏之説爲是。」參見卷十五得微之到官後書備知通州之事悵然有感因成四章詩箋。

〔崔杜鞭齊下二句〕花房英樹白氏文集の批判的研究引金澤文庫本白集此兩句下增出原注云：「予與崔廿二、杜廿四同年進士，與元九、韋大同勅制科。」按：「杜廿四」當作「杜十四」。

〔軟美仇家酒〕白氏仇家酒詩（卷十五）：「年年老去歡情少，處處春來感事深。時到仇家非愛酒，醉時心勝醒時心。」元集卷十九和樂天仇家酒云：「病嗟酒户年年減，老覺塵機漸漸深。飲罷醒餘更惆悵，不如閑事不經心。」仇家蓋長安之酒肆。

〔論笑杓胡硉〕指李建。

〔談憐聳囁嚅〕花房英樹白氏文集の批判的研究引金澤文庫本此句下增出原注云：「竇七聳善談謔，而口微吃，衆或呼爲吃聳。」考舊書卷一五五本傳：「性温雅，多不能持論，士友言議之際，吻動而不發，白居易等目爲囁嚅翁。」新書卷一七五本傳：「平居與人言若不出口，世號囁嚅翁。」此外又如唐才子傳卷四：「聳平居與人言不出口，時號爲囁嚅翁云。」蓋均本之白詩。詩藪外編卷四：「竇聳性温裕，不能持論，每議事之際，吻動而不發。白居易目爲囁嚅翁。蘇味道遇事持兩端，號爲模棱手，二事雅堪作對。又李林宗亦謂樂天囁嚅公，豈即以樂天譏竇語也。」清郭麐靈芬館詩話卷一：「竇友封與人言若不出口，號囁嚅翁。李逢吉呼樂天亦爲囁嚅翁，東坡所謂『試問囁嚅翁』，指樂天也。」城按：施注蘇詩卷六「小蠻知在否，試問囁嚅翁」句注云：「李林宗，字直木，嘗謂樂天爲囁嚅翁。」或爲胡、郭兩書之所本。

〔李酣尤短竇〕白氏代書詩一百韻寄微之詩（卷十三）「閑吟短李詩」句自注云：「辛大丘度性迂嗜酒，李二十紳形短能詩，故當時有迂辛、短李之號。」又編集拙詩成一十五卷因題卷末戲贈元九李二十詩（本卷）云：「每被老元偷格律，苦教短李伏歌行。」

〔鞍馬呼教住四句〕白氏代書詩一百韻寄微之詩（卷十三）「打嫌調笑易，飲訝卷波遲」句原注云：「抛打曲有調笑，飲酒有卷白波。」程大昌演繁露卷十二：「飲酒卷白波，唐李濟翁資暇録謂漢時嘗擒白波賊，人所共快，故以爲酒令。晏公類要六十五卷：白集詩云：『長驅波卷白，連擲采成盧。』注曰：骰盤、卷白波、莫走、鞍馬皆當時酒令名。」城按：抛打乃唐人酒令之一法，流行民間之伎藝也。見任半塘唐聲詩上編第五章。

〔秦嶺〕望秦嶺。見卷十五初貶官過望秦嶺詩箋。

〔商山〕見卷八登商山最高頂詩箋。

〔夏口〕元和郡縣志卷二七：「鄂州，禹貢荆州之域。春秋時謂之夏汭。漢爲沙羨之東境，自後漢末謂之夏口。亦名魯口。」城按：唐人多稱鄂州爲夏口，見明統志卷五九武昌府。白氏有行次夏口先寄李大夫詩（卷十七）。

〔東林寺〕見卷一東林寺白蓮詩箋。

〔西林寺〕見卷七春遊西林寺詩箋。

〔湓浦〕見卷一潯陽三題詩箋。

〔青草〕青草湖。元和郡縣志卷二七：「巴丘湖又名青草湖，在（巴陵）縣南七十九里。」方輿勝覽卷二九岳州：「青草湖一名巴坵湖，北洞庭，南瀟湘，東有汨羅之水，自昔與洞庭並稱。」

〔去夏微之瘧〕元稹酬樂天東南行詩一百韻「我病方吟越，君行已過湖」句自注云：「元和十一年閏六月，至通州，染瘴危重。八月，聞樂天司馬江州。」

〔今春席八殂〕席八即席夔。據白氏此詩，席八當卒於元和十二年春間。劉賓客嘉話録云：「韓十八初貶之制，席十八舍人爲之詞曰：早登科第，亦有聲名。」城按：「席十八」當係「席八」之訛。韓愈貶潮州在元和十四年初，夔死已年餘，豈能行制？嘉話録所記有誤。詳岑仲勉唐人行第録。又元稹酬樂天東南行詩一百韻「近喜司戎健，尋傷掌誥徂」句自注云：「今日得樂天書，六年聞席八殂。」「六」爲「去」字之誤。

【校】

〔題〕才調無「寄」字以下五十字。

〔澧州〕「澧」，馬本、汪本俱訛作「灃」，據宋本、那波本、全詩改正。

〔極海隅〕「極」，才調、汪本俱作「接」。汪本注云：「一作『極』。」全詩注云：「一作『接』。」

〔土産〕「産」，才調、汪本俱作「俗」。全詩注云：「一作『俗』。」

〔嘲哳〕「哳」，馬本作「哳」，據宋本、那波本、汪本、才調、全詩、盧校改。

〔舳艫〕馬本「舳」下注云：「直六切。」「艫」下注云：「龍都切。」

〔虎貙〕「貙」下馬本注云：「抽居切。」

〔作丱〕「丱」下，馬本注云：「古患切。」

〔事鬼〕「事」，馬本作「似」，據宋本、那波本、汪本、才調、全詩、盧校改。全詩注云：「一作『似』。」

〔倡婦〕「倡」，宋本、那波本、馬本俱訛作「猖」，據才調、汪本、全詩、盧校改正。

〔隄喧〕「喧」，才調、全詩俱作「長」。

〔販夫〕「販」，馬本訛作「貶」，據宋本、那波本、汪本、才調、全詩、查校、盧校改正。

〔瓻沽〕「瓻」，汪本、才調俱作「瓶」。全詩作「缾」。盧校：「按『瓻』即『缶』」，疑當作『缾』。」城按：缾爲瓶之或字，或從瓦，見集韻。

〔果多〕「多」，汪本、才調、全詩俱作「皆」。

〔月移〕「移」，宋本、那波本、馬本俱訛作「橘」，據汪本、才調、全詩改正。

〔鼉鳴〕「鼉」，宋本作「黿」，那波本作「黽」，非，據才調、全詩改正。

〔江擂鼓〕宋本、那波本、馬本俱作「泉窟室」，據汪本、全詩改。全詩注云：「一作『泉窟室』。」才調作「江櫑鼓」，「櫑」當爲「擂」之訛文。

〔蜃氣海〕馬本「蜃」下注云：「時軫切。」又「氣海」，宋本、那波本、馬本俱作「結氣」，據才調、汪本、全詩改。全詩注云：「一作『結氣』。」

〔山魈〕馬本「魈」下注云：「先彫切。」

〔菱芡〕馬本「芡」下注云：「巨險切。」

〔旦復晡〕馬本「晡」下注云：「奔模切。」

〔逼楊馬〕「逼」，才調作「敵」。全詩注云：「一作『敵』。」「楊」，汪本、全詩俱作「揚」。城按：「揚雄」亦作「楊雄」，説文通訓定聲：「揚爲楊之誤字，漢書揚雄傳，字從手。説者謂子雲好奇，特自標異。按雄反騷自序世系，當即左傳楊食我之後。三國楊德祖云：脩家子雲，老不曉事。則其氏從木可知。」

〔共偶〕「偶」，全詩作「遇」，注云：「一作『偶』。」汪本注云：「一作『遇』。」

〔看餔〕馬本「餔」下注云：「弄模切。」

〔丸劍〕「丸」，馬本訛作「九」，據宋本、那波本、才調、盧校改正。汪本、全詩俱作「戈」，全詩注云：「一作『丸』。」

〔漢旅〕汪本、才調、全詩俱作「越妓」。汪本、全詩俱注云：「一作『漢旅』。」

〔吴歈〕馬本「歈」下注云：「羊朱切，吴歌曰歈。」

〔胡硉〕「硉」，全詩作「律」，注云：「一作『硉』。」

〔尤短竇〕「尤」，馬本、全詩俱訛作「猶」，據宋本、那波本、汪本、才調、盧校改正。查校：「『竇』字疑訛。」

〔蔫迂〕馬本「蔫」下注云：「因肩切。」

〔長驅〕「長」，才調作「急」。全詩注云：「一作『急』。」

〔成盧〕此下那波本、才調俱無注。

〔别置盂〕「别」，馬本、全詩俱訛作「列」，據宋本、那波本、汪本、盧校改正。

〔滿巵〕「滿」，才調作「漏」，全詩注云：「一作『漏』。」

〔勢却孤〕「却」，才調作「易」。全詩注云：「一作『易』。」

〔到泥塗〕「到」，才調作「倒」。全詩注云：「一作『倒』。」

〔郡符〕此下才調、那波本俱無注。

〔即日〕「即」，汪本、才調俱作「望」。全詩注云：「一作『望』。」

〔出京都〕此下小注「韋大出牧開州」，宋本脱「出」字。又那波本、才調俱無注。

〔二邘〕此下馬本注云：「云俱切。」又那波本、才調俱無注。

〔峴陽〕「峴」，馬本訛作「崑」，據宋本、那波本、汪本、全詩、盧校改正。

〔稽誅〕此下小注中「鄂」，馬本、汪本俱訛作「郡」，據宋本、全詩改正。那波本、才調俱無注。

〔大小姑〕此下那波本、才調俱無注。

〔湓浦〕「浦」，才調作「水」。全詩注云：「一作『水』。」

〔縈紆〕此下那波本、才調俱無注。

〔青草〕此下那波本、才調俱無注。注中「潯陽江」，馬本訛作「潯陽在」，據宋本、汪本、全詩改正。

〔緑蕪〕此下那波本、才調俱無注。

〔鐘寂寂〕「鐘」，汪本、才調俱作「鍾」，古字通。

〔悲鶗鴂〕此下那波本、才調俱無注。盧校：「本注：『音啼決，見楚詞。』案上四字不應皆平聲。疑此亦後人所加。『鶗』當依廣韻作『特計切。』」又「悲」，才調作「怨」，全詩注云：「一作『怨』。」

〔眇默〕「眇」，那波本、馬本俱訛作「耿」，據宋本、汪本、才調、全詩、盧校改正。

〔龍智〕「智」，才調作「聖」。全詩注云：「一作『聖』。」

〔經醘〕「經」，才調作「遭」。全詩注云：「一作『遭』。」

〔不能逾〕「逾」，才調作「踰」。全詩注云：「一作『踰』。」

〔身謀拙〕「身謀」，盧校作「謀生」。全詩注云：「一作『謀生』。」

〔隨大海〕「隨」，才調作「從」。全詩注云：「一作『從』。」

〔網蜘蛛〕「蜘蛛」，馬本訛作「踟蹰」。據宋本、那波本、汪本、才調、全詩、查校改正。

〔貧室〕「室」，全詩注云：「一作『活』。」

〔人指點〕才調作「答客難」。汪本、全詩俱注云：「一作『客答難』。」

〔揶揄〕馬本「揶」下注云：「余遮切」。「揄」下注云：「雲俱切。」

〔半似愚〕「似」，馬本、全詩俱作「是」。據宋本、那波本、汪本、才調、盧校改。

〔抛朋侶〕「抛」，才調作「離」，全詩、汪本俱注云：「一作『離』。」「侶」，才調作「執」，全詩、汪本俱注云：「一作『執』。」

〔哭知無〕此下才調、那波本俱無注。馬本「聞」作「問」，「元九」下脱「瘴」字，「歿」作「殂」。據宋本、汪本、全詩改。

〔詩盈卷〕「卷」，才調作「軸」。全詩、汪本俱注云：「一作『軸』。」

〔滿頷〕「頷」下馬本注云：「户感切。」

謫居

面瘦頭斑四十四，遠謫江州爲郡吏。逢時棄置從不才，未老衰羸爲何事？火燒寒澗松爲燼，霜降春林花委地。遭時榮悴一時間，豈是昭昭上天意？

【箋】作於元和十年（八一五），四十四歲，江州，江州司馬。見汪譜。城按：此詩汪本編在第十二卷。

初到江州寄翰林張李杜三學士

早攀霄漢上天衢，晚落風波委世途。雨露施恩無厚薄，蓬蒿隨分有榮枯。傷禽側翅驚弓箭，老婦低顏事舅姑。碧落三仙曾識面，年深記得姓名無？

【箋】作於元和十年（八一五），四十四歲，江州，江州司馬。見汪譜。

〔江州〕見卷六江州雪詩箋。

〔張李杜三學士〕城按：居易以元和十年秋貶江州。數年間張、李、杜三學士：唯張仲素十一年八月充，杜元穎十二年充，李肇十三年七月充。十三年冬居易亦改忠州刺史矣。非「初到江州」所記有訛，則「張、李、杜」三姓有誤。見丁居晦重修承旨學士壁記及岑仲勉翰林學士壁記注補。

【校】

〔記得〕「記」，宋本作「寄」，非。

庾樓曉望

獨憑朱檻立凌晨，山色初明水色新。竹霧曉籠銜嶺月，蘋風暖送過江春。子城陰處猶殘雪，衙鼓聲前未有塵。三百年來庾樓上，曾經多少望鄉人？

【箋】

作於元和十一年（八一六），四十五歲，江州，江州司馬。唐宋詩醇卷二三：「中兩聯寫景。一遠一近，結十四字如生鐵鑄成，有千鈞之力。」城按：全唐詩卷七〇一王貞白内收此詩，當係重出之誤。

〔庾樓〕見卷十五初到江州詩箋。并參見本卷庾樓新歲、三月三日登庾樓寄庾三十二等詩。

【校】

〔暖送〕馬本誤倒作「送暖」，據宋本、那波本、汪本、英華、全詩乙轉。

宿西林寺

木落天晴山翠開，愛山騎馬入山來。心知不及柴桑令，一宿西林便却迴。柴桑令，劉遺民是也。

【箋】

作於元和十一年（八一六），四十五歲，江州，江州司馬。

〔西林寺〕見卷七春遊西林寺詩箋。

〔心知不及柴桑令〕趙令畤侯鯖録卷六：「近見士子多使『柴桑翁』爲陶淵明，不知劉遺民曾作柴桑令也。白樂天宿西林寺詩云：『木落天晴山翠開，愛山騎馬入山來。心知不及柴桑令，一宿西林便却回。』注：『柴桑令，劉遺民也。』」吴旦生歷代詩話卷三一：「碧湖雜記云：劉名程之，字仲思，遺民其號也。曾作柴桑令。侯鯖録云：『近見士子多使柴桑翁爲陶淵明，不知劉遺民曾作柴桑令也。』據此，則遺民實宰此縣無疑。」

【校】

〔却迴〕「却」，馬本、汪本俱作「欲」。據宋本、那波本、全詩、萬首、盧校改。汪本注云：「一作『却』。」全詩注云：「一作『欲』。」又此下那波本無注。

江樓宴別

樓中別曲催離酌，燈下紅裙間緑袍。縹緲楚風羅綺薄，錚鏦越調管絃高。寒流帶月澄如鏡，夕吹和霜利似刀。樽酒未空歡未盡，舞腰歌袖莫辭勞。

【箋】

作於元和十一年（八一六），四十五歲，江州，江州司馬。

【校】

〔錚鏦〕「鏦」，宋本、那波本、盧校俱作「摐」。

〔樽酒〕「樽」，汪本、全詩俱作「尊」。城按：尊爲樽之本字。

題山石榴花

一叢千朵壓欄干，翦碎紅綃却作團。風嫋舞腰香不盡，露銷粧臉淚新乾。薔薇帶刺攀應懶，菡萏生泥玩亦難。争及此花簷户下，任人採弄盡人看？

【箋】

作於元和十一年（八一六），四十五歲，江州，江州司馬。按：山石榴即杜鵑花。卷十二有山石榴寄元九，本卷又有戲問山石榴詩，均作於江州，可參看。

【校】

〔欄干〕「欄」，汪本、全詩俱作「闌」。城按：欄、闌字通。

〔新乾〕「新」，英華作「初」，注云：「一作『新』。」全詩注云：「一作『初』。」

〔應懶〕「應」，英華作「常」。

〔争及〕「争」，英華作「不」。

〔盡人〕「盡」，英華注云：「上聲。」汪本注云：「去聲。」

代春贈

山吐晴嵐水放光，辛夷花白柳梢黄。但知莫作江西意，風景何曾異帝鄉。

【箋】

作於元和十一年（八一六），四十五歲，江州，江州司馬。

【校】

〔晴嵐〕「嵐」，馬本作「峯」，據宋本、那波本、汪本、全詩、盧校改。全詩注云：「一作『峯』。」

答春

草煙低重水花明，從道風光似帝京。其奈山猿江上叫，故鄉無此斷腸聲。

【箋】

作於元和十一年（八一六），四十五歲，江州，江州司馬。

櫻桃花下歎白髮

逐處花皆好，隨年貌自衰。紅櫻滿眼日，白髮半頭時。倚樹無言久，攀條欲放遲。臨風兩堪歎，如雪復如絲！

【箋】

作於元和十一年（八一六），四十五歲，江州，江州司馬。

惜落花贈崔二十四

漠漠紛紛不奈何！狂風急雨兩相和。晚來悵望君知否？枝上稀疏地上多。

【箋】

作於元和十一年（八一六），四十五歲，江州，江州司馬。

〔崔二十四〕崔咸。岑仲勉唐人行第録崔二十四咸條：「白集一六惜落花贈崔二十四，此詩在江州時作。按同集六一大和九年祭弟（行簡）文：『……題爲白郎中集……擬憑崔二十四舍人譔序。』考英華三八二授賈餗等中書舍人制內，職方郎中、知制誥崔咸遷中書舍人，郎官考五據新賈餗傳，謂此回遷授在大和三年七月，『知制誥』在唐人文字得稱曰舍人，此大和二年末崔舍人可爲崔咸者一。又祭崔常侍文云：『又膳部房與同聲塵之遊，定膠漆之分。』膳部房即指行簡，此擬請替行簡作序之崔舍人應爲咸者二。白氏兄弟與咸早已定交，故信江州贈詩之崔二十四亦必是咸也。」城按：白氏集中除此詩外，尚有薔薇正開春酒初熟因招劉十九張大夫崔二十四同飲（卷十七）、哭崔二十四常侍（卷三二）兩詩，均指崔咸。

移山櫻桃

亦知官舍非吾宅，且斸山櫻滿院栽。上佐近來多五考，少應四度見花開。

【箋】

作於元和十一年（八一六），四十五歲，江州，江州司馬。

〔上佐近來多五考二句〕元陸友硯北雜志卷下：「白樂天移山櫻詩云：『亦知官舍非吾宅，且斸山櫻滿院栽。上佐近年多五考，少應四度見花開。』乃知唐之小官，五考爲任。」查慎行得樹樓雜鈔卷一：「唐書選舉志：定於三年一考，中品以下四考皆中中者進一階。凡千牛備身五考送兵部試，有文者送吏部。白香山詩云：『上佐近來多五考，少應四度見花開。』此其證也。佩文韻府誤以考爲老。」

官舍閑題

職散優閑地，身慵老大時。送春唯有酒，銷日不過棊。禄米麞牙稻，園蔬鴨脚葵。飽飡仍晏起，餘暇弄龜兒。龜兒即小姪名。

【箋】

作於元和十一年（八一六），四十五歲，江州，江州司馬。

〔官舍〕江州司馬官舍。

〔龜兒〕白行簡子。白氏有弄龜羅（卷七）、聞龜兒詠詩（卷十七）和晨興因報問龜兒（卷二二）、見小姪龜兒詠燈詩并臘娘製衣因寄行簡（卷二四）等詩。

【校】

〔齾牙稻〕「齾」，馬本注云：「工良切。」

〔仍晏起〕「仍」，馬本作「晨」，據宋本、那波本、汪本、全詩改。

〔龜兒〕此下那波本無注。

晚春登大雲寺南樓贈常禪師

花盡頭新白，登樓意若何？歲時春日少，世界苦人多。愁醉非因酒，悲吟不是歌。求師治此病，唯勸讀楞伽。

【箋】

作於元和十一年（八一六），四十五歲，江州，江州司馬。

〔常禪師〕僧智常。陳舜俞廬山記卷三：「（歸宗寺），唐寶曆初，僧智常居焉，始大興禪刹。智常，大曆中，得法於江西道一禪師。道一姓馬，僧史謂之馬祖。智常之目重瞳，以毒藥自按摩之，使目眥俱赤，世號赤眼歸宗。江州刺史李渤與常問答語，在景德傳燈録。」贊寧宋高僧傳卷十七：「釋智常者……元和中駐錫廬山歸宗浄院，其徒嚮應，其法風行，無何白樂天貶江州司馬，最加欽重。」城按：智常乃禪宗南嶽下二世法嗣，年輩較居易爲長。見五燈會元卷三。

〔唯勸讀楞伽〕城按：楞伽經乃中國禪宗初祖菩提達磨至僧璨傳授禪法教理之經籍，後此派之大師多講楞伽經。參見湯用彤隋唐佛教史稿第四章隋唐之宗派。

北樓送客歸上都

憑高送遠一悽悽，却下朱欄即解攜。京路人歸天直北，江樓客散日平西。長津欲度迴船尾，殘酒重傾簇馬蹄。不獨別君須强飲，窮愁自要醉如泥。

【箋】

作於元和十一年（八一六），四十五歲，江州，江州司馬。

〔却下朱欄即解攜〕「解攜」即「離別」或「分手」之意。劉長卿苕溪酬梁耿別後見寄詩：「清川永路何極，落日孤舟解攜。」又韋應物送丘二十二還臨平山居詩：「歲中始再覯，方來又解攜。」見敦煌變文字義通釋第四篇。

【校】

〔送遠〕「送」，馬本、全詩俱作「眺」，非。據宋本、那波本、汪本、盧校改正。全詩注云：「一作『送』。」

〔即解攜〕「即解」，馬本、汪本俱作「手共」，非。據宋本、那波本，全詩改正。説見前箋。汪本注云：「一作『即解』。」全詩注云：「一作『手共』。」俱非。

〔京路〕盧校云：「『京路』疑『京洛』。」

北亭招客

疏散郡丞同野客，幽閑官舍抵山家。春風北户千莖竹，晚日東園一樹花。小盞吹醅嘗冷酒，深爐敲火炙新茶。能來盡日觀棋否？太守知慵放晚衙。

【箋】

作於元和十一年（八一六），四十五歲，江州，江州司馬。

【校】

〔吹醅〕「醅」，馬本注云：「鋪杯切。」

〔觀棋〕「觀」，宋本、那波本、汪本俱作「宫」。全詩注云：「一作『宫』。」

宿西林寺早赴東林滿上人之會因寄崔二十二員外

謫辭魏闕鵷鸞隔，老入廬山麋鹿隨。薄暮蕭條投寺宿，凌晨清淨與僧期。雙林我起聞鐘後，隻日君趨入閤時。鵬鷃高低分皆定，莫勞心力遠相思。

【箋】

作於元和十一年（八一六），四十五歲，江州，江州司馬。

〔西林寺〕見卷七春遊西林寺詩箋。

〔東林〕東林寺。見卷一東林寺白蓮詩箋。並參見宿東林寺（卷十）、正月十五日夜東林寺學禪偶懷藍田楊主簿因呈智禪師（本卷）、送後集往廬山東林寺兼寄雲皋上人（卷三六）等詩及東林寺白氏文集記（卷七）。

〔滿上人〕東林寺僧智滿。白氏遊大林寺序（卷四三）：「余與河南元集虛、范陽張允中、南陽張深之、廣平宋郁、安定梁必復、范陽張特、東林寺沙門法演、智滿、士堅、利辯、道深、道建、神照、雲皋、恩慈、寂然凡十七人……」城按：智滿又號寶稱大師，見寶刻叢編卷十五劉軻撰唐寶稱大律師塔碑。

〔崔二十二員外〕崔韶。元和十一年九月自禮部員外郎出爲果州刺史。見舊書卷十五憲宗紀。元稹駱口驛詩注：「東壁上有李二十員外逢吉，崔二十二侍御韶使雲南題名處。」並參見白氏聞李十一出牧澧州崔二十二出牧果州因寄絶句（本卷）、京使迴累得南省諸公書因以長句詩寄謝崔二十二員外……詩（卷十八）。

〔隻日〕天寶兵興以後，四方多故，肅宗而下，咸隻日臨朝，雙日不坐。可知朝謁多在隻日。

白氏郡中即事詩(卷八)云:「今朝是隻日,朝謁多軒騎。」并參見此詩校文。

遊寶稱寺

竹寺初晴日,花塘欲曉春。野猿疑弄客,山鳥似呼人。酒嫩傾金液,茶新碾玉塵。可憐幽静地,堪寄老慵身!

【箋】

作於元和十一年(八一六),四十五歲,江州,江州司馬。

〔寶稱寺〕在廬山。陳思寶刻叢編卷十五唐寶稱大律師塔碑:「唐秘書丞、史館修撰劉軻撰,江州司户參軍陳去疾書,前振武節度參謀李庭彦篆額。律師,江南講僧也。名智滿,陶靖節之九世孫,始出家於寶稱寺,故以爲號。碑以開成四年立,大中八年重建,在廬山。」

【校】

〔欲曉春〕「曉」,馬本、汪本俱作「晚」,非。據宋本、那波本、全詩、盧校改。汪本注云:「一作『曉』。」全詩注云:「一作『晚』。」

〔嫩傾〕「嫩」,宋本、那波本俱作「嬾」,非。

早春聞提壺鳥因題鄰家

厭聽秋猿催下淚，喜聞春鳥勸提壺。誰家紅樹先花發？何處青樓有酒沽？進士麄豪尋静盡，拾遺風彩近都無。欲期明日東鄰醉，變作騰騰一俗夫。

【箋】

作於元和十一年（八一六），四十五歲，江州，江州司馬。

【校】

〔東鄰〕「鄰」，馬本誤作「林」，據宋本、那波本、汪本、全詩、盧校改。

見紫薇花憶微之

一叢暗淡將何比？淺碧籠裙襯紫巾。除却微之見應愛，人間少有别花人。

【箋】

作於元和十一年（八一六），四十五歲，江州，江州司馬。

〔微之〕元稹。見卷三和答詩序箋。

〔人間少有別花人〕見卷十五戲題盧秘書新移薔薇詩箋。

【校】

〔襯紫巾〕「襯」，宋本作「櫬」，字通。

〔別花〕「別」，全詩注云：「一作『惜』。」非。

薔薇花一叢獨死不知其故因有是篇

柯條未嘗損，根蕟不曾移。同類今齊茂，孤芳忽獨萎。仍憐委地日，正是帶花時。碎碧初凋葉，燋紅尚戀枝。乾坤無厚薄，草木自榮衰。欲問因何事？春風亦不知。

【箋】

作於元和十一年（八一六），四十五歲，江州，江州司馬。

湖亭望水

久雨南湖漲，新晴北客過。日沉紅有影，風定緑無波。岸没閭閻少，灘平船舫多。可憐心賞處，其奈獨遊何！

【箋】

作於元和十一年（八一六），四十五歲，江州，江州司馬。

〔南湖〕彭蠡湖。見卷七過李生詩箋。並參見南湖晚秋（卷十）、南湖早春（卷十七）等詩。

【校】

〔綠無波〕「綠」，宋本作「淥」。

閑遊

外事因慵廢，中懷與静期。尋泉上山遠，看笋出林遲。白石磨樵斧，青竿理釣絲，澄清深淺好，最愛夕陽時。

【箋】

作於元和十一年（八一六），四十五歲，江州，江州司馬。

憶微之傷仲遠 李三仲遠去年春喪。

幽獨辭羣久，漂流去國賒。只將琴作伴，唯以酒爲家。感逝因看水，傷離爲見花。李三埋地底，元九謫天涯。舉眼青雲遠，回頭白日斜。可能勝賈誼，猶自滯長沙？

【箋】

作於元和十一年（八一六），四十五歲，江州，江州司馬。元集卷八有酬樂天見憶兼傷仲遠詩。城按：李顧言卒於元和十年春，故此詩自注云：「李三仲遠去年春喪。」此詩應作於元和十一年。參見卷十哭李三詩箋。汪譜誤繫於元和十年。

【校】

〔題〕此下小注，那波本爲大字同題。

〔元九〕元稹。見卷一酬元九對新栽竹有懷見寄詩箋。

過鄭處士

聞道移居村塢間，竹林多處獨開關。故來不是求他事，暫借南亭一望山。

【箋】

作於元和十一年（八一六），四十五歲，江州，江州司馬。

霖雨苦多江湖暴漲塊然獨望因題北亭

自作潯陽客，無如苦雨何！陰昏晴日少，閑悶睡時多。湖闊將天合，雲低與水和。籬根舟子語，巷口釣人歌。霧鳥沉黄氣，風帆蹙白波。門前車馬道，一宿變江河。

【箋】

作於元和十一年（八一六），四十五歲，江州，江州司馬。

〔潯陽〕見卷一潯陽三題詩箋。

【校】

〔江湖〕「湖」，馬本訛作「河」。據宋本、那波本、汪本、全詩、盧校改正。

春末夏初閑遊江郭二首

閑出乘輕屐，徐行蹋軟沙。觀魚傍湓浦，看竹入楊家。湓浦多魚，浦西有楊侍郎宅，多好竹。林迸穿籬筍，藤飄落水花。雨埋釣舟小，風颺酒旗斜。嫩剥青菱角，濃煎白茗芽。淹留不知夕，城樹欲棲鴉。

柳影繁初合，鶯聲澀漸稀。早梅迎夏結，殘絮送春飛。西日韶光盡，南風暑氣微。展張新小簟，熨帖舊生衣。緑蟻杯香嫩，紅絲鱠縷肥。故園無此味，何必苦思歸？

【箋】

作於元和十一年（八一六），四十五歲，江州，江州司馬。唐宋詩醇卷二三：「清氣溢素襟，句句切春末夏初景色。」

〔溢浦〕見卷一潯陽三題詩箋。

【校】

〔題〕第二首馬本題前有「二」字，據各本改。

〔楊家〕此下那波本無注。

〔茗芽〕「芽」，馬本作「茶」，非。據宋本、那波本、汪本、全詩、盧校改正。

紅藤杖　杖出南蠻。

南詔紅藤杖，西江白首人。時時攜步月，處處把尋春。勁健孤莖直，疏圓六節匀。火山生處遠，瀘水洗來新。麄細纔盈手，高低僅過身。天邊望鄉客，何日拄歸秦？

【箋】

作於元和十一年（八一六），四十五歲，江州，江州司馬。

〔南詔紅藤杖〕見卷十五紅藤杖詩箋。

【校】

〔拄歸秦〕「拄」，宋本、那波本俱作「柱」。

風雨中尋李十一因題船上

匹馬來郊外，扁舟在水濱。可憐衝雨客，來訪阻風人。小榼沽清醑，行廚煮白鱗。停杯看柳色，各憶故園春。

【箋】

作於元和十一年（八一六），四十五歲，江州，江州司馬。

〔李十一〕疑爲李景信。岑仲勉唐人行第録：「此李十一是乘船來江州者，（李）建時方在長安，無從忽然來臨江州。若曰赴貶所澧州，亦必不迂道江州。況居易尚未知建外貶之消息乎。此李十一極難覓其主名，無已，唯李景信或可當之。據元氏集一九灃（據馬本）西别樂天博載樊宗憲李景信兩秀才姪谷三月三十日相餞送，則元和十年三月景信猶與居易在長安。至是年八月居易貶江州，又至十三年底而景信受居易屬至川。合前後事情推之，似景信早到江州隨白氏也。舊書建傳，『與宰相韋貫之友善，貫之罷相，建亦出爲澧（澧訛）州刺史』，貫之罷相在元和十一年八月。」近人亦有謂指李建者，亦無確證。

【校】

〔小榼〕「榼」，馬本訛作「醘」，據各本改。又馬本此下注云：「苦盍切。」

〔清醑〕「醑」，馬本注云：「私吕切。」

題廬山山下湯泉

一眼湯泉流向東，浸泥澆草煖無功。驪山温水因何事，流入金鋪玉甃中？

【箋】

作於元和十一年（八一六），四十五歲，江州，江州司馬。

〔廬山山下湯泉〕太平寰宇記卷一一一江州：「温泉在山南，闊三步，深三尺。今有黄龍湯院，僧居之。」陳舜俞廬山記卷三：「浄慧舊名黄龍靈湯院，有湯泉，四時沸騰，爲丹黄之臭，須臾熟生物，病瘡人浴之有愈者。黄龍山在靈湯之南，亦廬山之別峯也。」廬山志卷四：「黄龍山北麓有二池水曰温泉。」

〔驪山〕見卷十二江南遇天寶樂叟詩箋。

寄蘄州簟與元九因題六韻 時元九鰥居。

笛竹出蘄春，霜刀劈翠筠。織成雙鎖簟，寄與獨眠人。卷作筒中信，舒爲席上珍。滑如鋪薤葉，冷似卧龍鱗。清潤宜乘露，鮮華不受塵。通州炎瘴地，此物最關身。

【箋】作於元和十一年（八一六），四十五歲，江州，江州司馬。城按：元集卷十五有酬樂天寄蘄州簟詩。

〔蘄州〕舊爲蘄春郡。陳爲江州。周改爲蘄州。唐因之，屬江南道。見元和郡縣志卷二七。

〔笛竹出蘄春四句〕蘄州舊爲蘄春郡。唐時所轄有蘄春縣。方輿勝覽卷四九蘄州：「土産蘄席。」韓愈鄭羣贈簟詩：「蘄州笛竹天下知，鄭君所寶尤瓌奇。攜來當晝不得卧，一府傳看黄琉璃。」劉禹錫武昌老人説笛歌：「往年鎮戍到蘄州，楚山蕭蕭笛竹秋。……古苔蒼蒼封老節，石山孤生飽風雪。……」施注蘇詩卷二二引蘄春地志云：「蘄水縣，漢蘄春地也。宋永嘉中立浠水縣。唐改爲蘭溪縣，又改曰蘄水。蘭溪源出苦竹山，笛竹生羅田縣山中，蘄竹亦生於此，用以爲簟。」

〔薤葉〕白氏寄李蘄州詩（卷三四）云：「笛愁春盡梅花裏，簟冷秋生薤葉中。」自注云：「蘄州出好笛并薤葉簟。」

【校】

〔題〕此下小注，那波爲大字同題。

〔雙鎖〕「鎖」，宋本、那波本俱作「入」。

〔筒中信〕「信」，馬本作「布」。據宋本、那波本、汪本、全詩、盧校改。全詩注云：「一作『布』。」

〔炎瘴〕「瘴」，宋本訛作「鄣」。

秋熱

西江風候接南威，暑氣常多秋氣微。猶道江州最涼冷，至今九月著生衣。

【箋】

作於元和十一年（八一六），四十五歲，江州，江州司馬。

【校】

〔秋氣〕「秋」，馬本作「風」，非。據宋本、那波本、汪本、萬首、全詩改正。全詩注云：「一作『風』。」

題元十八溪居

溪嵐漠漠樹重重，水檻山窗次第逢。晚葉尚開紅躑躅，秋芳初結白芙蓉。聲來枕上千年鶴，影落杯中五老峯。更媿殷勤留客意，魚鮮飯細酒香濃。

【箋】

作於元和十一年（八一六），四十五歲，江州，江州司馬。唐宋詩醇卷二三：「通首娟静，腹聯對句更超妙。」

〔元十八溪居〕廬山志卷九：『唐元集虚，河南人。貞元、元和間避地來廬山，居相辭澗。白樂天在江州時常與往來，隱居今不知處。』城按：相辭澗在石牛山南。廬山志所載是也。元八宗簡此時在長安。據此詩「影落杯中五老峯，更媿殷勤留客意」等句，其人必居廬山，顯非在長安之元八宗簡。又據白氏題元十八溪亭（卷七）、雨夜贈元十八（本卷）、草堂記（卷四三）、遊大林寺序（卷四三）等作及韓愈贈别元十八協律詩，可知「元八」必爲「元十八」之訛。各本「元」下俱脱「十」

字。「元十八」見卷七題元十八溪亭詩箋。

〔五老峯〕見卷七題元十八溪亭詩箋。

【校】

〔題〕各本俱訛作「元八」，今改正。詳見前箋。

〔秋芳〕「芳」，宋本、那波本、汪本俱作「房」。全詩注云：「一作『房』。」

晚出西郊

散吏閑如客，貧州冷似村。早涼湖北岸，殘照郭西門。懶鑷從鬢白，休治任眼昏。老來何所用？少興不多言。

【箋】

作於元和十一年（八一六），四十五歲，江州，江州司馬。

【校】

〔鑷〕馬本此下注云：「尼輒切。」

〔休治〕「治」，馬本作「醫」，據宋本、那波本、汪本、全詩、盧校改。「治」下汪本注云：「平聲，一作『醫』。」全詩注云：「一作『醫』。」

階下蓮

葉展影翻當砌月，花開香散入簾風。不如種在天池上，猶勝生於野水中。

【箋】作於元和十一年（八一六），四十五歲，江州，江州司馬。

端居詠懷

賈生俟罪心相似，張翰思歸事不如。斜日早知驚鵩鳥，秋風悔不憶鱸魚。胸襟曾貯匡時策，懷袖猶殘諫獵書。從此萬緣都擺落，欲攜妻子買山居。

【箋】作於元和十一年（八一六），四十五歲，江州，江州司馬。

夜宿江浦聞元八改官因寄此什

君遊丹陛已三遷，我汎滄浪欲二年。劍珮曉趨雙鳳闕，煙波夜宿一漁船。交親盡在青雲上，鄉國遥抛白日邊。若報生涯應笑殺，結茅栽芋種畬田。

【箋】

作於元和十一年（八一六），四十五歲，江州，江州司馬。見汪譜。城按：瀛奎律髓卷四二誤作劉禹錫詩。

〔元八〕元宗簡。見卷六東坡秋意寄元八詩箋。

【校】

〔題〕「此什」，馬本作「此詩」，非。盧校云：「馬改作『此詩』，但此集中瓊什、新什之句往往而有，其商山路有感序云：『後來者見此短什能無惻惻乎？』是宋本作『此什』並不誤。」城按：盧校是，據宋本、那波本、汪本、全詩改正。又英華「元八」作「元九」，注云：「集作『八』。」誤。汪立名云：「立名按：元八即元宗簡也，英華作『元九』，是誤以爲微之耳。公佐江州，元九方在通州，及移虢州，與白公忠州同除，安得所謂『劍珮曉趨雙鳳闕』耶！」汪氏所考亦是。

百花亭

朱檻在空虛，涼風八月初。山形如峴首，江色似桐廬。佛寺乘船入，人家枕水居。高亭仍有月，今夜宿何如？

【箋】

作於元和十一年(八一六),四十五歲,江州,江州司馬。

〔百花亭〕輿地紀勝卷三〇江州:「百花亭在都統司,梁刺史邵陵王綸建。梁元帝詩:『極目纔千里,何由望楚津。落花洒行路,垂柳拂砌塵。』」清統志九江府一:「百花亭在府治東,梁刺史邵陵王綸建。元帝有詩。」參見本卷白氏百花亭晚望夜歸詩。

江樓早秋

南國雖多熱,秋來亦不遲。湖光朝霽後,竹氣晚涼時。樓閣宜佳客,江山入好詩。清風水蘋葉,白露木蘭枝。欲作雲泉計,須營伏臘資。匡廬一步地,官滿更何之?

【箋】

作於元和十一年(八一六),四十五歲,江州,江州司馬。

〔匡廬〕廬山。見卷一潯陽三題詩箋。

送客之湖南

年年漸見南方物,事事堪傷北客情。山鬼趫跳唯一足,峽猿哀怨過三聲。帆開青草湖中去，衣濕黄梅雨裏行。别後雙魚難定寄，近來潮不到湓城。

【箋】

作於元和十一年（八一六），四十五歲，江州，江州司馬。唐宋詩醇卷二三：「青草湖、黄梅雨，時地一併醒出，屬對工切渾成。」

〔山鬼趫跳唯一足〕吴旦生歷代詩話卷五六：「杜子美詩：『山鬼獨一脚。』黄魯直箋云：『山魈出江州，獨足鬼。』白樂天詩『山鬼跳蹻惟一足』，正所謂夔也。」

〔青草湖〕元和郡縣志卷二七：「巴邱湖又名青草湖，在（巴陵）縣南七十九里。」方輿勝覽卷二九岳州：「青草湖一名巴坵湖，北洞庭，南瀟湘，東有汨羅之水，自昔與洞庭並稱。」本卷東南行一百韻詩云：「九派吞青草，孤城覆緑蕪。」

〔湓城〕見卷七登香鑪峯頂詩箋。

【校】

〔趫跳〕「趫」下馬本注云：「丘妖切。」

〔難定寄〕此下全詩注云：「一作『定難覓』。」

百花亭晚望夜歸

百花亭上晚徘徊，雲影陰晴掩復開。日色悠揚映山盡，雨聲蕭颯渡江來。鬢毛遇病雙如雪，心緒逢秋一似灰。向夜欲歸愁未了，滿湖明月小船迴。

【箋】

作於元和十一年（八一六），四十五歲，江州，江州司馬。唐宋詩醇卷二三：「次聯有氣勢。蘇軾詩：『天外黑風吹海立，浙東飛雨過江來。』二句本此，而下字更奇。」

〔百花亭〕見本卷百花亭詩箋。

【校】

〔徘徊〕全詩作「裴回」。城按：「徘徊」亦作「裴回」。

〔雲影〕「影」，宋本、汪本俱作「景」。城按：景爲影之本字。

〔映山〕「映」，宋本作「暎」，字同。

西　樓

小郡大江邊，危樓夕照前。青蕪卑濕地，白露泬寥天。鄉國此時阻，家書何處傳？仍聞陳蔡戍，轉戰已三年。

【箋】

作於元和十一年（八一六），四十五歲，江州，江州司馬。

【校】

〔泬寥〕「泬」，馬本注云：「呼決切。」

尋李道士山居兼呈元明府

盡日行還歇，遲遲獨上山。攀藤老筋力，照水病容顏。陶巷招居住，茅家許往還。飽諳榮辱事，無意戀人間。

【箋】

作於元和十一年（八一六），四十五歲，江州，江州司馬。

〔盡日行還歇〕何義門云：「尋。」

四十五

行年四十五，兩鬢半蒼蒼。清瘦詩成癖，粗豪酒放狂。老來尤委命，安處即爲鄉。或擬廬山下，來春結草堂。

【箋】

作於元和十一年(八一六),四十五歲,江州,江州司馬。見陳譜及汪譜。

〔廬山〕見卷一潯陽三題詩箋。

寄李相公崔侍郎錢舍人

曾陪鶴馭兩三仙,親侍龍輿四五年。天上歡華春有限,世間漂泊海無邊。榮枯事過都成夢,憂喜心忘便是禪。官滿更歸何處去?香爐峯在宅門前。

【箋】

作於元和十一年(八一六),四十五歲,江州,江州司馬。

〔李相公〕李絳。字深之,趙郡贊皇人。元和六年十二月拜中書侍郎、同中書門下平章事。見舊書卷一六四本傳及卷十五憲宗紀。白氏有奉酬李相公見示絶句(卷十八),亦係酬絳之作。

〔崔侍郎〕崔羣。據白氏答户部崔侍郎書(卷四五)云:「户部牒中奉八月十七日書。」又據舊書卷一五九本傳,元和十二年自户部侍郎拜中書侍郎、同中書門下平章事。則知元和十一年作此詩時,羣方爲户部侍郎。參見答崔侍郎錢舍人書問因繼以詩(卷七)、渭村退居寄禮部崔侍郎翰林錢舍人詩一百韻(卷十五)等詩。

〔錢舍人〕錢徽。丁居晦重修承旨學士壁記：「（元和）十年七月二十三日，遷中書舍人。」參見答崔侍郎錢舍人書問因繼以詩（卷七）、登龍昌上寺望江南山懷錢舍人（卷十一）、得錢舍人書問眼疾（卷十四）、渭村退居寄禮部崔侍郎翰林錢舍人詩一百韻（卷十五）等詩。

〔曾陪鶴馭兩三仙〕言居易與李絳、崔羣、錢徽三人同時充翰林學士内職。見重修承旨學士壁記。

〔親侍龍輿四五年〕白居易，元和二年十一月六日，自盩厔尉充。六年四月，丁憂出院。在翰林約四五年也。見重修承旨學士壁記及舊書卷一六六本傳。

〔香爐峯〕見卷七香爐峯下新置草堂即事詠懷題於石上詩箋。

【校】

〔歡華〕「華」，汪本、盧校俱作「娱」。全詩注云：「一作『娱』。」何校：「作『華』字亦得，蘭雪作『華』。」

〔心忘〕「心」，汪本、盧校俱作「情」。全詩注云：「一作『情』。」何校：「『情』，蘭雪作『心』。」

廳前桂

天台嶺上凌霜樹，司馬廳前委地叢。一種不生明月裏，山中猶校勝塵中。

【箋】作於元和十一年（八一六），四十五歲，江州，江州司馬。

尋王道士藥堂因有題贈

行行覓路緣松嶠，步步尋花到杏壇。白石先生小有洞，黄芽姹女大還丹。常悲東郭千家塜，欲乞西山五色丸。但恐長生須有籍，仙臺試爲撿名看。

【箋】作於元和十一年（八一六），四十五歲，江州，江州司馬。

〔杏壇〕見卷十三春中與盧四周諒華陽觀同居詩箋。

【校】〔王道士〕「王」，馬本作「黄」，據宋本、那波本、汪本、全詩改。

〔黄芽〕「芽」，宋本、那波本俱作「牙」，古字通。

〔姹女〕「姹」，馬本注云：「齒下切。」

秋晚

籬菊花稀砌桐落，樹陰離離日色薄。單幕疏簾貧寂寞，涼風冷露秋蕭索。光陰流轉忽已晚，顏色凋殘不如昨。萊妻卧病月明時，不擣寒衣空擣藥。

【箋】

作於元和十一年（八一六），四十五歲，江州，江州司馬。城按：此詩汪本編在第十二卷。

【校】

〔擣藥〕「擣」，宋本訛作「檮」。

南浦歲暮對酒送王十五歸京

臘後冰生覆湓水，夜來雲闇失廬山。風飄細雪落如米，索索蕭蕭蘆葦間。此地二年留我住，今朝一酌送君還。相看漸老無過醉，聚散窮通總是閑。

【箋】

作於元和十一年（八一六），四十五歲，江州，江州司馬。

除夜

薄晚支頤坐，中宵枕臂眠。一從身去國，再見日周天。老度江南歲，春抛渭北田。潯陽來早晚，明日是三年。

【箋】

作於元和十一年（八一六），四十五歲，江州，江州司馬，見汪譜。

聞李十一出牧澧州崔二十二出牧果州因寄絶句

平生相見即眉開，静念無如李與崔。各是天涯爲刺史，緣何不覓九江來？

【箋】

作於元和十一年（八一六），四十五歲，江州，江州司馬。

〔李十一〕李建。白氏東南行一百韻（卷十六）原注云：「（元和）十年春，微之移佐通州。其年秋，予出佐潯陽。明年冬，杓直出牧澧州，崔二十二出牧果州，韋大牧開州。」舊書卷十五憲宗紀：「（元和十一年九月）辛未，……禮部員外郎崔韶爲果州刺史，並爲補闕張宿所搆，言與貫之朋黨故也。」知李、崔同時出刺二州。參見白氏別李十一後重寄（卷十）、同李十一醉憶元九（卷十四）、還李十一馬（卷十四）、和李澧州題韋開州經藏詩（卷十八）、曲江憶李十一（卷十九）等詩。

〔崔二十二〕崔韶。見前「李十一」箋。並參見白氏東南行一百韻寄……果州崔二十二使君……（本卷）、宿西林寺早赴東林滿上人之會因寄崔二十二員外（本卷）、京使迴累得南省諸公書因以長句詩寄謝……崔二十二員外……（卷十八）詩。

【校】

〔澧州〕馬本、汪本、全詩俱訛作「灃州」，據宋本、那波本改正。

元和十二年淮寇未平詔停歲仗憤然有感率爾成章

聞停歲仗軫皇情，應爲淮西寇未平。不分氣從歌裏發，無明心向酒中生。愚計忽思飛短檄，狂心便欲請長纓。從來妄動多如此，自笑何曾得事成？

【箋】

作於元和十二年（八一七），四十六歲，江州，江州司馬。城按：淮西寇指吴元濟之叛。舊書卷十五憲宗紀：「（元和）十一年春正月丁卯朔，以宿師于野，不受朝賀。」又：「（元和）十二年春正月辛酉朔，以用兵不受朝賀。」宋敏求唐大詔令集卷八典禮淮西用兵罷元會敕：「敕：淮、蔡未賓，師人暴露，而三朝之會，萬國來庭。舉爲稱慶，有懷愧惕。其來年正月朝賀宜權停，諸軍優賜，並準例處分。

（元和十年十二月）」吴元濟之誅在元和十二年十一月。題作「十三年」，「三」當爲「二」字之訛。

【校】

〔題〕宋本、那波本、馬本、全詩俱誤作「十三年」。汪本注云：「按淮西平於十二年十月，時本作十三年，誤。」全詩注云：「『三』當作『二』。」據汪本改，見前箋。

〔不分〕何校：「『分』，黄校作『憤』。」

庾樓新歲

歲時銷旅貌，風景觸鄉愁。牢落江湖意，新年上庾樓。

【箋】

作於元和十二年（八一七），四十六歲，江州，江州司馬。汪譜繫此詩於元和十一年，非是。

〔庾樓〕見卷十五初到江州詩箋。並參見本卷庾樓曉望、三月三日登庾樓寄庾三十二等詩。

上香爐峯

倚石攀蘿歇病身，青筇竹杖白紗巾。他時畫出廬山障，便是香爐峯上人。

【箋】作於元和十二年（八一七），四十六歲，江州，江州司馬。〔香爐峯〕見卷七香爐峯下新置草堂即事詠懷題於石上詩箋。並參見登香爐峯頂（卷七）及本卷香爐峯下新卜山居草堂初成偶題東壁、擕諸山客同上香爐峯遇雨而還沾濡狼藉互相笑謔題此解嘲等詩。

憶微之

與君何日出屯蒙，魚戀江湖鳥厭籠。分手各拋滄海畔，折腰俱老綠衫中。三年隔闊音塵斷，兩地飄零氣味同。又被新年勸相憶，柳條黄軟欲春風。

【箋】作於元和十二年（八一七），四十六歲，江州，江州司馬。元集卷二一有酬樂天春寄微之詩。〔微之〕元稹。見卷二和答詩序箋。

雨夜贈元十八

卑濕沙頭宅，連陰雨夜天。共聽簷溜滴，心事兩悠然。把酒循環飲，移牀曲尺眠。莫言非故舊，相識已三年。

【箋】

作於元和十二年（八一七），四十六歲，江州，江州司馬。

〔元十八〕元集虛。見卷七題元十八溪亭詩箋。並參見元十八從事南海欲出廬山臨別舊居有戀泉聲之什因以投和兼伸別情（卷十七）等詩。

〔相識已三年〕據此詩可知居易與集虛相識於元和十年冬初到江州時。

寒食江畔

草香沙暖水雲晴，風景令人憶帝京。還似往年春氣味，不宜今日病心情。聞鶯樹下沈吟立，信馬江頭取次行。忽見紫桐花悵望，下邽明日是清明。

【箋】

作於元和十二年（八一七），四十六歲，江州，江州司馬。何義門云：「不迫亦不盡，所以佳。第四略露，五六仍放寬，便有起伏。」

〔忽見紫桐花悵望二句〕何義門云：「『君門深九重，墳墓在萬里』，不如落句渾渾包含。」城按：清黄景仁春興詩云：「怪底桃花半零落，江村明日是清明。」白氏此詩蓋爲其所本。

〔下邽〕見卷十三下邽莊南桃花詩箋。

三月三日登庾樓寄庾三十二

三日歡遊辭曲水，二年愁卧在長沙。每登高處長相憶，何況兹樓屬庾家？

【箋】

作於元和十二年（八一七），四十六歲，江州，江州司馬。

〔庾樓〕見卷十五初到江州詩箋。並參見本卷庾樓曉望、庾樓新歲等詩。

〔庾三十二〕庾敬休。見卷十夢與李七庾三十二同訪元九詩箋。並參見東南行一百韻寄庾三十二補闕……（本卷）、京使迴累得南省諸公書因以長句詩寄謝庾三十二員外……（卷十八）等詩。

【校】

〔題〕馬本「三」上脱「庾」字，據宋本、那波本、汪本、全詩增。

聞李六景儉自河東令授唐鄧行軍司馬以詩賀之

誰能淮上静風波，聞道河東應此科。不獨文詞供奏記，定將談笑解兵戈。泥埋劍戟終難久，水借蛟龍可在多。四十著緋軍司馬，男兒官職未蹉跎。

【箋】

作於元和十二年（八一七），四十六歲，江州，江州司馬。

〔李六景儉〕字寬中，進士及第。自監察御史貶爲江陵户曹參軍，累擢忠州刺史。元和末入朝。見新書卷八一、舊書卷一七一本傳。據此詩則知景儉係自唐鄧行軍司馬授忠州。白氏初到忠州贈李六詩（卷十八）亦係酬景儉之作。

〔河東〕河東縣。隋置，唐屬河中府。見元和郡縣志卷十二。

〔四十著緋軍司馬〕老學庵筆記：「白樂天詩云：『四十着緋軍司馬，男兒官職未蹉跎。』『一爲州司馬，三見歲重陽。』本朝太宗時，宋太素尚書自翰苑謫鄜州行軍司馬，有詩云：『鄜州軍司馬，也好畫爲屏。』又云：『官爲軍司馬，身是謫仙人。』蓋此音司字作入聲讀。」

【校】

〔水借蛟龍可〕馬本誤作「永借蛟龍何」，據宋本、那波本、汪本、全詩、盧校改正。

石楠樹

可憐顔色好陰涼，葉翦紅牋花撲霜。傘蓋低垂金翡翠，薰籠亂搭繡衣裳。春芽細炷千燈焰，夏蕊濃焚百和香。見説上林無此樹，只教桃柳占年芳。

【箋】

作於元和十二年（八一七），四十六歲，江州，江州司馬。

【校】

〔題〕馬本、全詩俱作「石榴樹」，據宋本、那波本、汪本改。全詩注云：「一作『石楠樹』。」

〔百和〕「和」，全詩訛作「合」。

〔年芳〕此下馬本、汪本俱注云：「『柳』一作『李』。」全詩注云：「一作『李』。」宋本、那波本無此注。

大林寺桃花

人間四月芳菲盡，山寺桃花始盛開。長恨春歸無覓處，不知轉入此中來。

【箋】

作於元和十二年（八一七），四十六歲，江州，江州司馬。

〔大林寺〕白氏遊大林寺序（卷四三）云：「自遺愛草堂歷東西二林，抵化城，憩峯頂，登香爐峯，宿大林寺。大林窮遠，人迹罕到，環寺多清流蒼石、短松瘦竹。寺中惟板屋木器，其僧皆海東人，山高地深，時節絶晚。於時孟夏，如正二月天，梨桃始華，澗草猶短，人物風候與平地聚落不同。初到況然，若别造一世界者。因口號絶句云：『人間四月芳菲盡，……』」按：廬山大林寺有三處。清統志九江府二：「上大林寺在廬山西大林峯南，晉建，元末燬，明宣德中重建。寺前有寶樹二，曲幹垂枝，圓旋如蓋。又中大林寺在廬山錦澗橋北。下大林寺在橋西。」白氏詩文中所指當係上大林寺。又查慎行廬山記遊：「上大林寺，樂天先生曾遊此，于四月見桃花。集中有詩序，今猶稱白司馬花徑。寺前一溪泠然，寶樹二株，葉如刺杉而細，如瓔珞柏而長，桑紀謂爲娑羅木者，非也。」

詠懷

自從委順任浮沈，漸覺年多功用深。面上滅除憂喜色，胸中消盡是非心。妻兒不問唯耽酒，冠帶皆慵只抱琴。長笑靈均不知命，江蘺叢畔苦悲吟。

【箋】作於元和十二年（八一七），四十六歲，江州，江州司馬。

【校】

〔順任〕馬本誤倒作「任順」，據宋本、那波本、汪本、全詩乙轉。

〔漸覺〕「覺」，宋本、那波本俱作「學」。汪本、全詩注云：「一作『學』。」何校：「黄校作『學』。」

〔滅除〕「滅」，馬本、全詩俱作「減」，據宋本、那波本、汪本、盧校改。全詩注云：「一作『滅』。」

〔江蘺〕「蘺」，宋本、那波本俱作「籬」，非。

〔悲吟〕「吟」，馬本、汪本俱作「唫」，據宋本、那波本改。城按：「吟」、「唫」古字通。

早發楚城驛

過雨塵埃滅，沿江道徑平。月乘殘夜出，人趁早涼行。寂歷閑吟動，冥濛闇思生。荷塘翻露氣，稻壠瀉泉聲。宿犬聞鈴起，棲禽見火驚。矓矓煙樹色，十里始天明。

【箋】

作於元和十二年（八一七），四十六歲，江州，江州司馬。查慎行白香山詩評云：「後六句，句句含早字。」

〔楚城驛〕太平寰宇記卷一一一江州：「楚城驛在（德化）縣南，即舊柴桑縣也。」汪立名云：

「按太平寰宇記：貞觀八年廢楚城縣歸潯陽，詳其地即舊屬柴桑。又云：按圖經：晉建興元年始立郡，領潯陽、柴桑、彭澤、上甲、九江等五縣，則潯陽、柴桑各有其地。自後併潯陽入柴桑，後廢柴桑爲潯陽，於是潯陽、柴桑合一縣而名異。」廬山志卷十三：「康王谷西南有山横出者爲景德崦，崦之西爲馬頭山，康陽坂之末也。其墟有廢楚城縣。」

【校】

〔沿江〕「沿」，英華作「緣」。

簹峴東池

簹峴亭東有小池，早荷新荇緑參差。中宵把火行人發，驚起雙棲白鷺鷥。

【箋】

作於元和十二年（八一七），四十六歲，江州，江州司馬。

【校】

〔簹峴〕馬本「簹」下注云：「如灼切。」「峴」下注云：「胡典切。」

〔中宵〕「宵」，馬本訛作「霄」，據宋本、那波本、汪本、全詩、盧校改正。

建昌江

建昌江水縣門前，立馬教人喚渡船。忽似往年歸蔡渡，草風沙雨渭河邊。

【箋】

作於元和十二年（八一七），四十六歲，江州，江州司馬。

〔建昌江水〕即修水。明統志卷五二南康府：「修水在建昌縣治南，源出南昌府寧縣幕阜山，遠而徑達於江，故名。」清統志南康府一：「修水在建昌縣南。」城按：建昌縣唐屬洪州。江西另有盱江，一名建昌江，非此詩所指之處。

〔立馬教人喚渡船〕建昌縣南有喚渡亭，蓋本白氏詩意。太平寰宇記卷一一一南康軍：「喚渡亭：白居易貶江州司馬過此作詩云：『建昌江水縣門前，立馬教人喚渡船。好似往年歸蔡渡，草風花雨渭河邊。』」「忽似」作「好似」，「沙雨」作「花雨」，與白集有異。明統志卷五二南康府：「喚渡亭在建昌縣治南。」光緒江西通志卷一一七載此詩並引名勝志云：「喚渡亭在修水南。」王士禛帶經堂詩話云：「喚渡亭在修水南岸，白居易過此，有詩云：『建昌（一作修江）江水縣門前，立馬教人喚渡船。好似當年歸蔡渡，草風莎雨渭河邊。』黄庭堅書之亭上，明知縣梁崧重刻石，今存。」又云：「過喚渡亭，亭以白傅詩得名，有白詩石刻。堤行二里，人家種竹爲藩籬。雞聲人語，皆在竹中。」王氏所録「忽似」作「好似」，「沙雨」作「莎雨」。

〔蔡渡〕以漢孝子蔡順得名，與樂天故居紫蘭村隔渭河相對。參見白氏重到渭上舊居（卷九）詩箋。

哭從弟

傷心一尉便終身，叔母年高新婦貧。一片緑衫消不得，腰金拖紫是何人？

【箋】

作於元和十二年（八一七），四十六歲，江州，江州司馬。

香爐峯下新卜山居草堂初成偶題東壁

五架三間新草堂，石堦桂柱竹編牆。南簷納日冬天暖，北户迎風夏月涼。灑砌飛泉纔有點，拂窗斜竹不成行。來春更葺東廂屋，紙閣蘆簾著孟光。

【箋】

作於元和十二年（八一七），四十六歲，江州，江州司馬。見汪譜。白氏草堂記（卷四三）：

「匡廬奇秀甲天下山，山北峯曰香爐，峯北寺曰遺愛寺。介峯寺間，其境勝絶，又甲廬山。元和十一年秋，太原人白樂天見而愛之，若遠行客過故鄉，戀戀不能去，因面峯腋寺，作爲草堂。明年春，草堂成，三間兩柱，二室四牖，廣袤豐殺，一稱心力。洞北户，來陰風，防徂暑也；敞南甍，納陽日，虞祁寒也。木斲而已，不加丹；牆圬而已，不加白。礖階用石，冪窗用紙，竹簾紵幃，率是稱焉。……」

【校】

〔題〕馬本題下有「五首」二字，第二首前無「重題」二字。宋本、那波本俱有「五首」二字，第二首前無「重題」。盧校：「『五首』二字不當有，其二有『重題』二字。」據汪本、全詩、盧校改。

重題

喜入山林初息影，厭趨朝市久勞生。早年薄有煙霞志，歲晚深諳世俗情。已許虎溪雲裏卧，不争龍尾道前行。從兹耳界應清浄，免見啾啾毁譽聲。

長松樹下小谿頭，斑鹿胎巾白布裘。藥圃茶園爲産業，野麋林鶴是交遊。雲生澗户衣裳潤，嵐隱山廚火燭幽。最愛一泉新引得，清泠屈曲遶階流。

日高睡足猶慵起，小閣重衾不怕寒。遺愛寺泉欹枕聽，香爐峯雪撥簾看。匡廬便是逃名地，司馬仍爲送老官。心泰身寧是歸處，故鄉可獨在長安？

宦途自此心長别，世事從今口不言。豈止形骸同土木，兼將壽夭任乾坤。胸中壯氣猶須遣，身外浮榮何足論？還有一條遺恨事，高家門館未酬恩。

【箋】

作於元和十二年（八一七），四十六歲，江州，江州司馬。城按：第四首末句云：「高家門館未酬恩。」又重到城七絶句之二高相宅（卷十五）云：「青苔故里懷恩地，白髮新生抱病身。涕淚雖多無哭處，永寧門館屬他人。」居易既已「形骸同土木」，而猶惓惓於座主高郢之深恩未報，此實足以説明唐代科舉制度座主及門生關係之密切。

〔虎溪〕在廬山東林寺。陳舜俞廬山記卷二：「流泉匝（東林）寺，下入虎溪。昔遠師送客過此，虎輒號鳴，故名焉。」范成大吴船録卷下：「虎溪涓涓一溝，不能五尺闊，遠師送客乃獨不肯過此；過則林虎又爲號鳴焉。」草堂記（卷四三）云：「秋有虎溪月。」

〔香爐峯雪撥簾看〕草堂記（卷四三）云：「冬有爐峯雪。」

〔高家門館〕指高郢。居易貞元十六年高郢知貢舉時進士及第。

【校】

〔火燭〕「燭」，馬本訛作「獨」，據宋本、那波本、汪本、全詩、查校、盧校改正。

〔重衾〕「衾」，全詩注云：「一作『裘』。」

〔寺泉〕「泉」，宋本、那波本、全詩俱作「鐘」。汪本注云：「一作『鐘』。」全詩注云：「一作『泉』。」

〔可獨〕「可」，全詩作「何」，注云：「一作『可』。」

〔浮榮〕「榮」，馬本、汪本俱作「雲」，非。據宋本、那波本、全詩改。汪本注云：「一作『榮』。」全詩注云：「一作『雲』。」亦非。

山中問月

爲問長安月，誰教不相思必切離？昔隨飛蓋處，今照入山時。借助秋懷曠，留連夜卧遲。如歸舊鄉國，似對好親知。松下行爲伴，谿頭坐有期。千巖將萬壑，無處不相隨。

【箋】作於元和十二年（八一七），四十六歲，江州，江州司馬。何義門云：「不讀古體編次，感傷之意，未知此作之悲涼也。」

【校】

〔相離〕「相」，英華、馬本俱作「暫」，非。英華注云：「集作『相』，思必切。」盧校：「『相』，本注：『思必切。』俗本改作『暫』，删去本注。不知『相』本有入聲。陸劍南詩話引此，與少陵漫興絶句『恰似春風相欺得，夜來吹折數枝花』，讀正同也。」城按：盧校是，據宋本、那波本、汪本、全詩改正。又那波本「相」下無小注。又全詩注云：「思必切，一作『暫』。」

正月十五日夜東林寺學禪偶懷藍田楊主簿因呈智禪師

新年三五東林夕，星漢迢迢鐘梵遲。花縣當君行樂夜，松房是我坐禪時。忽看月滿還相憶，始歎春來自不知。不覺定中微念起，明朝更問雁門師。

【箋】

作於元和十二年（八一七），四十六歲，江州，江州司馬。

〔東林寺〕見卷一潯陽三題詩箋。

〔藍田楊主簿〕楊汝士。時爲藍田縣主簿。白氏代書（卷四三）云：「爲予誦集賢庾三十二補闕，……藍田楊主簿兄弟，……」又寄楊六詩（卷十）原注云：「楊攝萬年縣尉。」時爲元和九年，蓋汝士自萬年尉遷藍田主簿也。

〔智禪師〕僧智滿。見本卷宿西林寺早赴東林滿上人之會因寄崔二十二員外詩箋。

〔雁門師〕僧慧遠。神僧傳：「釋慧遠，本姓賈氏，雁門樓煩人也。少爲諸生，博綜六經，尤喜老、莊，性度弘偉，風鑒朗拔，雖宿儒英達，莫不服其深致。後聞沙門釋道安講波若經，豁然而悟，投簪落髮，委命受業，既入乎道，厲然不羣，常欲總攝綱維，以大法爲己任。」高僧傳卷六：「釋慧遠，本姓賈氏，雁門樓煩人也。……時沙門釋道安立寺於太行恒山，宏讚像法，聲甚著聞，遠遂往歸之。……卜居廬阜三十餘年，影不出山，迹不入俗，每送客，遊履常以虎溪爲界焉。」白氏唐江州興果寺律大德湊公塔碣銘并序（卷四一）云：「後從僧望移隸東林寺，即雁門遠大師舊道場。」

【校】

〔迢迢〕馬本作「迢遥」，據宋本、那波本、汪本、全詩、盧校改。全詩注云：「一作『遥』。」

臨水坐

昔爲東掖垣中客，今作西方社内人。手把楊枝臨水坐，閑思往事似前身。

【箋】

作於元和十二年（八一七），四十六歲，江州，江州司馬。

山居

山齋方獨往，塵事莫相仍。籃輿辭鞍馬，緇徒換友朋。朝飡唯藥菜，夜伴只紗燈。除却青衫在，其餘便是僧。

【箋】

作於元和十二年（八一七），四十六歲，江州，江州司馬。

遺愛寺

弄石臨谿坐，尋花遶寺行。時時聞鳥語，處處是泉聲。

【箋】

作於元和十二年（八一七），四十六歲，江州，江州司馬。

〔遺愛寺〕白氏草堂記（卷四三）：「匡廬奇秀甲天下山，山北峯曰香爐，峯北寺曰遺愛寺，介峯寺間，其境勝絶，又甲廬山。」陳舜俞廬山記卷一：「白公草堂在（東林）寺之東北隅。……公作記見於本集，後與遺愛寺並廢。久之，好事者慕公風跡，以東林寺北藍牆之外作堂焉。五代衰亂，復爲兵火野燒之所燬。至道中，郡守孫考功追構之，然皆非元和故基也。」黄宗羲匡廬游録：「戊寅，下嶺五里，過化城，渡溪二里，至香爐峯下遺愛寺尋白樂天草堂遺址。老僧引至嶺上，距寺里許，曰：『是也。』又引過西數十步，曰：『二十年前李太虚、譚友夏游此。據草堂記面峯掖寺及即事詩：香爐峯北面，遺愛寺西偏，當以此地在西者爲是。乃架兩柱未成而罷。』予曰：『兩地皆非也。記云：是居也，前有平地，輪廣十丈，中有平臺半平地，臺南有方池倍平臺。計地與臺池，合之不下數十丈。今兩地縱横不過五六丈，且其地勢傾欹，焉所得平地乎？又云：南抵石澗，夾澗有古松老杉，大僅十尺圍，高不知幾百尺？今地南兩步即是高阜，更無石澗。又云：堂東有瀑布水懸三尺。兩地且與溪流隔絶，況乎瀑布！即陵谷變遷，不得一切皆非。』老僧曰：『然則草堂安在？』予曰：『朱子云：白公草堂基在東林寺東，久廢，近歲復創數椽，制殊狹陋，然亦非其正處矣。陸務觀云：五杉閣在上方，舊有老杉五本，傳以爲晉時物，白傅所謂大十尺圍者，今又數百年，其老可知矣。近歲主僧了然輒伐去，可惜也。草堂以白公記考之略是故處，其他如瀑水、蓮池皆在，然則草堂之近東林可知，朱子言非正處者，亦不過尋丈之間，非如此地數里而遥也。然王元美訪白司馬草堂尚在東林，自桑子木求草堂遺迹，山僧指在此寺之後，傳疑於記事而入東林者，更不復問草堂於上方矣。』老僧曰：『韋蘇州詩：居士近依僧，青山結茅屋。言鄭宏憲依遺愛寺而爲草堂，故其草堂亦名遺愛。白公祭匡山文云：遺愛西偏，鄭氏舊隱，三寺長老，招予此居。則白公之草堂，即宏憲之故基也。草堂由遺愛而名，乃謂近東林而遠遺愛可乎？』予曰：『子知今日之遺愛即當日之遺愛故基乎？此寺故曰紫雲庵也。記事云：紫雲庵相傳即舊遺愛寺，言相傳亦未有實據矣。遺愛既著於昔，不宜改名紫雲，當因遺愛既廢，紫雲從旁而冒之，故紫雲之名至今未能泯也。考古者當從草堂而求遺愛，不當從遺愛而求草堂耳。』老僧廢然而返。予亦下山，行一里，避雨下崇福寺，又二里，宿東林。」城按：黄氏所考亦與廬山記同。

【校】

〔弄石〕「石」，馬本、全詩俱作「日」，據宋本、那波本、汪本、萬首、盧校改。全詩注云：「一作『石』。」

山中與元九書因題書後

憶昔封書與君夜，金鑾殿後欲明天。今夜封書在何處？廬山庵裏曉燈前。籠鳥檻猿俱未死，人間相見是何年？

【箋】

作於元和十二年（八一七），四十六歲，江州，江州司馬。元集卷二〇有酬樂天書後三韻詩。白氏與微之書（卷四五）云：「微之微之，作此書夜，正在草堂中山窗下。信手把筆，隨意亂書，封題之時，不覺欲曙。舉頭但見山僧一兩人，或坐或睡。又聞山猿谷鳥哀鳴啾啾，平生故人，去我萬里，瞥然塵念，此際蹔生，餘習所牽，便成三韻云：『憶昔封書與君夜……人間相見是何年。』」汪立名云：「此詩乃七言小律也。事文類聚：白氏金針有扇對，謂第一句對第三句，二句對四句也。梅聖俞作續金針引詩云：『昔時花下留連飲，暖日夭桃鶯亂吟。今日江邊容易別，淡煙衰草馬嘶頻。』正同此格。」

〔金鑾殿〕程大昌雍録卷四：「金鑾殿者，在蓬萊山正西微南也。龍首山坡隴之北至此餘勢猶高，故殿西有坡，德宗即之以造東學士院而明命，其實爲金鑾坡也。韋執誼故事曰：置學士院後又置東學士院於金鑾坡之西。李肇志亦曰：德宗移院於金鑾坡西也。石林葉氏曰：俗稱翰林學士爲坡，蓋德宗時嘗移學士院於金鑾坡，故亦稱坡，此其説是也。而不言金鑾何以名坡，於言未白，予故詳言也。若夫諸家謂爲移院者，則亦失實。蓋德宗還院於金鑾坡上，是即此之坡而別建一院耳。以其在開元學士院之東，故命爲東翰林院。而開元創立院在右銀臺門内者，元不曾廢也。即諸家謂移院者，皆誤也。」

【校】

〔曉燈〕「曉」，馬本、全詩俱誤作「晚」。城按：白氏此詩作於欲曙之時，參見前箋。據宋本、那波本、汪本、與元微之書、盧校改正。又全詩注云：「一作『曉』。」亦非。

黄石巖下作

久別鵷鸞侶，深隨鳥獸羣。教他遠親故，何處覓知聞？昔日青雲意，今移向白雲。

【箋】

作於元和十二年(八一七),四十六歲,江州,江州司馬。

〔黄石巖〕在廬山雙劍峯下。陳舜俞廬山記卷三:「(黄石巖)俗傳黄石公所居,非也。其崖壁皆黄色,庵前三巖(聖僧巖、善才巖、羅漢巖)特平廣,可容百餘人。」廬山志卷五:「雙劍峯下有黄巖寺。桑疏:『黄巖寺,唐僧智常建。智常住歸宗,先結廬於黄石巖。』」城按:唐劉軻有廬山黄石巖院記,見全唐文卷七四二。

戲贈李十三判官

垂鞭相送醉醺醺,遥見廬山指似君。想君初覺從軍樂,未愛香爐峯上人。

【箋】

作於元和十二年(八一七),四十六歲,江州,江州司馬。

〔廬山〕見卷一潯陽三題詩箋。

〔香爐峯〕見卷七香爐峯下新置草堂即事詠懷題於石上詩箋。

醉中戲贈鄭使君 時使君先歸，留妓樂重飲。

密座移紅毯，酡顔照緑盃。雙娥留且住，五馬任先迴。醉耳歌催醒，愁眉笑引開。平生少年興，臨老暫重來。

【箋】

作於元和十二年（八一七），四十六歲，江州，江州司馬。

【校】

〔題〕「贈」，英華作「酧」。那波本題下無注。
〔紅毯〕「毯」下馬本注云：「吐敢切。」
〔緑盃〕「緑」，那波本、全詩俱作「淥」。

江亭夕望

憑高望遠思悠哉！晚上江亭夜未迴。日欲没時紅浪沸，月初生處白煙開。辭枝雪蕊將春去，滿鑷霜毛送老來。争敢三年作歸計，心知不及賈生才。

【箋】

作於元和十二年(八一七),四十六歲,江州,江州司馬。

〔爭敢三年作歸計〕何義門云:「反收望字。」

【校】

〔望遠〕馬本倒作「遠望」,據宋本、那波本、汪本、全詩、盧校改正。

〔滿鑷〕「鑷」,馬本注云:「尼輒切。」

酬元員外三月三十日慈恩寺相憶見寄

悵望慈恩三月盡,紫桐花落鳥關關。誠知曲水春相憶,其奈長沙老未還。赤嶺猿聲催白首,黄茅瘴色换朱顔。誰言南國無霜雪?盡在愁人鬢髮間。

【箋】

作於元和十二年(八一七),四十六歲,江州,江州司馬。

〔元員外〕元宗簡。白氏故京兆元少尹文集序(卷六八):「居敬姓元,名宗簡,河南人。自舉進士歷御史府、尚書郎訖京兆亞尹,凡二十年。」又據代書(卷四八)云:「持此札爲予謁集賢庾三十二補闕、翰林杜十四拾遺、金部元八員外……」知此時宗簡官金部員外郎。參見卷十答元郎中楊員外喜烏見寄詩箋。

【校】

〔慈恩寺〕見卷十三三月三十日題慈恩寺詩箋。

〔瘴色〕「色」，馬本訛作「領」，據宋本、那波本、汪本、全詩、盧校改正。

偶然二首

楚懷邪亂靈均直，放棄合宜何惻惻！漢文明聖賈生賢，謫向長沙堪歎息。人事多端何足怪？天文至信猶差忒。月離于畢合滂沱，有時不雨誰能測？

火發城頭魚水裏，救火竭池魚失水。乖龍藏在牛領中，雷擊龍來牛枉死。人道蓍神龜骨靈，試卜魚牛那至此？六十四卦七十鑽，畢竟不能知所以。

【箋】

作於元和十二年（八一七），四十六歲，江州，江州司馬。何義門云：「嚴武伯云：此非律詩，不知何以編入。」汪本此詩編在第十二卷。

〔火發城頭魚水裏二句〕吴旦生歷代詩話卷五〇：「清波雜誌曰：張無盡作一表云：魯酒薄而邯鄲圍，城門火而池魚禍。上句出莊子，下句不知所出，以意推之，當是城門失火，以池水救之，池竭而魚死也。廣韻池字韻注云：池，水沼也。古有姓池名仲魚者，城門失火燒死。白樂天詩：火發城頭魚水裹，救火竭池魚失水。初不主姓名之説，然廣韻當有所據。吴旦生曰：古語有云：楚國亡猨，禍延林木；城門失火，殃及池魚。通鑑正史具載之，非委巷媟語也。如池魚爲姓名，豈有姓林名木者耶？樂天詩正得語意，而張表下句謂即出古語可。」城按：吴説是也。東魏杜弼檄梁文云：「楚國亡猿，禍延林木；城門失火，殃及池魚。」當爲張表所本。

【校】

〔牛領〕「領」，全詩訛作「嶺」。

〔龜骨靈〕「靈」，宋本、那波本、汪本俱作「聖」。全詩注云：「一作『聖』。」

中秋月

萬里清光不可思，添愁益恨遶天涯。誰人隴外久征戍？何處庭前新别離。失寵故姬歸院夜，没蕃老將上樓時。照他幾許人腸斷？玉兔銀蟾遠不知。

【箋】

作於元和十二年（八一七），四十六歲，江州，江州司馬。

〔失寵故姬歸院夜〕何義門云：「自比。」

【校】

〔題〕英華作「秋月」。汪本注云：「英華作『秋月』。」全詩注云：「一作『秋月』。」

〔不可思〕「思」，英華注云：「一作『私』。」

〔益恨〕「益」，英華作「足」。汪本、全詩俱注云：「一作『足』。」

〔庭前〕「庭」，英華作「亭」。

〔銀蟾〕「銀」，英華作「金」。

謝李六郎中寄新蜀茶

故情周匝向交親，新茗分張及病身。紅紙一封書後信，緑芽十片火前春。湯添勺水煎魚眼，末下刀圭攪麴塵。不寄他人先寄我，應緣我是別茶人。

【箋】

作於元和十二年（八一七），四十六歲，江州，江州司馬。

〔李六郎中〕忠州刺史李宣。舊書卷十五憲宗紀：「（元和十一年九月），屯田郎中李宣爲忠州刺史。」元集卷二〇憑李忠州寄書樂天云：「萬里寄書將上峽，却憑沿峽寄江州。」則指李景儉。

〔緑芽十片火前春〕清沈濤交翠軒筆記卷四：學林新編：「茶之佳者，造在社前，其次火前，其下則雨前。余案唐人最重火前。白樂天詩：『緑芽千片火前春。』齊己詩：『白甀封題寄火前。』火前者，寒食禁火之謂也。今人則但重雨前矣。五色線云：龍安有騎火茶是上，不在火前、不在火後故也。清明改火，故曰騎火茶。」清沈家本日南隨筆卷五：「香山（謝李六郎中寄新茶）詩：『緑芽十片火前春。』汪立名注：按遯叟云：火前，寒食禁火之前也。今世俗多用穀雨茶稱爲雨前。學林新編：茶之佳者，造在社前，其次火前，其下則雨前。東坡（新茶送簽判程期奉以餽其母有詩相謝次韻答之）詩：『火前試焙分新胯。』王注：品茶要録云：茶事起於驚蟄前，其初造曰試焙，又曰一火，其次曰三火。故市茶者唯伺出於三火之前者爲最佳。查注：苕溪漁隱叢話：水揀茶即社前者，生揀茶即火前者，粗色茶即雨前者。按：齊己詩：『高人愛惜藏巖裏，白甀封題寄火前。』是唐人以火前爲貴，今杭人採茶以清明前者爲貴，所謂一旗一槍，亦呼明前，即香山、東坡詩之火前也。放翁書意詩：『今年茶比常年早，笑試西峯一掬泉。』自注：今年清明前數日，山中已有新茶。則明前之足貴可知，若社前又在明前則罕覯矣。市上鬻茶者以雨前爲名，豈知其爲宋時之粗色茶乎。」城按：「十片」當作「千片」。

〔應緣我是別茶人〕見卷十五戲題盧秘書新移薔薇詩箋。

攜諸山客同上香爐峯遇雨而還沾濡狼藉互相笑謔題此解嘲

蕭灑登山去，龍鐘遇雨迴。磴危攀薜荔，石滑踐莓苔。襪汙君相謔，鞋穿我自哈。莫欺泥土脚，曾踏玉階來。

【箋】作於元和十二年（八一七），四十六歲，江州，江州司馬。

〔香爐峯〕見卷七香爐峯下新置草堂即事詠懷題於石上詩箋。

【校】

〔龍鐘〕「鐘」，那波本、汪本、全詩俱作「鍾」，古字通。

〔磴危〕「磴」，馬本注云：「丁鄧切。」

〔薜荔〕馬本「薜」下注云：「博陌切。」「荔」下注云：「力霽切。」

〔自哈〕「哈」下馬本注云：「呼來切。」

彭蠡湖晚歸

彭蠡湖天晚，桃花水氣春。鳥飛千白點，日没半紅輪。何必爲遷客？無勞是病身。但來臨此望，少有不愁人。

【箋】作於元和十二年（八一七），四十六歲，江州，江州司馬。

〔彭蠡湖〕嘉慶九江府志：「彭蠡湖，在（湖口）縣治南，一名鄱陽湖。別名宫亭湖。」

【校】

〔此望〕何校：「『此』作『北』。」

〔但來〕「但」，全詩作「何」。

酬贈李鍊師見招

幾年司諫直承明？今日求真禮上清。曾犯龍鱗容不死，欲騎鶴背覓長生。劉綱有婦仙同得，伯道無兒累更輕。若許移家相近住，便驅雞犬上層城。

【箋】

作於元和十二年（八一七），四十六歲，江州，江州司馬。

西河雨夜送客

雲黑雨翛翛，江昏水闇流。有風催解纜，無月伴登樓。酒罷無多興，帆開不少留。唯看一點火，遥認是行舟。

【箋】 作於元和十二年（八一七），四十六歲，江州，江州司馬。

【校】〔題〕英華作「江西雨夜送客」。

登西樓憶行簡

每因樓上西南望，始覺人間道路長。礙日暮山青簇簇，浸天秋水白茫茫。風波不見三年面，書信難傳萬里腸。早晚東歸來下峽，穩乘船舫過瞿唐。

【箋】作於元和十二年（八一七），四十六歲，江州，江州司馬。

〔行簡〕白行簡。見卷七題潯陽樓詩箋。

〔風波不見三年面〕白氏元和九年作別行簡詩（卷十）云：「梓州二千里，劍門五六月。」至此時分别已逾三年。

〔瞿唐〕瞿唐峽。見卷十一初入峽有感詩箋。

羅子

有女名羅子，生來纔兩春。我今年已長，日夜二毛新。顧念嬌啼面，思量老病身。直應頭似雪，始得見成人。

【箋】作於元和十二年（八一七），四十六歲，江州，江州司馬。

〔羅子〕居易女，生於江州。白氏元和十三年作弄龜羅詩（卷七）云：「有女生三年，其名曰羅兒。」

讀靈徹詩

東林寺裏西廊下，石片鐫題數首詩。言句怪來還校別，看名知是老湯師。

【箋】作於元和十二年（八一七），四十六歲，江州，江州司馬。劉集卷二九有送僧嗣東遊兼寄靈徹上人，外五有敬酬徹公見寄二首詩。

〔靈徹〕嘉泰會稽志卷十五：「靈徹上人，字源澄，會稽湯氏子。雖受經論，尤好篇章，從嚴維學詩。抵吳興，與皎然遊，皎然以書薦於包佶、李紓，上人之名由是而颺。貞元中，西遊京師，名振輦下。得罪徙汀州，入會稽，歸東越，吳、楚間，諸侯多賓禮招迓之。終於宣州開元寺，門人遷之，建塔於越之山陰天柱峯。有詩二十卷，劉禹錫爲序。徹自廬山歸沃州，權德輿有序送其行。」又見宋高僧傳卷十五唐會稽雲門寺靈徹傳。又唐才子傳卷三靈徹上人：「初居嵩陽蘭若，後來住匡廬東林寺。」

〔東林寺〕見卷一潯陽三題詩箋。

〔老湯師〕指靈徹。見前箋。

【校】

〔題〕「靈」上，汪本、全詩俱有「僧」字。

〔數首〕「數」，萬首作「四」。全詩注云：「一作『四』。」

聽李士良琵琶 人各賦二十八字。

聲似胡兒彈舌語，愁如塞月恨邊雲。閑人暫聽猶眉斂，可使和蕃公主聞？

【箋】

作於元和十二年（八一七），四十六歲，江州，江州司馬。

【校】

〔題〕萬首作「聽琵琶」。那波本題下無注。

昭君怨

明妃風貌最娉婷，合在椒房應四星。只得當年備宮掖，何曾專夜奉幃屏？見疏從道迷圖畫，知屈那教配虜庭？自是君恩薄如紙，不須一向恨丹青。

【箋】

作於元和十二年（八一七），四十六歲，江州，江州司馬。何義門云：「明妃如不入蕃，無過一承恩宮婢耳。安得千載嗟惜？故知不遇者未必非幸。」

〔昭君怨〕樂府詩集卷二九：「王明君，一曰王昭君。唐書樂志曰：明君，漢曲也。元帝時，匈奴單于入朝，詔以王嬙配之，即昭君也。及將去，入辭，光彩射人，悚動左右，天子悔焉。漢人憐其遠嫁，爲作此歌。晉石崇妓緑珠善舞，以此曲教之而自製新歌。按此本中朝舊曲，唐爲吴聲，蓋吴人傳授訛變使然也。……初武帝以江都王建女細君爲公主嫁烏孫王昆莫，令琵琶馬上作樂，以慰其道路之思，送明君亦然也。其造新之曲，多哀怨之聲。」又同書卷五九琴曲歌辭昭君怨云：「昭君恨帝始不見遇，乃作怨思之歌。」參見白氏王昭君二首詩（卷十四）箋。

【校】

〔當年〕「當」，英華作「長」。全詩注云：「一作『長』。」

〔幃屏〕「幃」，英華作「帳」。

〔君恩薄如紙〕馬本、汪本、全詩俱注云：「一作『命卑如紙薄』。」宋本、那波本俱無小注。從宋本删。

閑吟

自從苦學空門法，銷盡平生種種心。唯有詩魔降未得，每逢風月一閑吟。

【箋】

作於元和十二年（八一七），四十六歲，江州，江州司馬。能改齋漫録：「樂天：『自從苦學空門法，銷盡平生種種心。唯有詩魔降未得，每逢風月一閑吟。』又云：『人各有一癖，我癖在章句。萬緣皆已銷，此病獨未去。』此意凡兩用也。」

戲問山石榴

小樹山榴近砌栽，半含紅萼帶花來。争知司馬夫人妬，移到庭前便不開。

【箋】

作於元和十二年(八一七),四十六歲,江州,江州司馬。

〔移到庭前便不開〕何義門云:「觸緒生悲。」

【校】

〔近砌栽〕「栽」,宋本訛作「裁」。

編集拙詩成一十五卷因題卷末戲贈元九李二十

一篇長恨有風情,十首秦吟近正聲。每被老元偷格律,元九向江陵日,嘗以拙詩一軸贈行,自後格變。苦教短李伏歌行。李二十常自負歌行,近見予樂府五十首,默然心伏。世間富貴應無分,身後文章合有名。莫怪氣粗言語大,新排十五卷詩成。

【箋】

作於元和十年(八一五),四十四歲,江州,江州司馬。何義門云:「雖自負,實自傷,徒以文章爲勳績,豈始願哉!」唐宋詩醇卷二三:「自負語,實是苦心語。末學詆訶居易,殆杜甫所謂『爾曹身與名俱滅,不廢江河萬古流』也。」城按:白氏與元九書云:「僕數月來檢討囊袠中,得新舊詩各以類分,分爲卷目。自拾遺來,凡所遇所感,關於美刺興比者;又自武德訖元和,因事立題,題爲新樂府者,共一百五十首，謂之諷諭詩。又或退公獨處，或移病閑居，知足保和，吟玩情性者一百首，謂之閑適詩。又有事物牽於外，情性動於内，隨感遇而形於歎詠者一百首，謂之感傷詩。又有五言七言長句絶句，自一百韻至兩韻者四百餘首，謂之雜律詩。凡爲十五卷，約八百首。」即此詩所指，可以參證。

〔元九〕元稹。見卷一酬元九對新栽竹有懷見寄詩箋。

〔李二十〕李紳。見卷十三代書詩一百韻寄微之詩箋。并參見看渾家牡丹花戲贈李二十（卷十三）、渭村酬李二十見寄（卷十五）、靖安北街贈李二十（卷十五）等詩。

〔長恨〕長恨歌。見卷十二。

〔秦吟〕秦中吟。見卷二。

〔每被老元偷格律〕白氏和答詩十首序（卷二）：「僕職役不得去，命季弟送行，且奉新詩一軸致於執事，凡二十章，率有興比，淫文豔韻，無一字焉。意者欲足下在途諷讀，且以遣日時，銷憂懣，又有以張直氣而扶壯心也。及足下到江陵，寄在路所爲詩十七章，凡五六千言，言有爲，章有旨，迨於宫律體裁，皆得作者風。發緘開卷，且喜且怪。」韻語陽秋：「元、白齊名，有自來矣。元微之寫白詩於閬州西寺，白樂天寫元詩百篇，合爲屏風，更相傾慕如此。而樂天必言微之詩得己格律更進，所謂『每被老元偷格律』是也。然微之江陵放言與送客嶺南詩，樂天皆擬其作，何邪？東坡嘗效山谷體，作江字韻詩，山谷謂坡收歛光芒，入此窘步。余於樂天亦云。」

〔苦教短李伏歌行〕白氏代書詩一百韻寄微之（卷十三）「笑勸迂辛酒，閑吟短李詩」自注云：

「辛大丘度性迂嗜酒，李二十紳形短能詩，故當時有迂辛、短李之號。」今白集中所載新樂府五十首即因微之、公垂所詠而作。

〔世間富貴應無分〕何義門云：「揚雄傳贊：恬於勢力，其意欲求文章成名於後世。五六用之。」

【校】

〔偷格律〕此下那波本無注。

〔伏歌行〕此下那波本無注。

湖上閑望

藤花浪拂紫茸條，菰葉風翻緑翦刀。閑弄水芳生楚思，時時合眼詠離騷。

【箋】

作於元和十二年（八一七），四十六歲，江州，江州司馬。

【校】

〔浪拂〕「拂」，宋本、那波本俱作「沸」。汪本、全詩俱注云：「一作『沸』。」

〔風翻〕「翻」，全詩注云：「一作『飄』。」

白居易集箋校卷第十七

律詩　五言　七言　自兩韻至五十韻　凡一百首

江南謫居十韻

自哂沈冥客，曾爲獻納臣。壯心徒許國，薄命不如人。纔展凌雲翅，俄成失水鱗。葵枯猶向日，蓬斷即辭春。澤畔長愁地，天邊欲老身。蕭條殘活計，冷落舊交親。草合門無徑，煙消甑有塵。憂方知酒聖，貧始覺錢神。虎尾難容足，羊腸易覆輪。行藏與通塞，一切任陶鈞。

【箋】作於元和十二年（八一七），四十六歲，江州，江州司馬。

【校】

〔即辭春〕「即」，馬本、汪本俱作「欲」，據宋本、那波本、全詩、盧校改。汪本注云：「一作『即』。」全詩注云：「一作『欲』。」

江樓夜吟元九律詩成三十韻

昨夜江樓上，吟君數十篇。詞飄朱檻底，韻墮渌江前。清楚音諧律，精微思入玄。收將白雪麗，奪盡碧雲妍。寸截金爲句，雙雕玉作聯。八風淒間發，五彩爛相宣。冰扣聲聲冷，珠排字字圓。文頭交比繡，筋骨軟於綿。澒湧同波浪，錚鏦過管絃。醴泉流出地，鈞樂下從天。神鬼聞如泣，魚龍聽似禪。星迴疑聚集，月落爲留連。雁感無鳴者，猿愁亦悄然。交流遷客淚，停住賈人船。闇被歌姬乞，潛聞思婦傳。斜行題粉壁，短卷寫紅牋。肉味經時忘，頭風當日痊。老張知定伏，短李愛應顛。張十八籍、李十二紳皆攻律詩，故云。道屈才方振，身閑業始專。天教聲烜赫，理合命迍邅。顧我文章劣，知他氣力全。功夫雖共到，巧拙尚相懸。各有詩千首，俱抛海一邊。白頭吟處變，青眼望中穿。酬答朝妨食，披尋夜廢眠。老償文債負，宿結字因緣。每歎陳夫子，陳子昂著感遇詩稱於世。常嗟李謫仙。賀知章謂李白爲「謫仙人」。名高折人爵，思苦減天年。李竟無官，陳亦早夭。不得當時遇，空令後代憐。相悲今若此，湓浦與通川。

【箋】

作於元和十二年（八一七），四十六歲，江州，江州司馬。元集卷十三有酬樂天江樓夜吟稹詩因成三十韻詩。唐宋詩醇卷二三：「起聯點題，因極贊元九之詩。『道屈才方振』四句，作轉軸。『顧我文章劣』至『宿結字因緣』叙自己之詩並及遭際。『每歎陳夫子』至『空令後代憐』又舉古人之能詩不遇者，以況兩人。結出現在之地，含蓄不盡。其説詩處，譬如飲水，冷暖自知。又如食蜜，中邊皆甜。兩人同調，可方伯牙、鍾期矣。」

〔元九〕元稹。見卷一酬元九對新栽竹有懷見寄詩箋。

〔白頭吟處變二句〕苕溪漁隱叢話後集卷十三：「塵史云：杜子美善于用故事及常語，多離析或倒用其句，蓋如此則語峻而體健，意亦深穩矣。如『露從今夜白，月是故鄉明』之類是也。樂天工於用對，寄微之詩云：『白頭吟處變，青眼望中穿。』可爲佳句，然不若『別來頭併白，相見眼終青』尤爲工也。」城按：魏慶之詩人玉屑亦引此則，與漁隱叢話同。

〔每歎陳夫子二句〕清恒仁月山詩話：「樂天江樓夜吟元九律詩成三十韻，中有云：『每歎陳夫子，常嗟李謫仙。名高折人爵，思苦減天年。』自注云：『陳竟無官，李亦早夭。』按：子昂由正字遷拾遺，聖曆初始解官歸，不得謂無官。太白享年六十有二，豈反爲夭乎？『名高折人爵』，二公皆然；『思苦減天年』，則於二公無涉矣。」

【校】

〔淥江〕「淥」，馬本作「緑」，非。據宋本、那波本、汪本、全詩改。

〔文頭〕何校：「『文頭』未詳。」盧校：「『文頭』二字疑誤。」

〔澒湧〕「澒」下馬本注云：「胡孔切。」

〔錚鏦〕「鏦」，宋本、那波本俱作「摐」。

〔聚集〕「集」，馬本作「散」。據宋本、那波本、汪本、全詩、盧校改。全詩注云：「一作『散』。」

〔應顛〕此下那波本無注。

〔烜赫〕「烜」下馬本注云：「况遠切。」

〔陳夫子〕此下那波本無注。「感遇詩」，馬本、汪本俱作「感興詩」，非。城按：白氏與元九書云：「陳子昂有感遇詩二十首。」據宋本、全詩改正。

〔李謫仙〕此下那波本無注。注中「仙」下馬本、汪本俱脱「人」字。據宋本、全詩補。

〔天年〕此下那波本無注。

潯陽歲晚寄元八郎中庾三十二員外

閲水年將暮，燒金道未成。丹砂不肯死，白髮自須生。病肺慚盃滿，衰顔忌鏡明。春深舊鄉夢，歲晚故交情。一别浮雲散，雙瞻列宿榮。螭頭階下立，龍尾道前行。封事頻聞奏，除書數見名。虚懷事僚友，平步取公卿。漏盡雞人報，朝迴幼女迎。可憐白司馬，老大在湓城。

【箋】

作於元和十二年（八一七），四十六歲，江州，江州司馬。

〔潯陽〕見卷一潯陽三題詩箋。

〔元八郎中〕元宗簡。見卷十答元郎中楊員外喜烏見寄詩箋。城按：宗簡曾官倉部郎中，見郎官考。又據白氏代書（卷四三），宗簡當自金部員外郎遷授也。本卷又有答元八郎中楊十二博士詩。

〔庾三十二員外〕庾敬休。見卷十夢與李七庾三十二同訪元九詩箋。

〔湓城〕見卷七登香鑪峯頂詩箋。

【校】

〔題〕「庾三十二」，宋本、那波本、英華俱作「庾三十三」，非。

〔自須生〕「自」，宋本、那波本、英華俱作「事」。全詩注云：「一作『事』。」

〔螭頭〕「螭」下馬本注云：「抽知切。」

〔幼女〕英華作「女使」，注云：「集作『幼女』。」全詩注云：「一作『女使』。」

元九以綠絲布白輕褣見寄製成衣服以詩報知

綠絲文布素輕褣，珍重京華手自封。貧友遠勞君寄附，病妻親爲我裁縫。袴花白似秋雲薄，衫色青於春草濃。欲著却休知不稱，折腰無復舊形容。

【箋】

作於元和十三年（八一八），四十七歲，江州，江州司馬。元集卷二一有酬樂天得稹所寄紵絲布白輕庸製成衣服以詩報之詩。

〔輕褣〕宋周密齊東野語卷十：「紗之至輕者有所謂輕容，出唐類苑，云：輕容，無花薄紗也。王建宫詞：『嫌羅不著愛輕容。』元微之有寄白樂天白輕容樂天製而爲衣，而詩中『容』字乃爲流俗妄改爲『庸』，又作『褣』，蓋不知其所出。元豐九域志『越州歲貢輕容紗五疋』是也。」宋長白柳亭詩話卷十一：「香山集有元九以緑絲布白輕褣見寄詩，所謂『緑絲文布素輕褣，珍重京華手自封』是也。然考之前人，多作『輕容』。如王建詩『嫌羅不著愛輕容』之類，或以爲即方空也。蔣永公曰：昌谷詩：『蜀烟飛重錦，峽雨賤輕容。』輕容，紗名，與方空異。張睿父曰：輕容、方空、吹綸，皆紗名。」

【校】

〔題〕馬本「褣」下注云：「以中切。」城按：「褣」，汪本作「容」，蓋據齊東野語而改，并謂「容字之改，蓋以末句有容字耳。不知唐人用字異義不嫌重押也」。全詩注云：「一作『容』。」下同。

清明日送韋侍御貶虔州

寂寞清明日，蕭條司馬家。留餳和冷粥，出火煑新茶。欲别能無酒？相留亦有花。南遷更何處？此地已天涯。

【箋】

作於元和十三年（八一八），四十七歲，江州，江州司馬。何義門云：「淒絶。」

〔韋侍御〕白氏有早秋晚望兼呈韋侍御（卷十）及山中戲問韋侍御（卷十七）兩詩，均作於江州，當同指一人。

〔虔州〕舊爲南康郡。唐武德五年置虔州，蓋取虔化水爲名，屬江南道。見元和郡縣志卷二八。

【校】

〔題〕馬本作「清明送韋侍郎貶虔州」，誤。據宋本、那波本、汪本、全詩改正。又全詩「御」下注云：「一作『郎』。」亦非。

九江春望

淼茫積水非吾土，飄泊浮萍是我身。身外信緣爲活計，眼前隨事覓交親。爐煙豈異終南色，溢草寧殊渭北春？此地何妨便終老，譬如元是九江人。香爐峯上多煙，溢水岸足草，因而記之。

【箋】

作於元和十三年（八一八），四十七歲，江州，江州司馬。葛立方韻語陽秋卷十三：「白樂天九江春望詩云：『爐烟豈異終南色，溢草寧殊渭北春。』蓋不忘蔡渡舊居也。」

【校】

〔淼茫〕「淼」，馬本注云：「匹妙切。」

〔譬如〕「譬」，宋本、那波本、盧校俱作「匹」。全詩注云：「一作『匹』。」

〔九江人〕此下那波本無注。注中「足」字，馬本作「有」，據宋本、全詩改。「記」，宋本作「寄」。汪本小注作「香爐峯上多煙溢水岸足寄草因而記之」。全詩小注作「香爐峯上多煙溢水岸邊足草因而記之」。

晚題東林寺雙池

向晚雙池好，初晴百物新。裊枝翻翠羽，濺水躍紅鱗。萍汎同遊子，蓮開當麗人。臨流一惆悵，還憶曲江春。

【箋】

作於元和十三年（八一八），四十七歲，江州，江州司馬。

〔東林寺雙池〕即東林寺白蓮池。晁補之白蓮社圖記：「謝靈運恃才傲物，嘗求入社，法師以心雜止之，靈運不恨也。爲鑿二池種白蓮，後名其社云。」輿地紀勝卷三〇江州：「蓮池：晉謝靈運負才傲物，一見慧遠肅然心服。鑿東西二池，種白蓮，求入淨社，而師止之。」

〔曲江〕見卷一杏園中棗樹詩箋。

【校】

〔紅鱗〕「鱗」，馬本訛作「麟」，據宋本、那波本、汪本、全詩、查校改正。

贈内子

白髮方興歎，青娥亦伴愁。寒衣補燈下，小女戲牀頭。闇澹屏帷故，淒涼枕席秋。貧中有等級，猶勝嫁黔婁。

【箋】

作於元和十三年（八一八），四十七歲，江州，江州司馬。

〔内子〕居易之妻楊夫人。

送客春遊嶺南二十韻 因叙嶺南方物以諭之，并擬微之送崔二十二之作。

已訝遊何遠？仍嗟别太頻。離容君蹙促，贈語我殷勤。迢遞天南面，蒼茫海北湑。訶陵國分界，交趾郡爲鄰。蓊鬱三光晦，温暾四氣勻。陰晴變寒暑，昏曉錯星辰。瘴地難爲老，蠻陬不易馴。土民稀白首，洞主盡黄巾。戰艦猶驚浪，戎車未息塵。時黄家賊方動。紅旗圍卉服，紫綬裹文身。麵苦桄榔製，漿酸橄欖新。牙檣迎海舶，銅鼓賽江神。不凍貪泉暖，無霜毒草春。雲煙蟒蛇氣，刀劍鰐魚鱗。路足羇棲客，官多謫逐臣。天黄生颶母，颶母如斷虹，欲大風即見。雨黑長楓人。楓人因夜雷雨輒闇長數丈。迴使先傳語，征軒早返輪。須防盃裏蠱，南方蠱毒多置酒中。莫愛橐中珍。北與南殊俗，身將貨孰親？嘗聞君子誠，憂道不憂貧。

【箋】

作於元和十三年（八一八），四十七歲，江州，江州司馬。元集卷十二有和樂天送客遊嶺南二十韻詩。何義門云：「元詩遠不逮此。」唐宋詩醇卷二三：「前叙嶺南風土物産之異，結處規以不貪，忠告善道，所以致殷勤也。送遠詩如此用意，乃爲深厚，泛作安慰便淺。」按：卞孝萱元稹年譜繫白氏此詩于元稹爲江陵士曹時，非是。

〔温暾〕白氏開元寺東池早春詩（卷十一）云：「池水暖温暾。」陶宗儀輟耕録云：「南方人方言曰温暾者，乃懷暖也。唐王建宫詞：『新晴草色暖温暾。』又白樂天詩：『池水暖温暾。』則古已然矣。」吴旦生歷代詩話卷五〇：「致虚雜俎云：今人以人性不爽利者曰温暾湯，言不冷不熱也。樂天慣以俗語入詩。」

〔雨黑長楓人二句〕周密浩然齋雅談卷上：「白傅詩：『天黄生颶母，雨夜長楓人。』（顧氏文房本案：此白居易送客遊嶺南詩，原本誤作太白詩，雨字誤作雷，今校正）注云：『颶母如斷虹，有大風即見。楓人因夜黑雲雨，暗長數丈。』比見李仲賓云：往年在東平，舟夜行，殘夜微月，擁蓬眺望。忽有黑雲起天角，漸成巨人，其長數十丈，掉臂闊步行水上，掠舟而西，一舟皆驚魘。羣起視之，其去如飛。得非所謂楓人耶？」按：此則又見周密弁陽詩話。此等記載，皆荒誕不經，當時人缺少科學常識，今日觀之，可發一笑。

【校】

〔題〕那波本題下無注。宋本小注「叙」下脱「嶺」字，又「崔二十二」作「崔二十一」。城按：崔韶是時方爲果州刺史，安能遠遊嶺南？見白氏東南行一百韻……詩（卷十六）箋。元稹貶江陵時又作有送嶺南崔侍御、送崔侍御之嶺南二十韻（自注云：「自江陵士曹拜。」）、紀懷贈李六户曹崔二十功曹五十韻等詩，疑「崔侍御」即「崔二十功曹」，乃元和元年與元稹同登才識兼茂明於體用科之崔琯，則「崔二十二」、「崔二十一」俱爲「崔二十」之訛文。何校「二十二」作「二十三」，疑亦非是。

〔蹙促〕盧校：「疑『戚促』。太白詩：『嗷嗷空倉雀，身計何戚促！』」

〔海北㴸〕「㴸」，馬本注云：「殊倫切。」

〔蓊鬱〕「蓊」，馬本注云：「烏紅切。」

〔温暾〕「暾」，馬本注云：「他昆切。」

〔息塵〕此下那波本無注。

〔桄榔製〕馬本「桄」下注云：「姑黄切。」「榔」下注云：「魯堂切。」「製」，宋本、那波本、汪本、全詩、盧校俱作「褭」。全詩注云：「一作『製』。」

〔颶母〕「颶」下馬本注云：「忌遇切。」「母」下那波本無注。注中「虹」上馬本脱「斷」字，據宋本、汪本、全詩增。

〔楓人〕此下馬本無注，據宋本、汪本增。

〔盃裏蠱〕此下馬本無注，據宋本、汪本增。

自題

功名宿昔人多許，寵辱斯須自不知。一旦失恩先左降，三年隨例未量移。馬頭覓角生何日？石火敲光住幾時？前事是身俱若此，空門不去欲何之？

【箋】

作於元和十三年（八一八），四十七歲，江州，江州司馬。見汪譜。

〔三年隨例未量移〕顧亭林日知録卷三二：「唐朝得罪貶竄遠方，遇赦改近地謂之量移。舊唐書玄宗紀：開元二十年十一月庚午祀后土於脽上，大赦天下，左降官量移近處。二十七年二月己巳加尊號，大赦天下，左降官量移近處。量移字始見於此。……白居易貶江州司馬，自題云：『一旦失恩先左降，三年隨例未量移。』（量讀平聲）及遷忠州刺史，又云：『流落多年應是命，量移遠郡未成官。』」

自　悲

火宅煎熬地，霜松摧折身。因知羣動内，易死不過人。

【箋】

作於元和十三年（八一八），四十七歲，江州，江州司馬。

尋郭道士不遇

郡中乞假來相訪，洞裏朝元去不逢。看院祇留雙白鶴，入門唯見一青松。藥爐有火丹應伏，雲碓無人水自舂。廬山中雲母多，故以水碓擣鍊，俗呼爲雲碓。欲問參同契中事，更期何日得從容？

【箋】作於元和十三年（八一八），四十七歲，江州，江州司馬。元集卷二一有和樂天尋郭道士不遇詩。

〔郭道士〕道士郭虚舟。與居易相識於江州。同時有郭虚舟相訪詩（卷七）。以後白氏又有同微之贈别郭虚舟鍊師五十韻詩（卷二一）云：「我爲江司馬，君爲荆判司。俱當愁悴日，始識虚舟師。」

〔郡中乞假來〕何義門云：「起句鄭重貫注。」

【校】

〔雲碓〕李白送内尋廬山女道士李騰空二首之一：「水春雲母碓，風掃石楠花。」

〔水自春〕此下那波本無注。注中「雲碓」，馬本作「水碓」，據宋本、汪本、全詩改。

〔從容〕此下全詩注云：「一作『未知何日得相從』。」

潯陽春三首 元和十二年作。

春生

春生何處闇周遊，海角天涯遍始休。先遣和風報消息，續教啼鳥説來由。展張草色長河畔，點綴花房小樹頭。若到故園應覓我，爲傳淪落在江州。

【箋】

作於元和十二年（八一七），四十六歲，江州，江州司馬。見陳譜及汪譜。

〔潯陽〕見卷一潯陽三題詩箋。

〔江州〕見卷六江州雪詩箋。

春來

春來觸動故鄉情，忽見風光憶兩京。金谷蹋花香騎入，曲江碾草鈿車行。誰家淥酒歡連夜？何處紅樓睡失明？獨有不眠不醉客，經春冷坐古湓城。

【箋】

〔金谷〕金谷園。見卷十三和友人洛中春感詩箋。

〔曲江〕見卷一杏園中棗樹詩箋。

【校】

〔淥酒〕「淥」，馬本、汪本、全詩俱作「緑」，非。據宋本、那波本改正。

春去

一從澤畔爲遷客，兩度江頭送暮春。白髮更添今日鬢，青衫不改去年身。百川未有迴流水，一老終無却少人。四十六時三月盡，送春争得不殷勤！

夢微之 十二年八月二十日夜。

晨起臨風一惆悵，通川湓水斷相聞。不知憶我因何事？昨夜三迴夢見君。

【箋】

作於元和十二年（八一七），四十六歲，江州，江州司馬。見汪譜。元集卷二十有酬樂天頻夢微之之詩。

〔通川〕見卷十二山石榴寄元九詩箋。

〔湓水〕見卷七遊湓水詩箋。

【校】

〔題〕此下小注「二十日」下，疑馬本衍「二」字，據宋本、汪本、全詩改。那波本無注。

〔三迴〕「迴」，全詩注云：「一作『更』。」

贈韋鍊師

潯陽遷客爲居士，身似浮雲心似灰。上界女仙無嗜慾，何因相顧兩徘徊？共疑過去人間世，曾作誰家夫婦來！

【箋】

作於元和十二年（八一七），四十六歲，江州，江州司馬。

〔潯陽〕見卷一潯陽三題詩箋。

問劉十九

綠螘新醅酒，紅泥小火爐。晚來天欲雪，能飲一盃無！

【箋】

作於元和十二年（八一七），四十六歲，江州，江州司馬。

〔劉十九〕嵩陽處士也，名未詳。今人選本誤以爲劉軻。本卷白氏劉十九同宿詩云：「唯共嵩陽劉處士，圍棋賭酒到天明。」又有雨中赴劉十九二林之期及到寺劉已先去因以四韻寄之、薔薇正開春酒初熟因招劉十九張大夫崔二十四同飲等詩。城按：白氏在江州常往還者尚有彭城人劉軻，並非一人。白氏代書（卷四三）云：「廬山自陶、謝洎十八賢以還，儒風緜緜，相續不絕，貞元初有符（苻）載、楊衡輩隱焉。亦出爲文人，今其讀書屬文、結草廬於巖谷間者猶一二十人，即其中秀出者有彭城人劉軻。」此文作於元和十二年三月十三日，花房英樹繫於元和十三年，失考。軻元和十三年進士登第（見登科記考卷十八），白氏作此詩時，軻必已不在江州。又據劉軻上座主書、與馬植書、廬山東林寺故臨壇大德塔銘、唐摭言卷十一、清阮福劉軻傳引廣東通志人物志所載，知彭城爲軻之郡望，寄籍嶺南，幼爲僧，元和初由嶺南至江西，隱居廬山，亦與嵩陽無涉。則劉十九非軻可以斷言。詳考見拙作白居易詩選編年注釋質疑一文（中華文史論叢第五輯）。

〔緑螘〕文選卷二六謝玄暉在郡卧病呈沈尚書詩云：「嘉魴聊可薦，渌蟻方獨持。」李善注：「釋名曰：酒有汎齊，浮蟻在上洸洸然。」按：「渌蟻」，六臣注文選作「緑蟻」，注云：「善作『渌蟻』。」「螘」乃「蟻」之本字。又白氏雪夜對酒招客詩（卷二八）云：「帳小青氈暖，盃香醁⿰酉義新。」

【校】

〔緑螘〕「螘」，馬本注云：「語起切。」

得行簡書聞欲下峽先以此寄

朝來又得東川信，欲取春初發梓州。書報九江聞暫喜，路經三峽想還愁。瀟湘瘴霧加滄飯，灩澦驚波穩泊舟。欲寄兩行迎爾淚，長江不肯向西流。

【箋】

作於元和十三年（八一八），四十七歲，江州，江州司馬。見汪譜。城按：劍南東川節度使盧坦卒於元和十二年九月，見舊書憲宗紀：則行簡致居易書，必在十二年歲暮或十三年歲初也。又白氏對酒示行簡詩（卷七）云：「今春自巴峽，萬里平安歸。」則行簡係十三年春至江州。

〔行簡〕居易三弟行簡。見卷七對酒示行簡詩箋。

〔梓州〕見卷十別行簡詩箋。

〔灩澦〕灩澦堆。見卷十一初入峽有感詩箋。

【校】

〔題〕「此寄」，全詩作「詩寄」。

南湖早春

風迴雲斷雨初晴，反照湖邊暖復明。亂點碎紅山杏發，平鋪新綠水蘋生。翅低白雁飛仍重，舌澀黃鸝語未成。不道江南春不好，年年衰病減心情。

【箋】作於元和十三年（八一八），四十七歲，江州，江州司馬。唐宋詩醇卷二二三：「刻畫早春有色澤，腹聯尤警。」

〔南湖〕見卷十南湖晚秋詩箋。

元十八從事南海欲出廬山臨別舊居有戀泉聲之什因以投和兼伸別情

賢侯辟士禮從容，莫戀泉聲問所從？雨露初承黄紙詔，煙霞欲別紫霄峯。傷弓未息新驚鳥，得水難留久卧龍。我正退藏君變化，一盃可易得相逢。

【箋】作於元和十三年（八一八），四十七歲，江州，江州司馬。

〔元十八〕元集虛。見卷七題元十八溪亭詩箋，並參見雨夜贈元十八（卷十六）等詩。

〔廬山〕見卷一潯陽三題詩箋。

〔紫霄峯〕在廬山山南，近簡寂觀。陳舜俞廬山記：「（簡寂）觀在白雲峯下，其間一峯獨出而秀卓者曰紫霄峯。」

題韋家泉池

泉落青山出白雲，縈村遶郭幾家分？自從引作池中水，深淺方圓一任君。

【箋】

作於元和十三年（八一八），四十七歲，江州，江州司馬。

醉中對紅葉

臨風杪秋樹，對酒長年人。醉貌如霜葉，雖紅不是春。

【箋】

作於元和十三年（八一八），四十七歲，江州，江州司馬。

〔醉貌如霜葉二句〕甌北詩話：「對紅葉云：『醉貌如霜葉，雖紅不是春。』與劉明府共飲云：『貌偷花色老暫去。』一意凡兩見。」

遣懷

羲和走馭趁年光，不許人間日月長。遂使四時都似電，争教兩鬢不成霜。榮銷枯去無非命，壯盡衰來亦是常。已共身心要約定，窮通生死不驚忙。

【箋】作於元和十三年（八一八），四十七歲，江州，江州司馬。

點額魚

龍門點額意何如？紅尾青鬐却返初。見説在天行雨苦，爲龍未必勝爲魚？

【箋】作於元和十三年（八一八），四十七歲，江州，江州司馬。唐宋詩醇卷二三：「比體，即曳尾泥中意。」

〔龍門點額意何如〕盛如梓庶齋老學叢談：「禹門化龍，詩家常用，白樂天有『龍門點額意何如』之句。類書引三秦記：河津一名龍門，江海大魚集其下，不得上，上即爲龍。中州士大夫言，誠有點額者，今三門析津也。然後漢書交趾郡封谿有龍門，水深百尋，大魚登此化成龍，不得過，曝腮點額血流，此水常丹。杜詩中又有之，龍州（郁本作門）亦有之。」

聞龜兒詠詩

憐渠已解詠詩章，摇膝支頤學二郎。莫學二郎吟太苦，纔年四十鬢如霜。

【箋】

作於元和十三年（八一八），四十七歲，江州，江州司馬。城按：行簡元和十三年春自梓州至江州，此詩當作於是年。汪譜繫於元和六年，非是。

〔龜兒〕白行簡之子。白氏弄龜羅詩（卷七）云：「有姪始六歲，字之爲阿龜。」又有路上寄銀匙與阿龜（卷二〇）、和晨興因報問龜兒（卷二二）、見小姪龜兒詠燈詩并臘娘製衣因寄行簡（卷二四）等詩。

〔二郎〕白行簡。

對酒

未濟卦中休卜命，參同契裏莫勞心。無如飲此銷愁物，一餉愁消直萬金。

【箋】作於元和十三年（八一八），四十七歲，江州，江州司馬。

東牆夜合樹去秋爲風雨所摧今年花時悵然有感

碧荑紅縷今何在？風雨飄將去不迴。惆悵去年牆下地，今春唯有薺花開。

【箋】作於元和十三年（八一八），四十七歲，江州，江州司馬。

病　起

病不出門無限時，今朝强出與誰期？經年不上江樓醉，勞動春風颺酒旗。

【箋】作於元和十三年（八一八），四十七歲，江州，江州司馬。

【校】〔颺酒旗〕「颺」，萬首訛作「颸」。

夢亡友劉太白同遊章敬寺

三千里外卧江州，十五年前哭老劉。昨夜夢中章敬寺，死生魂魄暫同遊。

【箋】

作於元和十三年（八一八），四十七歲，江州，江州司馬。元集卷八有和樂天夢亡友劉太白同遊二首詩。

〔劉太白〕即劉敦質。見卷一哭劉敦質詩箋。

〔章敬寺〕在長安城東。長安志卷十：「大曆元年，作章敬寺於長安之東門。……内侍魚朝恩請以通化門外莊爲章敬皇后立寺。故以『章敬』爲名。」

〔江州〕見卷六江州雪詩箋。

〔十五年前哭老劉〕劉敦質死於貞元二十年，據此詩句推算，當爲元和十三年作。

【校】

〔章敬寺〕各本俱誤作「彰敬寺」。何校：「『彰』疑作『章』。」其説是也。城按：肅宗皇后吴氏謚曰章敬。今據何校及舊、新書后妃傳改正。並參見前箋。全詩「彰」下注云：「一作『章』。」非。

興果上人殁時題此決别兼簡二林僧社

本結菩提香火社，爲嫌煩惱電泡身。不須惆悵從師去，先請西方作主人。

【箋】作於元和十二年(八一七)，四十六歲，江州，江州司馬。

〔興果上人〕東林寺僧神湊。卒於元和十二年九月二十六日。見白氏唐江州興果寺律大德湊公塔碣銘(卷四一)。

【校】〔興果上人〕宋本、那波本、汪本、馬本、全詩俱訛作「與果上人」，據白文改正，見前箋。

〔本結〕「本」，萬首作「願」。汪本、全詩俱注云：「一作『願』。」

贈寫真者

子騁丹青日，予當醜老時。無勞役神思，更畫病容儀。迢遞麒麟閣，圖功未有期。區區尺素上，焉用寫真爲？

【箋】作於元和十三年（八一八），四十七歲，江州，江州司馬。何義門云：「忽嗔忽笑，同歸無聊。」

【校】「容儀」「容」，馬本訛作「客」，據宋本、那波本、汪本、全詩、查校改正。

劉十九同宿 時淮寇初破。

紅旗破賊非吾事，黄紙除書無我名。唯共嵩陽劉處士，圍棊賭酒到天明。

【箋】作於元和十二年（八一七），四十六歲，江州，江州司馬。城按：吴元濟誅於元和十二年十一月，則此詩當作於是時之後。

〔劉十九〕見本卷問劉十九、雨中赴劉十九二林之期及到寺劉已先去因以四韻寄之、薔薇正開春酒初熟因招劉十九張大夫崔二十四同飲等詩。

〔黄紙除書無我名〕容齋隨筆卷一：「樂天好用『黄紙除書』字，如『紅旗破賊非吾事，黄紙除書無我名』，『正聽山鳥向陽眠，黄紙除書落枕前』，『黄紙除書到，青宫詔命催』。」

【校】

〔無我名〕「無」，萬首作「非」。全詩注云：「一作『非』。」

十二年冬江西温暖喜元八寄金石稜到因題此詩

今冬臘候不嚴凝，暖霧温風氣上騰。山脚崦中纔有雪，江流慢處亦無冰。欲將何藥防春瘴？只有元家金石稜。

【箋】

作於元和十二年（八一七），四十六歲，江州，江州司馬。

〔江西〕指江南西道。清梁紹壬兩般秋雨盦隨筆卷七：「晉地理志以廬江九江自合肥以北至壽春，皆謂之江西，今則以饒、洪、吉諸州爲江西。是因唐貞觀十年分天下爲十道，其八曰江南道。開元二十年又分天下爲十五道，而江南爲東西二道，江南東道理蘇州，江南西道理洪州。後人省文但稱江東、江西耳。」

〔元八〕元宗簡。見卷五答元八宗簡同遊曲江後明日見贈詩箋。

〔金石稜〕元稹爲令狐相國謝賜金石凌紅雪狀：「恩賜金石凌、紅雪各一合。右中使某乙至，奉宣進止，以臣將赴山陵，時屬炎暑，賜前件紅雪等。……豈謂天光下濟，靈藥旁沾，……」據此，金石稜、紅雪蓋皆藥散之名。

【校】

〔題〕「稜」，宋本、那波本、元集俱作「凌」。汪本、全詩俱注云：「一作『凌』。」下同。城按：「凌」字疑非，藥名多作「稜」。

〔臘候〕「候」，馬本作「後」，非。據宋本、那波本、汪本、全詩、盧校改。

〔上騰〕「騰」，馬本作「滕」，據宋本、那波本、汪本、全詩改。

〔崦中〕「崦」，馬本注云：「於檢切。」

閑　意

不爭榮耀任沉淪，日與時疏共道親。北省朋僚音信斷，東林長老往還頻。病停夜食閑如社，慵擁朝裘暖似春。漸老漸諳閑氣味，終身不擬作忙人。

【箋】

作於元和十二年(八一七)，四十六歲，江州，江州司馬。

〔東林〕東林寺。見卷一潯陽三題詩箋。

送友人上峽赴東川辟命

見説瞿唐峽，斜銜灩澦根。難於尋鳥路，險過上龍門。羊角風頭急，桃花水色渾。山迴若鼇轉，舟入似鯨吞。岸合愁天斷，波跳恐地翻。憐君經此去，爲感主人恩。

【箋】

作於元和十二年（八一七），四十六歲，江州，江州司馬。

〔東川〕劍南東川節度使，治所在梓州，管梓等十二州。見元和郡縣志卷三三。

【校】

〔斜銜〕「銜」，英華作「横」。汪本、全詩俱注云：「一作『横』。」

〔鳥路〕「路」，英華、汪本作「道」。全詩注云：「一作『道』。」

〔岸合〕「岸」，馬本作「巖」，據宋本、那波本、汪本、全詩、盧校改。又全詩「岸」下注云：「一作『巖』。」

夜送孟司功

潯陽白司馬，夜送孟功曹。江闇管絃急，樓明燈火高。湖波翻似箭，霜草殺如刀。且莫開征棹，陰風正怒號。

【箋】作於元和十二年（八一七），四十六歲，江州，江州司馬。唐宋詩醇卷二三：「一氣旋折，全以神行，不知是情是景，筆墨之痕俱化。五律中此種境界開自老杜，意到筆隨，非可以規倣而得者也。」

【校】〔管絃急〕「急」，宋本訛作「思」。

衰病

老辭遊冶尋花伴，病別荒狂舊酒徒。更恐五年三歲後，些些談笑亦應無？

【箋】作於元和十二年（八一七），四十六歲，江州，江州司馬。

題詩屏風絶句 并序

十二年冬，微之猶滯通州，予亦未離湓上。相去萬里，不見三年，鬱鬱相念，多以吟詠自解。前後辱微之寄示之什，殆數百篇，雖藏於篋中，永以爲好，不若置之座右，如見所思。繇是掇律句中短小麗絶者凡一百首，題録合爲一屏風，舉目會心，參若其人在於前矣。前輩作事多出偶然，則安知此屏不爲好事者所傳，異日作九江一故事爾？因題絶句，聊以奬之。

相憶采君詩作障，自書自勘不辭勞。障成定被人争寫，從此南中紙價高。

【箋】

作於元和十二年（八一七），四十六歲，江州，江州司馬。見汪譜。

〔微之〕元稹。見卷二和答詩序箋。

〔通州〕見卷十二山石榴寄元九詩箋。

〔湓上〕指江州。

【校】

〔殆數百篇〕「殆」，馬本訛作「始」，據宋本、那波本、汪本、全詩、盧校改正。

〔藏於篋中〕馬本、汪本俱脱「於」字，據宋本、那波本、全詩、盧校增。

〔麗絶者〕「者」，馬本脱，據宋本、那波本、汪本、全詩增。

〔作障〕何校：「『幛』字從蘭雪，黄校無改。」

答微之

微之於閬州西寺，手題予詩。予又以微之百篇題此屏上，各以絶句相報答之

君寫我詩盈寺壁，我題君句滿屏風。與君相遇知何處？兩葉浮萍大海中。

【箋】

作於元和十二年（八一七），四十六歲，江州，江州司馬。元集卷二〇有閬州開元寺壁題樂天詩。

〔微之〕元稹。見卷二和答詩序箋。

【校】

〔題〕此下那波本無注。「相報答之」，馬本作「報答」，汪本作「相報答」，據宋本、全詩改。

偶宴有懷

遇興尋文客，因歡命酒徒。春遊憶親故，夜會似京都。詩思閑仍在，鄉愁醉暫

無。狂來欲起舞，慚見白髭鬚。

【箋】

作於元和十三年（八一八），四十七歲，江州，江州司馬。

山中酬江州崔使君見寄

眷盼情無限，優容禮有餘。三年爲郡吏，一半許山居。酒熟心相待，詩來手自書。庾樓春好醉，明日且迴車。

【箋】

作於元和十三年（八一八），四十七歲，江州，江州司馬。

〔江州崔使君〕江州刺史崔能。陳思寶刻叢編卷十五：「唐崔融遊東林寺詩，正書，無姓名，元和十三年二月二十九日曾孫江州刺史能重刻（復齋碑録）。」城按：新書卷七二下宰相世系表南祖崔氏：「能，字子才，嶺南節度使、清河郡公。」舊書卷十六穆宗紀：「（元和十五年九月丙寅），以將作監崔能爲廣州刺史，充嶺南節度使。」舊書卷一七七崔慎由傳：「崔慎由，字敬止，清河武城人。高祖融，位終國子司業，謚曰文。……父從，少孤貧，寓居太原，與仲兄能同隱山林。……從兄能，少勵志苦學，累辟使府。元和初爲蜀州刺史，六年轉黔中觀察使，坐爲南蠻所攻，陷郡邑，貶永州刺史。穆宗即位，弟從居顯列，召拜將作監。長慶四年九月出爲廣州刺史、御史大夫、嶺南節度使，卒。」據舊傳，則能或自永州刺史量移江州刺史再召爲將作監。本卷白氏題崔使君新樓中之「崔使君」同爲一人。

〔庾樓〕見卷十五初到江州詩箋。並參見庾樓曉望（卷十二）、庾樓新歲（卷十六）、三月三日登庾樓寄庾三十二（卷十六）等詩。

【校】

〔眷盼〕「盼」，宋本、那波本、汪本、全詩俱作「眄」。

〔無限〕「限」，馬本、全詩俱訛作「恨」，據宋本、那波本、汪本、盧校改正。

〔郡吏〕「郡」，馬本訛作「部」，據宋本、那波本、汪本、全詩、盧校改正。

〔心相待〕「待」，馬本訛作「侍」，據宋本、那波本、汪本、全詩、盧校改正。

〔明日〕「日」，馬本、全詩俱訛作「月」，據宋本、那波本、汪本、盧校改正。全詩注云：「一作『日』。」亦非。

山枇杷

深山老去惜年華，況對東谿野枇杷。火樹風來翻絳豔，瓊枝日出曬紅紗。迴看桃李都無色，映得芙蓉不是花。爭奈結根深石底，無因移得到人家。

【箋】

作於元和十三年（八一八），四十七歲，江州，江州司馬。

〔爭奈結根深石底二句〕何義門云：「自此收足『山』字。」

【校】

〔絳豔〕「絳」，馬本訛作「降」，據宋本、那波本、盧校改正。汪本、全詩俱作「絳焱」。

〔𩇕紅紗〕「𩇕」下馬本注云：「所賣切。」

〔映得〕「映」，宋本、那波本俱作「暎」，字同。

聞李尚書拜相因以長句寄賀微之

憐君不久在通川，知已新提造化權。夔卨定求才濟世，張雷應辯氣衝天。那知淪落天涯日，正是陶鈞海内年。肯向泥中拋折劍，不收重鑄作龍泉？

【箋】

作於元和十三年（八一八），四十七歲，江州，江州司馬。元集卷二一有酬樂天聞李尚書拜相以詩見賀箋。

〔李尚書〕李夷簡。考元和十二年十月至元和十三年三月間，李姓入相者，除李夷簡外尚有李鄘。舊書卷十五憲宗紀：「（元和十二年十月）甲申（新表作甲戌），以淮南節度使、檢校左僕射李鄘爲門下侍郎、同中書門下平章事。」又云：「（元和十三年）三月庚子（新表作戊戌），以御史大夫李夷簡爲門下侍郎、同平章事。宰相李鄘守户部尚書，罷知政事。……（七月）辛丑，以門下侍郎同平章事李夷簡檢校左僕射、同平章事、揚州大都督府長史、淮南節度使。」城按：夷簡元和八年正月檢校户部尚書、成都尹、充劍南西川節度使，十三年三月召爲御史大夫，再入相。亦見舊書憲宗紀及新書卷一三一本傳。故白氏此詩稱之曰「尚書」。又白詩約作於元和十三年四五月間，元稹和詩云：「尚書入用雖旬月，司馬銜寃已十年。若待更遭秋瘴後，便愁平地有重泉。」其和作必與白詩相去不久，如白詩指李鄘，則元詩「旬月」、「秋瘴」之句便不可解。故「李尚書」係「夷簡」可斷言無疑。花房英樹謂指李鄘，失考。

〔憐君不久在通川二句〕元稹及李夷簡友情契洽，故此詩謂夷簡入相，元稹必得志。蓋唐中葉後，親知在相位，必得其左右，乃常人意中所有之事耳。又唐人常以「造化權」等詞語稱宰相，殊不以爲嫌，如劉集外五和東川王相公新漲驛池八韻詩云：「今日池塘上，初移造物權。」亦此意也。

歲暮

窮陰急景坐相催，壯齒韶顏去不迴。舊病重因年老發，新愁多是夜長來。膏明自爇緣多事，雁默先烹爲不才。禍福細尋無會處，不如且進手中盃。

【箋】作於元和十三年（八一八），四十七歲，江州，江州司馬。

【校】

〔坐相催〕「坐」，英華作「惜」，當爲「暗」字之誤。

〔多是〕「是」，英華作「待」。

〔膏明〕「膏」，馬本訛作「高」，據宋本、那波本、汪本、全詩、查校、盧校改正。

〔禍福〕馬本倒作「福禍」，據宋本、那波本、汪本、全詩乙轉。

雨中赴劉十九二林之期及到寺劉已先去因以四韻寄之

雲中臺殿泥中路，既阻同遊懶却還。將謂獨愁猶對雨，不知多興已尋山。纔應行到千峯裏，只校來遲半日間。最惜杜鵑花爛熳，春風吹盡不同攀。

【箋】作於元和十三年（八一八），四十七歲，江州，江州司馬。何義門云：「蘇詩多似此。」

〔劉十九〕見本卷白氏問劉十九、劉十九同宿、薔薇正開春酒初熟因招劉十九張大夫崔二十四同飲等詩。

〔二林〕東林寺及西林寺。

薔薇正開春酒初熟因招劉十九張大夫崔二十四同飲

甕頭竹葉經春熟，階底薔薇入夏開。似火淺深紅壓架，如錫氣味緑黏臺。試將詩句相招去，儻有風情或可來。明日早花應更好，心期同醉卯時盃。

【箋】

作於元和十三年（八一八），四十七歲，江州，江州司馬。

〔劉十九〕見本卷白氏問劉十九、劉十九同宿、雨中赴劉十九二林之期及到寺劉已先去因以四韻寄之等詩。

〔崔二十四〕崔咸。見卷十六惜落花贈崔二十四詩箋。

〔似火淺深紅壓架〕何義門云：「花。」

〔如錫氣味緑黏臺〕何義門云：「酒。」

【校】

〔題〕「張大夫」，盧校云：「『張大』下『夫』字疑衍。」城按：盧校是也。何校：「『崔二十四』一作『崔十二』。」非。

〔如錫〕「錫」，馬本注云：「徐盈切。」

李白墓

采石江邊李白墳，遶田無限草連雲。可憐荒隴窮泉骨，曾有驚天動地文。但是詩人多薄命，就中淪落不過君。

【箋】

作於元和十三年（八一八），四十七歲，江州，江州司馬。

〔采石江邊李白墳〕陸游入蜀記卷二：「采石一名牛渚，與和州對岸，江面比瓜州爲狹，故隋韓擒虎平陳及本朝曹彬下江南皆自此渡，然微風輒浪作不可行。劉賓客云：『蘆葦晚風起，秋江鱗甲生。』王文公云：『一風微吹萬舟阻。』皆謂此磯也。」方輿勝覽卷十五：「牛渚山在（太平州）當塗縣北三十里，山下有磯，古津渡也。與和州横江渡相對，隋師伐陳，賀若弼從此北渡，六朝以來爲屯戍之地。」輿地紀勝卷十八太平府：「唐李白墓在縣東一十七里青山之北。李陽冰爲當塗令，白往依之，悦謝家青山欲終焉。寶應元年卒，葬龍山東。今采石亦有墓及太白稾殯之地，後遷龍山。元和十二年宣歙觀察使范傳正委當塗令諸葛縱改葬青山之址，去舊墳六里。白樂天李白墓詩云：……」城按：李白初葬龍山，後遷青山，去舊墳六里。采石乃白之衣冠塚。范傳正唐左拾遺翰林學士李公新墓碑云：「宅於青山之陽，以元和十二年正月二十三日遷神於此，遂公之志也。西去舊墳六里，南抵驛路三百步，北倚謝公山，即青山也。」詳見拙作采石江邊李白墳辨疑一文（光明日報文學遺産第五九五期）。

【校】

〔題〕古今圖書集成卷八一六職方典太平府部藝文引白居易謫仙樓詩云：「采石江邊李白墳，遶田無限草連雲。可憐荒塚窮泉骨，曾有驚天動地文。但是詩人多薄命，就中淪落不過君。渚蘋溪藻猶堪薦，大雅遺風已不聞。」城按：各本白集俱無末二句，疑爲後人所增，題亦後人所臆改。

〔采石〕「采」，宋本、那波本俱作「採」，字通。

〔淪落〕「落」，馬本訛作「洛」，據宋本、那波本、汪本、全詩、盧校改正。

對酒

漫把參同契，難燒伏火砂。有時成白首，無處問黄芽。幻世如泡影，浮生抵眼花。唯將渌醅酒，且替紫河車。

【箋】

作於元和十三年（八一八），四十七歲，江州，江州司馬。

【校】

〔黄芽〕「芽」，宋本、那波本俱作「牙」，古字通。

〔渌醅〕「渌」，汪本、全詩俱作「緑」。

戲答諸少年

顧我長年頭似雪，饒君壯歲氣如雲。朱顔今日雖欺我，白髮他時不放君。

【箋】

作於元和十三年（八一八），四十七歲，江州，江州司馬。

【校】

〔題〕萬首「少」下脱「年」字。

〔顧我〕「顧」，萬首訛作「願」。

風雨夜泊

苦竹林邊蘆葦叢，停舟一望思無窮。青苔撲地連春雨，白浪掀天盡日風。忽忽百年行欲半，茫茫萬事坐成空。此生飄蕩何時定？一縷鴻毛天地中。

【箋】

作於元和十三年（八一八），四十七歲，江州，江州司馬。

【校】

〔題〕「夜」，宋本、那波本、汪本、全詩俱作「晚」。全詩注云：「一作『夜』。」

〔連春雨〕「春」，馬本作「香」，非。據宋本、那波本、汪本、全詩、盧校改正。全詩注云：「一作『香』。」亦非。查校云：「『香』應作『宵』。」亦以意改。

題崔使君新樓

憂人何處可銷憂？碧甃紅欄溢水頭。從此潯陽風月夜，崔公樓替庾公樓。

【箋】

作於元和十三年（八一八），四十七歲，江州，江州司馬。

〔崔使君新樓〕嘉慶九江府志卷三：「崔使君新樓：唐刺史崔某起新樓於庾樓故址，故白司馬詩有『崔公樓替庾公樓』之句，後仍名庾樓。」城按：此「崔使君」即江州刺史崔能。見本卷山中酬江州崔使君見寄詩箋。九江府志失考。

〔湓水〕見卷七遊湓水詩箋。

〔潯陽〕見卷一潯陽三題詩箋。

〔庾公樓〕即庾樓。見卷十五初到江州詩箋。

山中戲問韋侍御

我抱棲雲志，君懷濟世才。常吟反招隱，那得入山來？

【箋】

作於元和十三年（八一八），四十七歲，江州，江州司馬。

〔韋侍御〕與早秋晚望兼呈韋侍御（卷十）、清明日送韋侍御貶虔州（本卷）等詩中之「韋侍御」同爲一人。

【校】

〔韋侍御〕「御」，馬本訛作「郎」，據宋本、那波本、汪本改正。全詩注云：「一作『郎』。」亦非。

〔棲雲志〕「棲」，馬本訛作「反」，下「反」字訛作「棲」，據宋本、那波本、汪本、萬首、全詩、查校、盧校改正。

贈曇禪師 夢中作。

五年不入慈恩寺，今日尋師始一來。欲知火宅焚燒苦，方寸如今化作灰。

【箋】

作於元和十三年（八一八），四十七歲，江州，江州司馬。

〔慈恩寺〕見卷十三三月三十日題慈恩寺詩箋。

【校】

〔題〕那波本此下無小注。

寄微之

帝城行樂日紛紛，天畔窮愁我與君。秦女笑歌春不見，巴猿啼哭夜常聞。何處琵琶絃似語？誰家咼墮髻如雲？人生多少歡娱事，那獨千分無一分。

【箋】作於元和十三年(八一八),四十七歲,江州,江州司馬。元集卷二一有酬樂天嘆窮愁見寄詩。

〔微之〕元稹。見卷二和答詩序箋。

【校】〔夜常聞〕「常」,馬本作「長」,非。據宋本、那波本、全詩、盧校改正。

〔咼墮〕盧校:「『咼墮』即『倭墮』。『倭』,烏果切。馬乃音咼苦乖切,誤矣。汪本又作『稷咼』之『咼』,益謬甚。」城按:盧校是。全詩誤同汪本,據宋本、那波本改正。

〔千分〕盧校:「『千分』疑『十分』。」

醉吟二首

空王百法學未得,姹女丹砂燒即飛。事事無成身老也,醉鄉不去欲何歸?

兩鬢千莖新似雪,十分一盞欲如泥。酒狂又引詩魔發,日午悲吟到日西。

【箋】作於元和十三年(八一八),四十七歲,江州,江州司馬。

【校】

〔老也〕萬首作「也老」。全詩注云：「一作『也老』。」

曉寢

轉枕重安寢，迴頭一欠伸。紙窗明覺曉，布被暖知春。莫强疏慵性，須安老大身。雞鳴猶獨睡，不博早朝人。

【箋】

作於元和十三年（八一八），四十七歲，江州，江州司馬。

【校】

〔猶獨〕宋本、那波本、全詩、何校、盧校俱作「一覺」。全詩注云：「一作『猶獨』。」

答元八郎中楊十二博士

身覺浮雲無所著，心同止水有何情？但知蕭灑疏朝市，不要崎嶇隱姓名。盡日觀魚臨澗坐，有時隨鹿上山行。誰能抛得人間事，來共騰騰過此生？

【箋】 作於元和十三年（八一八），四十七歲，江州，江州司馬。全詩卷三三三楊巨源有寄江州白司馬詩。

〔元八郎中〕元宗簡。見本卷潯陽歲晚寄元八郎中庾三十二員外詩箋。

〔楊十二博士〕楊巨源。唐才子傳卷五：「巨源字景山，蒲中人。貞元五年劉太真下第二人及第。初爲張弘靖從事，拜虞部員外郎，後遷太常博士，國子祭酒。」城按：據全詩卷三〇〇王建賀楊巨源博士拜虞部員外詩及白氏聞楊十二新拜省郎遥以詩賀詩（本卷），巨源拜虞部員外郎在元和十三年。又白氏元和十四年所作之京使迴累得南省諸公書因以長句詩寄謝（卷十八）詩亦稱巨源爲員外。蓋唐制員外郎爲從六品，太常博士爲從七品，故應自太常博士遷虞部員外郎，不當自虞部員外郎遷太常博士，唐才子傳所記誤。

【校】

〔身覺〕宋本末句下注云：「『覺』一作『學』。」汪本、全詩「覺」下俱注云：「一作『學』。」何校：「『學』字從蘭雪，黄校同。」盧校：「『學』字亦未妥，疑『覺』，讀如較。」

湖亭與行簡宿

潯陽少有風情客，招宿湖亭盡却迴。水檻虚涼風月好，夜深唯共阿憐來。

【箋】作於元和十三年（八一八），四十七歲，江州，江州司馬。

〔行簡〕白行簡。見卷七對酒示行簡詩箋。

〔潯陽〕見卷一潯陽三題詩箋。

〔阿憐〕白行簡小名。唐詩紀事：「行簡小字阿憐。樂天同宿湖亭詩云：『潯陽少有風情客，招宿湖亭盡却迴。水檻虚涼風月好，夜深惟有阿憐來。』白氏夢行簡（卷二三）云：「池塘草緑無佳句，虚卧春窗夢阿憐。」汪本此詩末句注云：「阿憐，行簡小字也。」

【校】

〔題〕何校：「蘭雪脱湖亭至問韋山人七篇。」

〔唯共〕「唯」，馬本、全詩俱作「誰」，非。據宋本、那波本、汪本改正。全詩注云：「一作『唯』。」

〔阿憐〕何校作「連」，云：「宋刻作『憐』，以意校。」城按：金澤文庫舊藏本白氏文集引此詩作「阿連」，用謝靈運呼弟惠連曰阿連故事，與何校同，俟考。

八月十五日夜湓亭望月

昔年八月十五夜，曲江池畔杏園邊。今年八月十五夜，湓浦沙頭水館前。西北望鄉何處是？東南見月幾迴圓？臨風一歎無人會，今夜清光似往年。

【箋】

作於元和十三年（八一八），四十七歲，江州，江州司馬。

〔湓亭〕即水湓亭。白氏江州司馬廳記（卷四三）云：「由是郡南樓、山北樓、水湓亭、百花亭、風篁石巖、瀑布廬宮、源潭洞、東西二林寺，泉石松雪，司馬盡有之矣。」

〔曲江〕見卷一杏園中棗樹詩箋。

〔杏園〕見卷一杏園中棗樹詩箋。

〔湓浦〕見卷一潯陽三題詩箋。

【校】

〔杏園〕「園」，馬本訛作「林」，據宋本、那波本、汪本、盧校改正。全詩注云：「一作『林』。」亦非。

贈江客

江柳影寒新雨地，塞鴻聲急欲霜天。愁君獨向沙頭宿，水遶蘆花月滿船。

【箋】

作於元和十三年（八一八），四十七歲，江州，江州司馬。

【校】

〔影寒〕「影」，馬本訛作「陰」，據宋本、那波本、汪本、萬首、全詩、盧校改正。

〔獨向〕「向」，全詩注云：「一作『自』。」

〔水遶〕「水」，萬首作「岸」。全詩注云：「一作『岸』。」

殘暑招客

雲截山腰斷，風驅雨脚迴。早陰江上散，殘熱日中來。却取生衣著，重拈竹簟開。誰能淘晚熱，閑飲兩三盃？

【箋】

作於元和十三年（八一八），四十七歲，江州，江州司馬。

【校】

〔竹簟〕「竹」，宋本、那波本、盧校俱作「小」。全詩注云：「一作『小』。」

潯陽秋懷贈許明府

霜紅二林葉，風白九江波。暝色投煙鳥，秋聲帶雨荷。馬閑無處出，門冷少人過。鹵莽還鄉夢，依稀望闕歌。共思除醉外，無計奈愁何！試問陶家酒，新蒭得幾多？

【箋】

作於元和十三年（八一八），四十七歲，江州，江州司馬。

〔潯陽〕見卷一潯陽三題詩箋。

〔許明府〕疑爲當時之潯陽令，名未詳。

〔二林〕東林寺及西林寺。

九日醉吟

有恨頭還白，無情菊自黃。一爲州司馬，三見歲重陽。劍匣塵埃滿，籠禽日月長。身從漁父笑，門任雀羅張。問疾因留客，聽吟偶置觴。歎時論倚伏，懷舊數存亡。奈老應無計，治愁或有方。無過學王勣，唯以醉爲鄉。

【箋】

作於元和十三年（八一八），四十七歲，江州，江州司馬。

〔無過學王勣二句〕王勣，字無功，絳州龍門人。性嗜酒，著醉鄉記，以次劉伶酒德頌。見舊書卷一九二、新書卷一九六本傳。

【校】

〔州司馬〕「司馬」，何校、盧校俱作「典午」。何校云：「宋本作『典午』。」城按：紹興本作「司馬」，何氏所見必另一宋本。盧校：「『典午』本多作『司馬』。案『司』亦可讀入聲，初疑白不當以典午代司馬。但後江州赴忠州詩亦有『典午猶爲幸，分憂固是榮』之句，亦『典午』正是本文也。」

〔存亡〕「亡」，馬本訛作「仁」，據宋本、那波本、汪本、全詩改正。

〔治愁〕「治」，馬本作「醫」，據宋本、那波本、汪本、全詩、盧校改。全詩注云：「一作『醫』。」

〔王勣〕「勣」，汪本、全詩俱作「績」。全詩注云：「一作『勣』。」城按：勣通績。考舊唐書隱逸傳、新唐書隱逸傳、舊唐書經籍志、新唐書藝文志、唐詩紀事、郡齋讀書志、直齋書録解題、唐才子傳、全唐詩、全唐文俱作「王績」，疑當以作「績」爲正。

問韋山人山甫

身名身事兩蹉跎，試就先生問若何？從此神仙學得否？白鬚雖有未爲多。

【箋】

作於元和十三年（八一八），四十七歲，江州，江州司馬。

〔韋山人〕唐國史補卷中云：「韋山甫以石流黄濟人嗜欲，故其術大行，多有暴風死者。其徒盛言山甫與陶貞白同壇受籙，以爲神仙之儔。長慶二年卒於餘干，江西觀察使王仲舒遍告人曰：『山甫老病而死，死而速朽，無小異於人者。』」唐語林卷六引此條同。舊書卷一七一裴潾傳：「潾上疏諫曰：……伏見自去年以來，諸處頻薦藥術之士，有韋山甫、柳泌等。」

【校】

〔題〕那波本、萬首俱作「問韋山人」。宋本「山甫」爲小注。

送蕭鍊師步虚詩十首卷後以二絶繼之

欲上瀛洲臨别時，贈君十首步虚詞。天仙若愛應相問，向道江州司馬詩。

花紙瑤緘松墨字，把將天上共誰開？試呈王母如堪唱，發遣雙成更取來。

【箋】作於元和十三年（八一八），四十七歲，江州，江州司馬。

【校】〔題〕萬首作「送蕭鍊師步虛詩二首」。汪本、全詩俱作「送蕭鍊師步虛詞十首卷後以二絶繼之」。

〔向道〕「向」，馬本、全詩俱作「可」，據宋本、那波本、汪本、萬首、盧校改。全詩注云：「一作『向』。」

贈李兵馬使

身得貳師餘氣概，家藏都尉舊詩章。江南别有樓船將，燕頷虬鬚不姓楊。

【箋】作於元和十三年（八一八），四十七歲，江州，江州司馬。

題遺愛寺前溪松

偃亞長松樹，侵臨小石溪。静將流水對，高共遠峯齊。翠蓋煙籠密，花幢雪壓低。與僧清影坐，借鶴穩枝栖。筆寫形難似，琴偷韻易迷。暑天風槭槭，晴夜露淒淒。獨憩依爲舍，閑行繞作蹊。棟梁君莫採，留著伴幽棲。

【箋】

作於元和十三年（八一八），四十七歲，江州，江州司馬。唐宋詩醇卷二三：「詠物善取神韻，故著題而不呆板，若過於求切，轉蹈剪綵爲花之弊。」

〔遺愛寺〕見卷十六遺愛寺詩箋，并參見草堂記（卷四三）。

【校】

〔題〕「溪松」，馬本訛作「溪村」，據宋本、那波本、汪本、全詩改正。

〔槭槭〕英華、汪本、全詩俱注云：「一作『瑟瑟』。」又馬本注云：「止戟切。」

〔晴夜露〕英華注云：「集作『靜夜雨』。」全詩注同英華。

〔獨憩〕「憩」，全詩作「契」，注云：「一作『憩』。」

〔作蹊〕「蹊」，馬本訛作「谿」，據宋本、那波本、汪本、全詩、盧校、唐歌詩、查校改正。

廬山草堂夜雨獨宿寄牛二李七庾三十二員外

丹霄攜手三君子，白髮垂頭一病翁。蘭省花時錦帳下，廬山雨夜草庵中。終身膠漆心應在，半路雲泥迹不同。唯有無生三昧觀，榮枯一照兩成空。

【箋】

作於元和十三年（八一八），四十七歲，江州，江州司馬。

〔廬山草堂〕草堂記（卷四三）：「匡廬奇秀甲天下山，山北峯曰香爐，峯北寺曰遺愛寺，介峯寺間，其境勝絶，又甲廬山。元和十一年秋，太原人白樂天見而愛之，若遠行客過故鄉，戀戀不能去，因面峯腋寺，作爲草堂。」參見白氏别草堂三絶句（本卷）、郡齋暇日憶廬山草堂兼寄二林僧社三十韻多叙貶官已來出處之意（卷十八）、錢侍郎使君以題廬山草堂詩見寄因酬之（卷十九）等詩。

〔牛二〕牛僧孺。元和初自伊闕尉遷監察御史，累進考功員外郎、集賢殿直學士。見舊書卷一七二、新書卷一七四本傳。城按：元和十四年白氏在忠州所作京使迴累得南省諸公書因以長句詩寄謝詩（卷十八）中稱僧孺爲「牛二員外」。又元和十三年所作之代書（卷四三）仍稱其爲「監察牛二侍御」，則僧孺自監察御史改官員外當在十三年至十四年間。

〔李七〕李宗閔。元和十二年爲裴度彰義軍觀察判官。吴元濟平，遷駕部郎中，又以本官知制誥。見舊書卷一七六本傳。據郎官考卷四，宗閔曾爲吏部員外郎，此詩稱員外或即指此。其遷郎中當在元和十四年，居易作京使迴累得南省諸公書因以長句詩寄謝李七員外詩時，猶未獲悉也。舊傳所記蓋未詳。並參見夢與李七庾三十二同訪元九詩（卷十）。

〔庾三十二員外〕庾敬休。曾官禮部員外郎。見舊書卷一八七本傳。并參見夢與李七庾三十二同訪元九（卷十）、東南行一百韻寄庾三十二補闕（卷十六）、三月三日登庾樓寄庾三十二（卷十六）、京使迴累得南省諸公書因以長句詩寄謝庾三十二員外等（卷十八）等詩。

聞楊十二新拜省郎遥以詩賀

文昌新入有光輝，紫界宫牆白粉闈。曉日雞人傳漏箭，春風侍女護朝衣。雪飄歌句高難和，鶴拂煙霄老慣飛。官職聲名俱入手，近來詩客似君稀。頃曾有贈楊詩，落句云：「不用更教詩過好，折君官職是聲名。」今故云「俱入手」。

【箋】

作於元和十三年（八一八），四十七歲，江州，江州司馬。唐宋詩醇卷二三：「穩稱中自饒風致。對句較出句必分外精警，固由機熟，亦本思長。」

〔楊十二〕楊巨源。據本卷答元八郎中楊十二博士及京使迴得南省諸公書因以長句寄謝（卷十八）兩詩，巨源拜虞部員外郎在太常博士之後。參見答元八郎中楊十二博士詩箋。又元稹有春晚寄楊十二兼呈趙八、與楊十二李三早入永壽寺看牡丹、酬楊司業十二兄早秋述情見寄諸詩，均指巨源。

〔文昌新入有光輝〕清沈家本日南隨筆卷五：「香山聞楊十二新拜省郎遥以詩賀詩首句『文

昌新入有光輝』，人多不解『文昌』二字。按史記天官書：斗魁戴筐六星曰文昌宮。索隱：文耀鉤曰：文昌宮爲天府。孝經援神契云：文者精所聚，昌孝揚天紀，輔拂並居以成天象，故曰文昌。初學記：尚書，秦置也。尚書：龍，命汝作納言。詩云：仲山甫出納王命，王之喉舌。並尚書之任也。天文志：斗魁六星曰文昌宮。荀綽云：尚書是謂文昌天府也。蕭望之云：尚書，百官之本。後漢李固上書云：國家有尚書，猶天有北斗，主爲喉舌，斟酌元氣。隋尚書省，唐龍朔二年更名中臺，咸亨初復爲尚書省。光宅初更名文昌臺。長安初又爲中臺，神龍初並復舊爲尚書省。香山稱文昌者，仍光宅之舊稱也。」

〔官職聲名俱入手二句〕何義門云：「落句自歎。」

【校】

〔歌句〕「句」，馬本作「曲」，據宋本、汪本、全詩、盧校改。全詩注云：「一作『曲』。」那波本作「響」。

〔君稀〕那波本以下無注。

三月三日懷微之

良時光景長虛擲，壯歲風情已闇銷。忽憶同爲校書日，每年同醉是今朝。

【箋】

作於元和十三年(八一八),四十七歲,江州,江州司馬。元集卷二一有酬樂天三月三日見寄詩。

〔微之〕元稹。見卷二和答詩序箋。

【校】

〔壯歲〕「歲」,馬本作「氣」,非。據宋本、那波本、汪本、全詩、盧校改。

贈韋八

辭君歲久見君初,白髮驚嗟兩有餘。容鬢别來今至此,心情料取合何如?曾同曲水花亭醉,亦共華陽竹院居。豈料天南相見夜,哀猿瘴霧宿匡廬?

【箋】

作於元和十三年(八一八),四十七歲,江州,江州司馬。

〔韋八〕名未詳,疑與早秋晚望兼呈韋侍御(卷十)、答韋八(卷十三)、清明日送韋侍御貶虔州(本卷)等詩中之「韋八」及「韋侍御」,同爲一人。

〔華陽〕華陽觀。見卷五永崇里觀居詩箋。

【校】

〔歲久〕「歲」，馬本作「雖」，非。據宋本、那波本、汪本、全詩、盧校改正。全詩注云：「一作『雖』。」亦非。

春江閑步贈張山人

江景又妍和，牽愁發浩歌。晴砂金屑色，春水麴塵波。紅簇交枝杏，青含卷葉荷。藉莎憐軟暖，憩樹愛婆娑。書信朝賢斷，知音野老多。相逢不閑語，争奈日長何？

【箋】

作於元和十三年（八一八），四十七歲，江州，江州司馬。

【校】

〔軟暖〕「軟」，馬本注云：「乳交切。」

春聽琵琶兼簡長孫司戸

四絃不似琵琶聲，亂寫真珠細撼鈴。指底商風悲颯颯，舌頭胡語苦醒醒。如言都尉思京國，似訴明妃厭虜庭。遷客共君相勸諫，春腸易斷不須聽。

【箋】

作於元和十三年（八一八），四十七歲，江州，江州司馬。

〔長孫司户〕疑即白氏盧昂量移虢州司户長孫鉉量移遂州司户同制（卷五一）文中之「長孫鉉」。城按：國史補（卷中）云：「盧昂主福建鹽鐵，贓罪大發，有瑟瑟枕大如半斗，以金牀承之。御史中丞孟簡案鞫旬月，乃得而進。……」考孟簡爲御史中丞在元和十三年，見舊書卷一六五孟簡傳。盧昂貶官當在是時，長孫鉉或係偕盧昂同時貶官者，亦與白氏此詩時間相合。

【校】

〔颯颯〕此下馬本注云：「悉合切。」

吴宫詞

一入吴王殿，無人覩翠蛾。樓高時見舞，宫静夜聞歌。半露胸如雪，斜迴臉似波。妍媸各有分，誰敢妬恩多？

【箋】

作於元和十三年（八一八），四十七歲，江州，江州司馬。

送韋侍御量移金州司馬　時予官獨未出。

春歡雨露同霑澤，冬歎風霜獨滿衣。留滯多時如我少，遷移好處似君稀。臥龍雲到須先起，蟄燕雷驚尚未飛。莫恨東西溝水別，滄溟長短擬同歸。

【箋】

作於元和十三年(八一八)，四十七歲，江州，江州司馬。

〔韋侍御〕與早秋晚望兼呈韋侍御(卷十)、清明日送韋侍御貶虔州(本卷)中之「韋侍御」當同爲一人。

〔金州〕隋西城郡。唐武德元年改爲金州。天寶元年改爲安康郡。乾元元年復爲金州。屬山南東道。見舊書卷三九地理志。

【校】

〔題〕「侍御」上那波本脱「韋」字，又此下無小注。

自到潯陽生三女子因詮真理用遣妄懷

宦途本自安身拙，世累由來向老多。遠謫四年徒已矣，晚生三女擬如何？預愁嫁娶真成患，細念因緣盡是魔。賴學空王治苦法，須抛煩惱入頭陀。

【箋】

作於元和十三年（八一八），四十七歲，江州，江州司馬。

〔潯陽〕見卷一潯陽三題詩箋。

【校】

〔宦途〕「宦」，那波本訛作「官」。

江西裴常侍以優禮見待又蒙贈詩輒叙鄙誠用伸感謝

一從簪笏事金貂，每借温顔放折腰。長覺身輕離泥滓，忽驚手重捧瓊瑶。馬因迴顧雖增價，桐遇知音已半焦。他日秉鈞如見念，壯心直氣未全銷。

【箋】

作於元和十三年（八一八），四十七歲，江州，江州司馬。唐宋詩醇卷二三：「優禮贈詩，分對工細，一結有身分。遷謫之久，一味感恩倖澤，豈復能自樹立耶！」

〔江西裴常侍〕江西觀察使裴堪。舊書憲宗紀上：「（元和七年）十一月甲申，以同州刺史裴堪爲江西觀察使。」光緒江西通志卷八：「裴堪，江西觀察使、洪州刺史，元和中任。」城按：裴堪，長慶初致仕，卒於寶曆元年，罷江西之時間不詳，據白氏此詩及初除官蒙裴常侍贈鶻銜瑞草緋袍魚袋因謝惠貺兼抒離情詩（本卷），劉禹錫送湘陽熊判官孺登府罷歸鍾陵因寄呈江西裴中丞二十三兄詩，可證元和十三年底白氏遷忠州刺史時，裴堪仍在江西任，吴廷燮唐方鎮年表繫裴次元於元和十三年，誤。白氏又有除裴堪江西觀察使制（卷五五），岑仲勉白氏長慶集僞文謂係僞作，所考良是。惟其唐人行第録中「裴中丞二十三兄」謂係「裴誼」則大誤。詳見拙作從唐代文學的人名工具書談到岑著唐人行第録一文（光明日報文學遺産第四四〇期）。

【校】

〔放折腰〕「放」，馬本作「故」，非。據宋本、汪本、全詩、盧校改正，那波本作「拔」。

自江州司馬授忠州刺史仰荷聖澤聊書鄙誠

炎瘴抛身遠，泥塗索脚難。網初鱗撥刺，籠久翅摧殘。雷電頒時令，陽和變歲寒。遺簪承舊念，剖竹授新官。鄉覺前程近，心隨外事寬，生還應有分，西笑問長安。

【箋】作於元和十三年（八一八），四十七歲，江州，江州司馬。白氏忠州刺史謝上表（卷六一）：「臣以去年（元和十三年）十二月二十日伏奉勑旨授臣忠州刺史，以今月二十八日（元和十四年三月二十八日）到本州，當日上訖。」

〔江州〕見卷六江州雪詩箋。

〔忠州〕見卷十一自江州至忠州詩箋。

【校】

〔撥剌〕馬本作「蹳剌」，據宋本、那波本、汪本、查校、盧校改正。又馬本「蹳」下注云：「普活切。」「剌」下注云：「郎達切。」

〔遺簪〕「遺」，馬本訛作「移」。據宋本、那波本、汪本、全詩改正。

除忠州寄謝崔相公

提拔出泥知力竭，吹噓生翅見情深。劍鋒缺折難衝斗，桐尾燒焦豈望琴？感舊兩行年老淚，酬恩一寸歲寒心？忠州好惡何須問？鳥得辭籠不擇林。

【箋】作於元和十三年(八一八),四十七歲,江州,江州司馬。見汪譜。

〔忠州〕見卷十一自江州至忠州詩箋。

〔崔相公〕崔羣。字敦詩。元和初,與白居易同爲翰林學士。元和十二年七月拜中書侍郎、同中書門下平章事。見舊書卷一五九、新書卷一六五本傳。白氏又有題新居寄宣州崔相公(卷二三)、華城西北雉堞最高崔相公首創樓臺錢左丞繼種花果合爲勝境題在雅篇歲暮獨遊悵然成詠(卷二五)、花前有感兼呈崔相公劉郎中(卷二五)詩,祭崔相公文(卷七〇),均指崔羣。城按:居易自江州司馬除忠州刺史,崔羣之力也。

初除官蒙裴常侍贈鶻銜瑞草緋袍魚袋因謝惠貺兼抒離情

新授銅符未著緋,因君裝束始光輝。惠深范叔綈袍贈,榮過蘇秦佩印歸。魚綴白金隨步躍,鶻銜紅綬遶身飛。明朝戀別朱門淚,不敢多垂恐汙衣。

【箋】作於元和十三年(八一八),四十七歲,江州,江州司馬。

〔裴常侍〕見本卷江西裴常侍以優禮見待又蒙贈詩輒叙鄙誠用伸感謝詩箋。

〔魚綴白金隨步躍二句〕王楙野客叢書卷二六云：「唐人袍服用花綾，僕觀白樂天謝裴常侍贈鶻銜瑞草緋袍魚袋詩曰：『魚綴白金隨步躍，鶻銜紅綬遶腰飛。』弟行簡賜章服詩曰：『榮傳錦帳花聯萼，彩動綾袍雁趁行。』注：『緋多以雁銜瑞莎爲之。』喜劉蘇州賜金紫詩曰：『魚佩葺鱗光照地，鶻銜瑞草勢衝天。』方鎮詩曰：『通犀排帶胯。瑞草勒袍花。』白詩多言此。按：唐會要：德宗詔：頃來賜衣文綵不常，非制也。今宜有定制：節度使宜以鶻銜綬帶，取其武毅以靖封内。觀察使宜以雁銜威儀，取其行列有序，牧人有威儀也。威儀，委瑞草也。唐志亦詳。」

【校】

〔題〕「初除」，馬本作「初授」，據宋本、那波本、汪本、全詩改。

〔緋袍〕「緋」，那波本訛作「緋」。

洪州逢熊孺登

靖安院裏辛夷下，醉笑狂吟氣最粗。莫問別來多少苦，低頭看取白髭鬚。

【箋】

作於元和十三年（八一八），四十七歲，江州，江州司馬。

〔洪州〕隋開皇九年置洪州，因洪崖井爲名。唐武德七年改爲都督府，屬江南道。後爲江南西道觀察使治所。見元和郡縣志卷二八。

〔熊孺登〕唐才子傳卷六：「孺登，鍾陵人，有詩名。元和中爲西川從事，與白舍人、劉賓客善，多贈答。亦祗役湘中數年。凡下筆，言語妙天下。」光緒江西通志卷一三四引豫章書云：「熊孺登，鍾陵人，元和進士，官藩鎮從事。有詩名，與白樂天、劉夢得相唱和。白有洪州逢孺登詩云：『靖安院裏辛夷下，醉笑狂吟氣最粗。』劉有送孺登歸鍾陵詩云：『篋留馬卿賦，袖有劉宏書。』有詩一卷。」城按：劉詩即送湘陽熊判官孺登府罷歸鍾陵因寄呈江西裴中丞二十三兄詩，以白詩證之，當作於元和十三年。又白氏與微之書（卷四五）云：「僕初到潯陽時，有熊孺登來，得足下前年病甚時一札，上報疾狀，次叙病心，終論平生交分，且云危惙之際，不暇及他，唯收數帙文章，封題其上曰：他日送達白二十二郎，便請以代書。」則白氏元和十年初到潯陽時，孺登亦嘗至江州，蓋先官西川，再赴湘中也。

〔靖安〕靖安里元稹宅。見卷十夢與李七庾三十二同訪元九詩箋。

【校】

〔辛夷〕宋本、何校俱作「新荑」。那波本作「辛荑」。全詩注云：「一作『新荑』。」

初著刺史緋答友人見贈

故人安慰善爲辭，五十專城道未遲。徒使花袍紅似火，其如蓬鬢白如絲。且貪薄俸君應惜，不稱衰容我自知。銀印可憐將底用？只堪歸舍嚇妻兒。

【箋】作於元和十三年（八一八），四十七歲，江州，江州司馬。

【校】〔白如絲〕「如」，宋本、那波本、汪本、全詩、盧校俱作「成」。全詩注云：「一作『如』。」

又答賀客

銀章暫假爲專城，賀客來多懶起迎。似挂緋衫衣架上，朽株枯竹有何榮？

【箋】作於元和十三年（八一八），四十七歲，江州，江州司馬。

【校】〔題〕萬首作「初著刺史緋答賀客」。
〔來多〕「多」，萬首作「時」。

別草堂三絶句

正聽山鳥向陽眠，黄紙除書落枕前。爲感君恩須暫起，爐峯不擬住多年。

久眠褐被爲居士，忽挂緋袍作使君。身出草堂心不出，廬山未要動移文。

三間茅舍向山開，一帶山泉遶舍迴。山色泉聲莫惆悵，三年官滿却歸來。

【箋】

作於元和十四年（八一九），四十八歲，江州，江州司馬。陳譜元和十四年己亥：「春發江州，有別草堂及潯陽宴別等詩。」

〔草堂〕廬山草堂。見本卷廬山草堂夜雨獨宿寄牛二李七庾三十二員外詩箋。

【校】

〔動移文〕「動」，馬本、全詩俱作「勒」。汪本注云：「一作『勒』。」全詩注云：「一作『動』。」城按：何校云：「十四卷中有『南山莫動北山文』之句，作『動』字爲是。」則「勒」當作「動」，據宋本、那波本、萬首、何校改。

鍾陵餞送

翠幕紅筵高在雲，歌鐘一曲萬家聞。路人指點滕王閣，看送忠州白使君。

【箋】

作於元和十四年（八一九），四十八歲，江州，江州司馬。

〔鍾陵〕洪州南昌縣。元和郡縣志卷二八：「南昌縣：漢高六年置。隋平陳，改爲豫章縣。寶應元年改爲鍾陵縣。十二月改爲南昌縣。」

〔滕王閣〕舊書卷六四高祖二十二子傳：「滕王元嬰，高祖第二十二子也。貞觀十三年受封，十五年賜實封八百户，授金州刺史。……（永徽）三年遷蘇州刺史，尋轉洪州都督。」滕王閣蓋元嬰開藩洪州時所建。唐韋慤重建滕王閣記云：「鍾陵郡（唐寶應元年改豫章縣曰鍾陵）背郛郭不二百步，有巨閣稱滕王者，考尋結構之始，蓋自永徽後，時滕王作蘇州刺史轉洪州都督所營造也。」王勃有秋日登洪府滕王閣餞别序。方輿勝覽卷一九隆興府：「滕王閣在郡城西，唐高祖之子滕王元嬰所建，夾以二亭，南曰壓江，北曰挹秀，自唐至今，名士留題甚富。」

潯陽宴别

此後忠州路上作。

鞍馬軍城外，笙歌祖帳間。乘潮發湓口，帶雪别廬山。暮景牽行色，春寒散醉顔。共嗟炎瘴地，盡室得生還。

【箋】

作於元和十四年（八一九），四十八歲，江州，江州司馬。

〔潯陽〕見卷一潯陽三題詩箋。

〔湓口〕見卷十二琵琶引詩箋。

〔廬山〕見卷一潯陽三題詩箋。

戲贈户部李巡官

好去民曹李判官，少貪公事且謀歡。男兒未死争能料？莫作忠州刺史看。

【箋】

作於元和十四年（八一九），四十八歲，江州至忠州途中，忠州刺史。

【校】

〔好去〕「去」，馬本、汪本俱作「語」，據宋本、那波本、萬首、全詩、盧校改。汪本注云：「一作『去』。」全詩注云：「一作『語』。」

行次夏口先寄李大夫

連山斷處大江流，紅旆逶迤鎮上游。幕下翱翔秦御史，軍前奔走漢諸侯。曾陪劍履升鑾殿，欲謁旌幢入鶴樓。假著緋袍君莫笑，恩深始得向忠州。

【箋】

作於元和十四年（八一九），四十八歲，江州至忠州途中，忠州刺史。唐宋詩醇卷二四：「用事典切，聲調高亮，七律中正法眼藏，與劉禹錫最相似。」

〔夏口〕即鄂州。元和郡縣志卷二七：「鄂州：禹貢荆州之域。春秋時謂之夏汭。漢爲沙羨之東境，自後漢末謂之夏口，亦名魯口。」城按：唐人多稱鄂州爲夏口。見明統志卷五九武昌府。

〔李大夫〕李程。舊書卷一六七本傳：「（元和）十三年六月出爲鄂州刺史、鄂岳觀察使。」城按：居易於元和十四年二月間自江州溯江西去忠州，約月末至夏口，蒙李程盛情款待。劉集外五有鄂渚留别李二十一表臣大夫、答表臣贈别、出鄂州界懷表臣二首、重寄表臣二首等詩均係酬李程之作，知兩人交誼亦甚厚也。又按：舊書卷十六穆宗紀：「（長慶二年十二月癸丑），以前黔中觀察使崔元略爲鄂岳蘄黄安等州觀察使。」劉集外十爲鄂州李大夫祭柳員外文云：「予來夏口，忽復三年。」則李程長慶初仍在鄂岳，元略必爲程之後任。又舊書李程傳：「（貞元）二十年，入朝爲監察御史。其年秋，召充翰林學士。順宗即位，爲王叔文所排，罷學士。」但據丁居晦重修承旨學士壁記，李程貞元二十年九月二十七日自監察御史充翰林學士，二十一年三月十七日加水部員外郎。元和三年七月二十三日知制誥。其年出院，授隨州刺史。故岑仲勉翰林學士壁記注補云：「今據丁記，則程并未罷，然翰林院故事祇記至水外而止，何也？」岑氏雖對此提出異問，然未能遽定舊傳爲誤。但同卷下一首白氏重贈李大夫詩云：「早接清班登玉陛，同承別詔直金鑾。鳳巢閣上容身穩，鶴鎖籠中展翅難。流落多年應是命，量移遠郡未成官。慚君獨不欺顦顇，猶作銀臺舊眼看。」此詩謂元和初與李程同在翰林，所指甚明，與丁記相合，足以訂正舊傳之誤。

重贈李大夫

早接清班登玉陛，同承別詔直金鑾。鳳巢閣上容身穩，鶴鎖籠中展翅難。流落多年應是命，量移遠郡未成官。慚君獨不欺顦顇，猶作銀臺舊眼看。

【箋】

作於元和十四年（八一九），四十八歲，江州至忠州途中，忠州刺史。

〔李大夫〕李程。見上一首行次夏口先寄李大夫詩箋。

〔早接清班登玉陛二句〕李程，貞元二十年九月二十七日自監察御史充翰林學士，元和三年七月二十三日知制誥。其年出院，授隨州刺史。見丁居晦重修承旨學士壁記。故居易與李程同在翰林。金鑾宫，見卷一賀雨詩箋。

對鏡吟

閑看明鏡坐清晨，多病姿容半老身。誰論情性乖時事？自想形骸非貴人。三殿失恩宜放棄，九宫推命合漂淪。如今所得須甘分，腰佩銀龜朱兩輪。

【箋】作於元和十四年（八一九），四十八歲，江州至忠州途中，忠州刺史。

〔三殿〕麟德殿。見卷九早朝賀雪寄陳山人詩箋。

江州赴忠州至江陵以來舟中示舍弟五十韻

昔作咸秦客，常思江海行。今來仍盡室，此去又專城。典午猶爲幸，分憂固是榮。箳篂州乘送，艛艓驛船迎。共載皆妻子，同遊即弟兄。寧辭浪迹遠，且貴賞心并。雲展帆高挂，飇馳棹迅征。泝流從漢浦，循路轉荆衡。山逐時移色，江隨地改名。風光近東早，水木向南清。夏口煙孤起，湘川雨半晴。日煎紅浪沸，月射白砂明。北渚寒留雁，南枝暖待鶯。駢朱桃露萼，點翠柳含萌。亥市魚鹽聚，神林鼓笛鳴。壺漿椒葉氣，歌曲竹枝聲。繫纜憐沙靜，垂綸愛岸平。水湌紅粒稻，野茹紫花菁。甌汎茶如乳，臺黏酒似餳。膾長抽錦縷，藕脆削瓊英。容易來千里，斯須進一程。未曾勞氣力，漸覺有心情。卧穩添春睡，行遲帶酒酲。忽愁牽世網，便欲濯塵纓。早接文場戰，曾爭翰苑盟。掉頭稱俊造，翹足取公卿。且昧隨時義，徒輸報國誠。衆排恩易失，偏壓勢先傾。虎尾憂危切，鴻毛性命輕。燭蛾誰救護？蠶繭自纏縈。斂手辭雙闕，迴眸望兩京。長沙抛賈誼，漳浦卧劉楨。鶻鳩鳴還歇，蟾蜍破又盈。年光同激箭，鄉思極搖旌。潦倒親知笑，衰羸舊識驚。烏頭因感白，魚尾爲勞頳。劍學將何用？丹燒竟不成。孤舟萍一葉，雙鬢雪千莖。老見人情盡，閑思物理精。如湯探冷熱，似博鬭輸贏。險路應須避，迷塗莫共爭。此心知止足，何物要經營？玉向泥中潔，松經雪後貞。無妨隱朝市，不必謝寰瀛。但在前非悟，期無後患嬰。多知非景福，少語是元亨。晦即全身藥，明爲伐性兵。昏昏隨世俗，蠢蠢學黎甿。鳥以能言縛，龜緣入夢烹。知之一何晚？猶足保餘生。

【箋】

作於元和十四年(八一九),四十八歲,江州至忠州途中,忠州刺史。唐宋詩醇卷二四:「議論與叙事相間而行,才氣瀾翻潮湧,一筆掃就。」

〔江州〕見卷六江州雪詩箋。

〔忠州〕見卷十一自江州至忠州詩箋。

〔江陵〕見卷二和答詩序詩箋。

〔山逐時移色〕何義門云:「一佳句。」

〔夏口〕見本卷行次夏口先寄李大夫詩箋。

〔北渚寒留雁二句〕何義門云:「二句情味甚長。」

【校】

〔箳篂〕馬本「箳」下注云:「晡朋切。」「篂」下注云:「先清切,車輴也。」

〔艛艓〕馬本「艛」下注云:「盧候切。」「艓」下注云:「徒協切。」

〔弟兄〕馬本倒作「兄弟」,據宋本、那波本、汪本、全詩乙正。

〔南清〕「南」,馬本訛作「前」,據宋本、那波本、汪本、全詩、盧校改正。

〔湘川〕「川」,馬本訛作「州」,據宋本、那波本、汪本、全詩、盧校改正。

〔似錫〕「錫」,馬本注云:「徐盈切。」

〔酒醒〕「醒」，馬本訛作「醒」。據宋本、那波本、汪本、全詩、盧校改正。
〔俊造〕「造」，馬本訛作「逸」。據宋本、那波本、汪本、全詩、盧校改正。
〔救護〕全詩作「救活」，注：「一作『護』。」
〔蟾蜍〕馬本「蟾」下注云：「時占切。」「蜍」下注云：「長魚切。」
〔能言耩〕盧校：「字書無『耩』字，疑是『緤』。」

題岳陽樓

岳陽城下水漫漫，獨上危樓憑曲欄。春岸緑時連夢澤，夕波紅處近長安。猿攀樹立啼何苦？雁點湖飛渡亦難。此地唯堪畫圖障，華堂張與貴人看。

【箋】

作於元和十四年（八一九），四十八歲，江州至忠州途中，忠州刺史。

〔岳陽樓〕方輿勝覽卷二九岳州：「岳陽樓在郡治西南，西面洞庭，左顧君山，不知創始爲誰？唐開元四年中書令張説出守是邦，日與才士登臨賦詠，自爾名著。」

〔夕波紅處近長安〕輿地紀勝卷六九岳州：「夕波亭即合江亭也。舊名夕波。白樂天詩云：『夕波紅處是長安。』」焦氏筆乘續集卷五：「樂天題岳陽樓：『春岸緑時連夢澤，夕波紅處近長安。』張芸叟用之爲詞：『回首夕陽紅盡處，應是長安。』人善誦之，不知實出樂天也。」〔此地唯堪畫圖障二句〕何義門云：「落句怨憤極矣。」

【校】

〔夕波〕「波」，英華作「陽」。汪本、全詩俱注云：「一作『陽』。」

入峽次巴東

不知遠郡何時到？猶喜全家此去同。萬里王程三峽外，百年生計一舟中。巫山暮足霑花雨，隴水春多逆浪風。兩片紅旌數聲鼓，使君艛艓上巴東。

【箋】

作於元和十四年（八一九），四十八歲，江州至忠州途中，忠州刺史。容齋隨筆卷一：「杜子美詩云：『夜足霑沙雨，春多逆水風。』白樂天詩：『巫山暮足霑花雨，隴水春多逆浪風。』全用之。」查慎行白香山詩評：「五六聯用少陵五言成句。」唐宋詩醇卷二四：「量移涉險，非樂境也。中兩聯寫舟行之苦，落句偏結得有氣色。」

〔巴東〕唐歸州爲巴東郡。

〔三峽〕水經江水注：「江水歷峽東逕新崩灘，其間首尾百六十里，謂之巫峽，蓋因山爲名也。

自三峽七百里中，兩岸連山，略無闕處，重巖疊嶂，隱天蔽日，自非亭午夜分，不見曦月。……每至晴初霜旦，林寒澗肅，常有高猿長嘯，屬引淒異，空谷傳響，哀轉欲絶。故漁者歌曰：『巴東三峽巫峽長，猿鳴三聲淚沾裳。』」太平寰宇記卷一四八夔州：「三峽山謂西峽、巫峽、歸峽，俗云『巴東三峽巫峽長，清猿三聲淚沾裳』，即禹疏以導江也。」

〔巫山〕即巫峯。其間有巫峽。范成大吴船録卷下：「戊午，乘水退下巫峽，灘瀧稠險，濆淖洄洑，其危又過夔峽。三十五里至神女廟。廟前灘尤洶怒，十二峯俱在北岸，前後蔽虧，不能足其數。……自縣行半里，即入峽，時辰巳間，日未當午，峽間陡暗如昏暮，舉頭僅有天數尺耳。兩壁皆是奇山，其可儗十二峯者甚多，烟雲映發，應接不暇，如是者百餘里，富哉其觀山也。」此節狀巫峽景色極工。方輿勝覽卷五七夔州：「巫峽在巫山縣之西。」清統志夔州府一：「巫峯在巫山縣東。」

〔使君艛艓上巴東〕升庵詩話卷十三：「艛艒，小船名，音摟搆，見吕蒙傳。白樂天詩：『兩片紅旗數聲鼓，使君艛艒上巴東。』又：『簰筸州乘送，艛艒驛船迎。』又：『還乘小艛艓，却到古湓城。』『艓』當作『艒』，字之誤也。」何義門云：「結句有『詩人簡兮』之味。」

十年三月三十日別微之於澧上十四年三月十一日夜遇微之於峽中停舟夷陵三宿而別言不盡者以詩終之因賦七言十七韻以贈且欲記所遇之地與相見之時爲他年會話張本也

澧水店頭春盡日，送君上馬謫通川。夷陵峽口明月夜，此處逢君是偶然。一別五年方見面，相攜三宿未迴船。坐從日暮唯長歎，語到天明竟未眠。齒髮蹉跎將五十，關河迢遞過三千。生涯共寄滄江上，鄉國俱拋白日邊。往事渺茫都似夢，舊游零落半歸泉。醉悲灑淚春盃裏，吟苦支頤曉燭前。莫問龍鍾惡官職，且聽清脆好詩篇。微之別來有新詩數百篇，麗絶可愛。別來只是成詩癖，老去何曾更酒顛？各限王程須去住，重開離宴貴留連。黄牛渡北移征棹，白狗崖東卷別筵。黄牛、白狗皆峽中地名，即與微之遇別之所也。神女臺雲閑繚繞，使君灘水急潺湲。風淒暝色愁楊柳，月弔宵聲哭杜鵑。萬丈赤幢潭底日，一條白練峽中天。君還秦地辭炎徼，我向忠州入瘴煙。未死會應相見在，又知何地復何年？

【箋】

作於元和十四年（八一九），四十八歲，江州至忠州途中，忠州刺史。見汪譜。

〔停舟夷陵二句〕白氏三遊洞序（卷四三）云：「平淮西之明年冬，予自江州司馬授忠州刺史。微之自通州司馬授虢州長史。又明年，各祗命之郡，與知退偕行。三月十日，參會於夷陵。翌日，微之反棹送予至下牢戍。又翌日，將別未忍，引舟上下者久之。」城按：序中所云「各賦古調詩二十韻」，今元、白集中均不存。汪本以與此十七韻詩同時，故附序於詩後。

〔灃水店頭春盡日二句〕清統志西安府：「灃水源出終南山豐峪。舊志：出鄠縣東南終南山，北流徑縣東。又北流經長安縣西。又北至咸陽縣東南入渭。一作灃，又作酆。」城按：「灃」，紹興本訛作「澧」。元和十年正月，元稹自唐州召還。三月二十五日出爲通州司馬。白氏醉後却寄元九詩（卷十五）云：「蒲池村裏匆匆別，灃水橋邊兀兀迴。行到城門殘酒醒，萬重離恨一時來。」

〔黄牛渡〕即黄牛峽。清統志宜昌府：「黄牛山在東湖縣西北八十里，亦稱黄牛峽。」水經江水注：「江水又東逕黄牛山下，有灘名曰黄牛灘。南岸重嶺疊起，最外高崖間，有石色如人負刀牽牛，人黑牛黄，成就分明。既人迹所絶，莫能究焉。此巖既高，加江湍迂迴，雖途經信宿，猶望見此物。故行者謡云：『朝發黄牛，暮宿黄牛。三朝三暮，黄牛如故。』言水路迂深，迴望如一矣。」城按：陸游入蜀記亦引李白及歐陽修詩附會此說。范成大吳船録卷下云：「古語云：『朝發黄牛，暮宿黄牛。三朝三暮，黄牛如故。』言其山岧嶢，終日猶望見之。歐陽公詩中亦引用此語。然余順流而下，回首即望斷，如故之語，亦好事者之言耳。」可證所傳非實。白氏有發白狗峽次黄牛峽登高寺却望忠州詩（卷十八）。

〔白狗崖〕即白狗峽。清統志宜昌府：「白狗峽在歸州東南十五里，亦稱狗峽。水經注：鄉口溪逕狗峽西。峽崖龕中石隱起有狗形，形狀具足，故以狗名峽。」輿地紀勝卷七三峽州有白狗峽。

〔神女臺〕即神女廟。太平寰宇記卷一四八夔州：「神女廟在峽之岸。」方輿勝覽卷五七夔州：「神女廟在巫山縣西北二百五十步，有陽臺。」清統志夔州府一：「神女廟在巫山縣東。襄陽耆舊傳：赤帝女曰瑶姬，未行而卒，葬於巫山之陽，故曰巫山之女。楚懷王游於高唐，夢與神遇，遂爲置觀於巫山之南，號爲朝雲。」

〔使君灘〕太平寰宇記卷一四九萬州：「使君灘在州東二里大江中，昔楊亮赴任益州，行船至此覆，故名之。」清統志夔州府一：「使君灘在萬縣東二里。水經：『江水東經羊腸虎臂灘。』注云：『晉楊亮赴任益州，至此舟覆，懲其波瀾，蜀人至今猶名之爲使君灘。』」

【校】

〔題〕「澧上」，宋本、那波本、全詩俱訛作「灃上」。汪本同馬本作「澧上」，是。下同。「記」，宋本、那波本俱作「寄」。宋本題末注云：「『寄』一作『記』。」全詩「記」下注云：「一作『寄』。」

〔未眠〕「未」，何校作「不」。
〔詩篇〕「詩」，宋本、那波本、全詩、何校、盧校俱作「文」。全詩注云：「一作『詩』。」又此下那波本無注。
〔別筵〕此下那波本無小注。宋本誤作「黄牛白狗皆與微之遇峽中地名，即別之所也」。
〔辭炎徼〕「辭」，馬本訛作「亂」，據宋本、那波本、汪本、全詩、盧校改正。

題峽中石上

巫女廟花紅似粉，昭君村柳翠於眉。誠知老去風情少，見此争無一句詩？

【箋】

作於元和十四年（八一九），四十八歲，江州至忠州途中，忠州刺史。見汪譜。
〔巫女廟〕即神女廟。見前一首詩「神女臺」箋。
〔昭君村〕見卷十一過昭君村詩箋。

白居易集箋校卷第十八

律詩　五言　七言　自兩韻至三十韻　凡九十九首

夜入瞿唐峽

瞿唐天下險，夜上信難哉！岸似雙屏合，天如匹帛開。逆風驚浪起，拔篸闇船來。欲識愁多少，高於灩澦堆。

【箋】

作於元和十四年（八一九），四十八歲，江州至忠州途中，忠州刺史。見汪譜。

〔瞿唐峽〕太平寰宇記卷一四八夔州：「瞿塘峽在州東一里，大西陵峽也。連崖千丈，犇流電激，舟人爲之恐懼。」方輿勝覽卷五七：「瞿唐峽在州東一里，舊名西陵峽。」清統志夔州府一：

「瞿唐峽在奉節縣東十三里，即廣溪峽也。水經注：江水東逕廣溪峽，乃三峽之首。……明統志：瞿唐乃三峽之門，兩岸對峙，中貫一江。灩澦堆當其口。」白氏初入峽有感（卷十一）詩云：「瞿唐呀直瀉，灩澦屹中峙。」

〔灩澦堆〕太平寰宇記卷一四八夔州：「灩澦堆周迴二十丈，在州西南二百步蜀江中心瞿唐峽口。」方輿勝覽卷五七夔州：「灩澦堆在州西南二百里（城按：「里」當爲「步」之訛）瞿唐峽口蜀江之心。」清統志夔州府一：「灩澦堆在奉節縣西南瞿唐峽口。」城按：范成大吴船録卷下云：「丁巳，水長未已，辰巳時遂決解維至瞿唐口，水平如席，獨灩澦之頂猶渦紋瀺灂，舟拂其上以過，摇艣者汗手死心，皆面無人色。……每一舟入峽數里，後舟方敢續發，水勢怒急，恐猝相遇不可解拆也。帥司遣卒執旗，次第立山之上下，一舟平安，則簸旗以招後船。舊圖云：灩澦大如襆，瞿唐不可觸。灩澦大如馬，瞿唐不可下。此俗傳『灩澦大如象，瞿唐不可上』，蓋非是也。後人立石辯之甚詳。」此節狀灩澦之險極工。又野客叢談卷八：「李後主『問君能有幾多愁，恰似一江春水向東流』，出自白樂天。樂天詩曰：『欲識愁多少，高於灩澦堆。』」

【校】

〔九十九首〕宋本、那波本、馬本俱作「一百首」（係包括白行簡一首），今按實際改正。

〔難哉〕「難」，英華作「艱」。汪本、全詩俱注云：「一作『艱』。」

〔岸似〕「岸」，英華作「峯」。

〔匹帛〕「帛」，那波本、汪本、英華俱作「練」。汪本注云：「一作『帛』。」全詩注云：「一作『練』。」

初到忠州贈李六

好在天涯李使君，江頭相見日黄昏。吏人生硬都如鹿，市井蕭疏只抵村。一隻蘭船當驛路，百層石磴上州門。更無平地堪行處，虚受朱輪五馬恩。

【箋】

作於元和十四年（八一九），四十八歲，忠州，忠州刺史。

〔忠州〕見卷十一自江州至忠州詩箋。

〔李六〕李景儉。字寬中。舊書卷一七一、新書卷八一有傳。岑仲勉唐人行第録李六景儉條云：「同集一八初到忠州贈李六首句云：『好在天涯李使君』，又題東樓前李使君所種櫻桃末句云：『故故抛愁與後人』，按舊書一五：元和十一年九月，屯田郎中李宣爲忠州刺史。余初檢得此一條史料，認白氏替者必李宣。但舊景儉傳固云：『坐貶江陵户曹，累轉忠州刺史，元和末入朝。』白以元和十三年底授忠州，宣以十一年九月授忠州，中經兩考，當已受代而去（參元集二〇與李十一夜飲詩）是白氏所替者仍屬李六景儉，此居易詩中之景儉也。」城按：岑氏之説是也。本卷白氏京使迴累得南省諸公書因以長句詩寄謝……詩中之「李六員外」，亦指景儉。

〔吏人生硬都如鹿二句〕余成教石園詩話：「香山初到忠州云：『吏人生硬都如鹿，市井蕭疏只抵村。』餘杭形勝云：『遶郭荷花三十里，拂城松樹一千株。』正月三日閑行云：『緑浪東西南北水，紅欄三百九十橋。』忠州、杭州、蘇州之風景，兩句包括，如在目前。」

【校】

〔題〕英華作「初到忠州贈李大夫」。全詩「李六」下注云：「一作『李大夫』。」

〔生硬〕「硬」，宋本、那波本、汪本、全詩俱作「梗」。

〔蕭疏〕宋本、那波本、全詩俱作「疏蕪」。汪本注云：「一作『疏蕪』。」全詩注云：「一作『蕭疏』。」

〔蘭船〕英華作「葉舟」。汪本注云：「一作『葉船』。」全詩「蘭」下注云：「一作『葉』。」

〔驛路〕「路」，英華作「步」。全詩、汪本俱注云：「一作『步』。」

郡齋暇日憶廬山草堂兼寄二林僧社三十韻皆敘貶官已來出處之意

諫諍知無補，遷移分所當。不堪匡聖主，只合事空王。龍象投新社，鵷鸞失故行。

沈吟辭北闕，誘引向西方。便住雙林寺，仍開一草堂。平治行道路，安置坐禪牀。手板支爲枕，頭巾閣在牆。先生烏几舄，居士白衣裳。竟歲何曾悶？終身不擬忙。滅除殘夢想，換盡舊心腸。世界多煩惱，形神久損傷。正從風鼓浪，轉作日銷霜。佛經云：此生死無休已，一如風鼓海浪。又云：煩惱如霜露，慧日能消除。吾道尋知止，君恩偶未忘。忽蒙頒鳳詔，兼謝剖魚章。蓮静方依水，葵枯重仰陽。三車猶夕會，五馬已晨裝。去似尋前世，來如别故鄉。眉低出鷲嶺，脚重下蛇崗。廬山崗名。漸望廬山遠，彌愁峽路長。香爐峯隱隱，巴字水茫茫。瓢挂留庭樹，經收在屋梁。春抛紅藥圃，夏憶白蓮塘。唯擬捐塵事，將何答寵光？有期追永遠，晉時永、遠二法師曾居此寺。無政繼龔黄。南國秋猶熱，西齋夜暫涼。閑吟四句偈，静對一爐香。身老同丘井，心空是道場。覓僧爲去伴，留俸作歸糧。爲報山中侶，憑看竹下房。會應歸去在，松菊莫教荒。

【箋】

作於元和十四年（八一九），四十八歲，忠州，忠州刺史。唐宋詩醇卷二四：「一路順叙，熨帖中鍼綫細密，宛轉斡旋，無一毫痕跡。此種長律，正不易得。」

〔廬山草堂〕見卷十七廬山草堂夜雨獨宿寄牛二李七庾三十二員外詩箋。

〔二林〕東林寺及西林寺。

〔香爐峯〕見卷七香爐峯下新置草堂即事詠懷題於石上詩箋。

【校】

〔題〕「暇日」，英華作「月下」。「皆叙」，宋本、那波本、英華、全詩俱作「多叙」。何校：「『多』字從黄校。」

〔不堪〕「堪」，英華作「能」。全詩注云：「一作『能』。」

〔鵷鸞〕英華作「鴛鴦」。

〔道路〕「路」，英華作「地」。全詩、汪本俱注云：「一作『地』。」

〔何曾悶〕「悶」，英華作「問」。

〔銷霜〕此下那波本無注。注中英華、汪本俱無「此」字。

〔兼謝〕「謝」，何校作「借」。

〔鷲嶺〕「鷲」下馬本注云：「疾僦切。」

〔蛇崗〕此下英華、那波本俱無注。

〔庭樹〕「庭」，全詩注云：「一作『亭』。」

〔唯擬〕「唯」，全詩注云：「一作『准』。」

〔永遠〕此下那波本無注。馬本「此寺」訛作「此等」，據宋本、全詩改正。英華作「晉宋間遠法師永禪師同隱廬山二林」。汪本作「晉時永遠一法師同隱廬山二林」，「一」爲「二」字之訛。

〔南國〕「國」，英華作「圃」。
〔暫涼〕「暫」，全詩注云：「一作『漸』。」
〔歸去在〕「在」，全詩注云：「一作『住』。」

贈康叟

八十秦翁老不歸，南賓太守乞寒衣。再三憐汝非他意，天寶遺民見漸稀。

【箋】

作於元和十四年（八一九），四十八歲，忠州，忠州刺史。

〔康叟〕王士禛謂即康洽，非是。其所撰古夫于亭雜録卷五云：「盛唐詩人多有贈康洽之作。最傳者李頎所謂『西上雖因長公主，還須一見曲陽侯』，蓋指楊國忠暨秦、虢輩也。後長慶中白居易作忠州刺史，亦有贈康詩云：『殷勤憐汝無他意，天寶遺民見漸稀。』天寶至是已歷六朝而康猶在，則祿山之亂流落西蜀，至元和、長慶之時亦已老矣。又案：段安節樂府雜録有康老子者，是長安富家子，常與國樂游處，家産蕩盡，後以半千從一嫗買得冰蠶絲褥，遇波斯胡酬直千萬，不經年復盡。尋卒，伶人嗟惜之，遂製此曲，亦名得至寶。似又别是一人。」城按：全詩有李頎送康洽入京進樂府歌（卷一三三），李端贈康洽（卷二八四）等詩。李端贈康洽詩云：「黄鬚康兄酒泉客，平生出入王侯宅。今朝醉卧又明朝，忽憶故鄉頭已白。……邇來七十遂無機，空是咸陽一布衣。」端大曆五年進士，見登科記考卷十引唐才子傳及極玄集，其卒年不詳，但據全詩卷二九五衛象傷李端詩云：「官卑楊執戟，年少賈長沙。」則必壯年早逝，去大曆不甚遠，贈康洽詩亦當作於大曆間，洽時年已七十餘。復考唐才子傳卷四云：「洽，酒泉人，黄鬚美丈夫也。盛時攜琴劍來長安，謁當道，氣度豪爽。工樂府詩篇，宮女梨園，皆寫於聲律。玄宗亦知名，嘗歎美之。……後遭天寶亂離，飄蓬江表。至大曆間，年已七十餘，龍鍾衰老，談及開元繁盛，流涕無從。往來兩京，故侯館穀空，咸陽一布衣耳。」以辛文房所記證之，則元和末，康洽已在百歲以上，顯非白詩中之「八十秦翁」康叟，漁洋蓋失考。且其所謂居易長慶中作忠州刺史亦誤，白氏刺忠州在元和末也。又寶刻叢編卷十九引復齋碑録云：「唐明皇送太守康公詩，唐明皇御製并行書，古篆額，天寶十三年二月建。」又云：「唐御製御書詩刻石記：唐南賓太守康昭遠謹述，天寶十三年甲午二月七日癸酉建。」時間相近，疑與此康叟有關，白詩中之康叟或即爲康昭遠之後人，俟考。

〔乞寒衣〕乞爲給與之意。漢書卷六四朱買臣傳：「妻自經死，買臣乞其夫錢，令葬。」又杜甫戲簡鄭廣文兼呈蘇司業詩：「賴有蘇司業，時時乞酒錢。」

鸚鵡

竟日語還默，中宵棲復驚。身囚緣彩翠，心苦爲分明。暮起歸巢思，春多憶侶聲。誰能拆籠破，從放快飛鳴？

【箋】

作於元和十四年（八一九），四十八歲，忠州，忠州刺史。

京使迴累得南省諸公書因以長句詩寄謝蕭五劉二元八吴十一韋大陸郎中崔二十二牛二李七庾三十二李六李十楊三樊大楊十二員外

雪壓泥埋未死身，每勞存問媿交親。浮萍漂泊三千里，列宿參差十五人。禁月落時君待漏，畬煙深處我行春。瘴鄉得老猶爲幸，豈敢傷嗟白髮新？

【箋】

作於元和十四年（八一九），四十八歲，忠州，忠州刺史。

〔蕭五郎中〕蕭俛。字思謙，貞元七年進士。元和六年召充翰林學士。七年轉司封員外郎。九年改駕部郎中、知制誥，内職如故。十三年轉御史中丞。見舊書卷一七二本傳、丁居晦重修承旨學士壁記。

〔劉二郎中〕名未詳。

〔元八郎中〕元宗簡。見卷十七潯陽歲晚寄元八郎中庾三十二員外詩箋。

〔吴十一郎中〕吴士矩。開成初爲江西觀察使。新書卷一五九有傳。元稹有清都春霽寄胡三吴十一、元和五年予官不了罰俸西歸三月六日至陝府與吴十一兄端公崔二十二院長思愴曩游因投五十韻、寄吴士矩端公五十韻等詩，均指士矩也。

〔韋大〕韋處厚。字德載，京兆萬年人。進士擢第。寶曆二年十二月，拜中書侍郎、同中書門下平章事。見舊書卷一五九、新書卷一四二本傳、舊書卷十七上文宗紀。又舊書卷十五憲宗紀：「(元和)十一年九月，……考功郎中韋處厚爲開州刺史。」據白氏元和十二年所作東南行一百韻……詩(卷十六)，仍稱處厚爲「韋大員外」，則遷郎中必在出刺開州後，疑舊紀有誤。白氏又有和李澧州題韋開州經藏詩(本卷)及祭中書韋相公文(卷六九)，均指處厚。

〔陸郎中〕疑爲陸紹。酉陽雜俎卷五：「虞部郎中陸紹，元和中曾看表兄於定水寺。」又見劉集卷三王公神道碑、郎官考卷十五金中。城按：「陸」下疑脱一數目字。

〔崔二十二員外〕崔韶。見卷十六宿西林寺早赴東林滿上人之會因寄崔二十二員外詩箋。并參見東南行一百韻……(卷十六)、聞李十一出牧澧州崔二十二出牧果州因寄絶句(卷十六)等詩。

〔牛二員外〕牛僧孺。見卷十七廬山草堂夜雨獨宿寄牛二李七庾三十二員外詩箋。又白氏代書(卷四三)云：「子到長安，持此札爲予謁集賢庾三十二補闕、翰林杜十四拾遺、金部元八員外、監察牛二侍御。」此書作於元和十二年三月十三日，則是時僧孺仍官監察御史也。

〔李七員外〕李宗閔。見卷十七廬山草堂夜雨獨宿寄牛二李七庾三十二員外詩箋。城按：據郎官考卷四，此時當爲吏部員外郎。

〔庾三十二員外〕庾敬休。見卷十夢與李七庾三十二同訪元九詩箋。

〔李六員外〕李景儉。新書卷八一本傳云：「累擢忠州刺史。元和末入朝，不見用，復爲澧州刺史。素與元稹、李紳善，二人方在翰林，言其才。及延英奉辭，景儉自陳見抑遠，穆宗憐之，追詔爲倉部員外郎。」當在此時。參見本卷白氏初到忠州贈李六詩箋。

〔李十員外〕李渤。字濬之，舊書卷一七一、新書卷一一八有傳。全詩王仲舒寄李十員外詩云：「惟愁又入烟霞去，知在廬峯第幾重？」語切渤事，亦寄渤者。白氏贈江州李十使君員外十二韻詩（卷二〇）自注云：「元和末，余與李員外同日黜官，今又相次出爲刺史。」舊書卷一七一渤傳云：「（元和）九年，以著作郎徵之。……歲餘，遷右補闕，連上章疏，忤旨，改丹王府諮議參軍，分司東都。」則其貶黜得與居易同目（即十年八月）。傳又云：「穆宗即位，召爲考功員外郎。十一月，……乃出爲虔州刺史。……長慶二年入爲職方郎中。」渤本官員外，與白詩題合。居易以長慶二年七月十四日除杭州，其過江州時，亦可與渤任相及。白氏又有題别遺愛草堂兼呈李十使君詩（卷二〇）自注云：「李亦廬山人，常隱白鹿洞。」則與新書卷一一八渤傳「與仲兄涉偕隱廬山」合。以上據岑仲勉唐人听第録。據此則白詩中之「李十使君」及「李十員外」均可斷爲李渤。全詩有李涉奉和九弟渤見寄絶句，「九」當係「十」之訛。

〔楊三員外〕楊嗣復。字繼之，於陵之子。舊書卷一七六、新書卷一七四有傳。舊書卷一七六本傳云：「元和十年累遷至刑部員外郎。鄭餘慶爲詳定禮儀使，奏爲判官。改禮部員外郎。」韓愈早春與張十八博士籍遊楊尚書林亭寄第三閣老兼呈白馮二閣老詩，舊注以「第三閣老」爲嗣復。續世説一言語門，韋温稱嗣復、李珏爲楊三、李七。參見岑仲勉唐人行第録。

〔樊大員外〕樊宗師。白氏有病中得樊大書詩（卷十四）。按：宗師元和三年擢軍謀宏遠科授著作佐郎，見新書卷一五九本傳。後爲金部郎中及左司郎中，見郎官考。員外當其必歷之階也。

〔楊十二員外〕楊巨源。見卷十七聞楊十二新拜省郎遥以詩賀詩箋。

【校】

〔題〕「庚三十二」，宋本、那波本俱作「庚三十三」。城按：當作「庚三十二」，今改正。

〔浮萍〕「萍」，宋本作「蓱」。

東城春意

風軟雲不動，郡城東北隅。晚來春澹澹，天氣似京都。絃管隨宜有，盃觴不道無。其如親故遠，無可共歡娛。

【箋】作於元和十五年（八二〇），四十九歲，忠州，忠州刺史。

【校】〔風輭〕「輭」下馬本注云：「乳兗切。」

木蓮樹生巴峽山谷間巴民亦呼爲黃心樹大者高五丈涉冬不凋身如青楊有白文葉如桂厚大無脊花如蓮香色豔膩皆同獨房蕊有異四月初始開自開迨謝僅二十日忠州西北十里有鳴玉谿生者穠茂尤異元和十四年夏命道士毌丘元志寫惜其遐僻因題三絕句云

如折芙蓉栽旱地，似抛芍藥挂高枝。雲埋水隔無人識，唯有南賓太守知。

紅似燕支膩如粉，傷心好物不須臾。山中風起無時節，明日重來得在無！

已愁花落荒巖底，復恨根生亂石間。幾度欲移移不得，天教抛擲在深山。

【箋】

作於元和十四年（八一九），四十八歲，忠州，忠州刺史。見陳譜及汪譜。陳譜元和十四年己亥：「州有白蓮花，命道士毋丘元志寫爲圖。」

〈木蓮樹〉老學庵筆記卷四：「白樂天有忠州木蓮詩。予遊臨邛白鶴山寺，佛殿前有兩株，其高數丈，葉堅厚如桂，以仲夏發花，狀如芙蕖，香亦酷似。寺僧云：花拆時有聲如破竹。然一郡止此二株，不知何自至也。成都多奇花，亦未嘗見。」明陳繼儒書蕉卷下記木蓮樹則全襲陸氏之文。清宋長白柳亭詩話卷十八黄心樹云：「周濂溪詩曰：『枝懸縞帶垂金彈，瓣落蒼苔墜玉杯。』蓋純白也。黄山雲谷寺亦有此花，余友鐵公繪以爲圖，見示於武林。方虞臣謂即西域之寶檀花。」又云：「香山又有畫木蓮圖寄元郎中詩：『花房膩似紅蓮朵，豔色鮮如紫牡丹。惟有詩人應解愛，丹青寫出與君看。』則又有紅色一種。江文通所云『緗麗碧巘，紅豔桂洲』也。」

〈鳴玉谿〉太平寰宇記卷一四九忠州：「鳴玉溪在州西十里，上有懸巖，瀑布高五十餘丈，潭洞幽邃，古木蒼然。唐刺史房式嘉其幽絶，特置蘭若，凡置五橋以渡溪水，今廢。」方輿勝覽卷六一咸淳府：「鳴玉溪在州北十里。」清統志忠州：「鳴玉溪在州西。」又云：「木蓮洞在州西北五里鳴玉溪濱，地産木蓮樹，巴人呼爲黄心木。白居易有詩。」

〈毋丘元志〉潘天壽中國繪畫史第三編第一章唐代之繪畫：「花鳥作家則有毋丘元志之善花

果，嘗爲白居易寫木蓮、荔枝圖，爲其特擅。」

〔天教抛擲在深山〕何義門云：「自謂。」

【校】

〔題〕「穠茂」下馬本脱「尤異元和十四年夏命道士毌丘元志寫」十六字，據宋本、那波本、汪本、全詩、唐歌詩、盧校增補。又汪本此題爲序，題爲「木蘭樹圖」四字。

〔栽早地〕「栽」，萬首作「投」。全詩注云：「一作『投』。」

種桃杏

無論海角與天涯，大抵心安即是家。路遠誰能念鄉曲？年深兼欲忘京華。忠州且作三年計，種杏栽桃擬待花。

【箋】

作於元和十四年（八一九），四十八歲，忠州，忠州刺史。城按：甌北詩話卷四：「至如六句成七律一首，青蓮集中已有之，香山最多，而其體又不一。如忠州種桃杏云『無論海角與天涯』前後單行，中間成對，此六句律正體也。」

新　秋

二毛生鏡日，一葉落庭時。老去争由我？愁來欲泥誰？空銷閑歲月，不見舊親知。唯弄扶牀女，時時强展眉。

【箋】

作於元和十四年（八一九），四十八歲，忠州，忠州刺史。

龍昌寺荷池

冷碧新秋水，殘紅半破蓮。從來寥落意，不似此池邊。

【箋】

作於元和十四年（八一九），四十八歲，忠州，忠州刺史。

〔龍昌寺〕見卷十一登龍昌上寺望江南山懷錢舍人詩箋。

聽竹枝贈李侍御

巴童巫女竹枝歌，懊惱何人怨咽多？暫聽遣君猶悵望，長聞教我復如何！

【箋】

作於元和十四年（八一九），四十八歲，忠州，忠州刺史。

〔巴童巫女竹枝歌〕見本卷白氏竹枝詞四首箋。

寄胡餅與楊萬州

胡麻餅樣學京都，麵脆油香新出爐。寄與飢饞楊大使，嘗看得似輔興無？

【箋】

作於元和十四年（八一九），四十八歲，忠州，忠州刺史。

〔楊萬州〕楊歸厚。見卷十一南賓郡齋即事寄楊萬州詩箋。並參見本卷寄題楊萬州四望樓詩。

〔輔興〕疑爲長安輔興坊之餅店。城按：輔興坊在長安朱雀門街西第三街。見兩京城坊考卷四。

感櫻桃花因招飲客

櫻桃昨夜開如雪，鬢髮今年白似霜。漸覺花前成老醜，何曾酒後更顛狂。誰能聞此來相勸，共泥春風醉一場？

【箋】

作於元和十四年（八一九），四十八歲，忠州，忠州刺史。城按：甌北詩話卷四：「至如六句成七律一首，青蓮集中已有之，香山最多，而其體又不一。……櫻桃花下招客云：『櫻桃昨夜開如雪，……』此前四句作兩聯，末二句不對也。」

東亭閑望

東亭盡日坐，誰伴寂寥身？綠桂爲佳客，紅蕉當美人。笑言雖不接，情狀似相親。不作悠悠想，如何度晚春？

【箋】

作於元和十四年（八一九），四十八歲，忠州，忠州刺史。

〔紅蕉當美人〕何義門云：「後來娟、態又當南賓紅蕉耶？」城按：詩中之「美人」蓋指良友而言，非必爲女性也。

【校】

〔題〕英華作「東亭閑坐」。全詩注云：「一作『閑坐』。」

〔緑桂〕「桂」，英華作「樹」。汪本、全詩俱注云：「一作『樹』。」

〔不作〕英華作「若不」。全詩注云：「一作『若不』。」

畫木蓮花圖寄元郎中

花房膩似紅蓮朵，豔色鮮如紫牡丹。唯有詩人應解愛，丹青寫出與君看。

【箋】

作於元和十四年（八一九），四十八歲，忠州，忠州刺史。

〔木蓮花〕見本卷木蓮樹……詩箋。

〔元郎中〕元宗簡。見卷十答元郎中楊員外喜烏見寄詩箋。並參見吟元郎中白鬚詩兼飲雪水茶因題壁上（卷十九），酬元郎中同制加朝散大夫書懷見贈（卷十九）等詩。

【校】

〔應解愛〕「應」，馬本、全詩俱作「能」，據宋本、那波本、汪本、萬首改。全詩注云：「一作『應』。」

和李澧州題韋開州經藏詩

既悟蓮花藏，須遺貝葉書。菩提無處所，文字本空虛。觀指非知月，忘筌是得魚。聞君登彼岸，捨筏復何如？

【箋】

作於元和十四年（八一九），四十八歲，忠州，忠州刺史。

〔李澧州〕李建。見卷十六聞李十一出牧澧州崔二十二出牧果州因寄絶句詩箋。澧州，見卷十六東南行一百韻……詩箋。

〔韋開州〕韋處厚。元和十一年九月辛未，貶韋處厚爲開州刺史。見舊書卷十五憲宗紀。白氏祭中書韋相公文（卷六九）云：「元和中出守開、忠二郡日，公先以喻金鑛偈相問，往復再三，繇是法要心期，始相會合。」並參見卷十六東南行一百韻……詩。開州，亦見卷十六東南行一百韻……詩箋。城按：處厚與韋貫之善，元和十一年開州之貶，即緣韋貫之諫鎮蔡用兵之故。處厚在開州時作盛山十二詩，元和十五年二月，自户部郎中、知制誥充侍講學士。長慶二年四月遷中書舍人（見岑仲勉翰林學士壁記注補）。韓愈爲作詩序云：「于時應而和者凡十人，及此年，韋侯爲中書舍人侍講六經禁中，和者通州元司馬爲宰相，洋州許使君爲京兆，忠州白使君爲中書舍人，李使君爲諫議大夫，黔府嚴中丞爲秘書監，温司馬爲起居舍人，皆集闕下。」謂元稹、許康佐、白居易、李景儉、嚴謨、温造，其中多半亦爲居易之知交也。劉禹錫唐故中書侍郎平章事韋公集紀即爲處厚作，其中亦稱處厚爲崔羣之摯友，崔羣與居易、禹錫皆同甲子而爲至交，可知居易、禹錫亦皆與處厚相善。後處厚爲相日，居易刑部侍郎之除，禹錫集賢學士之命，不盡由裴度之援，而處厚亦與有力焉。

九日題塗溪

蕃草席鋪楓葉岸，竹枝歌送菊花盃。明年尚作南賓守，或可重陽更一來。

【箋】

作於元和十四年（八一九），四十八歲，忠州，忠州刺史。

〔塗溪〕當作涂溪。蜀中名勝記卷十九忠州：「華陽記曰：臨江縣有鹽官，在監、涂二溪，一郡所仰。按：涂溪在州東八十里。」清統志忠州：「涂溪在州東。華陽國志：臨江縣有鹽官在監、塗二溪，一郡所仰。」

【校】

〔蕃草〕「蕃」，萬首作「蒈」。汪本、全詩注云：「一作『蒈』。」

〔尚作〕「作」，萬首作「任」。全詩注云：「一作『任』。」

〔或可〕萬首作「或作」。

即事寄微之

畬田澀米不耕鉏，旱地荒園少菜蔬。想念王風今若此，料看生計合何如？衣縫紕纇黄絲絹，飯下腥鹹白小魚。飽暖饑寒何足道，此身長短是空虚。

【箋】

作於元和十四年（八一九），四十八歲，忠州，忠州刺史。元集卷二一有酬樂天見寄詩。

【校】

〔想念〕「念」，宋本、那波本俱作「此」。全詩注云：「一本缺，一作『此』。」

〔紕纇〕馬本「紕」下注云：「篇夷切。」「纇」下注云：「力遂切。」

題郡中茘枝詩十八韻兼寄萬州楊八使君

奇果標南土，芳林對北堂。素華春漠漠，丹實夏煌煌。葉捧低垂户，枝擎重壓牆。始因風弄色，漸與日争光。夕訝條懸火，朝驚樹點粧。深於紅躑躅，大校白檳榔。星綴連心朵，珠排耀眼房。紫羅裁襯殼，白玉裹填瓤。早歲曾聞說，今朝始摘嘗。嚼疑天上味，嗅異世間香。潤勝蓮生水，鮮逾橘得霜。燕脂掌中顆，甘露舌頭漿。物少尤珍重，天高苦渺茫。已教生暑月，又使阻遐方。粹液靈難駐，妍姿嫩易傷。近南光景熱，向北道途長。不得充王賦，無由寄帝鄉。唯君堪擲贈，面白似潘郎。

【箋】

作於元和十四年（八一九），四十八歲，忠州，忠州刺史。

〔萬州楊八使君〕萬州刺史楊歸厚。見卷十一初到忠州登東樓寄萬州楊八使君詩箋。并參見本卷送高侍御使迴因寄楊八等詩。

〔紫羅裁襯殼二句〕何義門云：「『襯』字『填』字非茘枝不工。」

〔嚼疑天上味二句〕何義門云：「『天上』二句故是常語，激起後半却有力。」

【校】

〔題〕「萬州楊」三字，馬本倒作「楊萬州」，據宋本、那波本、汪本、全詩乙轉。

〔填瓢〕「瓢」，馬本注云：「女良切。」

〔尤珍重〕「尤」，馬本訛作「猶」，據宋本、那波本、汪本、全詩改正。

〔光景〕「景」，宋本作「影」，非。

留北客

峽外相逢遠，樽前一會難。即須分手別，且强展眉歡。楚袖蕭條舞，巴絃趣數彈。笙歌隨分有，莫作帝鄉看。

【箋】

作於元和十四年（八一九），四十八歲，忠州，忠州刺史。

【校】

〔數彈〕「數」下宋本、汪本、全詩俱注云：「從速反。」盧校：「元注『從速反』，疑誤。此二字當從樂記釋文音『促速』。」

重寄荔枝與楊使君時聞楊使君欲種植故有落句之戲

摘來正帶凌晨露，寄去須憑下水船。映我緋衫渾不見，對公銀印最相鮮。香連翠葉真堪畫，紅透青籠實可憐。聞道萬州方欲種，愁君得喫是何年？

【箋】

作於元和十四年（八一九），四十八歲，忠州，忠州刺史。何義門云：「即事點化，更無陳俗。」

〔楊使君〕萬州刺史楊歸厚。見卷十一初到忠州登東樓寄萬州楊八使君詩箋。並參見本卷和萬州楊使君四絶句、答楊使君登樓見憶等詩。

【校】

〔題〕「之戲」，宋本、那波本俱作「戲之」。

和萬州楊使君四絶句

競　渡

競渡相傳爲汨羅，不能止遏意無他。自經放逐來顦顇，能校靈均死幾多？

【箋】

作於元和十四年（八一九），四十八歲，忠州，忠州刺史。

〔萬州楊使君〕萬州刺史楊歸厚。見前箋。

江邊草

聞君澤畔傷春草，憶在天門街裏時。漠漠淒淒愁滿眼，就中惆悵是江蘺。

【箋】

〔天門街〕見卷十三過天門街詩箋。

【校】

〔愁滿眼〕「愁」，全詩注云：「一作『秋』。」

嘉慶李

東都綠李萬州栽，君手封題我手開。把得欲嘗先悵望，與渠同別故鄉來。

【校】

〔嘉慶李〕「嘉」，宋本、馬本、那波本俱誤作「喜」，據汪本、全詩改正。城按：東都嘉慶坊内有李樹，其實甘鮮，爲京城之美，故稱嘉慶李。見兩京城坊考卷五嘉慶坊轉引演繁露引韋述兩京記。

〔萬州栽〕「栽」，馬本訛作「裁」。據宋本、那波本、汪本、全詩改正。

白槿花

秋蕣晚英無豔色，何因栽種在人家？使君只別羅敷面，争解迴頭愛白花？

【校】

〔秋蕣〕「蕣」，馬本注云：「試刃切。」

〔栽種〕「栽」，馬本訛作「裁」，據宋本、那波本、汪本、全詩改正。

〔只別〕「只」，馬本作「自」，非。據宋本、那波本、汪本、盧校改。全詩注云：「一作『只』。」

望郡南山 行簡

臨江一嶂白雲間，紅緑層層錦繡斑。不作巴南天外意，何殊昭應望驪山？

【箋】

〔南山〕蜀中名勝記卷十九忠州：「南山即翠屏也。在對岸二里，山中有禹廟、陸宣公墓、玉虚觀、朝真洞、望夫臺、仙履迹諸勝。……白傅有望南山寄行簡詩：『臨江一嶂白雲開……』」清陳祥裔蜀都碎事卷二云：「南山在忠州，即翠屏山也。山中有禹廟、陸宣公墓、玉虚觀、朝真洞、仙履跡諸勝，白傅作樓以望之。」城按：此詩題那波本馬本俱誤作「望郡南山寄行簡」，蜀中名勝記亦誤引爲居易所作。

〔昭應〕見卷九權攝昭應早秋書事寄元拾遺兼呈李司録詩箋。

〔驪山〕見卷十二江南遇天寶樂叟詩箋。

【校】

〔題〕盧校：「『望郡南山』題下空八格，題『行簡』二字，此行簡詩也。俗本乃作『寄行簡』，大誤。六朝陰、何及唐人韋蘇州、劉隨州等集，凡他人元倡，皆置在前，和章則置在後，俱與本集平寫，不低一格。至明代以來，刻唐四傑集、杜少陵集，不分元倡和章，盡置本人詩後，又低一字以别之。近來名公刻集，亦依此例，遂不知有古法矣。」城按：盧校是。那波本、馬本此詩俱誤作「望郡南山寄行簡」。汪本此詩在和行簡望郡南山詩後。全詩無此詩。今從宋本改正。

〔何殊〕「殊」，馬本、汪本俱作「如」，據宋本、那波本、盧校改。

和行簡望郡南山

反照前山雲樹明，從君苦道似華清。試聽腸斷巴猿叫，早晚驪山有此聲。

【箋】

作於元和十四年（八一九），四十八歲，忠州，忠州刺史。

〔華清〕華清宮。見卷十二長恨歌詩箋。

種荔枝

紅顆珍珠誠可愛，白髮太守亦何癡。十年結子知誰在？自向庭前種荔枝。

【箋】作於元和十四年（八一九），四十八歲，忠州，忠州刺史。城按：全詩卷二七四戴叔倫荔枝詩與此相同，或係自白集羼入者。

【校】〔珍珠〕宋本、那波本俱作「真珠」。汪本、全詩俱注云：「一作『真』。」

〔庭前〕「前」，宋本、那波本、汪本、萬首、全詩俱作「中」。全詩注云：「一作『前』。」

陰雨

嵐霧今朝重，江山此地深。灘聲秋更急，峽氣曉多陰。望闕雲遮眼，思鄉雨滴心。將何慰幽獨？賴此北窗琴。

【箋】作於元和十四年（八一九），四十八歲，忠州，忠州刺史。

【校】

〔嵐霧〕「嵐」下馬本注云：「盧含切。」又「嵐」，那波本作「風」。

〔雨滴心〕「雨」，汪本、全詩俱注云：「一作『淚』。」

〔賴此〕「此」，那波本訛作「世」。

送客歸京

水陸四千里，何時歸到秦？舟辭三峽雨，馬入九衢塵。有酒留行客，無書寄貴人。唯憑遠傳語，好在曲江春。

【箋】作於元和十四年（八一九），四十八歲，忠州，忠州刺史。

〔曲江〕見卷一杏園中棗樹詩箋。

送蕭處士遊黔南

能文好飲老蕭郎，身似浮雲鬢似霜。生計抛來詩是業，家園忘却酒爲鄉。江從巴峽初成字，猿過巫陽始斷腸。不醉黔中争去得？磨圍山月正蒼蒼！

【箋】

作於元和十四年（八一九），四十八歲，忠州，忠州刺史。

〔蕭處士〕白氏招蕭處士詩（卷十一）亦作於是年，又有戲贈蕭處士清禪師詩（卷十八），當同爲一人。

〔黔南〕即黔州。在黔江之南。

〔黔中〕黔州黔中郡。隋黔安郡。武德元年改爲黔州。天寶元年改爲黔中郡。乾元元年復爲黔州，屬江南西道。見舊書卷四〇地理志。

〔磨圍山〕即摩圍山。輿地紀勝卷一七六黔州：「摩圍山在彭水縣西，隔江四里與州城對面。夷獠呼天曰圍，言山摩天，號曰摩圍。」清統志酉陽州：「摩圍山在彭水縣西隔江四里。」本卷白氏酬嚴中丞晚眺黔江見寄詩云：「摩圍山下色，明月峽中聲。」

【校】

〔題〕馬本「處士」上脱「蕭」字，據宋本、那波本、汪本、全詩補。

東樓醉

天涯深峽無人地，歲暮窮陰欲夜天。不向東樓時一醉，如何擬過二三年？

【箋】

作於元和十四年（八一九），四十八歲，忠州，忠州刺史。

〔東樓〕見卷十一初到忠州登東樓寄萬州楊八使君詩箋。

寄微之　時微之爲虢州司馬。

高天默默物茫茫，各有來由致損傷。鸚爲能言長剪翅，龜緣難死久搘牀。莫嫌冷落抛閑地，猶勝炎蒸卧瘴鄉。外物竟關身底事？謾排門戟繫腰章。

【箋】

作於元和十四年（八一九），四十八歲，忠州，忠州刺史。元集卷二一有酬樂天嘆損傷見寄詩。

【校】

〔題〕此下小注「虢州司馬」當爲「虢州長史」之訛，各本俱誤。

〔揞咻〕「揞」下馬本注云：「旨而切。」

〔底事〕「底」，馬本訛作「低」，據宋本、那波本、汪本、全詩、盧校改正。

東樓招客夜飲

莫辭數數醉東樓，除醉無因破得愁。唯有綠樽紅燭下，暫時不似在忠州。

【箋】

作於元和十四年（八一九），四十八歲，忠州，忠州刺史。城按：老學庵筆記：「忠州在陝路，與萬州最號窮陋，豈復有爲郡之樂。白樂天詩乃云：『唯有綠樽紅燭下，暫時不似在忠州。』又云：『今夜酒醺羅綺暖，被君融盡玉壺冰。』以今觀之，忠州那得此光景耶？當是不堪司馬閑冷，驟易刺史，故亦見其樂爾，可憐哉！」

〔東樓〕見卷十一初到忠州登東樓寄萬州楊八使君詩箋。

醉後戲題

自知清冷似冬凌，每被人呼作律僧。今夜酒醺羅綺暖，被君融盡玉壺冰。

【箋】作於元和十四年（八一九），四十八歲，忠州，忠州刺史。

【校】〔酒醺〕「酒」，馬本作「醉」，非。據宋本、那波本、汪本、萬首、全詩、盧校改正。

冬至夜

老去襟懷常濩落，病來鬚鬢轉蒼浪。心灰不及爐中火，鬢雪多於砌下霜。三峽南賓城最遠，一年冬至夜偏長。今宵始覺房櫳冷，坐索寒衣泥孟光。

【箋】作於元和十四年（八一九），四十八歲，忠州，忠州刺史。見汪譜。

【校】〔泥孟光〕「泥」，馬本、全詩俱作「託」，非。盧校：「案微之詩：『泥他沽酒拔金釵。』『泥』與『泥』音義同。集中又有『白髮泥人來不休』及『猶賴洛中饒醉客，時時泥我喚笙歌』之句。」據宋本、汪本、盧校改正。又那波本作「詆」，誤。全詩注云：「一作『泥』。」亦非。

竹枝詞四首

瞿唐峽口水煙低，白帝城頭月向西。唱到竹枝聲咽處，寒猿闇鳥一時啼。

竹枝苦怨怨何人？夜静山空歇又聞。蠻兒巴女齊聲唱，愁殺江南病使君。

巴東船舫上巴西，波面風生雨脚齊。水蓼冷花紅簇簇，江蘺濕葉碧淒淒。

江畔誰人唱竹枝？前聲斷咽後聲遲。怪來調苦緣詞苦，多是通州司馬詩。

【箋】

作於元和十四年（八一九），四十八歲，忠州，忠州刺史。唐宋詩醇卷二四：「聲韻悠揚，最合竹枝之體。」

〔竹枝詞〕樂府詩集卷八一近代曲辭：「竹枝本出於巴、渝。唐貞元中，劉禹錫在沅、湘，以俚歌鄙陋，乃依騷人九歌作竹枝新辭九章，教里中兒歌之，由是盛於貞元、元和之間。」劉禹錫竹枝詞序云：「歲正月，余來建平，里中兒聯歌竹枝，吹短笛擊鼓以赴節。歌者揚袂睢舞，以曲多爲賢。聆其音，中黄鐘之羽，卒章激訐如吴聲。雖傖儜不可分，而含思宛轉有淇奥之豔。」城按：教坊記有竹枝子，與劉禹錫改訂之竹枝不同。見任半塘教坊記箋訂曲名。又按：西河文集詩話二：「白樂天竹枝詞云：『江畔何人唱竹枝，前聲斷咽後聲遲。怪來調苦緣詞苦，此是通州司馬詩。』樂天善歌，每識歌法，觀第二句，則長年唱和之法盡之矣。其以調與詞分二端，亦屬歌法。所謂善歌者須得詩中意耳。樂天又有問楊瓊詩云：『古人唱歌兼唱情』，即此意。」

〔瞿唐峽〕見本卷夜入瞿唐峽詩箋。

【校】

〔題〕宋本、那波本俱無「四首」二字。

〔水煙〕「水」，英華作「冷」。全詩注云：「一作『冷』。」

〔闇鳥〕樂府作「晴鳥」。

〔江南〕「南」，宋本、那波本、全詩俱作「樓」。全詩、汪本俱注云：「一作『南』。」

酬嚴中丞晚眺黔江見寄

江水三迴曲，愁人兩地情。磨圍山下色，明月峽中聲。晚後連天碧，秋來徹底清。臨流有新恨，照見白鬚生。

【箋】

作於元和十四年（八一九），四十八歲，忠州，忠州刺史。

〔嚴中丞〕黔中觀察使嚴謨。舊書卷十五憲宗紀：「（元和十四年）二月己酉朔，以商州刺史嚴謨爲黔中觀察使。」城按：郎官考卷十四度支員外郎引同。吴廷爕唐方鎮年表卷六引舊紀謂嚴謨爲黔中觀察使在元和十四年三月己卯，蓋誤。白氏有送嚴大夫赴桂州詩（卷十九）亦酬謨之作。

〔黔江〕元和郡縣志卷三〇：「黔州西有巴江水，一名涪陵江。」清統志酉陽州：「黔江在州西。」城按：黔江一名涪陵江，又名延江水。

〔磨圍山〕見本卷蕭處士游黔南詩箋。

〔明月峽〕太平御覽卷五三：「李膺益州記曰：廣陽州東七里，……至明月峽。峽前南岸壁高四十丈，其壁有圓孔，形如滿月，因以爲名。」方輿勝覽卷六〇重慶府：「明月峽在巴縣，石壁高四十丈，有孔若明月。」

【校】

〔山下〕「下」，馬本作「川」，非。據宋本、那波本、汪本、全詩、盧校改正。

〔秋來〕「秋」，何校：「『寒』字從黄校。」

寄題楊萬州四望樓

江上新樓名四望，東西南北水茫茫。無由得與君攜手，同憑欄干一望鄉。

【箋】

作於元和十四年（八一九），四十八歲，忠州，忠州刺史。

〔楊萬州〕萬州刺史楊歸厚。見卷十一南賓郡齋即事寄楊萬州詩箋。並參見寄胡餅與楊萬州（卷十八）等詩。

〔四望樓〕明統志夔州府：「四望樓在萬縣南。唐白居易詩：『江上新樓名四望，東西南北水茫茫』。」城按：正德夔州府志卷七宮室所引亦同。方輿勝覽卷五九萬州亦載有四望樓。

【校】

〔題〕「寄」下馬本脱「題」字，據宋本、那波本、汪本、全詩補。

答楊使君登樓見憶

忠萬樓中南北望，南州煙水北州雲。兩州何事偏相憶？各是籠禽作使君。

【箋】

作於元和十四年（八一九），四十八歲，忠州，忠州刺史。

〔楊使君〕萬州刺史楊歸厚。見卷十一初到忠州登東樓寄萬州楊八使君詩箋。并參見本卷重寄荔枝與楊使君時聞楊使君欲種植故有落句之戲、和萬州楊使君四絶句等詩。

除夜

歲暮紛多思，天涯渺未歸。老添新甲子，病減舊容輝。鄉國仍留念，功名已息機。明朝四十九，應轉悟前非。

【箋】作於元和十四年（八一九），四十八歲，忠州，忠州刺史。

聞雷

瘴地風霜早，温天氣候催。窮冬不見雪，正月已聞雷。震蟄蟲蛇出，驚枯草木開。空餘客方寸，依舊似寒灰。

【箋】作於元和十五年（八二〇），四十九歲，忠州，忠州刺史。

春至

若爲南國春還至，争向東樓日又長。白片落梅浮澗水，黄梢新柳出城牆。閑拈蕉葉題詩詠，悶取藤枝引酒嘗。樂事漸無身漸老，從今始擬負風光。

【箋】

作於元和十五年（八二〇），四十九歲，忠州，忠州刺史。見汪譜。

〔悶取藤枝引酒嘗〕黄徹䂬溪詩話卷八云：「辰人以藤代篘，酒名鈎藤。俗傳他處即不可用。或謂，但恐釀造之法異耳，所在皆可。樂天忠州春至詩云：『閑拈蕉葉題詩詠，悶取藤枝引酒嘗。』則巴蜀亦有之。」城按：黄氏所釋非是。方輿勝覽卷六一咸淳府：「引藤山在龍渠縣東十五里，山出引藤枝，俗用以取酒。」又云：「蜀地多山，多種黍爲酒，民家亦飲粟酒。地産藤枝，長十餘尺，其大如指，中空可吸，謂之引藤。屈其端置醅中注之如晷漏。本夷俗所尚，土人效之。」明統志重慶府：「引藤山在忠州南四里，山出引藤，可以吸酒。」白詩「悶取藤枝引酒嘗」蓋指此。白氏又有郡中春宴因贈諸客詩（卷十一）云：「薰草席鋪座，藤枝酒注樽。」考引藤即鈎藤，爲茜草科植物，學名Uncaria rhynchophylla Jacko蜀地以外亦産之。清陳淏子秘傳花鏡卷四云：「鈎藤，産自梁州，今秦、楚、江南、江西皆有。葉細長而青，其莖間有刺，儼若釣鈎，對節而生，其色紫赤，卷曲而堅利。長一二丈，大如指，中空。用致酒甕封口，插入取酒，以氣吸之，涓涓不絶。」可證輿地紀勝及明統志所記之不誣，白詩蓋寫實也。又杜甫送從弟亞赴河西判官詩「蘆管多還醉」句，仇兆鰲注引楊慎曰：「蘆酒以蘆爲筒，吸而飲之，今之咂酒也。又名鈎藤酒。見溪蠻叢笑。」則以蘆酒爲鈎藤酒，恐非是，蓋形似而非一物也。

感　春

巫峽中心郡，巴城四面春。草青臨水地，頭白見花人。憂喜皆心火，榮枯是眼塵。除非一盃酒，何物更關身？

【箋】作於元和十五年（八二〇），四十九歲，忠州，忠州刺史。

〔憂喜皆心火二句〕何義門云：「心火眼塵一聯最有味。」

【校】〔憂喜〕馬本脱「憂」字，據宋本、那波本、汪本、全詩補。

春江

炎涼昏曉苦推遷，不覺忠州已二年。閉閣只聽朝暮鼓，上樓空望往來船。鶯聲誘引來花下，草色勾留坐水邊。唯有春江看未厭，縈砂遶石緑潺湲。

【箋】

作於元和十五年（八二〇），四十九歲，忠州，忠州刺史。

〔忠州〕見卷十一自江州至忠州詩箋。

題東樓前李使君所種櫻桃花

身入青雲無見日，手栽紅樹又逢春。唯留花向樓前著，故故抛愁與後人。

【箋】

作於元和十五年（八二〇），四十九歲，忠州，忠州刺史。

〔東樓〕見卷十一初到忠州登東樓寄萬州楊八使君詩箋。

〔李使君〕忠州刺史李宣。舊書卷十五憲宗紀，元和十一年九月，屯田郎中李宣爲忠州刺史。

其後任爲李景儉。白氏又爲景儉之後任。參見本卷初到忠州贈李六詩箋。

【校】

〔樓前著〕「著」，馬本、汪本俱作「看」，據宋本、那波本、盧校改。全詩注云：「一作『看』。」

巴水

城下巴江水，春來似麴塵。軟砂如渭曲，斜岸憶天津。影蘸新黄柳，香浮小白蘋。臨流搔首坐，惆悵爲何人？

【箋】

作於元和十五年（八二〇），四十九歲，忠州，忠州刺史。

〔天津〕洛陽天津橋。元和郡縣志卷五：「天津橋在（河南）縣北四里，隋煬帝大業元年初造此橋，以架雒水。用大纜維舟，皆以鐵鎖鈎連之，南北夾路對起四樓，其樓爲日月表勝之象。然雒水溢，浮橋輒壞。貞觀十四年更令石工累方石爲脚。爾雅：斗牛之間爲天漢之津。故名取焉。」

野行

草潤衫襟重，沙乾屐齒輕。仰頭聽鳥立，信脚望花行。暇日無公事，衰年有道情。浮生短於夢，夢裏莫營營！

【箋】

作於元和十五年（八二〇），四十九歲，忠州，忠州刺史。

【校】

〔暇日〕盧校：「『暇』疑作『假』。」城按：盧氏所疑未是。白氏詩中稱「暇日」頗夥，如郡齋暇日憶廬山草堂兼寄二林僧社三十韻皆叙貶官已來出處之意（本卷）、見于給事暇日上直寄南省諸郎官詩因以戲贈（卷十九）等詩。

送高侍御使迴因寄楊八

明月峽邊逢制使，黄茅岸上是忠州。到城莫説忠州惡，無益虚教楊八愁。

【箋】

作於元和十五年（八二〇），四十九歲，忠州，忠州刺史。

〔楊八〕楊歸厚。見卷十一初到忠州登東樓寄萬州楊八使君詩箋。

〔明月峽〕見本卷酬嚴中丞晚眺黔江見寄詩箋。

〔黄茅〕即黄草峽。本卷白氏初除尚書郎脱刺史緋詩云：「頭白喜抛黄草峽，眼明驚拆紫泥書。」

【校】

〔題〕萬首作「送高侍御因寄楊八」。

奉酬李相公見示絶句 時初聞國哀。

碧油幢下捧新詩，榮賤雖殊共一悲。涕淚滿襟君莫怪，甘泉侍從最多時。

【箋】

作於元和十五年（八二〇），四十九歲，忠州，忠州刺史。汪立名云：「立名按：憲宗元和十五年正月，服柳泌金丹多躁怒，左右宦官往往獲罪有死者，人人自危，至是暴崩於中和殿，時皆言内侍陳弘志弑逆也。公是年冬自忠州召還，拜司門員外郎。」城按：居易元和十五年夏自忠州召還，汪氏蓋襲陳譜之誤，詳見拙著白居易年譜考證。

〔李相公〕李絳。見卷十六寄李相公崔侍郎錢舍人詩箋。城按：元和十五年，李絳自河中觀察使復入爲兵部尚書。見舊書卷一六四本傳。

〔涕淚滿襟君莫怪二句〕陳譜元和十五年：「是歲正月二十六日憲宗崩，有酬李相公詩云：

『涕淚滿襟君莫怪，甘泉侍從最多時。』時初聞國哀也。」城按：居易元和二年十一月六日自盩厔尉充翰林學士，六年四月丁憂出院，歷時三年餘。故云「甘泉侍從最多時」也。

【校】

〔題〕萬首作「奉酬李相公」。題下那波本無注。

喜山石榴花開　去年自廬山移來。

忠州州裏今日花，廬山山頭去年樹。已憐根損斬新栽，還喜花開依舊數。赤玉何人少琴軫？紅纈誰家合羅袴？但知爛熳恣情開，莫怕南賓桃李妬。

【箋】

作於元和十五年（八二〇），四十九歲，忠州，忠州刺史。見汪譜。城按：此詩汪本編在第十二卷。

〔山石榴〕即杜鵑花。白氏又有山石榴寄元九（卷十二）、題山石榴（卷十六）、戲問山石榴（卷十六）等詩，均可參看。

〔忠州〕見卷十一自江州至忠州詩箋。

〔廬山〕見卷一潯陽三題詩箋。

〔南賓〕南賓郡，即忠州。

【校】

〔題〕此下那波本無注。

〔少琴軫〕「少」，宋本、那波本、汪本俱作「小」。

戲贈蕭處士清禪師

三盃嵬峩忘機客，百納頭陀任運僧。又有放慵巴郡守，不營一事共騰騰！

【箋】

作於元和十五年（八二〇），四十九歲，忠州，忠州刺史。

〔蕭處士〕白氏招蕭處士（卷十一）、送蕭處士遊黔南兩詩均作於忠州，當同爲一人。

錢虢州以三堂絶句見寄因以本韻和之

同事空王歲月深，相思遠寄定中吟。遥知清淨中和化，衹用金剛三昧心。予早歲與錢君同習讀金剛三昧經，故云。

【箋】作於元和十五年（八二〇），四十九歲，忠州，忠州刺史。

〔錢虢州〕錢徽。徽在翰林，元和十一年上疏請罷兵，罷内職除右庶子，再出爲虢州刺史。見新書卷一七七本傳、舊書卷十五憲宗紀及册府元龜卷四八五。岑仲勉翰林學士壁記注補謂丁居晦重修承旨學士壁記載徽「十一月出守本官」有誤，「十一月」當作「十一年」。城按：岑氏之説是。虢州，漢爲弘農郡。唐武德元年改爲虢州，隸河南道。見元和郡縣志卷六。

〔三堂〕清統志陝州：「三堂在靈寶縣舊虢州治内。名勝志：『唐岐、薛二王刺史時建，吕温記。韓愈有和劉伯芻三堂二十一詠。』」城按：吕和叔文集卷十虢州三堂記云：「開元初，天子思二南之風，並選宗英共持理柄，虢大而近，匪親不居。時惟五王出入相授，承平易理，逸政多暇，考卜惟勝，作爲三堂。三者，明臣子在三之節。堂者，勵宗室克構之義。豈徒造適，實亦垂訓。居德樂善，何其盛哉！」白氏東歸詩（卷三〇）云：「前夕宿三堂，今旦遊申湖。」亦謂此也。又按：汪立名云：「昌黎和劉虢州三堂新題二十一詠序云：『虢州刺史宅連水池竹林，往往爲亭臺島渚，目其處爲三堂。劉兄自給事（中）出刺此州，在任逾歲，職修人治，州中稱無事，頗復增飾。從子弟而遊其間，又作二十一詩以詠其事，流行京師，文士爭和之。』劉伯蒭（城按：當作芻），字素芝，洺州廣平人。元和八年出刺虢州，制詞即公所撰。」汪氏所云即白集卷五五除劉伯芻虢州刺史制一文。考元和八年白氏已退居下邽，此制疑係僞作。汪氏蓋承襲昌黎集注之誤。並參見除劉伯芻虢州刺史制箋。

三月三日

暮春風景初三日，流世光陰半百年。欲作閑遊無好伴，半江惆悵却迴船。

【箋】作於元和十五年（八二〇），四十九歲，忠州，忠州刺史。

寒食夜

四十九年身老日，一百五夜月明天。抱膝思量何事在？癡男騃女唤鞦韆。

【箋】作於元和十五年（八二〇），四十九歲，忠州，忠州刺史。見陳譜及汪譜。

【校】〔男騃〕萬首作「兒癡」。「騃」下汪本、全詩俱注云：「一作『癡』。」那波本「騃」訛作「駭」。

代州民問

龍昌寺底開山路，巴子臺前種柳林。官職家鄉都忘却，誰人會得使君心！

【箋】

作於元和十五年（八二〇），四十九歲，忠州，忠州刺史。

〔龍昌寺〕見卷十一登龍昌上寺望江南山懷錢舍人詩箋。

〔巴子臺〕見卷十一九日登巴臺詩箋。

答州民

宦情抖擻隨塵去，鄉思銷磨逐日無。唯擬騰騰作閑事，遮渠不道使君愚。

【箋】

作於元和十五年（八二〇），四十九歲，忠州，忠州刺史。

【校】

〔宦情〕「宦」，那波本訛作「官」。

〔銷磨〕馬本誤倒作「磨銷」，據宋本、那波本、汪本、萬首、全詩、盧校乙轉。

荔枝樓對酒

荔枝新熟雞冠色，燒酒初開琥珀香。欲摘一枝傾一盞，西樓無客共誰嘗？

【箋】

作於元和十五年（八二〇），四十九歲，忠州，忠州刺史。

〔荔枝樓〕范成大吴船録卷下：「癸丑，發竹平，七十里至忠州，有四賢閣，繪劉晏、陸贄、李吉甫、白居易像，皆嘗謫此州者。又有荔枝樓，樂天所作。」明朱孟震續玉笥詩談：「統志載忠州有荔枝樓，爲白香山建。詩云：『荔枝新熟雞冠色，燒酒初開琥珀香。欲摘一枝傾一醆，西樓無客共誰嘗。』今忠州更無荔枝，惟涪州有荔枝園，臨江挺荔枝樹一，相傳爲楊妃時所植。予未至前三四年尚生，今惟枝幹存矣。意居民及有司疲於將送，故殺之耶！江津縣治亦有荔枝園，問之縣令，今亦枯死矣。」城按：荔枝樓在忠州西南隅。方輿勝覽卷六一咸淳府：「荔枝樓在城西南隅，白公置。公有荔枝樓對酒詩。」明統志重慶府：「荔枝樓在忠州治西南隅，唐白居易書。」

房家夜宴喜雪戲贈主人

風頭向夜利如刀，賴此温爐軟錦袍。桑落氣薰珠翠暖，柘枝聲引管紘高。酒鉤送盞推蓮子，燭淚粘盤壘蒲萄。不醉遣儂争散得？門前雪片似鵝毛。

【箋】

作於元和十五年（八二〇），四十九歲，忠州，忠州刺史。

〔桑落氣薰珠翠暖二句〕詩人玉屑卷十六：「河中桑落坊有井，每至桑落時，取其寒暄得所，以井水釀酒，甚佳，故號桑落酒。舊京人呼爲桑郎，蓋語訛耳。庾信詩云：『蒲城桑落酒，灞岸菊花秋。』白居易詩云：『桑落氣薰珠翠暖，柘枝聲引管紘高。』（後史補）」

〔蒲萄〕盧文弨云：「『蒲』作去聲讀。白又有『羌管吹楊柳，燕姬酌蒲萄』之句。」

醉後贈人

香毬趁拍迴環匼，花盞拋巡取次飛。自入春來未同醉，那能夜去獨先歸？

【箋】

作於元和十五年（八二〇），四十九歲，忠州，忠州刺史。

【校】

〔迴環匼〕「匼」，馬本注云：「遏合切。」

〔未同醉〕「未」，馬本作「不」，據宋本、那波本、汪本、全詩、盧校改。全詩注云：「一作『不』。」

初除尚書郎脱刺史緋

親賓相賀問何如？服色恩光盡反初。頭白喜抛黄草峽，眼明驚拆紫泥書。便留朱紱還鈴閣，却著青袍侍玉除。無奈嬌癡三歲女，繞腰啼哭覓銀魚。

【箋】

作於元和十五年（八二〇），四十九歲，忠州，忠州刺史。見陳譜及汪譜。陳譜元和十五年：「冬，召爲司門員外郎，有初脱刺史緋、别東坡、發白狗黄牛峽等詩。」陳寅恪元白詩箋證稿第二章琵琶引云：「公垂于元和十五年閏正月，自山南幕召爲右拾遺充翰林學士。……其年冬，樂天亦自忠州召還，拜司門員外郎。」城按：白氏長慶二年作商山路有感詩序（卷二〇）云：「前年夏，予自忠州刺史除書歸闕。」又發白狗峽次黄牛峽登高寺却望忠州詩云：「巴曲春全盡，巫陽雨初收。」可證離忠州約在十五年夏初，絶非十五年冬。又白氏洛中偶作詩（卷八）云：「五年職翰林，四年蒞潯陽。一年巴郡守，半年南宫郎。二年直綸閣，三年刺史堂。」則十五年夏召爲司門員外郎，至是年十二月二十八日除主客郎中、知制誥適爲半年。白氏荔枝圖序作於元和十五年夏，當係離忠州前命工吏圖寫留作紀念。汪譜及元白詩箋證稿俱係沿襲陳譜之誤。

〔黄草峽〕在涪州，地近忠州。輿地紀勝卷一七四涪州：「元和郡縣志云：上元二年，因黄草峽有獠賊結聚，江陵節度吕諲請隸於江陵，置兵鎮守。」本卷白氏送高侍御使迴因寄楊八詩云：「明月峽邊逢制使，黄茅岸上是忠州。」元稹黄草峽聽柔之琴二首詩云：「憐君伴我涪州宿，猶有心情徹夜彈。」

〔便留朱紱還鈴閣二句〕唐制：章服以散階論，五品始得服緋。故散階未至者常有賜緋之舉，刺史常得假緋以重其臨民。解刺史後如散階未至，仍返衣緑，故曰「脱刺史緋」也。居易自忠州除司門員外郎時，蓋猶未至從五品下階朝散大夫，故仍須再著青袍。

〔繞腰啼哭覓銀魚〕宋莊季裕雞肋編卷上：「本朝借緋紫服，皆不佩魚。紹聖中有引白樂天罷忠州刺史還朝詩云：『無奈嬌癡三歲女，繞腰啼哭覓銀魚。』自是始并魚皆借。然未赴、已替在朝皆不服，出國門乃衣。而唐牛叢以司勳員外郎爲睦州刺史，帝面賜金紫，謝曰：『臣今衣刺史所假緋即賜紫爲越等。』乃賜銀緋。豈唐制赴日許服于朝，罷日則否，與今爲異乎？」則知唐宋之制有異。城按：唐制佩魚袋，三品以上飾以金，五品以上飾以銀，六品以下、守五品以上不佩。程大昌演繁露卷十六云：「（魚符），唐制有二種：有隨身符，即以給其人者，故書其人姓名，及其致仕，即以納官。有傳符，即不刻某官姓名。但言某司符契。六典注文所謂『皆須遞相付，十月内申禮部』是也。白樂天嘗暫爲拾遺佩銀魚。已而不爲此官則不佩。故其詩曰:『親朋相見問何如?物色恩光盡反初。無奈嬌癡三歲女,遶腰啼哭覓銀魚。』即六典謂六品以下、守五品以上不佩者,而白雖暫借,尋亦歸之於官也。」白氏此詩係元和十五年作於忠州,非官左拾遺時之作,程氏所引有誤。何義門云:「反結變化。」

【校】

〔銀魚〕馬本、全詩俱訛作「金魚」。據宋本、那波本、汪本、盧校改正。全詩注云:「一作『銀』。」亦非。參見前箋。

留題開元寺上方

東寺臺閣好,上方風景清。數來猶未厭,長别豈無情?戀水多臨坐,辭花剩繞行。最憐新岸柳,手種未全成。

【箋】

作於元和十五年(八二〇),四十九歲,忠州,忠州刺史。城按:卷十一白氏開元寺東池早春詩,可參看。

别種東坡花樹兩絶

二年留滯在江城，草樹禽魚盡有情。何處殷勤重迴首，東坡桃李種新成。

花林好住莫顦顇，春至但知依舊春。樓上明年新太守，不妨還是愛花人。

【箋】

作於元和十五年（八二〇），四十九歲，忠州，忠州刺史。見陳譜。

〔東坡〕方輿勝覽卷六一咸淳府：「東坡亭在郡圃，白公於此種花。」參見卷十一東坡種花二首詩箋。

【校】

〔二年〕「二」，馬本、汪本、全詩俱訛作「三」。城按：居易元和十四年春至忠州，十五年春不應爲「三年」，據宋本、那波本、萬首、唐歌詩改正。

别橋上竹

穿橋迸竹不依行，恐礙行人被損傷。我去自慚遺愛少，不教君得似甘棠。

【箋】

作於元和十五年（八二〇），四十九歲，忠州，忠州刺史。

發白狗峽次黄牛峽登高寺却望忠州

白狗次黄牛，灘如竹節稠。路穿天地險，人續古今愁。忽見千花塔，因停一葉舟。畏途常迫促，静境暫淹留。巴曲春全盡，巫陽雨半收。北歸雖引領，南望亦迴頭。昔去悲殊俗，今來念舊遊。别僧山北寺，抛竹水西樓。郡樹花如雪，軍廚酒似油。時時大開口，自笑憶忠州。

【箋】

作於元和十五年（八二〇），四十九歲，忠州至長安途中，司門員外郎。見陳譜。城按：陳譜及汪譜均以居易元和十五年冬離忠州赴長安，非是。據白氏此詩云：「巴曲春全盡，巫陽雨半收。」可證發忠州約在春末夏初之際。

〔白狗峽〕清統志宜昌府：「白狗峽在歸州東南十五里，亦稱狗峽。水經注：鄉口溪逕狗峽西。峽崖龕中石隱起有狗形，形狀具足，故以狗名峽。」輿地紀勝卷七三峽州亦載有白狗峽。

〔黄牛峽〕清統志宜昌府：「黄牛山在東湖縣西北八十里，亦稱黄牛峽。」水經注江水：「江水又東逕黄牛山下，有灘名曰黄牛灘。南岸重嶺疊起，最外高崖間，有石色如人負刀牽牛，人黑牛黄，成就分明。既人迹所絶，莫能究焉。此巖既高，加江流迂迴，雖途經信宿，猶望見此物。故行者謡云：『朝發黄牛，暮宿黄牛。三朝三暮，黄牛如故。』言水路迂深，迴望如一矣。」城按：陸游入蜀記亦引李白及歐陽修詩附會此説。范成大吴船録則駁其説云：「古語云：『朝發黄牛，暮宿黄牛。三朝三暮，黄牛如故。』言其山岧嶢，終日猶望見之。歐陽公詩中亦引用此語。然余順流而下，回首即望斷，如故之語，亦好事者之言耳。」

棣華驛見楊八題夢兄弟詩

遥聞旅宿夢兄弟，應爲郵亭名棣華。名作棣華來早晚？自題詩後屬楊家。

【箋】

作於元和十五年（八二〇），四十九歲，忠州至長安途中，司門員外郎。

〔棣華驛〕白氏有赴杭州重宿棣華驛見楊八舊詩（卷二〇）。

〔楊八〕楊虞卿。字師臯。舊書卷一七六、新書卷一七五有傳。白氏又有送楊八給事赴常州詩（卷三一），亦爲贈虞卿之作。城按：視詩意，必非楊八歸厚。

商山路有感

萬里路長在，六年身始歸。所經多舊館，太半主人非。

【箋】

作於元和十五年（八二〇），四十九歲，忠州至長安途中，司門員外郎。見汪譜。

〔商山路〕見卷八登商山最高頂詩箋。

【校】

〔萬里路〕「路」，全詩注云：「一作『途』。」

商山路驛桐樹昔與微之前後題名處

與君前後多遷謫，五度經過此路隅。笑問中庭老桐樹，這迴歸去免來無？

【箋】

作於元和十五年（八二〇），四十九歲，忠州至長安途中，司門員外郎。白氏有答桐花（卷二）、桐樹館重題（卷八）等詩，元集卷六有三月二十四日宿曾峯館夜對桐花寄樂天詩，均與桐樹有關。

【校】

〔商山路〕見卷八登商山最高頂詩箋。

〔題〕「昔與微之前後題名處」九字萬首爲小注。

惻惻吟

惻惻復惻惻，逐臣返鄉國。前事難重論，少年不再得？泥塗絳老頭斑白，炎瘴靈均面黎黑。六年不死却歸來，道著姓名人不識。

【箋】

作於元和十五年（八二〇），四十九歲，長安，司門員外郎。城按：此詩汪本編在第十二卷。

德宗皇帝挽歌詞四首

執象宗玄祖，貽謀啓孝孫。文高柏梁殿，禮薄灞陵原。宫仗辭天闕，朝儀出國門。生成不可報，二十七年恩。

虞帝南巡後，殷宗諒闇中。初辭鑄鼎地，已閉望仙宫。曉落當陵月，秋生滿旆風。前星承帝座，不使北辰空。業大承宗祖，功成付子孫。睿文詩播樂，遺訓史標言。節表中和德，方垂廣利恩。懸知千載後，理代數貞元。夢減三齡壽，哀延七月期。寢園愁望遠，宮仗哭行遲。雲日添寒慘，笳簫向晚悲。因山有遺詔，如葬漢文時。

【箋】

作於永貞元年（八〇五），三十四歲，長安，校書郎。何義門云：「泛甚。」汪立名云：「按：此以下皆貞元末、元和初之作，誤簡忠州詩後，姑仍之。」

〔德宗皇帝〕德宗神武孝文皇帝，名适，代宗長子。卒於貞元二十一年正月。永貞元年十月己酉葬於崇陵。見舊書卷十三德宗紀。

〔柏梁殿〕即柏梁臺。武帝元鼎二年春建。在長安城中北闕内。帝嘗置酒其上，詔羣臣和詩，能七言詩者乃得上。見三輔黄圖卷五。

〔灞陵原〕即白鹿原。元和郡縣志卷一：「白鹿原在（萬年）縣東二十里，亦謂之霸上。漢文帝葬其上，謂之霸陵。」

〔望仙宮〕三輔黄圖卷三引華山記云：「弘農鄧紹，八月曉入華山，見童子執五綵囊，盛柏葉露食之。武帝即其地造宫殿，歲時祈禱焉。」長安志卷四：「廟記：望仙宫，漢武置，或云觀。黄圖：鄠縣有望仙觀。」

〔前星承帝座〕何義門云：「謂憲宗以廣陵王監國。」

〔節表中和德四句〕何義門云：「貞元五年詔，以二月一日爲中和節代正月晦日，備三令節之數。劉禹錫有代杜佑謝賜廣利方表。此刺史詩也，言貞元之理唯此而已。」城按：貞元集要廣利方五卷乃醫書，見新書卷五九藝文志丙部子録醫術類。

【校】

〔題〕二、三、四首前，宋本俱有「又」字，那波本俱有「又一首」三字。

〔年恩〕「恩」，汪本作「春」，非。

昭德王皇后挽歌詞

仙去逍遥境，詩留窈窕章。春歸金屋少，夜入壽宫長。鳳引曾辭輦，蠶休昔採桑。陰靈何處感？沙麓月無光。

【箋】

作於貞元三年（七八七），十六歲。

〔昭德王皇后〕舊書卷五二后妃傳下：「德宗昭德皇后王氏，父遇，官至秘書監。德宗爲魯王時，納后爲嬪。上元二年生順宗皇帝，特承寵異。德宗即位，册爲淑妃。貞元二年妃病，十一月甲午册爲皇后，是日崩於兩儀殿。……（貞元三年）五月葬於靖陵。」汪立名云：「新唐書：貞元二年十一月皇后崩，而不書氏。蓋淑妃王氏久疾，帝念之，立爲后，册畢而没。綱目以此病德宗，謂不當立危病爲母儀。」

【校】

〔題〕馬本作「昭德王后」，全詩作「昭德皇后」，據宋本、那波本、汪本改。盧校：「汪本作『王皇后』，似失之。」非是。

〔詩留〕「詩」，馬本訛作「詔」，據宋本、那波本、汪本、全詩、盧校、查校改正。

太平樂詞二首　已下七首在翰林時奉敕撰進。

歲豐仍節儉，時泰更銷兵。聖念長如此，何憂不太平？

湛露浮堯酒，薰風起舜歌。願同堯舜意，所樂在人和。

【箋】

作於元和二年（八〇七），三十六歲，長安，翰林學士。見汪譜。

【校】

〔題〕第二首前，宋本有「又」字，那波本有「又一首」三字。又那波本題下無小注。樂府題作「太平樂」。又題下小注「時」字，何校據蘭雪本作「特」。

〔太平〕「太」，宋本、那波本、萬首俱作「泰」。

小曲新詞二首

霽色鮮宮殿，秋聲脆管絃。聖明千歲樂，歲歲似今年。

紅裾明月夜，碧簟早秋時。好向昭陽宿，天涼玉漏遲。

【箋】

作於元和二年（八〇七），三十六歲，長安，翰林學士。見汪譜。

〔昭陽〕昭陽殿。見卷十二長恨歌詩箋。

【校】

〔題〕第二首前宋本有「又」字，那波本有「又一首」三字。

〔紅裾〕「裾」，馬本作「裙」，據宋本、那波本、汪本、全詩改。全詩注云：「一作『裙』。」

閨怨詞三首

朝憎鶯百囀，夜妒燕雙棲。不慣經春别，唯知到曉啼。

珠箔籠寒月，紗窗背曉燈。夜來巾上淚，一半是春冰。

關山征戍遠，閨閣别離難。苦戰應顦顇，寒衣不要寬。

【箋】

作於元和二年（八〇七），三十六歲，長安，翰林學士。見汪譜。

【校】

〔題〕第二、三首前，宋本俱有「又」字，那波本俱有「又一首」三字。

殘春曲　禁中口號。

禁苑殘鶯三四聲，景遲風慢暮春情。日西無事牆陰下，閑踏宫花獨自行。

【箋】

約作於元和二年（八〇七）至元和五年（八一〇），長安。

【校】

〔題〕那波本無小注。

〔獨自行〕「行」，汪本、全詩俱注云：「一作『吟』。」

長安春

青門柳枝軟無力，東風吹作黄金色。街東酒薄醉易醒，滿眼春愁銷不得。

【箋】

約作於元和二年（八〇七）至元和六年（八一一），長安。

〔青門〕見卷一寄隱者詩箋。白氏長安送柳大東歸詩（卷十三）云：「白社羈遊伴，青門遠别離。」青門柳詩（卷十九）云：「青青一樹傷心色，曾入幾人離恨中。爲近都門多送别，長條折盡減春風。」

長樂坡送人賦得愁字

行人南北分征路，流水東西接御溝。終日坡前恨離别，謾名長樂是長愁。

【箋】約作於元和二年（八〇七）至元和六年（八一一），長安。城按：全詩卷七八五無名氏雜詩第八首與此詩同，注云：「一作白居易詩。」當係自白集羼入者。

〔長樂坡〕長安志卷十一萬年縣：「長樂坡在縣東北一十里，即滻水之西岸。十道志曰：舊名滻坂，隋文帝惡之，改曰長樂坡。」蓋漢長樂宮在其西北。城按：元和郡縣志謂在縣東北十二里。

【校】〔題〕萬首、那波本俱作「長樂坡」。宋本「送人賦得愁」五字偏旁小注。汪本、全詩俱無「字」字。全詩「愁」下注云：「一下有『字』字。」

獨眠吟二首

夜長無睡起階前，寥落星河欲曙天。十五年來明月夜，何曾一夜不孤眠？

獨眠客夜夜，可憐長寂寂。就中今夜最愁人，涼月清風滿牀席。

【箋】約作於元和二年（八〇七）以前。城按：此詩汪本編在第十二卷。

【校】

〔寥落〕「寥」，萬首作「露」。

〔欲曙〕「曙」，萬首作「曉」。全詩注云：「一作『曉』。」

〔今夜〕「夜」，那波本訛作「也」。

期不至

紅燭清樽久延佇，出門入門天欲曙。星稀月落竟不來，煙柳朧朧鵲飛去。

【箋】

約作於長慶二年（八二二）以前。城按：汪本此詩編在第十二卷。

【校】

〔清樽〕「清」，馬本訛作「青」，據宋本、那波本、汪本、全詩、盧校改正。

長洲苑

春入長洲草又生，鷓鴣飛起少人行。年深不辯娃宮處，夜夜蘇臺空月明！

【箋】

約作於長慶三年（八二三）以前。〔長洲苑〕吳郡圖經續記卷下：「長洲苑，吳故苑名，在郡界。昔枚乘諫吳王云：『漢修治上林，雜以離宫，積聚玩好，圈守禽獸，不如長洲之苑。』……吳都賦亦云：『帶朝夕之濬池，佩長洲之茂苑』。」

憶江柳

曾栽楊柳江南岸，一別江南兩度春。遥憶青青江岸上，不知攀折是何人？

【箋】

約作於長慶三年（八二三）以前。唐宋詩醇卷二四：「一氣直下，節促而意長。」

南浦別

南浦淒淒別，西風嫋嫋秋。一看腸一斷，好去莫迴頭。

【箋】約作於長慶三年（八二三）以前。

三年別

悠悠一別已三年，相望相思明月天。腸斷青天望明月，別來三十六迴圓。

【箋】約作於長慶三年（八二三）以前。

傷春詞

深淺簷花千萬枝，碧紗窗外囀黄鸝。殘粧含淚下簾坐，盡日傷春春不知。

【箋】約作於長慶三年（八二三）以前。

【校】〔千萬〕「千」，馬本訛作「十」，據宋本、那波本、汪本、萬首、全詩改正。

後宮詞

淚盡羅巾夢不成，夜深前殿按歌聲。紅顏未老恩先斷，斜倚薰籠坐到明。

【箋】

約作於長慶三年（八二三）以前。汪立名云：「按此詩舊作王建宮詞，惟紀事作白詩。」苕溪漁隱叢話後集卷十四：「予閱王建宮詞，選其佳者，亦自少得，只世所膾炙者數詞而已。其間雜以他人之詞，如……『淚滿羅巾夢不成，夜深前殿按歌聲。紅顏未老恩先斷，斜倚薰籠坐到明。』此白樂天詩也。」

【校】

〔淚盡〕「盡」，馬本、全詩俱作「濕」，據宋本、那波本、汪本、盧校改。全詩注云：「一作『盡』。」汪本注云：「一作『濕』。」

白居易集箋校卷第十九

律詩 五言 七言 自兩韻至四十韻 凡一百首

吟元郎中白鬚詩兼飲雪水茶因題壁上

吟詠霜毛句，閑嘗雪水茶。城中展眉處，只是有元家。

【箋】

作於元和十五年（八二〇），四十九歲，長安，司門員外郎。見汪譜。

〔元郎中〕元宗簡。見卷十答元郎中楊員外喜烏見寄詩箋。並參見畫木蓮花圖寄元郎中（卷十八）及本卷酬元郎中同制加朝散大夫書懷見贈、新昌新居書事四十韻因寄元郎中張博士等詩。

【校】

〔律詩〕此下小注「兩韻」，宋本、那波本俱訛作「二篇」。

〔題〕萬首「鬚」作「鬢」，無「因題壁上」四字。

〔吟詠〕「吟」，宋本、那波本俱作「冷」。

吴七郎中山人待制班中偶贈絶句

金馬東門隻日開，漢庭待詔重仙才。第三松樹非華表，那得遼東鶴下來？

【箋】

作於元和十五年（八二〇），四十九歲，長安，司門員外郎。

〔吴七郎中山人〕吴丹。元和末官駕部郎中。見卷六酬吴七見寄詩箋。並參見留别吴七正字（卷十三）、七言十二句贈駕部吴七郎中兄（本卷）等詩。

〔金馬〕金馬門。見卷十四答馬侍御見贈詩箋。

【校】

〔題〕萬首無「絶句」二字。

和張十八秘書謝裴相公寄馬

齒齊膘足毛頭膩，秘閣張郎叱撥駒。洗了頜花翻假錦，走時蹄汗踏真珠。青衫乍見曾驚否？紅粟難賒得飽無？丞相寄來應有意，遣君騎去上雲衢。

【箋】

作於元和十五年（八二〇），四十九歲，長安，司門員外郎。英華卷三三〇有張籍謝裴司空寄馬、裴度酬張秘書因寄馬贈詩、劉禹錫裴相公大學士見示答張秘書謝馬詩并羣公屬和因命追作等詩。

〔張十八秘書〕張籍。新書卷一七六本傳：「張籍，字文昌，和州烏江人。第進士，爲太常寺太祝，久次遷秘書郎。」城按：白氏元和十年所作張十八（卷十五）云：「獨有詠詩張太祝，十年不改舊官銜。」元和十年冬所作與元九書（卷四五）云：「張籍五十，未離一太祝。」則籍遷秘書郎應在元和十一年以後。

〔裴相公〕裴度。元和十二年，拜中書侍郎、同平章事。十三年，以平淮蔡有功，加封晉國公。見舊書卷一七〇、新書卷一七三本傳。並參見酬裴相公題興化小池見招長句（卷二五）、宿裴相公興化池亭（卷二六）、送鶴與裴相臨別贈詩（卷二六）、酬裴相公見寄二絶（卷二七）等詩。

〔青衫乍見曾驚否四句〕何義門云：「五六轉手好，丞相至結始出，避熟也。」又云：「五六正反，呼上雲衢也。丞相在第七始見，故秘書亦在第二點出。」

【校】

〔臕足〕「臕」，汪本、全詩俱注云：「一作『膘』。」馬本注云：「卑遥切，肥也。或作『膘』。」

〔張郎〕「郎」，英華作「家」。全詩注云：「一作『家』。」

〔走時〕「時」，汪本作「將」。

〔乍見〕「乍」，馬本訛作「昨」，據宋本、那波本、汪本、英華、全詩改正。

答山侶

頷下髭鬚半是絲，光陰向後幾多時？非無解挂簪纓意，未有支持伏臘資。冒熱衝寒徒自取，隨行逐隊欲何爲？更慚山侶頻傳語，五十歸來道未遲。

【箋】

作於元和十五年（八二〇），四十九歲，長安，司門員外郎。

早朝思退居

霜嚴月苦欲明天，忽憶閑居思浩然。自問寒燈夜半起，何如暖被日高眠？唯慚老病披朝服，莫慮飢寒計俸錢。隨有隨無且歸去，擬求豐足是何年？

【箋】作於元和十五年（八二〇），四十九歲，長安，司門員外郎。何義門云：「與前詩似相爲問答者。」

曲江亭晚望

曲江岸北凭欄干，水面陰生日脚殘。塵路行多緑袍故，風亭立久白鬚寒。詩成闇著閑心記，山好遥偷病眼看。不被馬前提省印，何人信道是郎官？

【箋】作於元和十五年（八二〇），四十九歲，長安，司門員外郎。

〔曲江亭〕畢沅關中勝蹟圖志卷六引名山記云：「曲江亭在曲江池西南。」國史補卷下云：

「進士爲時所尚久矣。……大讌於曲江亭子，謂之曲江會。」程鴻詔唐兩京城坊考校補記引摭言云：「曲江亭子，安、史未亂前，諸司皆有，列於岸滸。幸蜀後皆燼於兵火，唯尚書省亭子存焉。進士開讌，每寄其間。」曲江，參見卷一杏園中棗樹詩箋。

〔曲江岸北凭欄干〕何義門云：「破出亭。」

〔水面陰生日脚殘〕何義門云：「『水面』二字破出曲江。」

〔塵路行多緑袍故〕何義門云：「此句是戀戀不去之故。」

〔風亭立久白鬚寒〕何義門云：「點亭子。」

〔闇著〕即「闇以」之意。見敦煌變文字義通釋第六篇。

初除主客郎中知制誥與王十一李七元九三舍人中書同宿話舊感懷

閑宵静話喜還悲，聚散窮通不自知。已分雲泥行異路，忽驚雞鶴宿同枝。紫垣曹署榮華地，白髮郎官老醜時。莫怪不如君氣味，此中來校十年遲。

【箋】

作於元和十五年（八二〇），四十九歲，長安，主客郎中、知制誥。陳譜元和十五年庚子：「十二月二十八日除主客郎中、知制誥。」舊書卷十六穆宗紀同。元集卷四五白居易授尚書主客郎中知制誥云：「朝議郎、行尚書司門員外郎白居易，……由是召自南賓，序補郎位。會牛僧孺以御史丞解制誥職，嗣掌書命，人推爾先。予亦飽其風猷，爾宜副茲超異。可守尚書主客郎中、知制誥。餘如故。」唐宋詩醇卷二三：「居易以元和十年貶江州司馬。十五年冬自忠州召還，拜尚書司門員外郎（城按：此係沿襲陳譜之誤，參見卷十八發白狗峽次黄牛峽登高寺却望忠州詩箋）。轉主客郎中、知制誥，在外凡六年矣。撫今追昔，無限感慨。悲喜二字爲一篇綱領。第三句悲，第四句喜，第五句喜，第六句悲，末二句喜中有悲，其實悲之意多於喜，深厚藴藉，細玩可知。居易非沾沾於禄位者，故曰『聚散窮通不自知』，蓋其安命素矣。」

〔王十一舍人〕王起。字舉之，王播之弟。穆宗即位，起拜中書舍人，見舊書卷一六四本傳。城按：新書卷一六七本傳謂起遷中書舍人在元和末。則居易元和十五年十二月遷主客郎中、知制誥時，起已除中書舍人。見舊書卷十六穆宗紀。并參見白氏常樂里閑居偶題十六韻兼寄劉十五公輿王十一起等詩（卷五）。

〔李七舍人〕李宗閔。字損之。元和十五年九月，拜中書舍人。見舊書卷十六穆宗紀。並參見夢與李七庾三十二同訪元九（卷十）、廬山草堂夜雨獨宿寄牛二李七庾三十二員外（卷十七）、京使迴累得南省諸公書因以長句詩寄謝李七員外……（卷十八）等詩。

〔元九舍人〕元稹。元和十五年五月，稹爲祠部郎中、知制誥。翌年二月，自祠部郎中、知制誥充翰林學士承旨，授中書舍人。見白氏元稹除中書舍人翰林學士賜紫金魚袋制（卷五〇）及丁居晦重修承旨學士壁記。城按：唐人知制誥亦得稱爲舍人。

【校】

〔題〕「元九」，英華作「元八」，注云：「一作『九』。」誤。

〔静話〕「話」，馬本作「語」，據宋本、那波本、汪本、全詩、盧校改。英華作「語」，注云：「一作『話』。」全詩注云：「一作『語』。」

〔白髮〕「髮」，宋本、那波本俱作「鬢」。何校云：「『髮』，黄校作『鬢』。」

〔不如〕「如」，英華作「知」。

西省對花憶忠州東坡新花樹因寄題東樓

每看闕下丹青樹，不忘天邊錦繡林。西掖垣中今日眼，南賓樓上去年心。花含春意無分別，物感人情有淺深。最憶東坡紅爛熳，野桃山杏水林檎。

【箋】

作於長慶元年（八二一），五十歲，長安，主客郎中、知制誥。

〔忠州〕見卷十一自江州至忠州詩箋。

〔東坡〕見卷十一東坡種花二首詩箋。
〔東樓〕見卷十一初到忠州登東樓寄萬州楊八使君詩箋。

寄題忠州小樓桃花

再遊巫峽知何日？總是秦人說向誰？長憶小樓風月夜，紅欄干上兩三枝。

【箋】

作於長慶元年（八二一），五十歲，長安，主客郎中、知制誥。

〔忠州〕見卷十一自江州至忠州詩箋。

【校】

〔干上〕「上」，馬本作「外」，據宋本、那波本、汪本、全詩、盧校改。汪本、全詩俱注云：「一作『外』。」

中書連直寒食不歸因憶元九

去歲清明日，南巴古郡樓。今年寒食夜，西省鳳池頭。併上新人直，難隨舊伴遊。誠知視草貴，未免對花愁。鬢髮莖莖白，光陰寸寸流。經春不同宿，何異在忠州？

【箋】

作於長慶元年（八二一），五十歲，長安，主客郎中、知制誥。見汪譜。

〔忠州〕見卷十一自江州至忠州詩箋。

【校】

〔題〕「憶」，宋本、那波本、全詩俱作「懷」。全詩注云：「一作『憶』。」

春憶二林寺舊遊因寄朗滿晦三上人

一別東林三度春，每春常似憶情親。頭陀會裏爲逋客，供奉班中作老臣。清凈久辭香火伴，塵勞難索幻泡身。最慚僧社題橋處，十八人名空去一人。

【箋】

作於長慶元年（八二一），五十歲，長安，主客郎中、知制誥。見汪譜。

〔二林寺〕東林寺及西林寺。

〔東林〕東林寺。見卷一東林寺白蓮詩箋。

〔朗滿晦〕東林寺僧。白氏有因沐感髮寄朗上人二首詩(卷十)。又草堂記(卷四三)云:「四月九日,與河南元集虛、范陽張允中、南陽張深之、東西二林長老湊、朗、滿、晦、堅等凡二十有二人,具齋施茶果以落之。」東林寺經藏西廊記(卷四三)云:「因請寺長老演公、滿公、琳公等經之」,遊大林寺序(卷四三)云:「余與河南元集虛、范陽張允中、南陽張深之、廣平宋郁、安定梁必復、范陽張特、東林寺沙門法演、智滿、士堅、利辯、道深、道建、神照、雲皋、息慈、寂然凡十七人。」

【校】

〔題〕「朗」,馬本、汪本俱訛作「郎」,據宋本、那波本、全詩改正。并參見前箋。

〔常似〕「常」,英華作「長」。

〔情親〕馬本倒作「親情」,據宋本、那波本、汪本、全詩、盧校乙轉。

〔題橋〕「橋」,英華、汪本俱作「牆」,俱注云:「一作『名』。」全詩注云:「一作『牆』,又作『名』。」

〔人名〕「名」,汪本、全詩俱注云:「一作『中』。」

〔空一人〕「空」下馬本、那波本俱無「去」字小注,據宋本、汪本、全詩增。

和元少尹新授官

官穩身應泰,春風信馬行。縱忙無苦事,雖病有心情。厚禄兒孫飽,前驅道路榮。花時八入直，無暇賀元兄。

【箋】

作於長慶元年（八二一），五十歲，長安，主客郎中、知制誥。

〔元少尹〕元宗簡。白氏故京兆元少尹文集序（卷六八）云：「居敬姓元，名宗簡，河南人。自舉進士歷御史府、尚書郎，訖京兆亞尹，凡二十年。」城按：郎官考倉中、金外均有宗簡名。元和姓纂二十二元：「元鍩生宗簡，河南洛陽人，不詳歷官。」又白氏元宗簡父鋸贈尚書刑部侍郎制（卷四九）「鍩」作「鋸」，與姓纂異。元稹元宗簡授京兆少尹制：「宗簡可權知京兆少尹，散官勳賜如故。」則宗簡遷京兆少尹當在長慶元年，證之白詩，時間相合。並參見本卷朝迴和元少尹絶句、重和元少尹及新秋早起有懷元少尹及題故元少尹集後（卷二一）、題道宗上人十韻（卷二一）等詩。

【校】

〔道路榮〕「榮」，那波本訛作「縈」。

〔八入直〕「入」，宋本、那波本、汪本俱訛作「十」。全詩注云：「一作『十』。」亦非。

朝迴和元少尹絶句

朝客朝迴迴望好，盡紆朱紫佩金銀。此時獨與君爲伴，馬上青袍唯兩人。

【箋】

作於長慶元年（八二一），五十歲，長安，主客郎中、知制誥。

〔元少尹〕元宗簡。見本卷和元少尹新授官詩箋。

【校】

〔題〕此首及後一首，萬首作「朝回和元少尹二絶」。

重和元少尹

鳳閣舍人京亞尹，白頭俱未著緋衫。南宮起請無消息，朝散何時得入銜？

【箋】

作於長慶元年（八二一），五十歲，長安，主客郎中、知制誥。

〔元少尹〕元宗簡。見本卷和元少尹新授官詩箋。

中書夜直夢忠州

閣下燈前夢，巴南城裏遊。覓花來渡口，尋寺到山頭。江色分明緑，猿聲依舊愁。禁鐘驚睡覺，唯不上東樓。

【箋】

作於長慶元年（八二一），五十歲，長安，主客郎中、知制誥。

〔忠州〕見卷十一自江州至忠州詩箋。

〔禁鐘驚睡覺二句〕何義門云：「雙綰變化。」

〔東樓〕見卷十一初别忠州登東樓寄萬州楊八使君詩箋。

【校】

〔城裏〕「裏」，宋本、那波本俱作「底」。盧校：「宋作『城底』疑非。」汪本、全詩俱注云：「一作『底』。」

〔到山頭〕「到」，馬本訛作「下」，據宋本、那波本、汪本、全詩、盧校改正。

醉後

酒後高歌且放狂，門前閑事莫思量。猶嫌小户長先醒，不得多時住醉鄉。

【箋】

作於長慶元年（八二一），五十歲，長安，主客郎中、知制誥。

〔小户〕謂酒量小者，與「大户」相對，白氏石榴枝上花千朵詩（卷七二補遺上）云：「滿院弟兄皆痛飲，就中大户不如君。」

待漏入閤書事奉贈元九學士閤老

衙排宣政仗，門啓紫宸關。彩筆停書命，花甎趁立班。稀星點銀礫，殘月墮金環。闇漏猶傳水，明河漸下山。從東分地色，向北仰天顔。碧縷鑪煙直，紅垂佩尾閑。綸闈慚並入，翰苑忝先攀。笑我青袍故，饒君茜綬殷。詩仙歸洞裏，酒病滯人間。好去鵷鸞侣，沖天便不還。

【箋】

作於長慶元年（八二一），五十歲，長安，主客郎中、知制誥。元集卷十三有酬樂天待漏入閤見贈詩。

〔元九學士閣老〕元稹。長慶元年二月，稹拜中書舍人、翰林承旨學士。城按：李肇國史補卷下：「兩省相呼爲閣老。」

〔衙排宣政仗〕何義門云：「入閤。」

〔宣政〕宣政殿。在長安大明宮。長安志卷六：「宣政門内有宣政殿。」

〔紫宸〕紫宸殿。在長安大明宫。長安志卷六：「宣政殿北曰紫宸門，内有紫宸殿。」

〔花甎趁立班〕唐國史補卷下：「御史故事：大朝會則監察押班，常參則殿中知班，入閤則侍御史監奏。蓋含元殿最遠，用八品。宣政其次，用七品。紫宸最近，用六品。殿中得立五花甎，緑衣，用紫案褥之類，號爲七貴。」

〔稀星點銀礫〕何義門云：「待漏。」

〔從東分地色〕何義門云：「書事。」

〔笑我青袍故〕唐制章服依散階論，五品始得服緋。元稹白居易授尚書主客郎中知制誥一文稱白居易之散階爲「朝議郎」，爲正六品上，此時仍不得服緋，故云「笑我青袍故」也。參見本卷酬元郎中同制加朝散大夫書懷見贈、初著緋戲贈元九等詩箋。

〔詩仙歸洞裏〕何義門云：「『詩仙』句指門中皆誦元詩也。」

【校】

〔題〕「入閤」，馬本、那波本、汪本、全詩俱作「入閣」，非。據宋本改正。

〔停書命〕「命」，英華作「几」。全詩注云：「一作『几』。」

〔金環〕「環」，英華、汪本作「鐶」。全詩注云：「一作『鐶』。」

〔向北〕「向」，英華作「政」。

〔碧縷〕「縷」，宋本、那波本俱訛作「鏤」。英華作「湧」。何校：「英華作『碧湧』二字，尤與

「直」字相應。」

〔佩尾〕「佩」，全詩注云：「一作『旆』。」

〔綸闈〕「闈」，全詩注云：「一作『幃』。」

〔饒君〕「君」，馬本訛作「若」，據宋本、那波本、汪本、全詩、盧校改正。

〔茜綬〕「茜」，英華作「紫」。全詩注云：「一作『紫』。」馬本「茜」下注云：「倉見切，染紅草也。」

晚春重到集賢院

官曹清切非人境，風日鮮明似洞天。滿砌荆花鋪紫毯，隔牆榆莢撒青錢。前時謫去三千里，此地辭來十四年。虚薄至今慚舊職，院名擡舉號爲賢。

【箋】

作於長慶元年（八二一），五十歲，長安，主客郎中、知制誥。

【校】

〔紫毯〕「毯」，馬本注云：「吐敢切。」

〔院名〕「院」，宋本、那波本、何校俱作「殿」。汪本、全詩俱注云：「一作『殿』。」

紫薇花

絲綸閣下文書静，鐘鼓樓中刻漏長。獨坐黄昏誰是伴？紫薇花對紫微郎。

【箋】作於長慶元年（八二一），五十歲，長安，主客郎中、知制誥。葛立方韻語陽秋卷十六云：「白樂天作中書舍人，入直西省，對紫薇花而有詠曰：『絲綸閣下文章静，……紫薇花對紫薇郎。』後又云：『紫薇花對紫薇翁，名目雖同貌不同。』則此花之珍豔可知矣。爪其本則枝葉俱動，俗謂之不耐癢花。自五月開，至九月尚爛漫，俗又謂之百日紅。唐人賦詠未有及此二事者。」〔紫薇花對紫微郎〕吴旦生歷代詩話卷五〇：「天文志：紫微，大帝之座，天子之常居也。與花何涉？唐中書省植紫薇花，後世舍人院紫微閣前輒植此花，雖循唐故事，要亦何義？後余見海録碎事云：開元元年，改中書省爲紫微省，改中書令爲紫微令。則樂天入直西省，所謂紫薇郎指此耳。薇當作微。蓋樂天性愛此花，有紫薇花詩云：『除却微之見應愛，世間少有别花人。』」

【校】

〔文書〕「書」，萬首作「章」。

〔紫微郎〕「微」，馬本、汪本、韻語陽秋俱訛作「薇」，盧校：「凡官名宋俱作紫微。」據宋本、那波本、全詩改正。並參見前箋。

後宫詞

雨露由來一點恩，争能遍布及千門？三千宫女燕脂面，幾箇春來無淚痕！

【箋】作於長慶元年（八二一），五十歲，長安，主客郎中、知制誥。

卜居

遊宦京都二十春，貧中無處可安貧。長羡蝸牛猶有舍，不如碩鼠解藏身。且求容立錐頭地，免似漂流木偶人。但道吾廬心便足，敢辭湫隘與囂塵！

【箋】作於長慶元年（八二一），五十歲，長安，主客郎中、知制誥。

【校】〔遊宦二句〕何校據黄校謂各本二句誤倒，是。

題新居寄元八

青龍岡北近西邊，移入新居便泰然。冷巷閉門無客到，暖簷移榻向陽眠。階墀寬窄纔容足，牆壁高低粗及肩。莫羨昇平元八宅，自思買用幾多錢？

【箋】

作於長慶元年（八二一），五十歲，長安，主客郎中、知制誥。城按：新居乃居易新昌里宅。

〔元八〕元宗簡。見卷五答元八宗簡同遊曲江後明日見贈詩箋。並參見朝歸書寄元八（卷六）、送元八歸鳳翔（卷十四）。欲與元八卜鄰先有是贈（卷十五）、曲江夜歸聞元八見訪（卷十五）、江上吟元八絶句（卷十五）、夜宿江浦聞元八改官因寄此什（卷十六）、十二年冬江西温暖喜元八寄金石凌到因題此詩（卷十七）、京使迴累得南省諸公書因以長句寄謝（卷十八）等詩。

〔青龍岡北近西邊〕青龍崗即新昌坊青龍寺高原。兩京城坊考卷三：「景雲二年，改爲青龍寺。北枕高原，南望爽塏，爲登眺之美。」城按：白氏新昌里宅購置於長慶元年春，其新昌新居書事四十韻因寄元郎中張博士詩（卷十九）云：「丹鳳樓當後，青龍寺在前。」

〔昇平元八宅〕元宗簡宅在長安朱雀門街東第四街昇平坊。白氏有和元八侍御升平新居四絶句詩（卷十五）。

【校】

〔階墀〕「墀」，宋本、那波本、全詩、盧校俱作「庭」。汪本注云：「一作『庭』。」全詩注云：「一作『墀』。」

登龍尾道南望憶廬山舊隱

龍尾道邊來一望，香爐峯下去無因。青山舉眼三千里，白髮平頭五十人。自笑形骸紆組綬，將何言語掌絲綸？君恩壯健猶難報，況被年年老逼身！

【箋】

作於長慶元年（八二一），五十歲，長安，主客郎中、知制誥。

〔龍尾道〕程大昌雍録卷三：「龍尾道者，含元殿正南升殿之道也。賈黄中談録曰：『含元殿前龍尾道，自平地凡詰曲七轉。由丹鳳北望，宛如龍尾下垂於地。兩垠欄悉以青石爲之，至今石柱猶有存者。』兩京新記曰：含元殿左右有砌道盤上，謂之龍尾道。按：此即龍尾之形象，名實皆昭然矣。」

〔香爐峯〕見卷七香爐峯下新置草堂即事詠懷題於石上詩箋。

馮閣老處見與嚴郎中酬和詩因戲贈絶句

乍來天上宜清浄，不用迴頭望故山。縱有舊遊君莫憶，塵心起即墮人間。

【箋】

作於長慶元年（八二一），五十歲，長安，主客郎中、知制誥。

〔馮閣老〕馮宿。舊書卷一六八本傳：「長慶元年，以本官知制誥。二年，轉兵部郎中，依前充職。牛元翼以深州不從王庭湊，詔授襄州節度使。元翼未出，深州爲庭湊所圍。二年，以宿檢校右庶子、兼御史中丞，賜紫金魚袋，往總留務。監軍使周進榮不遵詔命，宿以狀聞。元翼既至，宿歸朝，拜中書舍人。」參見本卷送馮舍人閣老往襄陽詩。

〔嚴郎中〕嚴休復。字玄錫，馮翊人。元稹永福寺石壁法華經記：「元和十二年，嚴休復爲杭州刺史。」又云：「其輸錢之貴者若杭州刺史、吏部郎中嚴休復。」大唐傳載：「李相國程執政時，嚴譽、嚴休（城按：此下疑脱「復」「字」）皆在南省。」又見勞格郎官考卷三吏部郎中。並參見白氏嚴十八郎中在郡日改制東南樓因名清輝未立標牓徵歸郎署予既到郡性愛樓居宴遊其間頗有幽致聊成十韻兼戲寄嚴（卷八）、酬嚴十八郎中見示（本卷）、湖上醉中代諸妓寄嚴郎中（卷二〇）、聞歌妓唱嚴郎中詩因以絶句寄之（卷二三）等詩。

【校】

〔題〕萬首作「馮閣老處見與嚴郎中唱和詩」。

〔天上〕「天」，萬首作「江」。

見于給事暇日上直寄南省諸郎官詩因以戲贈

倚作天仙弄地仙，誇張一日抵千年。黄麻勅勝長生籙，白紵詞嫌内景篇。雲彩誤居青瑣地，風流合在紫微天。東曹漸去西垣近，鶴駕無妨更著鞭。

【箋】

作於長慶元年（八二一），五十歲，長安，主客郎中、知制誥。

〔于給事〕于敖。字蹈中。舊書卷一四九本傳云：「長慶四年，入爲吏部郎中。其年，遷給事中。」城按：新書卷〇四本傳云：「元和初，拜監察御史。五遷至右司郎中，進給事中。」未言遷給事中在長慶四年。據白氏此詩，則敖長慶初已爲給事中，疑舊傳所記有誤。俟考。

〔南省〕老學庵筆記卷六：「唐人本以尚書省在大明宫之南，故謂之南省。」

〔雲彩誤居青瑣地四句〕苕溪漁隱叢話後集十三引蔡寬夫詩話：「唐制：諫議大夫班給事中上，中書舍人班又次之。然自外入爲諫議者，歲滿始遷給事中，給事中歲滿始遷舍人，蓋以下爲進，故有上坡、下坡之説。樂天贈丁（于）給事詩，所謂『雲彩誤居青瑣地，風流合在紫微天。東曹漸去西垣近，鶴駕無妨更着鞭』。雖以爲戲，亦當時實事也。」何義門云：「『誤居青瑣地』起下『更着鞭』也。」

【校】

〔暇日〕盧校：「案『暇日上直』頗難解，觀詩語，似于乃道流，故齋醮之暇乃至官曹也。」城按：盧校非。暇通假，暇日即假日。文選王粲登樓賦「聊暇日以銷憂」李善注：「賈逵國語注曰：暇，閑也。暇或爲假，楚辭曰：遷逡次而勿驅，聊假日以消時。」又白氏野行詩（卷十八）云：「暇日無公事」，可證，假日上直蓋今之假日加班或值班也。

〔雲彩誤〕英華作「雪貌莫」，注云：「集作『雲彩誤』。一作『容貌誤』。」汪本、全詩俱注云：「一作『雪貌莫』。」

題新昌所居

宅小人煩悶，泥深馬鈍頑。街東閑處住，日午熱時還。院窄難栽竹，牆高不見山。唯應方寸内，此地覓寬閑。

【箋】作於長慶元年（八二一），五十歲，長安，主客郎中、知制誥。

〔新昌〕新昌坊。在長安朱雀門街東第五街。參見和答詩序（卷二）及新昌新居書事四十韻因寄元郎中張博士（本卷）、聞崔十八宿予新昌弊宅時予亦宿崔家依仁新亭一宵偶同兩興暗合因而成詠聊以寫懷（卷二三）、自題新昌居止因招楊郎中小飲（卷二六）等詩。

【校】

〔煩悶〕「悶」，馬本作「惱」，據宋本、那波本、汪本、全詩、盧校改。全詩注云：「一作『惱』。」

〔覓寬閑〕「覓」，馬本作「覺」，據宋本、那波本、汪本、全詩、盧校改。全詩注云：「一作『覺』。」

西省北院新構小亭種竹開窗東通騎省與李常侍隔窗小飲各題四韻

結託白鬚伴，因依青竹叢。題詩新壁上，過酒小窗中。深院晚無日，虛簷涼有風。金貂醉看好，迴面紫垣東。

【箋】作於長慶元年（八二一），五十歲，長安，主客郎中、知制誥。程大昌雍錄卷八：「東坡云：元祐元年，余爲中書舍人時，執政患本省事多漏泄，欲於舍人廳後作露籬禁同省往來，余白諸公應須簡要清通，何必栽籬插棘，諸公笑而止。明年竟作之。暇日讀樂天集，有云西省北院新作小亭種竹開窗東通騎省與李常侍隔窗小飲作詩。乃知唐時得西掖作窗以通東省，而今日本省不得往來，可歎也。予按樂天西掖詩云：『結托白鬚伴，因依青竹叢。題詩新壁上，過酒小窗中。』其謂開窗過酒者，是從本省之地開窗以通本省右常侍之直而隔窗對飲，非能自西掖開窗以與東省之左常侍對飲也。按六典：宣政殿前有兩廡，兩廡各自有門，其東曰日華，日華之東，則門下省也。以其地居殿廡之左，故又曰左省也。凡兩省官繫銜以左者，如左散騎、左諫議，給事中皆其屬也。西廊有門曰月華，月華之西，即中書省也。凡繫銜爲右者如右諫議、右常侍、中書舍人則其屬也。故東西兩省皆有騎省，爲其各分左右，而常侍亦分左右也。樂天之爲舍人也，雖嘗自西掖北院開窗以通騎省，而其所通者本省散騎之直，非東省常侍之直也。東騎省自在日華門之東，而西騎省亦在月華門之西，日華、月華門内有宣政殿據間其中，而兩省又遂分處日華、月華之外，無由止隔一窗而可以度酒對飲也。其曰開窗東通騎省者，當是右騎省，直舍在舍人院東，其南面有户，而北面無之，故樂天遂於省北創亭而鑿右騎省牖以過酒食也。凡此所引，皆宣政殿下東西兩省位置也。别有中書門下外省者，又在承天門外，兩省官亦分左右，各爲廨舍，而承天門前有朱雀街，東省則處街左，西省則處街右，中間正隔通衢，愈無鑿壁過酒之理也。老杜詩曰：『退朝花底散，歸院柳邊迷。』其曰散者，分班而出東西，各歸其廨也。然則東坡所謂『西掖可通東騎省』者，恐别有所見也。」

【校】

〔題〕「東通」，馬本作「東過」，據宋本、那波本、汪本、全詩改。

〔迴面〕「面」，全詩作「首」。

酬元郎中同制加朝散大夫書懷見贈

命服雖同黄紙上，官班不共紫垣前。青衫脱早差三日，白髮生遲校九年。曩者定交非勢利，老來同病是詩篇。終身擬作卧雲伴，逐月須收燒藥錢。五品足爲婚嫁主，緋袍著了好歸田。

【箋】

作於長慶元年（八二一），五十歲，長安，主客郎中、知制誥。

〔元郎中〕元宗簡。見卷十答元郎中楊員外喜烏見寄詩箋。並參見畫木蓮花圖寄元郎中（卷十八）及本卷吟元郎中白鬚詩兼飲雪水茶因題壁上、新昌新居書事四十韻因寄元郎中張博士等詩。

〔緋袍著了好歸田〕城按：唐制，章服依散階論，五品始得服緋。朝散大夫從五品下，一加朝散，便可服緋。白氏又有初著緋戲贈元九（本卷）云：「那知垂白日，始是著緋年。」初加朝散大夫又轉上柱國（本卷）云：「且慚身忝官階貴，未敢家嫌活計貧。」足證唐人對朝散著緋之重視。

初著緋戲贈元九

晚遇緣才拙，先衰被病牽？那知垂白日，始是著緋年。身外名徒爾，人間事偶然。我朱君紫綬，猶未得差肩。

【箋】作於長慶元年（八二一），五十歲，長安，主客郎中、知制誥。

〔元九〕元稹。見卷一酬元九對新栽竹有懷見寄詩箋。

和韓侍郎苦雨

潤氣凝柱礎，繁聲注瓦溝。闇留窗不曉，涼引簟先秋。葉濕蠶應病，泥稀燕亦愁。仍聞放朝夜，誤出到街頭。

【箋】作於長慶元年（八二一），五十歲，長安，主客郎中、知制誥。

〔韓侍郎〕韓愈。字退之，登進士第。自比部郎中轉考功郎中、知制誥，拜中書舍人。元和十四年，以諫迎佛骨貶爲潮州刺史。十五年，徵爲國子祭酒。轉兵部侍郎。尋又改吏部侍郎。長慶四年十二月，卒。見舊書卷一六〇、新書卷一七六本傳。並參見同韓侍郎遊鄭家池吟詩小飲（卷十一）及本卷久不見韓侍郎戲題四韻、和韓侍郎題楊舍人林池見寄、酬韓侍郎張博士雨後遊曲江見寄等詩。城按：韓愈自國子祭酒遷兵部侍郎在長慶元年七月，則白氏作此詩時，愈必官兵侍也。

連雨

風雨闇蕭蕭，雞鳴暮復朝。碎聲籠苦竹，冷翠落芭蕉。水鳥投簷宿，泥蛙入户跳。仍聞蕃客見，明日欲追朝。

【箋】作於長慶元年（八二一），五十歲，長安，主客郎中、知制誥。

【校】〔追朝〕「朝」，馬本訛作「潮」，據宋本、那波本、汪本、全詩改正。

初加朝散大夫又轉上柱國

紫微今日煙霄地，赤嶺前年泥土身。得水魚還動鱗鬣，乘軒鶴亦長精神。且慚身忝官階貴，未敢家嫌活計貧。柱國勳成私自問，有何功德及生人？

【箋】

作於長慶元年（八二一），五十歲，長安，主客郎中、知制誥。參見本卷酬元郎中同制加朝散大夫書懷見贈詩。

〔上柱國〕唐制勳官之最高級。凡十有二轉爲上柱國，視正二品。見新唐書百官志。城按：長慶元年四月十日，白氏論重考試進士狀（卷六〇）之結銜猶稱「重考試進士官、朝議郎、守尚書主客郎中、知制誥臣白居易」，可知其授勳在是年夏以後。

行簡初授拾遺同早朝入閤因示十二韻

夜色尚蒼蒼，槐陰夾路長。聽鐘出長樂，傳鼓到新昌。宿雨沙堤潤，秋風樺燭香。馬驕欺地軟，人健得天涼。待漏排閶闔，停珂擁建章。爾隨黄閤老，吾次紫微郎。並入連稱籍，齊趨對折方。鬬班花接萼，綽立雁分行。近職誠爲美，微才豈合當？綸言難下筆，諫紙易盈箱。老去何僥倖，時來不料量。唯求殺身地，相誓答恩光。

【箋】

作於長慶元年（八二一），五十歲，長安，主客郎中、知制誥。城按：此詩那波本同卷重出。

〔行簡〕白居易三弟行簡。舊書卷一六六、新書卷一一九有傳。見卷七對酒示行簡詩箋。陳譜長慶元年辛丑：「是歲公弟行簡授拾遺。」舊書本傳，謂行簡授左拾遺在元和末，蓋失考。

〔長樂〕漢長樂宮。長安志卷三：「漢書曰：高帝五年，都長安。九月，治長樂宮。」

〔沙堤〕李肇國史補卷下：「凡拜相，禮絶班行，府縣載沙填路，自私第至子城東街，名曰沙堤。」

〔建章〕漢建章宮。三輔黄圖：「建章宮：武帝太初元年，柏梁殿災，粤巫勇之曰：『粤俗有火災，即復起大屋以厭勝之。』帝於是作建章宮。」

〔黄閣〕左拾遺屬門下省，門下省開元時曰黄門省，故曰黄閣。見困學紀聞。

〔鬬班花接萼〕何義門云：「警句。」

【校】

〔樺燭〕「樺」，馬本注云：「胡封切。」

〔殺身〕「殺」，英華、汪本俱作「致」。全詩注云：「一作『致』。」

立秋日登樂遊園

獨行獨語曲江頭，迴馬遲遲上樂遊。蕭颯涼風與衰鬢，誰教計會一時秋？

【箋】

作於長慶元年（八二一），五十歲，長安，主客郎中、知制誥。汪譜繫於元和十五年，非是。

〔樂遊園〕見卷一登樂遊園望詩箋。

〔曲江〕見卷一杏園中棗樹詩箋。

【校】

〔題〕「園」，何校作「原」。

〔計會〕「計」，馬本訛作「同」，據宋本、那波本、汪本、萬首、全詩、盧校改。全詩注云：「一作『同』。」

新秋早起有懷元少尹

秋來轉覺此身衰，晨起臨階盥漱時。漆匣鏡明頭盡白，銅瓶水冷齒先知。光陰縱惜留難住，官職雖榮得已遲。老去相逢無別計，强開笑口展愁眉。

【箋】

作於長慶元年（八二一），五十歲，長安，主客郎中、知制誥。

〔元少尹〕元宗簡。見本卷和元少尹新授官詩箋。

【校】

〔雖榮〕「榮」，馬本訛作「多」，據宋本、那波本、汪本、全詩、盧校改正。

夜箏

紫袖紅絃明月中，自彈自感闇低容。絃凝指咽聲停處，别有深情一萬重。

【箋】

作於長慶元年（八二一），五十歲，長安，主客郎中、知制誥。

妻初授邑號告身

弘農舊縣受新封，鈿軸金泥告一通。我轉官階常自愧，君加邑號有何功？花箋印了排窠濕，錦褾裝來耀手紅。倚得身名便慵惰，日高猶睡緑窗中。

【箋】

作於長慶元年（八二一），五十歲，長安，主客郎中、知制誥。

〈弘農舊縣受新封〉居易妻楊氏封爲弘農郡君。白氏繡西方幀讃并序（卷七〇）云：「有女弟子弘農郡君姓楊，號蓮花性。」又有二年三月五日齋畢開素當食偶吟贈妻弘農郡君詩（卷三六）。李商隱唐刑部尚書致仕贈尚書右僕射太原白公墓碑銘云：「子景受，大中三年自潁陽尉典治集賢御書，侍太夫人弘農郡君楊氏來京師。」則楊氏大中初猶存。

【校】

〈錦褾〉「褾」，宋本、那波本、汪本、盧校俱作「幖」。何校：「『幖』，黄校作『卷』。」

送客南遷

我説南中事，君應不願聽。曾經身困苦，不覺語丁寧。燒去處愁雲夢，波時憶洞庭。春畬煙勃勃，秋瘴露冥冥。蚊蚋經冬活，魚龍欲雨腥。水蟲能射影，山鬼解藏形。穴掉巴蛇尾，林飄鴆鳥翎。颶風千里黑，䕩草四時青。客似驚弦雁，舟如委浪萍。誰人勸言笑？何計慰漂零？慎勿琴離膝，長須酒滿瓶。大都從此去，宜醉不宜醒。

【箋】

作於長慶元年（八二一），五十歲，長安，主客郎中、知制誥。城按：此詩那波本同卷重出。唐宋詩醇卷二四：「將欲詳説南中之苦，而先著『君應不願聞』五字，曲折深摯，中幅鋪叙風土物産，末結出送之之情。此詩與前送客遊嶺南同一機局。然彼係宦遊，故規以不貪；此係遷謫，故進以自遣。義各有取爾。」方回曰：「樂天一貶江州司馬，移忠州刺史，後歸朝爲中書舍人，出知杭州，召復爲蘇州，未嘗遠貶。其殆借此爲題，以詩筆端之富。妙於鋪叙南土之景。」

〔我説南中事二句〕何義門云：「發端便善頓挫。」

〔曾經身困苦四句〕何義門云：「馮云：『二聯勢開。』」

〔蘝草四時青〕清李宗昉黔記卷一：「白香山詩：『蘝草四時香』，俗名火麻草。」城按：「青」譌引作「香」。喬松年蘿藦亭札記卷七：「雜説中言蜀中張獻忠墓生毒草，觸之則肌膚赤腫，蓋戾氣所感。此實不然，此草名蘝草，見白居易詩。又見墨莊漫録云：『川峽間有惡草名蘝麻，其枝葉拂人即成瘡。』是唐宋以來便有此草。」

〔愼勿琴離膝四句〕何義門云：「收是丁寧。」

【校】

〔燒處〕「燒」下馬本、那波本、汪本俱無「去」字注。據宋本、全詩增。

〔蘞草〕「蘞」下馬本、汪本俱注云：「徐廉切，山菜也。」

暮歸

不覺百年半，何曾一日閑？朝隨燭影出，暮趁鼓聲還。甕裏非無酒，牆頭亦有山。歸來長困卧，早晚得開顔。

【箋】

作於長慶元年（八二一），五十歲，長安，主客郎中、知制誥。

【校】

〔長困卧〕「長」，馬本作「常」，非。據宋本、那波本、汪本、全詩、盧校改正。

寄遠

欲忘忘未得，欲去去無由。兩腋不生翅，二毛空滿頭。坐看新落葉，行上最高樓。暝色無邊際，茫茫盡眼愁。

【箋】作於長慶元年（八二一），五十歲，長安，主客郎中、知制誥。

舊房

遠壁秋聲蟲絡絲，入簷新影月低眉。牀帷半故簾旌斷，仍是初寒欲夜時。

【箋】作於長慶元年（八二一），五十歲，長安，主客郎中、知制誥。唐宋詩醇卷二四：「平平寫景，悽然欲絶。此種意境，非三唐以後所能到。」

錢侍郎使君以題廬山草堂詩見寄因酬之

殷勤江郡守，悵望掖垣郎。慚見新瓊什，思歸舊草堂。事隨心未得，名與道相妨。若不休官去，人間到老忙。

【箋】作於長慶元年（八二一），五十歲，長安，主客郎中、知制誥。

〔錢侍郎使君〕錢徽。舊書卷十六穆宗紀：「（長慶元年四月），貶禮部侍郎錢徽爲江州刺史。」白氏又有吉祥寺見錢侍郎題名詩（卷二〇）。城按：錢徽因進士榜之覆試被貶江州刺史，此亦爲當時朋黨糾紛中一大事。舊書錢徽傳云：「長慶元年爲禮部侍郎，時宰相段文昌出鎮蜀川。……故刑部侍郎楊憑……子渾之求進……文昌將發，面託錢徽，繼以私書保薦。翰林學士李紳亦託舉子周漢賓於徽，及榜出，渾之、漢賓皆不中選。李宗閔與元稹素相厚善，初稹以直道譴逐久之，及得還朝，大改前志，由逕以徼進達，宗閔亦急於進取，二人遂有嫌隙。楊汝士與徽有舊，是歲，宗閔子壻蘇巢及汝士季弟殷士俱及第，故文昌、李紳大怒，文昌赴鎮辭日，内殿面奏，言徽所放進士鄭朗等十四人皆子弟藝薄，不當在選中。穆宗以其事訪於學士元稹、李紳，二人對與文昌同，遂命中書舍人王起、主客郎中知制誥白居易於子亭重試，……尋貶徽爲江州刺史，中書舍人李宗閔劍州刺史，右補闕楊汝士開江令。」則徽似傾向於牛僧孺、李宗閔黨者。

〔廬山草堂〕見卷十七廬山草堂夜雨獨宿寄牛二李七庾三十二員外詩箋。

【校】

〔題〕「見寄因酬之」五字，英華作「見示以戲之」。

寄山僧　時年五十。

眼看過半百，早晚掃巖扉。白首誰留住？青山自不歸。百千萬劫障，四十九年非。會擬抽身去，當風抖擻衣。

【箋】

作於長慶元年（八二一），五十歲，長安，主客郎中、知制誥。

【校】

〔題〕那波本此下無小注。

〔留住〕「留」，英華、全詩作「能」。全詩注云：「一作『留』。」汪本注云：「一作『能』。」

〔當風〕「當」，英華作「東」。全詩注云：「一作『東』。」

慈恩寺有感 時杓直初逝，居敬方病。

自問有何惆悵事？寺門臨入却遲迴。李家哭泣元家病，柿葉紅時獨自來。

【箋】

作於長慶元年（八二一），五十歲，長安，主客郎中、知制誥。題下自注云：「時杓直初逝，居敬方病。」城按：李建卒於長慶元年二月二十三日，見白氏有唐善人墓碑銘（卷四一）。汪譜繫於元和十五年，非是。居敬，元宗簡字。

〔慈恩寺〕見卷十三三月三日題慈恩寺詩箋。並參見酬元員外三月三十日慈恩寺相憶見寄詩（卷十六）。

【校】

〔題〕那波本此下無小注。

酬嚴十八郎中見示

口厭含香握厭蘭，紫微青瑣舉頭看。忽驚鬢後蒼浪髮，未得心中本分官。夜酌滿容花色煖，秋吟切骨玉聲寒。承明長短君應入，莫憶家江七里灘。

【箋】

作於長慶元年（八二一），五十歲，長安，主客郎中、知制誥。

〔嚴十八郎中〕嚴休復。見本卷馮閣老處見與嚴郎中酬和詩因戲贈絶句詩箋。

寄王秘書

霜菊花萎日，風梧葉碎時。怪來秋思苦，緣詠秘書詩。

【箋】作於長慶元年（八二一），五十歲，長安，主客郎中、知制誥。

〔王秘書〕王建。長慶初爲秘書丞。見唐才子傳卷四。韓愈玩月喜張十八員外以王六秘書至詩中之「王六秘書」，張籍酬秘書王丞詩中之「秘書王丞」均指建也。參見白氏送陝州王司馬建赴任（卷二六）、别陝州王司馬（卷二七）等詩。

中書寓直

繚繞宫牆圍禁林，半開閶闔曉沈沈。天晴更覺南山近，月出方知西掖深。病對詞頭慚彩筆，老看鏡面愧華簪。自嫌野物將何用？土木形骸麋鹿心。

【箋】作於長慶元年（八二一），五十歲，長安，主客郎中、知制誥。

〔詞頭〕見本卷草詞畢遇芍藥初開……詩箋。並參見卷六〇論左降獨孤朗等狀箋。

【校】〔題〕英華作「中書直堂」。全詩注云：「一作『中書直堂』。」

〔宫牆〕「宫」，馬本訛作「官」，據宋本、那波本、汪本、全詩、盧校改正。

〔禁林〕「林」，英華作「苑」，注云：「集作『林』。」汪本、全詩俱注云：「一作『苑』。」何校：「『苑』字健。」

自問

黑花滿眼絲滿頭，早衰因病病因愁。宦途氣味已諳盡，五十不休何日休？

【箋】

作於長慶元年（八二一），五十歲，長安，主客郎中、知制誥。

曲江獨行招張十八

曲江新歲後，冰與水相和。南岸猶殘雪，東風未有波。偶遊身獨自，相憶意如何？莫待春深去，花時鞍馬多。

【箋】

作於長慶元年（八二一），五十歲，長安，主客郎中、知制誥。城按：那波本卷十九無此詩。

〔曲江〕見卷一杏園中棗樹詩箋。

〔張十八〕張籍。見卷六酬張十八訪宿見贈詩箋。城按：張籍長慶二年自國子博士除水部員外郎，則是年當仍官國子博士。

新居早春二首

静巷無來客，深居不出門。鋪沙蓋苔面，掃雪擁松根。漸暖宜閑步，初晴愛小園。覓花都未有，唯覺樹枝繁。

地潤東風暖，閑行踏草芽。呼童遣移竹，留客伴嘗茶。霤滴簷冰盡，塵浮隟日斜。新居未曾到，鄰里是誰家？

【箋】

作於長慶元年（八二一），五十歲，長安，主客郎中、知制誥。城按：據此詩，居易新昌里宅購於是年春。那波本卷十九無此詩。

【校】

〔題〕宋本第二首前有「又」字。

新昌新居書事四十韻因寄元郎中張博士

冒寵已三遷，歸朝始二年。囊中貯餘俸，園外買閑田。狐兔同三逕，蒿萊共一壥。新園聊剗穢，舊屋且扶顛。簷漏移傾瓦，梁攲換蠹椽。平治遶臺路，整頓近階甎。巷狹開容駕，牆低壘過肩。門閭堪駐蓋，堂室可鋪筵。丹鳳樓當後，青龍寺在前。市街塵不到，宮樹影相連。省吏嫌坊遠，豪家笑地偏。敢勞賓客訪，或望子孫傳。不覓他人愛，唯將自性便。等閑栽樹木，隨分占風煙。逸致因心得，幽期遇境牽。松聲疑澗底，草色勝河邊。虛潤冰銷地，晴和日出天。苔行滑如簟，莎坐軟於綿。簾每當山卷，帷多待月褰。籬東花掩映，窗北竹嬋娟。迹慕青門隱，名慚紫禁仙。假歸思晚沐，朝去戀春眠。拙薄才無取，疏慵職不專。題牆書命筆，沽酒率分錢。柏杵舂靈藥，銅瓶漱暖泉。鑪香穿蓋散，籠燭隔紗然。陳室何曾掃，陶琴不要絃。屏除俗事盡，養活道情全。尚有妻孥累，猶爲組綬纏。終須拋爵祿，漸擬斷腥羶。大底宗莊叟，私心事竺乾。浮榮水劃字，真諦火生蓮。梵部經十二，玄書字五千。是非都付夢，語默不妨禪。博士官猶冷，郎中病已痊。多同僻處住，久結靜中緣。緩步攜筇杖，徐吟展蜀箋。老宜閑語話，悶憶好詩篇。蠻榼來方瀉，蒙茶到始煎。無辭數相見，鬢髮各蒼然。

【箋】

作於長慶元年（八二一），五十歲，長安，中書舍人。陳譜長慶元年辛丑：「十月，爲中書舍人，有新昌新居書事云：『冒寵已三遷，歸朝始二年。』三遷謂司門、主客、中書也。」舊書卷十六穆宗紀：「（長慶元年冬十月）壬午，以尚書主客郎中、知制誥白居易爲中書舍人。」唐宋詩醇卷二四：「鋪叙新居，詩中有畫。或議其俚俗瑣碎，然不可及處正在此。入他人手，必不能如此詳細。過求詳悉，必不能如此位置妥帖。竹頭木屑，皆非異物，亦顧其用之者何如耳。」

〔新昌新居〕白氏新昌里宅，購於長慶元年春。見本卷題新昌所居詩箋。

〔元郎中〕元宗簡。見本卷吟元郎中白鬚詩兼飲雪水茶因題壁上詩箋。

〔張博士〕張籍。新書卷一七六本傳：「愈薦爲國子博士，歷水部員外郎，主客郎中。」城按：韓愈元和十五年冬自袁州召還，至長慶元年薦籍爲博士，其長慶元年作雨中寄張博士籍侯主簿喜詩及白氏喜張十八博士除水部員外郎詩（本卷），均可證。

〔青龍寺〕在長安新昌坊。本隋之靈感寺，龍朔二年城陽公主奏立爲觀音寺，景雲二年改爲青龍寺。見長安志卷九。白氏有青龍寺早夏（卷九）、和錢員外青龍寺上方望舊山（卷十四）等詩。

〔青門〕見卷一寄隱者詩箋。

〔浮榮水劃字〕吴幵優古堂詩話：「元微之憶遠曲云：『水中書字無字痕。』白樂天新昌新居云：『浮榮水畫字。』意相類。」

〔蒙茶〕蒙頂茶。蜀都碎事卷三：「蒙山在名山縣西十五里。山有五峯，前峯最高，曰上清峯，産甘露，常有瑞雲及瑞雪相影。頂上有茶十株，相傳甘露大師從嶺表攜靈茗植之峯上。李德裕入蜀，得蒙餅，以沃於湯瓶上，移時盡化，以驗其真者，即此。白氏琴茶詩『茶中故舊是蒙山』者是也。」城按：蜀蒙山茶，明人多誤爲山東蒙陰所産。清沈家本日南隨筆卷五：「北地原不産茶，費沂之間，山石生衣，土人掬而沃之，詫有茶味，遂亦謂之蒙山茶。雅州險遠，其茶不可得，竟訛以東蒙之『蒙』爲西蜀之『蒙』矣。……郎瑛七修類稿云：世以山東蒙陰縣山所生石蘚謂之蒙茶，士大夫珍貴而味亦頗佳。殊不知形已非茶，不可煮飲，又乏香氣，而茶經所不載。蒙頂茶，四川雅州，即古蒙山郡（因山故名），其圖經云：蒙頂有茶，受陽氣之全，故茶芳香。方輿勝覽、一統志土産俱載蒙頂茶，晁氏客話亦言雅州也。白樂天琴茶行云：『李丞相德裕入蜀，得蒙餅，沃於湯餅之上，移時盡化，以驗其真。』文彦博有謝人惠蒙頂詩云：『舊譜最稱蒙頂味，露芽雪液勝醍醐。』吴中復亦有詩云：『我聞蒙頂之顛多秀嶺，惡草不生生荈茗。』據此，則蒙茶之誤，自明已然。」

【校】

〔園外〕那波本作「園外」。汪本作「郭外」。何校：「宋刻、蘭雪、黄校皆作『園』。」

〔大底〕「底」，馬本、全詩俱作「抵」，據宋本、那波本、汪本、盧校改。

喜敏中及第偶示所懷

自知羣從爲儒少，豈料詞場中第頻！桂折一枝先許我，楊穿三葉盡驚人。始予進士及第，行簡次之，敏中又次之。轉於文墨須留意，貴向煙霄早致身。莫學爾兄年五十，蹉跎始得掌絲綸。

【箋】

作於長慶二年（八二二），五十一歲，長安，中書舍人。城按：白敏中，長慶二年進士（見後箋）。花房英樹據陳譜及汪譜繫於長慶元年，非是。唐摭言卷八云：「王相起，長慶中再主文柄，志欲以白敏中爲狀元，病其人與賀拔惎爲交友，惎有文而落拓。因密令親知申意，俾敏中與惎絶。前人復約敏中，爲具以待之。敏中欣然曰：『皆如所教。』既而惎果造門，左右紿以敏中他適，惎遲留不言而去。俄頃，敏中躍出，連呼左右召惎，於是悉以實告。乃曰：『一第何門不致，奈輕負至交！』相與歡醉，負陽而寢。前人覩之，大怒而去。懇告於起，且云不可必矣。起曰：『我比只得白敏中，今當更取賀拔惎矣。』」（汪立名引此下多「遂以第一人處惎而敏中居二焉」兩句。）

〔敏中〕白敏中。字用晦，居易從弟。長慶二年登進士第。見舊書卷一六六、新書卷一一九白居易傳、登科記考卷十九。參見白氏送敏中歸豳寧幕（卷二五）、見敏中初到邠寧秋日登城樓詩詩中頗多鄉思因以寄和（卷三五）、和敏中洛下即事（卷三六）、送敏中新授户部員外郎西歸（卷三六）等詩。

〔自知羣從爲儒少四句〕苕溪漁隱叢話前集卷二一：「樂天與弟敏中、行簡三人相繼皆中第。樂天作詩云：『自憐郡姓爲儒少，豈料詞場中第頻。桂折一枝先許我，楊穿三箭盡驚人。』其自言兄弟中第，曲折盡矣。樂天自作墓誌，以白起爲祖，故名『自憐郡姓爲儒少』也。」吴旦生歷代詩話卷五〇所引與漁隱叢話同。

久不見韓侍郎戲題四韻以寄之

近來韓閣老，疏我我心知。户大嫌甜酒，才高笑小詩。静吟乖月夜，閑醉曠花時。還有愁同處，春風滿鬢絲。

【箋】

作於長慶二年（八二二），五十一歲，長安，中書舍人。城按：據舊書卷十六穆宗紀，韓愈自國子祭酒遷兵部侍郎在長慶元年七月，此詩云「春風滿鬢絲」，必爲二年春間所作無疑。花房英樹據汪譜繫於長慶元年，非是。又按：長慶初之政局，人事極爲紛紜，韓爲裴度之舊僚，元白則交誼深厚，裴度與元稹齟齬，必各樹黨援。故稹於長慶二年六月罷相，居易即於七月出守杭州，此間之關係至爲微妙也。是以白詩中於韓愈每有微詞，如此詩云：「近來韓閣老，疏我我心知。」則暗寓調侃之意。

〔韓侍郎〕韓愈。見本卷和韓侍郎苦雨詩箋。

〔户大嫌甜酒〕明胡侍真珠船卷五：「齊民要術云：勿使米過，過則酒甜。白樂天詩云：『户大嫌甜酒。』」焦氏筆乘續集卷三：「宋王彦國獻臣，招信人，居縣之近郊，建炎初，虜將渡淮，獻臣坐所居小樓，望見一士大夫，徬徨阡陌間，攜小僕負一匣，埋於僻處。獻臣默識之，事定往掘其處，宛然尚存，啓匣乃白樂天手書一紙云：『石榴枝上花千朵，荷葉杯中酒十分。滿院弟兄皆痛飲，就中大户不如君。』真奇物也。今人謂豪飲者爲大户，樂天詩屢用之。此詩集中不載，見宋人小説，輒録於此。」城按：此則又見玉照新志，文字大同小異，當爲焦氏所本。

【校】

〔乖月夜〕「乖」，馬本作「乘」，非。據宋本、那波本、汪本、全詩、盧校改正。全詩注云：「一作『乘』。」亦非。

寄白頭陀

近見頭陀伴，云師老更慵。性靈閑似鶴，顔狀古於松。山裏猶難覓，人間豈易逢。仍聞移住處，太白最高峯。

【箋】

約作於長慶元年（八二一）至長慶二年（八二二），長安。

〔白頭陀〕白氏沃州山禪院記（卷六八）中之「頭陀僧白寂然」，與此疑非一人。

和韓侍郎題楊舍人林池見寄

渠水闇流春凍解，風吹日炙不成凝。鳳池冷暖君諳在，二月因何更有冰？

【箋】

作於長慶二年（八二二），五十一歲，中書舍人。韓愈有早春與張十八博士籍遊楊尚書林亭寄第三閣老兼呈白馮二閣老詩，即此和詩之原作。

〔韓侍郎〕韓愈。見本卷和韓侍郎苦雨詩箋。

〔楊舍人〕楊嗣復。字繼之，僕射於陵子。擢進士第。長慶元年十月以庫部郎中、知制誥，正拜中書舍人。見舊書卷一七六本傳。城按：嗣復即韓愈詩中之「第三閣老」，亦即白氏京使迴累得南省諸公書因以長句詩寄謝詩（卷十八）中之「楊三員外」。並參見本卷與沈楊二舍人閣老同食勅賜櫻桃翫物感恩成十四韻詩。

勤政樓西老柳

半朽臨風樹，多情立馬人。開元一株柳，長慶二年春。

【箋】作於長慶二年（八二二），五十一歲，長安，中書舍人。見汪譜。何義門云：「此刺穆宗荒怠厥政，不得見開元之盛也。公元和時語多發露，此更藴藏，抑所謂『匡諫者微，哀歎而已』者耶？」唐宋詩醇卷二四：「不着一字，盡得風流。」

〔勤政樓〕即勤政務本之樓。在長安興慶宫。兩京城坊考卷一：「樓向南，開元八年造。每歲千秋節酺飲樓前。元和十四年以左右軍官健三千人修勤政務本樓。按：明皇勞遣哥舒翰及試制舉人，嘗御此樓。樓前有柳。」

偶題閣下廳

静愛青苔院，深宜白髮翁。貌將松共瘦，心與竹俱空。暖有低簷日，春多颺幕風。平生閑境界，盡在五言中。

【箋】

作於長慶二年（八二二），五十一歲，長安，中書舍人。

【校】

〔白髮〕「髮」，宋本、那波本、全詩俱作「鬢」。

〔境界〕「界」，宋本、那波本、汪本俱作「思」。全詩注云：「一作『思』。」

予與故刑部李侍郎早結道友以藥術爲事與故京兆元尹晚爲詩侶有林泉之期周歲之間二君長逝李住曲江北元居昇平西追感舊遊因貽同志

從哭李來傷道氣，自亡元後減詩情。金丹同學都無益，水竹鄰居竟不成。月夜若爲遊曲水，花時那忍到昇平。如年七十身猶在，但恐傷心無處行。

【箋】

作於長慶二年（八二二），五十一歲，長安，中書舍人。

〔刑部李侍郎〕李建。字杓直。元和末除禮部侍郎，尋改爲刑部。長慶元年二月二十三日卒，贈工部尚書。見舊書卷一五五、新書卷一六二本傳，白氏有唐善人墓碑銘（卷四一），元稹唐故中大夫尚書刑部侍郎上柱國隴西縣開國男贈工部尚書李公墓誌銘。城按：據墓碑銘及墓誌銘，李建應卒於長慶元年二月二十三日，舊書本傳謂卒於長慶二年，蓋誤。

〔京兆元尹〕元宗簡。見本卷和元少尹新授官詩箋。按：白氏長慶二年所作晚歸有感詩（卷十一）「劉曾夢中見，元向花前失」句自注云：「劉三十二校書歿後，嘗夢見之。元八少尹今春櫻桃花長逝。」元家花詩（本卷）云：「今日元家宅，櫻桃發幾枝？稀稠與顏色，一似去年時。失却東園主，春風可得知？」長慶元年所作慈恩寺有感（本卷）詩自注云：「時杓直初逝，居敬方病。」櫻桃開花在春夏之交，詩云「春風可得知」，則宗簡之歿當在長慶二年三、四月間。白氏故京兆元尹文集序（卷六八）謂「長慶三年冬遘疾彌留」，當係「長慶二年春」之誤。

〔昇平〕昇平坊。在長安朱雀門街東第四街。白氏有和元八侍御昇平新居四絶句（卷十五）。

〔水竹鄰居竟不成〕兩京城坊考卷三：「按白居易詩，每言與元八卜鄰，其後哭元尹詩云：『水竹鄰居竟不成』，是終未結鄰也。」

送馮舍人閣老往襄陽

紫微閣底送君迴，第二廳簾下不開。莫戀漢南風景好，峴山花盡早歸來。

【箋】

作於長慶二年（八二二），五十一歲，長安，中書舍人。

〔馮舍人閣老〕馮宿。舊書卷一六八馮宿傳：「長慶元年，以本官知制誥。二年，轉兵部郎中，依前充職。牛元翼以深州不從王庭湊，詔授襄州節度使，元翼未出，深州爲庭湊所圍。二年，以宿檢校右庶子、兼御史中丞，賜紫金魚袋，往總留務。監軍使周進榮不遵詔命，宿以狀聞。元翼既至，宿歸朝，拜中書舍人。」城按：馮宿赴襄陽前已知制誥，唐人知制誥得稱爲舍人。劉集外五有酬馮十七舍人宿衛贈别五韻詩亦係同時之作，「宿」下「衛」字蓋爲衍文。參見本卷馮閣老處見與嚴郎中酬和詩因戲贈絶句詩。

〔襄陽〕見卷九遊襄陽懷孟浩然詩箋。

〔漢南〕指襄陽。白氏與元九書（卷四五）云：「又昨過漢南日，適遇主人集衆樂娱他賓。」雲溪友議卷上襄陽傑：「其婢端麗，饒彼音律之能，漢南之最也。」

〔峴山〕元和郡縣志卷二一：「峴山在（襄陽）縣東南九里。山東臨漢水，古今大路。羊祜鎮襄陽，與鄒潤甫共登此山，後人立碑，謂之墮淚碑。」

【校】

〔題〕「馮舍人」，馬本誤作「馬舍人」。全詩注云：「一作『馬』。」亦非。據宋本、那波本、汪本、萬首改正。詳見前箋。

〔第二〕「二」下全詩注云：「一作『一』。」

莫走柳條詞送別

南陌傷心別，東風滿把春。莫欺楊柳弱，勸酒勝於人。

【箋】

作於長慶二年（八二二），五十一歲，長安，中書舍人。

【校】

〔題〕萬首作「柳條詞送別」。全詩注云：「一本無『莫走』二字。」何義門云：「東澗云：『莫走，當時酒令名。』『走』字疑有誤，或即『欺』字。」

酬韓侍郎張博士雨後遊曲江見寄

小園新種紅櫻樹，閑遶花行便當遊。何必更隨鞍馬隊，衝泥蹋雨曲江頭。

【箋】

作於長慶二年（八二二），五十一歲，長安，中書舍人。韓愈有同水部張員外曲江春遊寄白二十二舍人詩。魏仲舉新刊五百家注音辨昌黎先生文集引樊汝霖曰：「張籍自國子博士遷水曹外郎，白居易自主客郎爲中書舍人，居易和篇見此詩後。世傳韓、白無往來之詩，非也。」

〔韓侍郎〕韓愈。見本卷和韓侍郎苦雨詩箋。

〔張博士〕見本卷新昌新居書事四十韻因寄元郎中張博士詩箋。

〔曲江〕見卷一杏園中棗樹詩箋。

【校】

〔花行〕「行」，馬本作「枝」，非。據宋本、那波本、汪本、萬首、全詩、盧校改正。

元家花

今日元家宅，櫻桃發幾枝。稀稠與顏色，一似去年時。失却東園主，春風可得知？

【箋】

作於長慶二年（八二二），五十一歲，長安，中書舍人。

〔元家宅〕長安昇平坊元宗簡宅。參見和元八侍御昇平新居四絶句（卷十五）。

〔失却東園主二句〕見本卷予與故刑部李侍郎早結道友以藥術爲事與故京兆元尹晚爲詩侶

有林泉之期周歲之間二君長逝李住曲江北元居昇平西追感舊遊因貽同志詩箋。

【校】

〔得知〕「知」下唐歌詩有十字空格。

代人贈王員外

好在王員外，平生記得不？共賒黃叟酒，同上莫愁樓。静接殷勤語，狂隨爛熳遊。那知今日眼，相見冷於秋。

【箋】

作於長慶二年（八二二），五十一歲，長安，中書舍人。

〔好在〕見卷十一哭諸故人因寄元八詩箋。

惜小園花

曉來紅萼凋零盡，但見空枝四五株。前日狂風昨夜雨，殘芳更合得存無？

【箋】

作於長慶二年(八二二),五十一歲,長安,中書舍人。

【校】

〔題〕萬首作「惜園花」。

蕭相公宅遇自遠禪師有感而贈

宦途堪笑不勝悲,昨日榮華今日衰。轉似秋蓬無定處,長於春夢幾多時?半頭白髮慚蕭相,滿面紅塵問遠師。應是世間緣未盡,欲抛官去尚遲疑。

【箋】

作於長慶二年(八二二),五十一歲,長安,中書舍人。

〔蕭相公〕蕭俛。穆宗即位,拜中書侍郎、同中書門下平章事。見舊書卷一七二、新書卷一〇一本傳。

〔自遠禪師〕白氏有遠師(卷二三)、問遠師(卷二三)、對小潭寄遠上人(卷二八)等詩均指東林寺僧。此詩中之自遠禪師當係另一人。又白氏有大唐泗州開元寺臨壇律德徐泗濠三州僧正明遠大師塔碑銘(卷六九),亦非其人。

【校】

〔不勝〕「勝」，英華作「勞」，全詩注云：「一作『勞』。」

草詞畢遇芍藥初開因詠小謝紅藥當堦翻詩以爲一句未盡其狀偶成十六韻

罷草紫泥詔，起吟紅藥詩。詞頭封送後，花口拆開時。坐對鉤簾久，行觀步履遲。兩三叢爛熳，十二葉參差。背日房微斂，當階朵旋欹。釵葶抽碧股，粉蕊撲黄絲。動蕩情無限，低斜力不支。周迴看未足，比諭語難爲。勾漏丹砂裏，僬僥火焰旗。彤雲賸根蔕，絳幘欠纓緌。況有晴風度，仍兼宿露垂。疑香薰罨畫，似淚著燕脂。有意留連我，無言怨思誰？應愁明日落，如恨隔年期。菡萏泥連萼，玫瑰刺繞枝。等量無勝者，唯眼與心知。

【箋】

作於長慶二年（八二二），五十一歲，長安，中書舍人。汪譜繫於長慶元年，非是。

〔詞頭封送後〕白氏論左降獨孤朗等狀（卷六〇）云：「右今日宰相送詞頭左降前件官如前令

臣撰詞者，……其獨孤朗等四人出官詞頭，臣已封訖，未敢撰進，伏待聖旨。」城按：詞頭即據以草擬制書之文件。洪遵翰苑遺事引王寓玉堂賜筆硯記云：「少頃，御藥入院，以客禮見，探懷出御封，屏吏啓緘，即詞頭也。」

〔周迴看未足〕何義門云：「白家詩體。」

〔等量無勝者〕「等量」即「比擬」之意。如以菡萏及玫瑰與芍藥相比擬，皆未能勝過也。見敦煌變文字義通釋第四篇釋事爲。

【校】

〔題〕「小謝」，馬本誤作「小詩」，據宋本、那波本、汪本、唐歌詩、全詩改正。城按：謝朓直中書省詩云：「紅藥當階翻，蒼苔依砌上。」

〔比論〕「比」，那波本訛作「化」。

〔玫瑰〕馬本「玫」下注云：「音梅。」「瑰」下注云：「音回。」

喜張十八博士除水部員外郎

老何歿後吟聲絶，雖有郎官不愛詩。無復篇章傳道路，空留風月在曹司。長嗟博士官猶屈，亦恐騷人道漸衰。今日聞君除水部，喜於身得省郎時。

【箋】

作於長慶二年（八二二），五十一歲，長安，中書舍人。唐宋詩醇卷二四：「一氣呵成，句句轉，筆筆靈。章法亦本杜甫，不襲其貌，而得其神，故佳。宋人如楊廷秀輩，有意摹倣此種，徒成油腔滑調耳。方回曰：何遜以詩名，老杜頌之曰：『能詩何水曹。』張籍是除，樂天賀之五十六字，如一直説話，自然條暢。」苕溪漁隱叢話前集二一引蔡寬夫詩話云：「官各有因人而重，遂爲故事者。何遜爲水部員外郎，以詩稱。至張籍自博士復拜此官。樂天詩賀之云：『老何殁後吟詩絶，……籍答詩亦云：『幸有紫微郎見愛，獨稱官與古人同。』自是遂爲詩人故事。」

〔張十八博士〕張籍。新書卷一七六本傳：「愈薦爲國子博士，歷水部員外郎，主客郎中。」城按：白氏此詩在草詞畢遇芍藥初開……後，與沈楊二舍人閣老同食勅賜櫻桃……前，則籍除員外必在長慶二年三月左右。白氏張籍可水部員外郎制（卷四九）、全詩卷三八五張籍新除水曹郎答白舍人見賀詩均作於是時。

與沈楊二舍人閣老同食勅賜櫻桃玩物感恩因成十四韻

清曉趨丹禁，紅櫻降紫宸。驅禽養得熟，和葉摘來新。圓轉盤傾玉，鮮明籠透銀。內園題兩字，西掖賜三臣。熒惑晶華赤，醍醐氣味真。如珠未穿孔，似火不燒人。杏俗難爲對，桃頑詎可倫。肉嫌盧橘厚，皮笑荔枝皴。瓊液酸甜足，金丸大小勻。偷須防曼倩，惜莫擲安仁。手擘纔離核，匙抄半是津。甘爲舌上露，暖作腹中春。已懼長尸禄，仍驚數食珍。最慚恩未報，飽餧不才身。

【箋】

作於長慶二年（八二二），五十一歲，長安，中書舍人。

〔沈舍人閣老〕沈傳師。城按：丁居晦重修承旨學士壁記：「沈傳師，……長慶元年二月二十四日遷中書舍人。二月十九日出守本官，判史館事。」岑仲勉翰林學士壁記注補謂「二月十九日」上奪「二年」兩字，是也。則知白氏作此詩時，傳師已出守本官。

〔楊舍人閣老〕楊嗣復。見本卷和韓侍郎題楊舍人林池見寄詩箋。

【校】

〔兩字〕「字」，宋本、那波本、何校俱作「宇」。

〔荔枝皴〕「皴」，英華作「紋」。

〔仍驚〕「驚」，馬本作「爲」，非。據宋本、那波本、汪本、全詩改正。

〔飽餧〕「餧」，宋本、那波本、汪本俱作「餵」。盧校：「按：字書無『餵』字，從『餧』爲正。」城按：「餵」、「餧」字通，盧校非。

送嚴大夫赴桂州

地壓坤方重，官兼憲府雄。桂林無瘴氣，柏署有清風。山水衙門外，旌旗艛艓中。大夫應絶席，詩酒與誰同？

【箋】

作於長慶二年（八二二），五十一歲，長安，中書舍人。

〔嚴大夫〕嚴謨。舊書卷十六穆宗紀：「（長慶二年四月）丁亥，以秘書監嚴謩爲桂管觀察使。」城按：白氏嚴謨可桂管觀察使制（卷五一）稱「朝議大夫、前守秘書監、驍騎尉、賜紫金魚袋嚴謨」。唐會要卷七九：「故桂州觀察使嚴謨，謚曰簡。」郎官考卷十四引大唐傳載云：「李相國程執政時嚴謨、嚴休皆在南省，有萬年令闕，人多屬之，李公云：『二嚴不如謩。』」據此知嚴謩係另一人。岑仲勉唐史餘瀋謂李程爲相時，嚴謨已不在南省，嚴謨當作嚴謇，所考良是。今本舊紀均作「謩」，蓋係「謇」字之訛。「謩」與「謨」同。嚴謨赴桂州時，韓愈、張籍均有詩送其行。並參見白氏酬嚴中丞晚眺黔江見寄詩（卷十八）。

〔桂州〕桂州始安郡。唐屬嶺南道，爲桂管經略使治所。見元和郡縣志卷三七。

〔桂林無瘴氣〕杜甫寄楊五桂州譚詩「五嶺皆炎熱，宜人獨桂林」句楊倫注云：「舊唐書：『江源多桂，不生雜木，故秦時立爲桂林郡。』鶴注：『白樂天云：桂林無瘴氣。茲所以宜人也。嶺南無雪，獨桂林有之。』」

〔山水衙門外〕何義門云：「『衙門』二字入詩。」

【校】

〔艛艓〕馬本「艛」下注云：「音婁。」「艓」下注云：「音牒。」

春夜宿直

三月十四夜，西垣東北廊。碧梧葉重疊，紅藥樹低昂。月砌漏幽影，風簾飄闇香。禁中無宿客，誰伴紫微郎？

【箋】

作於長慶二年（八二二），五十一歲，長安，中書舍人。

【校】

〔紫微郎〕「微」，馬本訛作「薇」，據宋本、那波本、汪本、全詩改正。

夏夜宿直

人少庭宇曠，夜涼風露清。槐花滿院氣，松子落階聲。寂寞挑燈坐，沈吟蹋月行。年衰自無趣，不是厭承明。

【箋】

作於長慶二年（八二二），五十一歲，長安，中書舍人。

【校】

〔題〕「夏夜」，汪本訛作「夏州」。

〔寂寞〕「寞」，宋本、那波本、盧校俱作「默」，汪本、全詩俱注云：「一作『默』。」

七言十二句贈駕部吳郎中七兄 時早夏朝歸，閉齋獨處，偶題此什。

四月天氣和且清，緑槐陰合沙隄平。獨騎善馬銜鐙穩，初著單衣支體輕。退朝下直少徒侶，歸舍閉門無送迎。風生竹夜窗間卧，月照松時臺上行。春酒冷嘗三數盞，曉琴閑弄十餘聲。幽懷静境何人别？唯有南宫老駕兄。

【箋】

作於長慶二年（八二二），五十一歲，長安，中書舍人。

〔駕部吴郎中七兄〕吴丹。見卷六酬吴七見寄詩箋。並參見留别吴七正字（卷十三）、吴七郎中山人待制班中偶贈絶句（卷十九）等詩。城按：據此詩，丹長慶二年仍官駕部。

【校】

〔題〕此下那波本無小注。「閉齋」，宋本作「閑齋」。

〔銜鐙〕「鐙」，馬本訛作「蹬」，據宋本、那波本、汪本、全詩、盧校改正。

玉真張觀主下小女冠阿容

綽約小天仙，生來十六年。姑山半峯雪，瑶水一枝蓮。晚院花留立，春窗月伴眠。迴眸雖欲語，阿母在傍邊。

【箋】

作於長慶二年（八二二），五十一歲，長安，中書舍人。何義門云：「五六情味佳。下篇亦妙，在五六描寫欲嫁也。」

〔玉真〕玉真女冠觀。在長安朱雀門街西第三街輔興坊。本工部尚書莘國公竇誕宅，景雲二年爲玉真公主作觀。見徐松兩京城坊考卷四。城按：長安志卷十作「畢國公竇洩宅。」

龍花寺主家小尼 郭代公愛姬薛氏，幼嘗爲尼，小名仙人子。

頭青眉眼細，十四女沙彌。夜静雙林怕，春深一食飢。步慵行道困，起晚誦經遲。應似仙人子，花宫未嫁時。

【箋】

作於長慶二年（八二二），五十一歲，長安，中書舍人。毛西河文集詩話八：「白樂天贈龍華寺主家小尼結句：『應似仙人子，花宫未嫁時。』自注云：『郭代公愛姬薛氏，幼嘗爲尼，小名仙人子。』此是以本朝故實用入詩句，故註之。後見類書，有『愛姬爲尼』一條，註云：『郭代公愛姬爲尼，名仙人子。樂天嘗贈以詩。』竊甚怪之。樂天安能與代公周旋耶？及見本集，則以此註註題下，不註詩下，遂疑此註是題中之註，遂以仙人子爲即龍華小尼，故曰樂天曾贈詩，誤矣。且代公愛姬是初爲尼而後爲姬者，故曰『花宫未嫁時』，謂此尼可以比未嫁代公時之仙人子耳。若云愛姬爲尼，則先姬後尼矣，小尼安得作姬過耶？」城按：白氏原注明甚，然西河所辨亦足糾類書之謬。

〔龍花寺〕兩京城坊考卷三：「在長安曲江之北。高宗立，尋廢，景龍二年復置。」城按：「花」本作「華」。

【校】

〔題〕此下那波本無注。

訪陳二

曉垂朱綬帶，晚著白綸巾。出去爲朝客，歸來是野人。兩瀼聊過日，一榻足容身。此外皆閑事，時時訪老陳。

【箋】

作於長慶二年（八二二），五十一歲，長安，中書舍人。

〔陳二〕疑即卷十四寄陳式五兄詩中之陳式五。

晚庭逐涼

送客出門後，移牀下砌初。趁涼行繞竹，引睡卧看書。老更爲官拙，慵多向事疏。松窗倚藤杖，人道似僧居。

【箋】

作於長慶二年（八二二），五十一歲，長安，中書舍人。

〔趁涼行繞竹二句〕碧溪詩話：「白云：『趁涼行繞竹，引睡卧觀書。』坡：『引睡文書信手翻。』書引睡魔，誠人人所同也。」

曲江憶李十一

李君殁後共誰遊？柳岸荷亭兩度秋。獨遶曲江行一匝，依前還立水邊愁。

【箋】

作於長慶二年（八二二），五十一歲，長安，中書舍人。

〔李十一〕李建。見卷五贈李十一建詩箋。城按：李建卒於長慶元年二月二十三日，參見本卷予與故刑部李侍郎早結道友以藥術爲事與故京兆元尹晚爲詩侶有林泉之期周歲之間二君長逝李住曲江北元居昇平西追感舊遊因貽同志詩。

江亭玩春

江亭乘曉閲衆芳，春妍景麗草樹光。日消石桂緑嵐氣，風墜木蘭紅露漿。水蒲漸展書帶葉，山榴半含琴軫房。何物春風吹不變？愁人依舊鬢蒼蒼！

【箋】

作於長慶二年（八二二），五十一歲，長安，中書舍人。

〔江亭乘曉閲衆芳二句〕何義門云：「領起『玩』字。」

聞夜砧

誰家思婦秋擣帛？月苦風淒砧杵悲。八月九月正長夜，千聲萬聲無了時。應到天明頭盡白，一聲添得一莖絲。

【箋】

約作於長慶二年（八二二）以前。

板橋路

梁苑城西二十里，一渠春水柳千條。若爲此路今重過，十五年前舊板橋。曾共玉顔橋上別，不知消息到今朝。

【箋】約作於長慶二年（八二二）以前。城按：王士禛香祖筆記卷五：「丹鉛録云：麗情集載湖州妓周德華者，劉采春女也，唱劉夢得竹枝詞云云。此詩甚佳，而劉集不載。按：此乃白樂天詩，詩本六句，非絶句，題乃板橋，非柳枝，蓋唐樂部所歌，多剪截四句歌之。如高達夫『開篋淚沾臆』，本古詩，止取前四句；李巨川『山川滿目淚沾衣』本汾陰行，止取末四句是也。白詩云：『梁苑城西二十里，……曾與美人橋上別，更無消息到今朝。』板橋在今汴梁城西三十里、中牟之東，唐人小説載板橋三娘子事即此，與謝玄暉之新林浦板橋異地而同名也。升庵博極羣書，豈未睹長慶集者，而亦有此誤耶？」其隴蜀餘聞又云：「板橋在今中牟縣東十五里。……李義山亦有板橋曉別詩，皆此地。」

青門柳

青青一樹傷心色，曾入幾人離恨中？爲近都門多送別，長條折盡減春風。

【箋】

約作於長慶二年（八二二）以前，長安。

〔青門〕漢長安城東出北頭第三門外郭門。長安志卷五：「亦曰青城門，門外出好瓜。昔廣陵人邵平爲秦東陵侯，秦亡，棄仕於青門外種瓜。」雍録卷七：「杜縣之北，即漢都城之覆盎門矣。故此門一名杜門。杜門即青門也，在漢都城爲東面南來第一門，即邵平種瓜之地也。」太平寰宇記卷二五雍州：「青綺門在城東南面，即東陵侯邵平秦末爲布衣種瓜于此門。」城按：漢青門後已圮毁，唐人詩中多借指長安城東面之門，爲東出送别之所。

梨園弟子

白頭垂淚話梨園，五十年前雨露恩。莫問華清今日事，滿山紅葉瑣宮門。

【箋】

約作於長慶二年（八二二）以前。

〔梨園〕見卷十二長恨歌詩箋。

〔華清〕華清宫。見卷十二江南遇天寶樂叟詩箋。

【校】

〔話梨園〕「話」，馬本訛作「語」，據宋本、那波本、汪本、全詩、盧校改正。

暮江吟

一道殘陽鋪水中，半江瑟瑟半江紅。可憐九月初三夜，露似真珠月似弓。

【箋】

約作於元和十一年（八一六）至元和十三年（八一八），江州，江州司馬。升庵詩話卷三：「詩有丰韻，言殘陽鋪水，半江之碧如瑟瑟之色，半江紅日所映也。可謂工緻如畫。」唐宋詩醇卷二四：「寫景奇麗，是一幅著色秋江圖。」王士禛帶經堂詩話：「白樂天論詩，多不可解。如劉夢得『雪裏高山頭白早，海中仙果子生遲』、『沈舟側畔千帆過，病樹前頭萬木春』等句，最爲下劣。而樂天乃極賞歎，以爲此等語在在當有神物護持，悖謬甚矣！元、白二集，瑕瑜錯陳，持擇須慎，初學人尤不可觀之。白古詩晚歲重複，什而七八。絶句作眼前景語，却往往入妙。如『上得籃輿未能去，春風敷水店門前』，『可憐九月初三夜，露似珍珠月似弓』之類，似出率易，而風趣非復雕琢可及。」城按：漁洋於劉、白詩之妙處，全未夢見，亦不值一駁也。

思婦眉

春風揺蕩自東來，折盡櫻桃綻盡梅。唯餘思婦愁眉結，無限春風吹不開。

【箋】

約作於元和十一年（八一六）至長慶二年（八二二）。

怨　詞

奪寵心那慣？尋思倚殿門。不知移舊愛，何處作新恩？

【箋】

約作於元和十一年（八一六）至長慶二年（八二二）。

寒閨怨

寒月沈沈洞房静，真珠簾外梧桐影。秋霜欲下手先知，燈底裁縫剪刀冷。

【箋】約作於元和十一年（八一六）至長慶二年（八二二）。

【校】〔題〕馬本、全詩俱作「空閨怨」。全詩「空」下注云：「一作『寒』。」據宋本、那波本、汪本、萬首改。

〔真珠〕何校：「『真』一作『珍』。」

秋房夜

雲露青天月漏光，中庭立久却歸房。水窗席冷未能卧，挑盡殘燈秋夜長。

【箋】約作於元和十一年（八一六）至長慶二年（八二二）。

〔雲露青天月漏光〕何義門云：「含『久』字。」

採蓮曲

菱葉縈波荷颭風，荷花深處小船通。逢郎欲語低頭笑，碧玉搔頭落水中。

【箋】約作於元和十一年（八一六）至長慶二年（八二二）。樂府詩集卷五〇清商曲辭江南弄：「古今樂録曰：梁天監十一年冬，武帝改西曲製江南上雲樂十四曲。江南弄七曲：一曰江南弄，二曰龍笛曲，三曰採蓮曲，四曰鳳笛曲，五曰採菱曲，六曰遊女曲，七曰朝雲曲。」

【校】〔荷颭風〕「風」，萬首作「水」。全詩注云：「一作『水』。」

鄰女

娉婷十五勝天仙，白日姮娥旱地蓮。何處閑教鸚鵡語？碧紗窗下繡牀前。

【箋】約作於元和十一年（八一六）至長慶二年（八二二）。

【校】〔姮娥〕「姮」，宋本、那波本俱作「恒」。又此下馬本注云：「胡登切。」城按：姮娥亦作恒娥，見淮南子覽冥。

閨婦

斜凭繡牀愁不動，紅銷帶緩緑鬟低。遼陽春盡無消息，夜合花前日又西。

【箋】約作於元和十一年（八一六）至長慶二年（八二二）。廖瑩中江行雜録：「白樂天詩云：『倦倚繡牀愁不動，緩垂緑帶髻鬟低。遼陽春盡無消息，夜合花開日又西。』好事者畫爲倦繡圖。」城按：廖氏所引白詩與今本小異。

【校】〔紅銷〕「銷」，何校：「蘭雪作『綃』。」汪本、全詩俱亦作「綃」。

移牡丹栽

金錢買得牡丹栽，何處辭叢别主來？紅芳堪惜還堪恨，百處移將百處開。

【箋】約作於元和十年（八一五）至長慶二年（八二二）。

〔百處移將百處開〕何義門云：「似有所指。」

聽夜箏有感

江州去日聽箏夜，白髮新生不願聞。如今格是頭成雪，彈到天明亦任君。

【箋】

約作於元和十四年（八一九）至長慶二年（八二二）。

〔如今格是頭成雪〕盧文弨鍾山札記卷二：「白樂天詩：『如今格是頭成雪，彈到天明亦任君。』元微之又有：『隔是身如夢，頻來不爲名。』容齋隨筆云：『格與隔二字義同，猶言已是也。』近來樂天集改作況是，淺俗之甚。司空圖亦有句云：『格是厭厭饒酒病，終須的的學漁歌。』」

【校】

〔格是〕「格」，馬本訛作「況」，據宋本、那波本、汪本、萬首、盧校改正。全詩注云：「一作『況』。」亦非。

代謝好答崔員外

青娥小謝娘，白髮老崔郎。謾愛胸前雪，其如頭上霜。别後曹家碑背上，思量好字斷君腸。

【箋】約作於元和十年（八一五）至長慶二年（八二二）。城按：此詩汪本編在第十二卷。〔謝好〕杭州歌妓，擅箏。白氏霓裳羽衣歌（卷二一）云：「移領錢塘第二年，始有心情問絲竹。玲瓏箜篌謝好箏，陳寵觱篥沈平笙。清絃脆管纖纖手，教得霓裳一曲成。」并自注云：「自玲瓏以下皆杭之妓名。」城按：據霓裳羽衣歌，白氏似刺杭後始識謝好，則此詩當作於長慶三年。惟此時崔韶已逝，崔員外似是另一人，俟考。

【校】〔題〕宋本、那波本、汪本題俱無「妓」字，據改。汪本、全詩題俱注云：「謝好，妓也。」

琵琶

絃清撥利語錚錚，背却殘燈就月明。賴是心無惆悵事，不然争奈子絃聲。

【箋】約作於元和十年（八一五）至長慶二年（八二二）。查慎行白香山詩評：「『賴是心無惆悵事，不然争奈子絃聲』，兩句轉折，自成創詞。」

【校】

〔撥利〕「利」，汪本、全詩俱作「刺」。

和殷協律琴思

秋水蓮冠春草裙，依稀風調似文君。煩君玉指分明語，知是琴心佯不聞。

【箋】

作於長慶二年（八二二），五十一歲，杭州，杭州刺史。

〔殷協律〕殷堯藩。見卷九別楊潁士盧克柔殷堯藩詩箋。城按：樂天刺蘇、杭二州時，堯藩均爲從事。參見醉中酬殷協律（卷二〇）、九日宴集醉題郡樓兼呈周殷二判官（卷二一）、歲日家宴戲示弟姪等兼呈張侍御二十八丈殷判官二十三兄（卷二四）、齊雲樓晚望偶題十韻兼呈馮侍御周殷二協律（卷二四）、寄殷協律（卷二五）等詩。

【校】

〔題〕萬首作「和人琴思」。

〔玉指〕「玉」，馬本訛作「五」。據宋本、那波本、汪本、萬首、全詩改正。

〔佯不聞〕「佯」，萬首作「静」。

寄李蘇州兼示楊瓊

真娘墓頭春草碧，心奴鬢上秋霜白。爲問蘇臺酒席中，使君歌笑與誰同？就中猶有楊瓊在，堪上東山伴謝公。

【箋】

或作於開成二年（八三七）。城按：此詩汪本編在後集卷三。

〔李蘇州〕名未詳。城按：後白氏李姓刺蘇者，據姑蘇志卷二古今守令表上所載，惟李道樞、李疑二人。李道樞刺蘇在開成二年。可能爲此詩所指。參見白氏奉和思黯相公以李蘇州所寄太湖石奇狀絶倫因題二十韻見示兼呈夢得詩（卷三四）箋。

〔楊瓊〕蘇州歌伎。全詩卷四二三元稹和樂天示楊瓊詩注云：「楊瓊本名播，少爲江陵酒妓。去年姑蘇過瓊叙舊。及今見樂天此篇，因走筆追書此曲。」白氏問楊瓊詩（卷二一）云：「古人唱歌兼唱情，今人唱歌唯唱聲。欲説向君君不會，試將此語問楊瓊。」

〔真娘〕見卷十二真娘墓詩箋。

〔心奴〕白氏長洲曲新詞（卷三四）云：「心奴已死胡容老，後輩風流是阿誰？」則知心奴卒於開成四年前。

〔蘇臺〕指蘇州。納蘭成德淥水亭雜識：「蘇臺：青箱雜記云：蘇州有姑蘇臺，故謂蘇臺。」

聽彈湘妃怨

玉軫朱絃瑟瑟徽，吴娃徵調奏湘妃。分明曲裏愁雲雨，似道蕭蕭郎不歸。江南新詞有云：「暮雨蕭蕭郎不歸。」

【箋】作於長慶二年（八二二），五十一歲，杭州，杭州刺史。

【校】〔不歸〕此下那波本無注。

閑坐

煖擁紅爐火，閑搔白髮頭。百年慵裏過，萬事醉中休。有室同摩詰，無兒比鄧攸。莫論身在日，身後亦無憂。

【箋】作於長慶二年(八二二),五十一歲,杭州,杭州刺史。

不睡

焰短寒釭盡,聲長曉漏遲。年衰自無睡,不是守三尸。

【箋】作於長慶二年(八二二),五十一歲,杭州,杭州刺史。

【校】〔寒釭〕「釭」,馬本、汪本、全詩俱訛作「缸」,據宋本、那波本、盧校改正。

白居易集箋校卷第二十

律詩　五言　七言　凡九十七首

初罷中書舍人

自慚拙宦叨清貫，還有癡心怕素飡。或望君臣相獻替，可圖妻子免飢寒。性疏豈合承恩久？命薄元知濟事難。分寸寵光酬未得，不休更擬覓何官？

【箋】

作於長慶二年（八二二），五十一歲，長安，杭州刺史。見汪譜。城按：居易長慶二年七月十四日罷中書舍人，除授杭州刺史，見杭州刺史謝上表（卷六一）。并參見白氏長慶二年七月自中書舍人出守杭州路次藍溪作詩（卷八）。

【校】

〔九十七首〕宋本、那波本、馬本俱誤作「一百首」，今改正。

〔清貫〕「貫」，那波本、馬本、全詩俱作「貴」，據宋本、汪本、盧校改。全詩注云：「一作『貫』。」城按：何校云：「黄校本云：此卷用盧山集本校。」所謂盧山本當即絳雲樓所藏北宋刊本。

宿陽城驛對月　自此後詩赴杭州路中作。

親故尋迴駕，妻孥未出關。鳳皇池上月，送我過商山。

【箋】

作於長慶二年（八二二），五十一歲，長安至杭州途中，杭州刺史。見汪譜。

〔陽城驛〕見卷二和陽城驛詩箋。

〔商山〕見卷八登商山最高頂詩箋。

【校】

〔題〕此下小注，那波本爲大字同題。

〔商山〕「商」，英華作「南」。全詩注云：「一作『南』。」

商山路有感 并序

前年夏，予自忠州刺史除書歸闕。時刑部李十一侍郎、户部崔二十員外亦自澧、果二郡守徵還，相次入關，皆同此路。今年，予自中書舍人授杭州刺史，又由此途出。二君已逝，予獨南行；追歎興懷，慨然成詠。後來有與予、杓直、虞平游者，見此短什，能無惻惻乎？儻未忘情，請爲繼和。長慶二年七月三十日，題於内鄉縣南亭云爾。

憶昨徵還日，三人歸路同。此生都是夢，前事旋成空。杓直泉埋玉，虞平燭過風。唯殘樂天在，頭白向江東。

【箋】

作於長慶二年（八二二），五十一歲，長安至杭州途中，杭州刺史。見汪譜。

〔商山〕見卷八登商山最高頂詩箋。

〔忠州〕見卷十一初到忠州登東樓寄萬州楊八使君詩箋。

〔刑部李十一侍郎〕李建。見卷十九予與故刑部李侍郎早結道友以藥術爲事與故京兆元尹晚爲詩侶有林泉之期周歲之間二君長逝李住曲江北元居昇平西追感舊遊因貽同志詩箋。

〔户部崔二十員外〕崔韶。元和十一年九月自禮部員外郎出爲果州刺史。見舊書卷十五憲宗紀，並參見東南行一百韻寄果州崔二十二使君……（卷十六）、宿西林寺早赴東林滿上人之會因寄崔二十二員外（卷十六）、京使迴累得南省諸公書因以長句詩寄謝崔二十二員外……（卷十八）等詩。城按：「崔二十」當作「崔二十二」。白氏晚歸有感詩（卷十一）云：「朝弔李家孤，暮問崔家疾。」則崔韶卒於李建及元宗簡之後，約爲長慶二年春夏之際。

〔虞平〕崔韶之字。

〔内鄉縣〕原爲中鄉縣。隋開皇三年避廟諱改爲内鄉縣，唐屬鄧州。見元和郡縣志卷二一。

【校】

〔憶昨〕宋本訛作「憶作」。

重感

停驂歇路隅，重感一長吁。擾擾生還死，紛紛榮又枯。困支青竹杖，閑捋白髭鬚。莫歎身衰老，交遊半已無。

【箋】

作於長慶二年（八二二），五十一歲，長安至杭州途中，杭州刺史。

逢張十八員外籍

旅思正茫茫，相逢此道傍。曉嵐林葉闇，秋露草花香。白髮江城守，青衫水部郎。客亭同宿處，忽似夜歸鄉。

【箋】

作於長慶二年（八二二），五十一歲，長安至杭州途中，杭州刺史。

〔張十八員外籍〕見卷十九喜張十八博士除水部員外郎詩箋。城按：此詩云：「旅思正茫茫，相逢此道旁。」則籍必歸長安途中與白氏相遇。又全詩卷三八四有張籍使至藍谿驛寄太常王丞詩亦作於此時，蓋此時王建已自秘書丞遷太常寺丞。詳見卷二六白氏送陝州王司馬建赴任詩箋。

【校】

〔道傍〕「道」，英華作「路」。

〔曉嵐〕英華作「晚風」。全詩注云：「一作『晚風』。」「曉」，宋本、那波本俱作「晚」。何校：

「蘭雪作『晚』，宋刻作『曉』。」何氏所據宋本與紹興本異。視詩意似以「晚嵐」較勝。

赴杭州重宿棣華驛見楊八舊詩感題一絶

往恨今愁應不殊，題詩梁下又踟躕。羨君猶夢見兄弟，我到天明睡亦無。

【箋】作於長慶二年（八二二），五十一歲，長安至杭州途中，杭州刺史。城按：此詩咸淳臨安志卷五五誤作「白樂天樟亭驛見楊舊詩。」

〔棣華驛〕白氏有棣華驛見楊八題夢兄弟詩（卷十八），作於元和十五年自忠州赴闕途中。

〔楊八〕楊虞卿。見卷十八棣華驛見楊八題夢兄弟詩箋。

【校】〔題〕「感題一絶」四字宋本爲小注。那波本無。萬首題作「赴杭州重宿驛感題」。

寓言題僧

劫風火起燒荒宅，苦海波生蕩破船。力小無因救焚溺，清涼山下且安禪。

【箋】

作於長慶二年（八二二），五十一歲，長安至杭州途中，杭州刺史。

〔清涼山下且安禪〕何義門云：「此自寓出家。」

【校】

〔題〕「題」，何校：「『贈』字從黄校。」

内鄉縣村路作

日下風高野路涼，緩驅疲馬闇思鄉。渭村秋物應如此，棗赤梨紅稻穗黄。

【箋】

作於長慶二年（八二二），五十一歲，長安至杭州途中，杭州刺史。

〔内鄉縣〕見本卷商山路有感詩箋。

【校】

〔題〕宋本，那波本、全詩俱無「縣」字。汪本注云：「一本無『縣』字。」全詩注云：「一有『縣』字。」

路上寄銀匙與阿龜

謫宦心都慣，辭鄉去不難。緣留龜子住，涕淚一闌干。小子須嬌養，鄒婆爲好看。銀匙封寄汝，憶我即加飡。

【箋】

作於長慶二年（八二二），五十一歲，長安至杭州途中，杭州刺史。

〔阿龜〕居易弟行簡子。白氏元和十三年作弄龜羅詩（卷七）云：「有姪始六歲，字之爲阿龜。」則至此時阿龜當已十齡矣。又有聞龜兒詠詩（卷十七）、和晨興因報問龜兒（卷二二）、見小姪龜兒詠燈詩并臘娘製衣因寄行簡（卷二四）等詩。

〔闌干〕汪立名云：「毛晃增修禮部韻略：闌干，流貌。白居易詩：『玉容寂寞淚闌干。』又眼腔謂之闌干。遯叟詩話：闌干出曹子建月落參横，北斗闌干。注：横斜貌，象斗之將没也。而淚之闌干，不但言其横流，更有借用汎瀾之意。然作横斜解自雅。」

山泉煎茶有懷

坐酌泠泠水，看煎瑟瑟塵。無由持一盌，寄與愛茶人。

【箋】

作於長慶二年（八二二），五十一歲，長安至杭州途中，杭州刺史。

【校】

〔題〕「有懷」下，何校據黄校補「縣尹」二字。

郢州贈别王八使君

昔是詩狂客，今爲酒病夫。强吟翻悵望，縱醉不歡娱。鬢髮三分白，交親一半無。郢城君莫厭，猶校近京都。

【箋】

作於長慶二年（八二二），五十一歲，長安至杭州途中，杭州刺史。

〔郢州〕舊爲安陸郡。唐貞觀十七年改置郢州，屬山南道。見元和郡縣志卷二一。

〔王八使君〕郢州刺史王鎰。白氏長慶元年十二月十一日所作論左降獨孤朗等狀（卷六〇）云：「刑部員外郎王鎰可郢州刺史。」與此詩之時間正合，當即詩中之「王八使君」。並參見白氏李肇可中散大夫郢州刺史王鎰朗州刺史温造可朝散大夫三人同制（卷五〇）。岑仲勉唐人行第録王八條云：「王是郢州刺史，名未詳。」失考。城按：中華書局本張籍詩集卷二據四庫本補入郢州贈別王七使君詩一首，與此詩雷同。此詩云：「郢城君莫厭，猶校近京都。」似非張籍之語氣，蓋籍此時方官水部員外郎，並未赴遠郡也。故張集中此詩當係白詩誤羼入者，「王七」亦係「王八」之誤，附考於此。

【校】

〔莫厭〕「厭」，英華作「歇」，誤。

吉祥寺見錢侍郎題名

雲雨三年別，風波萬里行。愁來正蕭索，況見故人名！

【箋】

作於長慶二年（八二二），五十一歲，長安至杭州途中，杭州刺史。

〔吉祥寺〕清統志安陸府：「吉祥寺在鍾祥縣東三里，即唐靈濟庵。」

〔錢侍郎〕錢徽。見卷十九錢侍郎使君以題廬山草堂詩見寄因酬之詩箋。

【校】

〔愁來〕宋本、那波本俱作「秋心」。汪本、全詩俱注云：「一作『愁』。」

〔故人〕「故」，馬本、全詩俱訛作「古」，據宋本、那波本、汪本、萬首、盧校改正。

重到江州感舊遊題郡樓十一韻

掌綸知是忝，剖竹信爲榮。才薄官仍重，恩深責尚輕。昔徵從典午，今出自承明。鳳詔休揮翰，漁歌欲濯纓。還乘小艛艓，却到古湓城。醉客臨江待，禪僧出郭迎。青山滿眼在，白髮半頭生。又校三年老，何曾一事成。重過蕭寺宿，再上庾樓行。雲水新秋思，閭閻舊日情。郡民猶認得，司馬詠詩聲。

【箋】

作於長慶二年（八二二），五十一歲，長安至杭州途中，杭州刺史。見汪譜。唐宋詩醇卷一一四：「全首著意『重到』二字，落句意與神會，情景逼真。」

〔江州〕見卷六江州雪詩箋。

〔湓城〕見卷七登香鑪峯頂詩箋。

〔庾樓〕見卷十五初到江州詩箋。

【校】

〔艛艓〕「艓」，英華作「艇」。汪本注云：「一作『艇』。」又此下馬本注云：「音樓牒，小舟也。」

贈江州李十使君員外十二韻

我本江湖上，悠悠任運身。朝隨賣藥客，暮伴釣魚人。迹爲燒丹隱，家緣嗜酒貧。經過剡谿雪，尋覓武陵人。豈有疏狂性，堪爲侍從臣？仰頭驚鳳闕，下口觸龍鱗。劍佩辭天上，風波向海濱。非賢虛偶聖，無屈敢求伸。昔去曾同日，今來即後塵。元和末，余與李員外同日黜官，今又相次出爲刺史。中年俱白鬢，左宦各朱輪。長短才雖異，榮枯事略均。殷勤李員外，不合不相親。

【箋】

作於長慶二年（八二二），五十一歲，長安至杭州途中，杭州刺史。

〔江州〕見卷六江州雪詩箋。

〔李十使君員外〕江州刺史李渤。城按：穆宗即位，召渤爲考功員外郎。長慶元年五月出爲虔州刺史。見舊書卷一七一本傳及穆宗紀。又全唐文卷六三七李翺江州南湖堤銘：「長慶二年十二月，江州刺史李君濬之截南陂，築堤三千五百尺，……」嘉泰吴興志卷十四載錢徽長慶元年十二月十五日自江州刺史遷湖州刺史。據此，渤當爲錢徽之後任。居易以長慶二年七月十四日除杭州，過江州時亦可與渤任相及，則可證是年七月前渤已爲江州刺史。參見京使迴累得南省諸公書因以長句詩寄謝李十員外……詩（卷十八）。

【校】

〔題〕宋本、那波本、馬本俱訛作「十四韻」，今據汪本、全詩改作「十二韻」。英華題無「十四韻」三字。

〔賣藥〕英華作「採樵」，注云：「集作『賣藥』。」汪本、全詩俱注云：「一作『採樵』。」

〔釣魚〕「釣」，英華作「打」，注云：「集作『釣』。」汪本、全詩俱注云：「一作『打』。」

〔武陵人〕「人」，英華、汪本、全詩俱作「春」。

〔敢求伸〕「敢」，英華作「可」，注云：「集作『可』。」汪本、全詩俱注云：「一作『可』。」

〔後塵〕此下那波本無注。注中馬本脱「余」字，據宋本、汪本、全詩增。

〔白鬢〕「鬢」，英華作「髮」，注云：「集作『鬢』。」

〔左宦〕「左」，馬本作「仕」，非。據宋本、那波本、汪本、全詩改正。

題別遺愛草堂兼呈李十使君

李亦廬山人，常隱白鹿洞。

曾住爐峯下，書堂對藥臺。斬新蘿徑合，依舊竹窗開。砌水親開決，池荷手自栽。五年方暫至，一宿又須迴。縱未長歸得，猶勝不到來。君家白鹿洞，聞道亦生苔。

【箋】

作於長慶二年（八二二），五十一歲，長安至杭州途中，杭州刺史。城按：此詩全唐詩既收卷四六二白居易下，又收卷二九九王建下。詩題稱「題別遺愛草堂」，詩又云：「砌水親開決，池荷手自栽。五年方暫至，一宿又須迴。」考居易元和十三年十二月二十日代李景儉爲忠州刺史，至長慶二年適爲第五年，故此詩可斷爲居易所作無疑。全詩王建名下誤收。唐宋詩醇卷二四：「草堂記中有『清泉白石，實聞斯言』之語。『縱未長歸得』二句，殆自爲解嘲耳。」

〔遺愛草堂〕見卷十七廬山草堂夜雨獨宿寄牛二李七庾三十二員外詩箋。

〔李十使君〕李渤。見本卷贈江州李十使君員外十二韻詩箋。

〔斬新〕汪立名云：「立名按：遯叟詩話：白樂天用『斬新』亦出杜『斬新花蕊未應飛』，『斬』字正形容其新，在可解、不可解之間。」

〔君家白鹿洞二句〕李渤與兄涉嘗隱廬山，故云。太平寰宇記卷一一一江州：「白鹿洞在廬山東南，本李渤書堂，今爲官學。」方輿勝覽卷十七南康軍：「白鹿書堂，唐李渤與兄涉俱隱於此山，嘗養一白鹿，因名之。」

【校】

〔題〕此下那波本無注。宋本「山」下脱「人」字。英華題下注云：「李十亦嘗隱廬山白鹿洞。」

〔開決〕「開」，英華、何校俱作「看」，非。

重題

泉石尚依依，林疏僧亦稀。何年辭水閣？今夜宿雲扉。謾獻長楊賦，虛抛薜荔衣。不能成一事，羸得白頭歸。

【箋】作於長慶二年（八二二），五十一歲，長安至杭州途中，杭州刺史。

【校】〔題〕全詩注云：「一作『重題別遺愛草堂』。」〔虛抛〕「虛」，何校云：「從玄芝勘本作『休』。」

夜泊旅望

少睡多愁客，中宵起望鄉。沙明連浦月，帆白滿船霜。近海江彌闊，迎秋夜更長。煙波三十宿，猶未到錢塘。

【箋】作於長慶二年（八二二），五十一歲，長安至杭州途中，杭州刺史。

【校】〔題〕何校：「玄芝本作『夜初江望』。」

〔錢塘〕汪本、全詩俱作「錢唐」。城按：秦置錢唐縣，唐以國爲號，乃加土爲塘，改爲錢塘。見讀史方輿紀要卷九〇浙江二杭州府。

九江北岸遇風雨

黄梅縣邊黄梅雨，白頭浪裏白頭翁。九江闊處不見岸，五月盡時多惡風。人間穩路應無限，何事抛身在此中？

【箋】作於長慶二年（八二二），五十一歲，長安至杭州途中，杭州刺史。

【校】〔盡時〕英華作「將盡」。全詩注云：「一作『將盡』。」

〔在此中〕「在」，英華作「來」。汪本、全詩俱注云：「一作『來』。」

舟中晚起

日高猶掩水窗眠，枕簟清涼八月天。泊處或依沽酒店，宿時多伴釣魚船。退身江海應無用，憂國朝廷自有賢。且向錢塘湖上去，冷吟閑醉二三年。

【箋】

作於長慶二年（八二二），五十一歲，長安至杭州途中，杭州刺史。

〔錢塘湖〕西湖。白氏錢塘湖石記（卷六八）：「錢塘湖一名上湖，周迴三十里。」咸淳臨安志卷三二：「西湖在郡西，舊名錢塘湖，源出武林泉，周迴三十里。」白氏又有錢塘湖春行詩（本卷）。

【校】

〔朝廷〕「廷」，那波本訛作「迋」。

〔錢塘〕汪本、全詩俱作「錢唐」。見本卷夜泊旅望校文。

秋寒

雪鬢年顏老，霜庭景氣秋。病看妻撿藥，寒遣婢梳頭，身外名何有？人間事且休。澹然方寸内，唯擬學虚舟。

【箋】

作於長慶二年（八二二），五十一歲，長安至杭州途中，杭州刺史。

初到郡齋寄錢湖州李蘇州 聊取二郡一哂，故有落句之戲。

俱來滄海郡，半作白頭翁。謾道風煙接，何曾笑語同？吏稀秋税畢，客散晚亭空。霽後當樓月，潮來滿座風。霅溪殊冷僻，茂苑太繁雄。唯此錢塘郡，閑忙恰得中。

【箋】

作於長慶二年（八二二），五十一歲，杭州，杭州刺史。見汪譜。查慎行白香山詩評云：「時長慶二年十月。」

〔錢湖州〕湖州刺史錢徽。嘉泰吴興志卷十四：「錢徽，長慶元年十二月十五日自江州拜，還尚書工部郎中。」參見本卷錢湖州以箬下酒李蘇州以五酘酒相次寄到無因同飲聊詠所懷、小歲日對酒吟錢湖州所寄詩等詩。

〔湖州〕舊爲吴興郡，隋仁壽二年置湖州。唐因之，屬江南道。見元和郡縣志卷二五。

〔李蘇州〕蘇州刺史李諒。字復言。元稹孤山永福寺石壁法華經記云：「凡輸錢於經，貴者有若御史中丞、蘇州刺史李諒。」全詩卷四六三李諒蘇州元日郡齋感懷寄越州元相公杭州白舍人詩原注云：「時長慶四年也。」本卷又有錢湖州以箬下酒李蘇州以五酘酒相次寄到無因同飲聊詠所懷、見李蘇州示男阿武詩自感成詠等詩，均係酬諒之作。城按：唐語林卷二云：「白居易，長慶二年以中書舍人爲杭州刺史，替嚴員外休復。休復有時名，居易喜爲之代。時吴興守錢徽、吴郡守李穰皆文學士，悉生平舊友，日以詩酒寄興。」「李穰」蓋爲「李諒」之誤。又據此詩及白氏李諒授壽州刺史制（卷五〇），諒長慶二年秋已自壽州移任蘇州。郎官考卷十三度支郎中引姑蘇志卷二謂李諒長慶四年自泗州刺史徙任蘇州刺史，亦失考。

〔蘇州〕舊爲吴郡。隋開皇九年改爲蘇州，因姑蘇山爲名。唐屬江南道。見元和郡縣志卷二五。

〔霅溪〕指湖州。元和郡縣志卷二五：「霅溪水，一名大溪水，一名苕溪水。西南自長城、安吉兩縣東北流至（湖）州南，與餘不溪水、苧溪水合。又流入於太湖。在州北三十五里。」

〔茂苑〕指蘇州。吴郡圖經續記卷下：「長洲苑，吴故苑名，在郡界。……吴都賦亦云：『帶朝夕之濬池，佩長洲之茂苑。』」白氏登閶門閑望詩云：「曾賞錢塘兼茂苑。」

【校】

〔題〕此下那波本無注。英華注爲大字。

〔晚亭〕「亭」，宋本、那波本、全詩俱作「庭」。汪本注云：「一作『庭』。」全詩注云：「一作『亭』。」

〔霅溪〕「霅」，馬本注云：「直甲切，水名，在吴興。」

〔唯此〕「此」，英華作「有」。汪本、全詩俱注云：「一作『有』。」

〔錢塘〕汪本、全詩俱作「錢唐」。見本卷夜泊旅望校文。

對酒自勉

五十江城守，停杯一自思。頭仍未盡白，官亦不全卑。榮寵尋過分，歡娱已校遲。肺傷雖怕酒，心健尚誇詩。夜舞吴娘袖，春歌蠻子詞。猶堪三五歲，相伴醉花時。

【箋】

作於長慶二年（八二二），五十一歲，杭州，杭州刺史。

郡樓夜宴留客

北客勞相訪，東樓爲一開。褰簾待月出，把火看潮來。豔聽竹枝曲，香傳蓮子盃。寒天殊未曉，歸騎且遲迴。

【箋】

作於長慶二年（八二二），五十一歲，杭州，杭州刺史。

【校】

〔褰簾〕「褰」，馬本作「卷」，據宋本、那波本、汪本、全詩、盧校改。又英華訛作「寒」。全詩注云：「一作『卷』。」

〔豔聽〕「聽」，英華作「唱」。全詩注云：「一作『唱』。」

醉題候仙亭

蹇步垂朱綬，華纓映白鬚。何因駐衰老？只有且歡娛。酒興還應在，詩情可便無？登山與臨水，猶未要人扶。

【箋】

作於長慶二年（八二二），五十一歲，杭州，杭州刺史。

〔候仙亭〕咸淳臨安志卷二三：「候仙亭，守韓僕射臯建，久廢。趙安撫與簒更造。」白氏冷泉亭記（卷四三）：「先是領郡者有相里君造作虚白亭，有韓僕射皐作候仙亭，有裴庶子棠棣作觀風亭，有盧給事元輔作見山亭，及右司郎中河南元藇最後作此亭。……」查慎行白香山詩評：「候仙亭在靈隱寺前。」本卷又有候仙亭同諸客醉作詩。

【校】

〔映白鬚〕「映」，宋本、那波本俱作「暎」，字同。

東　院

松下軒廊竹下房，暖簷晴日滿繩牀。净名居士經三卷，榮啓先生琴一張。老去齒衰嫌橘醋，病來肺渴覺茶香。有時閑酌無人伴，獨自騰騰入醉鄉。

【箋】

作於長慶二年（八二二），五十一歲，杭州，杭州刺史。

虚白堂

虚白堂前衙退後，更無一事到中心。移牀就日簷間卧，卧詠閑詩側枕琴。

【箋】

作於長慶二年（八二二），五十一歲，杭州，杭州刺史。

〔虚白堂〕在杭州刺史治所内。治所舊在鳳凰山之右。咸淳臨安志卷五二：「虚白堂：唐長慶中，刺史白文公有詩刻石堂上。」方輿勝覽卷一臨安府：「虚白堂：白居易詩刻石堂上。」本卷花樓望雪命宴賦詩云：「偷將虚白堂前鶴，失却樟亭驛後梅。」

【校】

〔就日〕「日」，馬本作「月」，據宋本、那波本、汪本、萬首、全詩、盧校改。

閑夜詠懷因招周協律劉薛二秀才

世名檢束爲朝士，心性疏慵是野夫。高置寒燈如客店，深藏夜火似僧爐。香濃酒熟能嘗否？冷澹詩成肯和無？若厭雅吟須俗飲，妓筵勉力爲君鋪。

【箋】

作於長慶二年（八二二），五十一歲，杭州，杭州刺史。

〔周協律〕周元範。居易爲蘇杭二州刺史時，元範均爲從事。本卷又有夜招周協律兼答所贈、重酬周判官、予以長慶二年冬十月到杭州明年秋九月始與范陽盧賈汝南周元範蘭陵蕭悦清河崔求東萊劉方輿同遊恩德寺之泉洞竹石籍甚久矣及茲目擊果愜心期因自嗟云到郡周歲方來入寺半日復去俯視朱綬仰睇白雲有愧於心遂留絶句及九日宴集醉題郡樓兼呈周殷二判官（卷二一）、齊雲樓晚望偶題十韻兼呈馮侍御周殷二協律（卷二四）、寄答周協律（卷二五）等詩，均指元範。城按：據白氏和酬鄭侍御東陽春悶放懷追越遊見寄詩「憑君一詠向周師」句自注云：「周判官師範，蘇、杭舊判官，去範字叶韻。」則「元範」又作「師範」。

〔劉秀才〕東萊劉方輿。見本卷予以長慶二年冬十月到杭州明年秋九月始與范陽盧賈汝南周元範蘭陵蕭悦清河崔求東萊劉方輿同遊恩德寺之泉洞竹石籍甚久矣及茲目擊果愜心期因自嗟云到郡周歲方來入寺半日復去俯視朱綬仰睇白雲有愧於心遂留絶句詩。

〔薛秀才〕薛景文。本卷與諸客攜酒尋去年梅花有感詩「點檢惟無薛秀才」句自注云：「去年與薛景文同賞，今年長逝。」則景文當卒於長慶四年。又有和薛秀才尋梅花同飲見贈詩（卷二〇）。

晚興

極浦收殘雨，高城駐落暉。山明虹半出，松闇鶴雙歸。將吏隨衙散，文書入務稀。閑吟倚新竹，筠粉汙朱衣。

【箋】

作於長慶二年（八二二），五十一歲，杭州，杭州刺史。

衰病

老與病相仍，華簪髮不勝。行多朝散藥，睡少夜停燈。禄食分供鶴，朝衣減施僧。性多移不得，郡政謾如繩。

【箋】

作於長慶二年（八二二），五十一歲，杭州，杭州刺史。

〔行多朝散藥〕杜甫風疾舟中伏枕書懷詩云：「行藥病涔涔。」吴旦生歷代詩話卷三九：「車允讀書鼓樓山，一日行藥次，得金於智井中。鮑昭行藥至城東橋詩五臣注云：『昭因疾服藥，行而宣導之。』常建詩：『行藥至石壁，東風變萌芽。』陸龜蒙詩：『更擬結茅臨水次，偶因行藥到村前。』」

〔停燈〕即點燈之意。徐陵和王舍人送客未還閨中有望詩（徐孝穆全集卷一）云：「綺燈停不滅，高扉掩朱關。」朱慶餘近試上張籍水部詩云：「洞房昨夜停紅燭，待曉堂前拜舅姑。」白氏歲暮夜長病中燈下聞盧尹夜宴以詩戲之且爲來日張本也詩（卷三六）云：「當君秉燭銜杯夜，是我停燈服藥時。」均可證。又宋人文同織婦怨云：「不敢輒下機，連宵停火燭。」錢鍾書宋詩選第四三頁注此詩引費昶行路難「貧窮夜紡無燈燭」，謂即夜間滅燈紡織之意，誤。

【校】

〔相仍〕「仍」，汪本作「侵」。

病中對病鶴

同病病夫憐病鶴，精神不損翅翎傷。未堪再舉摩霄漢，只合相隨覓稻粱。但作悲吟和嘹唳，難將俗貌對昂藏。唯應一事宜爲伴，我髮君毛俱似霜。

【箋】

作於長慶二年（八二二），五十一歲，杭州，杭州刺史。

【校】

〔同病〕「同」，馬本訛作「困」。據宋本、那波本、汪本、全詩、盧校改正。

夜　歸

半醉閑行湖岸東，馬鞭敲鐙轡瓏璁。萬株松樹青山上，十里沙堤明月中。樓角漸移當路影，潮頭欲過滿江風。歸來未放笙歌散，畫戟門開蠟燭紅。

【箋】

作於長慶二年（八二二），五十一歲，杭州，杭州刺史。城按：唐宋詩醇卷二四：「次聯已盡西湖之景。五六從空中摹擬而得。『潮頭欲過滿江風』較許渾『山雨欲來風滿樓』句，更爲闊大。」方東樹續昭昧詹言：「起句平點，三四遠景，五六警妙非常，以歸後事收。只八句説去，往復一氣中，層次情事，有一幅畫圖。令人一一可按而見。固非小才能辦。」

〔萬株松樹青山上二句〕輿地紀勝卷二：「萬松嶺去錢塘一十里，夾道栽松。」咸淳臨安志卷二八：「萬松嶺在和寧門外西嶺上，舊夾道栽松。樂天夜歸詩云：『萬株松樹青山上，十里沙堤明月中。』東坡蠟梅詩亦有『萬松嶺下黄千葉』之句。今第宅民居，高高下下，鱗次櫛比。」又同書卷五八：「白公詩『拂城松樹一千株』指萬松嶺言，今多不存。」「十里沙堤」詳見後錢塘湖春行詩箋。

【校】

〔題〕咸淳臨安志卷五二「夜歸」作「自湖上歸入錢湖門經由萬松嶺還州治」。

臘後歲前遇景詠意

海梅半白柳微黄，凍水初融日欲長。度臘都無苦霜霰，迎春先有好風光。郡中起晚聽衙鼓，城上行慵倚女牆。公事漸閑身且健，使君殊未厭餘杭。

【箋】

作於長慶二年（八二二），五十一歲，杭州，杭州刺史。

〔臘後〕冬至後三戌謂之臘。韓非子五蠹：「膢臘而相遺以水」，王先慎集解引説文曰：「膢，楚俗以二月祭飲食也。臘，冬至後三戌臘祭百神。」

白髮

雪髮隨梳落，霜毛繞鬢垂。加添老氣味，改變舊容儀。不肯長如漆，無過總作絲。最憎明鏡裏，黑白半頭時。

【箋】

作於長慶二年（八二二），五十一歲，杭州，杭州刺史。

【校】

〔雪髮〕「雪」，宋本、那波本俱作「雲」。

錢湖州以箬下酒李蘇州以五酘酒相次寄到無因同飲聊詠所懷

勞將箬下忘憂物，寄與江城愛酒翁。鐺脚三州何處會？甕頭一盞幾時同？傾如竹葉盈樽緑，飲作桃花上面紅。莫怪殷勤醉相憶，曾陪西省與南宮。

【箋】

作於長慶二年（八二二），五十一歲，杭州，杭州刺史。

〔錢湖州〕錢徽。見本卷初到郡齋寄錢湖州李蘇州詩箋。

〔箬下酒〕元和郡縣志卷二五湖州：「箬溪水釀酒甚濃，俗稱箬下酒。」嘉泰吴興志卷十八：「白居易有錢湖州寄箬下酒詩云：『勞將箬下忘憂物，寄與江城愛酒翁。』按：長興有上箬、下箬溪。輿地志：夾岸悉生箭箬，南岸曰上箬，北岸曰下箬，釀酒醇美，俗稱下箬酒。烏程箬下酒有名。吴興記云：上箬、下箬村並出美酒。劉夢得詩云：『鸚鵡杯中箬下春。』韋昭吴興録云：藝苑雌黄云：説者以荆南爲荆州，非也，即烏程荆溪之南耳。漁隱叢話曰：藝苑雌黄以箬下酒爲烏程酒，誤矣。」太平寰宇記卷九四湖州引顧野王輿地志云：「夾溪悉生箭箬，南岸曰上箬，北岸曰下箬，二箬皆村名，村人取下箬水釀酒，醇美勝於雲陽，俗稱箬下酒。」湖州府志卷二一：「箬溪在（長興〕縣南五十步，名顧渚口，一名趙溪，注於太湖。」則下箬酒亦名箬下酒。

〔李蘇州〕李諒。見本卷初到郡齋寄錢湖州李蘇州詩箋。

〔五酘酒〕吴郡志卷二九：「白居易守洛時，有謝李蘇州寄五酘酒詩。今里人釀酒，麴米與漿水已入甕，翌日，又以米投之，有至一再投者謂之酘，其酒則清洌異常，今謂之五酘；是米五投之耶！按：李蘇州疑是李紳。」城按：居易長慶二年作此詩時，李紳方在長安。至長慶四年二月，自户部侍郎貶爲端州司馬。從未刺蘇也。吴郡志謂居易守洛時作此詩及紳爲蘇州刺史，俱誤。又姑蘇志卷二古今守令表上謂紳大和中任，亦誤。

【校】

〔題〕馬本「箬」下注云：「如灼切。」「五酘」下注云：「大透切，重釀酒。」

〔愛酒翁〕「愛」，馬本作「賣」，非。據宋本、那波本、汪本、全詩、盧校改正。

花樓望雪命宴賦詩

連天際海白皚皚，好上高樓望一迴。何處更能分道路？此時兼不認池臺。萬重雲樹山頭翠，百尺花樓江畔開。素壁聯題分韻句，紅爐巡飲暖寒盃。冰鋪湖水銀爲面，風卷汀沙玉作堆。絆惹舞人春豔曳，勾留醉客夜徘徊。偷將虚白堂前鶴，失却樟亭驛後悔。別有故情偏憶得，曾經窮苦照書來。

【箋】

作於長慶二年（八二二），五十一歲，杭州，杭州刺史。

〔虛白堂〕見本卷虛白堂詩箋。

〔樟亭驛〕見卷十三宿樟亭驛詩箋。並參見本卷樟亭雙櫻樹詩。

晚歲

壯歲忽已去，浮榮何足論。身爲百口長，官是一州尊。不覺白雙鬢，徒言朱兩轓。病難施郡政，老未答君恩。歲暮别兄弟，年衰無子孫。惹愁諳世網，治苦賴空門。攣帶知腰瘦，看燈覺眼昏。不緣衣食繫，尋合返丘園。

【箋】

作於長慶二年（八二二），五十一歲，杭州，杭州刺史。

【校】

〔攣帶〕「攣」，馬本注云：「魯敢切，手取也。」

宿竹閣

晚坐松簷下，宵眠竹閣間。清虚當服藥，幽獨抵歸山。巧未能勝拙，忙應不及閑。無勞别修道，即此是玄關。

【箋】

作於長慶二年（八二二），五十一歲，杭州，杭州刺史。

〔竹閣〕在西湖孤山。咸淳臨安志卷三二：「其始孤山廣化寺有白公竹閣，因其遺蹟而祀白公，後人以東坡、和靖附焉。」又同書卷二三：「舊在廣化寺柏堂之後有小閣，多植竹。白公每偃息其間，仍有詩，遂以名。今與寺俱徙。」輿地紀勝卷二臨安府：「孤山有白居易竹閣。」

【校】

〔玄關〕「關」，馬本訛作「門」，據宋本、那波本、汪本、全詩、盧校改正。

歲暮枉衢州張使君書并詩因以長句報之

西州彼此意何如？官職蹉跎歲欲除。浮石潭邊停五馬，望濤樓上得雙魚。萬言舊手才難敵，五字新題思有餘。貧薄詩家無好物，反投桃李報瓊琚。張曾應萬言登科。

【箋】

作於長慶二年（八二二），五十一歲，杭州，杭州刺史。

〔衢州張使君〕衢州刺史張聿。舊、新書俱無傳。貞元二十年九月自秘書省正字充翰林學士。元和二年出守本官。歷湖州長史及都水使者等職。長慶初，自工部員外郎出爲衢州刺史。見白氏張聿可衢州刺史制（卷四八）、張聿都水使者制（卷五五）、丁居晦重修承旨學士壁記。元積永福寺石壁法華經記云：「其輸錢之貴者，若……衢州刺史張聿。」又據嚴州圖經卷一，聿，寶曆間自屯田郎中拜嚴州刺史，當在刺衢州之後。聿又嘗爲華亭令。清異録卷一：「張聿宰華亭，治政凛然，凡有府使賦外之需，直榜立門，民感其誠，指爲赤心榜。」又此詩自注云：「張曾應萬言登科。」登科記考卷十九長慶三年日試萬言科張□條云：「張涉登萬言科在天寶時，德宗朝已放歸田里，不應至長慶中爲衢州刺史，蓋張使君於是年登科也。」城按：張聿長慶二年已爲衢州刺史，不應三年始應萬言登科。徐氏所考蓋誤。衢州，本舊婺州信安縣。武德四年置衢州。以州有三衢山，故名。屬江南道。見元和郡縣志卷二六。

〔浮石潭〕方輿勝覽卷七衢州：「浮石潭在西安東北五里，溪中有石高丈餘，水泛亦不没。」清統志衢州府：「浮石潭在西安縣東北五里信安江中，有石高丈餘，水大漲不没。白居易詩：『浮石潭前停五馬』，指此。」演繁露卷九：「衢州之下十里許深潭中有石兀立水面，土人命爲浮石。白樂天集三卷有謝衢州張使君詩曰：『浮石潭邊停五馬』，則此水之有浮石，其來久矣。先是土人嘗有謠讖曰：『水打浮石圓，龍遊出狀元。』口口相傳，亦莫知其語之爲何自也。石之出水也本甚嶄巖不齊，紹興甲子歲兩浙大水漫滅垠岸，浮石没焉。水退石仍出，而嶄巖者皆去，蓋爲猛浪沙石之所淙鑿，乃此圓渾也。」

【校】

〔西州〕「西」，英華作「兩」。

〔停五馬〕「停」下英華注云：「集作『呈』，非。」

〔新題〕「題」下英華注云：「一作『成』，非。」

〔瓊琚〕此下那波本、馬本俱無注。據宋本、汪本、英華、全詩增。

和薛秀才尋梅花同飲見贈

忽驚林下發寒梅，便試花前飲冷盃。白馬走迎詩客去，紅筵鋪待舞人來。歌聲怨處微微落，酒氣醺時旋旋開。若到歲寒無雨雪，猶應醉得兩三迴。

【箋】

作於長慶二年（八二二），五十一歲，杭州，杭州刺史。

〔薛秀才〕薛景文。見本卷閑夜詠懷因招周協律劉薛二秀才詩箋。

【校】

〔忽驚〕「忽」，英華作「勿」，誤。

〔醺時〕「醺」，宋本、那波本、全詩、盧校俱作「熏」。字通。

〔歲寒〕「寒」，英華作「來」。

與諸客空腹飲

隔宿書招客，平明飲暖寒。麴神寅日合，酒聖卯時歡。促膝纔飛白，酡顏已渥丹。碧籌攢米椀，紅袖拂骰盤。醉後歌尤異，狂來舞可難。抛盃語同坐，莫作老人看。

【箋】

作於長慶二年（八二二），五十一歲，杭州，杭州刺史。汪立名云：「各本於二十一卷之首並載後序，是以前二十卷還長慶集矣。乃第八卷及二十卷猶雜入長慶三年時，蓋誤以爲前集之終於長慶耳。豈公自序中訖長慶二年冬之語都不省視邪？按公以長慶二年七月除杭州時，汴河未通，取襄陽路赴杭，十月至任，則小歲日對酒以下詩皆長慶三年春作也。今悉校歸後集。」城按：岑仲勉謂「長慶二年冬」係「四年」之訛，詳見卷二一後序箋。

〔醉後歌尤異二句〕「可難」即「豈難」意，意云平時難舞，醉後狂來舞即不難舞矣。見敦煌變文字義通釋第六篇釋虚字。

【校】

〔攢米椀〕「攢」，宋本作「欑」。「米」，那波本訛作「采」。城按：攢亦作欑。

〔可難〕「可」，英華作「何」。

小歲日對酒吟錢湖州所寄詩

獨酌無多興，閑吟有所思。一盃新歲酒，兩句故人詩。楊柳初黄日，髭鬚半白時。蹉跎春氣味，彼此老心知。

【箋】

作於長慶三年（八二三），五十二歲，杭州，杭州刺史。城按：此詩汪本編在後集卷五。

〔小歲〕過臘一日謂之小歲。見荆楚歲時記引四民月令。城按：冬至後三戌謂之臘，已見本卷臘後歲前遇景詠意詩箋。考長慶三年癸卯十一月十三日（癸亥）冬至，冬至後第三戌十二月十八日（戊戌）臘，臘後一日小歲爲十二月十九日（己亥）。

〔錢湖州〕湖州刺史錢徽。見本卷初到郡齋寄錢湖州李蘇州詩箋。

錢塘湖春行

孤山寺北賈亭西，水面初平雲脚低。幾處早鶯争暖樹，誰家新燕啄春泥？亂花漸欲迷人眼，淺草纔能没馬蹄。最愛湖東行不足，緑楊陰裏白沙堤。

【箋】

作於長慶三年（八二三），五十二歲，杭州，杭州刺史。見汪譜。城按：此詩汪本編在後集卷五。方東樹續昭昧詹言：「章法意匠與前詩（西湖留别）相似，而此加變化。佳處在象中有興有人，在不比死句。」

〔錢塘湖〕西湖。見本卷舟中晚起詩箋。

〔孤山寺〕即永福寺。又名廣化寺。遺址在西湖孤山。咸淳臨安志卷二三：「孤山在西湖中稍西，一嶼聳立，旁無聯附，爲湖山勝絶處。舊有智果觀音院、瑪瑙寶勝院、報恩院、廣化寺。中興詔它徙，而即其地建延祥觀。」同書卷七九又云：「廣化院在北山。舊在孤山。天嘉元年建，名永福。大中祥符改今額。」城按：元集卷五一永福寺石壁法華經記云：「永福寺一名孤山寺，在杭州錢塘湖心孤山上。」本卷白氏又有西湖晚歸迴望孤山寺贈諸客、孤山寺遇雨等詩。

年廢。」

〔賈亭〕即賈公亭。唐語林卷六：「貞元中，賈全爲杭州，于西湖造亭，爲賈公亭，未五十

〔白沙隄〕即今西湖白隄，非居易所築，白爲刺史前已有之。乾隆浙江通志卷五二水利一：「白沙隄一名孤山路，北有斷橋，南有西泠橋，其西爲裏湖。」然舊志多誤以爲樂天爲刺史時所築。古今圖書集成卷二八五山川典西湖部彙考云：「十錦塘本名樂天隄，唐刺史白樂天所築，因與橋聯，又名斷橋隄。隄因湖水剥削日久殆盡，萬曆十七年司禮東瀛孫隆捐貲修築，……故杭之人又名之曰孫隄。」清人多辨正此説之誤。汪立名云：「按西湖蘇、白堤，相傳二公始築。新書亦云：『居易爲杭州刺史，始築堤捍錢塘湖。』此公初到杭州詩已有『十里沙堤』句。又錢塘湖石函記但云，『修築河堤，加高數尺』。别杭民詩注云：『增築湖堤。』築不自公始明矣。或以公詩有『緑楊陰裏白沙堤』爲白堤所自來。然公詩如『護江隄白蹋晴沙』，亦用白沙，不獨湖隄也。況公所修湖堤在湖之東北，接連下湖，舊志：『近昭慶有石函橋、溜水橋』，是其故址，即李泌設閘洩水引灌六井處。今杭人率指蘇堤之西爲白堤，益不相涉。又有指石徑塘爲白堤者，不知張祜已有『斷橋荒蘚合』之句矣。白詩『誰開湖寺西南路，草緑裙腰一道斜』自注云：『孤山寺在湖洲中，草緑時望如裙腰。』正指今石徑塘也。」西河文集詩話三云：「杭州錢塘湖中，有一堤穿于湖心，作志者初稱白堤，後稱白公堤，謂白樂天爲刺史時所築，及讀樂天杭州春望詩有云：『誰開湖寺西南路？草緑裙腰一道斜。』則并非白築，未有己所開堤而反曰誰開者。且詩下自注云：『孤山寺路，在湖洲中，草

綠時望如裙腰。』是必前有此堤，而故註以證已詩，其非初開可知也。是以張祜詩云：『樓臺映碧岑，一徑入湖心。』其詩不知何時作，但樂天出刺杭州在長慶末，而陸魯望每推祜爲元和詩人，則此堤非長慶後始築斷可知者。嘗考此堤名白沙堤，樂天錢塘湖春行有云：『最愛湖東行不足，綠楊陰裏白沙堤。』則意此堤本名白沙，或有時去沙字，單稱白堤，而不幸白字恰與樂天姓合，遂誤稱白公。觀有時去『白』字，單稱『沙堤』，如樂天又有詩云：『十里沙堤明月中』，是一沙一白，遂多誤稱。而不知白堤不得稱白公堤，猶沙堤不得稱宰相堤也。杭志極荒唐，至錢塘湖諸志則尤荒唐之至者。此第一節耳。」城按：汪、毛兩氏之說是也。杭世駿訂譌類編卷五亦引金壺字考云：「咸淳臨安志無白公堤。所謂白公築之堤在上湖與下湖有隔處，公自著錢塘湖石記可證。今人所指之白堤即白詩所云『綠楊陰裏白沙堤』，白公前已有之。」又沈德潛唐詩別裁卷十五云：「今之白堤即白沙堤，白公時已有之，非白公築也。」

【校】

〔題〕「錢塘」，汪本、全詩俱作「錢唐」。

〔賈亭〕那波本誤作「古亭」。

題靈隱寺紅辛夷花戲酬光上人

紫粉筆含尖火燄，紅燕脂染小蓮花。芳情香思知多少？惱得山僧悔出家。

【箋】作於長慶三年（八二三），五十二歲，杭州，杭州刺史。城按：辛夷花發於春日，故此詩當作於至杭之次年。汪本此詩編在後集卷五。

〔靈隱寺〕咸淳臨安志卷八〇：「景德靈隱寺在武林山東。晉咸和元年梵僧慧理建。舊名靈隱，景德四年改景德靈隱禪寺。」白氏又有登題天竺靈隱兩寺詩（卷二三）。

〔紅辛夷花〕咸淳臨安志卷五八：「唐時靈隱寺有此花，鮮紅可愛。白公有詩。」

【校】

〔香思〕「香」，馬本、全詩俱作「鄉」，非。據宋本、那波本、汪本、萬首、唐歌詩、盧校改正。全詩注云：「一作『香』。」

重向火

火銷灰復死，疏棄已經旬。豈是人情薄？其如天氣春。風寒忽再起，手冷重相親。却就紅爐坐，心如逢故人。

【箋】作於長慶三年（八二三），五十二歲，杭州，杭州刺史。城按：此詩汪本編在後集卷五。

候仙亭同諸客醉作

謝安山下空攜妓，柳惲洲邊只賦詩。争及湖亭今日會？嘲花詠水贈蛾眉。

【箋】

作於長慶三年（八二三），五十二歲，杭州，杭州刺史。城按：此詩汪本編在後集卷五。

〔候仙亭〕見本卷醉題候仙亭詩箋。

〔謝安山〕東山。嘉泰會稽志卷九：「東山在（上虞）縣西南四十五里，晉太傅謝安所居也。一名謝安山。」城按：杭州亦有東山，在臨安縣西。咸淳臨安志卷二五：「東山在（臨安）縣西三里，相傳謝安石高卧之地。」又金陵土山亦名東山。然視詩意當指會稽之東山。

〔柳惲洲〕指湖州之白蘋洲。白氏白蘋洲五亭記（卷七一）：「湖州城東南二百步，抵霅溪，連汀洲。洲一名白蘋，梁吴興守柳惲於此賦詩云：『汀洲採白蘋』，因以爲名。」輿地紀勝卷四安吉州：「白蘋洲在霅溪東顏真卿茅亭上，有梁太守柳惲詩，洲内有池，池中有千葉蓮。有三園，唐開成中楊漢公立，見白居易記。」

【校】

〔題〕全詩「仙」下注云：「一作『山』。」

〔争及〕「争」，汪本、全詩俱注云：「一作『不』。」

〔今日會〕「會」，萬首作「醉」。汪本、全詩俱注云：「一作『醉』。」

城上

城上鼕鼕鼓，朝衙復晚衙。爲君慵不出，落盡遶城花。

【箋】

作於長慶三年（八二三），五十二歲，杭州，杭州刺史。城按：此詩汪本編在後集卷五。

早行林下

披衣未冠櫛，晨起入前林。宿露殘花氣，朝光新葉陰。傍松人迹少，隔竹鳥聲深。閑倚小橋立，傾頭時一吟。

【箋】

作於長慶三年（八二三），五十二歲，杭州，杭州刺史。城按：此詩汪本編在後集卷五。

送李校書趁寒食歸義興山居

大見騰騰詩酒客，不憂生計似君稀。到舍將何作寒食？滿船唯載樹栽歸。

【箋】作於長慶三年（八二三），五十二歲，杭州，杭州刺史。城按：此詩汪本編在後集卷五。

〔義興〕常州義興縣。唐屬江南東道。見舊書卷四〇地理志。

【校】

〔樹栽歸〕「栽」，那波本、萬首、全詩俱作「陰」。

題孤山寺山石榴花示諸僧衆

山榴花似結紅巾，容豔新妍占斷春。色相故關行道地，香塵擬觸坐禪人。瞿曇弟子君知否？恐是天魔女化身。

【箋】作於長慶三年（八二三），五十二歲，杭州，杭州刺史。城按：山石榴花發於春夏之際，故此詩當作於至杭之次年。汪本此詩編在後集卷五。

〔孤山寺〕見本卷錢塘湖春行詩箋。

〔山石榴花〕咸淳臨安志卷五八：「唐時孤山有山石榴花，白公有詩云。」

【校】

〔新妍〕「新」，英華作「鮮」。

〔故關〕「關」，英華作「開」。全詩注云：「一作『開』。」

獨行

闇誦黄庭經在口，閑攜青竹杖隨身。晚花新筍堪爲伴，獨入林行不要人。

【箋】

作於長慶三年（八二三），五十二歲，杭州，杭州刺史。城按：此詩汪本編在後集卷五。

二月五日花下作

二月五日花如雪，五十二人頭似霜。聞有酒時須笑樂，不關身事莫思量。羲和趁日沉西海，鬼伯驅人葬北邙。只有且來花下醉，從人笑道老顛狂。

【箋】

作於長慶三年（八二三），五十二歲，杭州，杭州刺史。見陳譜及汪譜。城按：此詩汪本編在後集卷五。

〔趁〕驅逐之意。見敦煌變文字義通釋第四篇釋事爲。

戲題木蘭花

紫房日照燕脂坼，素豔風吹膩粉開。怪得獨饒脂粉態，木蘭曾作女郎來。

【箋】

作於長慶三年（八二三），五十二歲，杭州，杭州刺史。城按：此詩汪本編在後集卷五。白氏又有題令狐家木蘭花詩（卷三一）。全詩卷四七四徐凝和白使君木蘭花詩云：「枝枝轉勢雕弓動，片片摇光玉劍斜。見説木蘭征戍女，不知那作酒邊花。」

〔木蘭曾作女郎來〕程大昌演繁露卷十六：「樂府有木蘭廼女子，代父征戍，十年而歸，不受爵賞，人爲作詩。然不著何代人，獨詩中有『可汗大點兵』語，知其生世，非隋即唐也。女子能爲許事，其義且武在緹縈上。或者疑爲寓言。然白樂天題木蘭花云：『怪得獨饒脂粉態，木蘭曾作女郎來。』又杜牧有題木蘭廟詩曰：『彎弓征戰作男兒，夢裏曾經與畫眉。幾度思歸還把酒，拂雲堆上祝明妃。』」考樂府木蘭詩見於陳光大二年僧智匠所輯之古今樂録中，程氏謂其「非隋即唐」，亦未確。然據白氏等詩，可知其故事中唐時已廣泛流傳。

清明日觀妓舞聽客詩

看舞顔如玉，聽詩韻似金。綺羅從許笑，絃管不妨吟。可惜春風老，無嫌酒盞深。辭花送寒食，併在此時心。

【箋】作於長慶三年（八二三），五十二歲，杭州，杭州刺史。城按：此詩汪本編在後集卷五。

西湖晚歸迴望孤山寺贈諸客

柳湖松島蓮花寺，晚動歸橈出道場。盧橘子低山雨重，棕櫚葉戰水風涼。煙波澹蕩摇空碧，樓殿參差倚夕陽。到岸請君迴首望，蓬萊宫在海中央。

【箋】

作於長慶三年（八二三），五十二歲，杭州，杭州刺史。城按：此詩汪本編在後集卷五。唐宋詩醇卷二五：「句法挺健，由字法生新也。『重』字、『戰』字、『摇』字、『倚』字俱下得警拔，遂覺全首生動。故曰：『練句不如練字。』」方東樹續昭昧詹言：「此題已如畫，詩寫景工而真，所以爲佳。姚光生云：非至西湖，不知此寫景之工。起二句點題，中四句小大近遠分寫，皆回望中所見。却以結句回棹點明，復總寫一句收足，所謂加倍起稜也。起不過叙點歸字，而以密字攢鍊出之。」

〔西湖〕太平寰宇記卷九三杭州：「西湖在縣西，周迴三十里，源出武林泉，郡人仰汲于此。爲錢塘之巨澤，山川秀麗，自唐以來爲勝賞之處。」

〔孤山寺〕見本卷錢塘湖春行詩箋。

〔棕櫚葉戰水風涼〕清謝堃春草堂集卷八詩話：「曹子建『朱華冒緑池』，『冒』字余知其佳。白樂天『椶櫚葉戰水風涼』，『戰』字余不知其佳。及在全州道上，見兩岸椶櫚晚風過處，始服古人用字之妙。」

【校】

〔棕櫚〕「棕」，宋本、那波本、汪本、盧校俱作「栟」。汪本注云：「一作『棕』。」全詩注云：「一作『栟』。」

湖中自照

重重照影看容鬢，不見朱顏見白絲。失却少年無覓處，泥他湖水欲何爲？

【箋】

作於長慶三年（八二三），五十二歲，杭州，杭州刺史。城按：汪本此詩編在後集卷五。

【校】

〔泥他〕「他」，全詩注云：「一作『池』。」

贈蘇鍊師

兩鬢蒼然心浩然，松窗深處藥爐前。攜將道士通宵語，忘却花時盡日眠。明鏡懶開長在匣，素琴欲弄半無絃。猶嫌莊子多詞句，只讀逍遥六七篇。

【箋】

作於長慶三年（八二三），五十二歲，杭州，杭州刺史。城按：汪本此詩編在後集卷五。

【校】

〔花時〕「時」，馬本作「光」，據宋本、那波本、汪本、盧校改。全詩注云：「一作『光』。」

〔猶嫌〕「嫌」，馬本訛作「言」，據宋本、那波本、汪本、全詩、盧校改正。

杭州春望

望海樓明照曙霞，城東樓名望海樓。護江隄白蹋晴沙。濤聲夜入伍員廟，柳色春藏蘇小家。紅袖織綾誇柿蔕，杭州出柿蔕，花者尤佳也。青旗沽酒趁梨花。其俗釀酒趁梨花時熟，號爲梨花春。誰開湖寺西南路？草緑裙腰一道斜。孤山寺路在湖洲中，草緑時望如裙腰。

【箋】

作於長慶三年（八二三），五十二歲，杭州，杭州刺史。城按：此詩汪本編在後集卷五。劉集外一有白舍人自杭州寄新詩有柳色春藏蘇小家之句因而戲酬兼寄浙東元相公詩云：「錢塘山水有奇聲，暫謫仙官守百城。女妓還聞名小小，使君誰許喚卿卿。鼇驚震海風雷起，蜃鬬噓天樓閣成。莫道騷人在三楚，文星今向斗牛明。」元稹自同州刺史遷浙東觀察使在長慶三年八月，則禹錫和詩必在四年春間。唐宋詩醇卷二五：「『入』字、『藏』字，極寫望中之景，落句結足春意。」

〔望海樓〕即東樓。在鳳凰山杭州刺史治所內。咸淳臨安志卷五二：「東樓一名望海樓，在中和堂之北。」參見白氏此詩自注及本卷東樓南望八韻詩。

〔伍員廟〕在杭州吴山。咸淳臨安志卷七一：「忠清廟在吴山，神伍氏名員。……史記云：吴人憐之，爲立祠於江上，命曰胥山。唐元和十年刺史盧元輔修，并作胥山銘。唐景福二年封惠廣侯。國朝載在祀典。」白氏憶杭州梅花因叙舊遊寄蕭協律詩（卷二三）云：「伍相廟邊繁似雪，孤山園裏麗如粧。」

〔蘇小〕蘇小小。南齊時錢塘名妓。汪立名云：「按能改齋漫録云：劉次莊樂府解題曰錢塘蘇小歌。蘇小非唐人，世見樂天、夢得詩多稱詠，遂謂之同時耳。按郭茂倩所編引廣題曰：蘇小小，錢塘名倡也，蓋南齊時人。」詳見後和春深二十首詩（卷二六）箋。

〔紅袖織綾誇柿蔕〕姜南蓉塘詩話：「白樂天杭州春望詩，有『紅袖織綾誇柿蔕，青旗沽酒趁梨花』之句，所謂柿蔕，指綾之紋也。夢粱録載杭土産綾曰柿蔕、狗脚，皆指其紋而言，後人不知改爲柿業，妄矣。」城按：姜氏之説是也。咸淳臨安志卷五八：「内司有狗蹄綾尤光麗可愛。」

〔青旗沽酒趁梨花〕白氏原注云：「其俗釀酒趁梨花時熟，號爲梨花春。」城按：唐人酒之佳者，多以春字爲名。國史補卷下：「酒則有郢州之富水，烏程之若下，滎陽之土窟春，富平之石凍春，劍春之燒春，……」李白哭宣城善釀紀叟詩：「紀叟黄泉裏，還應釀老春。」

〔誰開湖寺西南路〕二句〕咸淳臨安志卷三二：「孤山路在孤山之下，北有斷橋，南有西林橋，其西爲裏湖。樂天詩：『誰開湖寺西南路？草緑裙腰一道斜。』……舊志云：『不知所從始。』城按：此詩原注云：『孤山寺路在湖洲中，草緑時望如裙腰。』」

【校】

〔曙霞〕此下那波本無注。

〔柿蒂〕此下那波本無注。

〔梨花〕此下那波本無注。

〔一道斜〕此下那波本無注。

飲散夜歸贈諸客

鞍馬夜紛紛，香街起闇塵。迴鞭招飲妓，分火送歸人。風月應堪惜，杯觴莫厭頻。明朝三月盡，忍不送殘春？

【箋】

作於長慶三年（八二三），五十二歲，杭州，杭州刺史。城按：此詩汪本編在後集卷五。

【校】

〔闇塵〕「闇」，汪本、全詩俱作「暗」。城按：闇、暗字通。

〔忍不〕那波本作「不忍」。

湖亭晚歸

盡日湖亭卧，心閑事亦稀。起因殘醉醒，坐待晚涼歸。松雨飄藤帽，江風透葛衣。柳隄行不厭，沙軟絮霏霏。

【箋】作於長慶三年（八二三），五十二歲，杭州，杭州刺史。城按：此詩汪本編在後集卷五。

東樓南望八韻

不厭東南望，江樓對海門。風濤生有信，天水合無痕。鷁帶雲帆動，鷗和雪浪翻。魚鹽聚爲市，煙火起成村。日脚金波碎，峯頭鈿點繁。送秋千里雁，報暝一聲猿。已豁煩襟悶，仍開病眼昏。郡中登眺處，無勝此東軒。

【箋】作於長慶三年（八二三），五十二歲，杭州，杭州刺史。城按：此詩汪本編在後集卷五。

〔東樓〕一名望海樓。見本卷杭州春望詩箋。白氏又有初領郡政衙退登東樓作詩（卷八）。

〔海門〕海門山。咸淳臨安志卷三二：「海門在仁和縣東北六十五里，有山曰赭山，與龕山對峙，潮水出其間。」西溪叢語：「浙江夾岸有山，南曰龕，北曰赭。二山相對，謂之海門，岸狹勢逼，涌而爲濤。」

醉中酬殷協律

泗水城邊一分散，浙江樓上重遊陪。揮鞭二十年前別，命駕三千里外來。醉袖放狂相向舞，愁眉和笑一時開。留君夜住非無分，且盡青娥紅燭臺。

【箋】

作於長慶三年（八二三），五十二歲，杭州，杭州刺史。城按：此詩汪本編在後集卷五。

〔殷協律〕殷堯藩。見卷九別楊穎士盧克柔殷堯藩詩箋。並參見醉後狂言酬贈蕭殷二協律（卷十二）、和殷協律琴思（卷十九）、齊雲樓晚望偶題十韻兼呈馮侍御周殷二協律（卷二四）、寄殷協律（卷二五）等詩。

【校】

〔泗水城〕「城」，全詩作「亭」。

孤山寺遇雨

拂波雲色重，灑葉雨聲繁。水鷺雙飛起，風荷一向翻。空濛連北岸，蕭颯入東軒。或擬湖中宿，留船在寺門。

【箋】作於長慶三年（八二三），五十二歲，杭州，杭州刺史。城按：此詩汪本編在後集卷五。

〔孤山寺〕見本卷錢塘湖春行詩箋。

【校】

〔水鷺〕「鷺」，英華作「鳥」。汪本、全詩俱注云：「一作『鳥』。」

〔留船〕「船」，英華作「舡」。

樟亭雙櫻樹

南館西軒兩樹櫻，春條長足夏陰成。素華朱實今雖盡，碧葉風來別有情。

【箋】作於長慶三年（八二三），五十二歲，杭州，杭州刺史。城按：此詩汪本編在後集卷五。

〔樟亭〕樟亭驛。見卷十三宿樟亭驛詩箋。又咸淳臨安志卷五八云：「唐時樟亭驛有雙櫻樹，白公詩云。」

【校】

〔題〕萬首作「樟亭雙櫻」。

湖上夜飲

郭外迎人月，湖邊醒酒風。誰留使君飲？紅燭在舟中。

【箋】

作於長慶三年（八二三），五十二歲，杭州，杭州刺史。城按：此詩汪本編在後集卷五。

【校】

〔郭外〕咸淳臨安志引作「郊外」。

贈沙鷗

老逼教垂白，官科遣著緋。形骸雖有累，方寸却無機。遇酒多先醉，逢山愛晚歸。沙鷗不知我，猶避隼旟飛。

【箋】

作於長慶三年（八二三），五十二歲，杭州，杭州刺史。城按：此詩汪本編在後集卷五。

餘杭形勝

餘杭形勝四方無，州傍青山縣枕湖。遶郭荷花三十里，拂城松樹一千株。夢兒亭古傳名謝，教妓樓新道姓蘇。州西靈隱山上有夢謝亭，即是杜明浦夢謝靈運之所，因名客兒也。蘇小小本錢塘妓人也。獨有使君年太老，風光不稱白髭鬚。

【箋】

作於長慶三年（八二三），五十二歲，杭州，杭州刺史。見汪譜。城按：此詩汪本編在後集卷五。

〔餘杭〕杭州餘杭郡。見卷八長慶二年七月自中書舍人出守杭州路次藍溪作詩箋。

〔遶郭荷花三十里〕咸淳臨安志卷五八：「白公郡齋詩云：『遶郭荷花三十里』，指西湖而言也。」城按：此詩咸淳臨安志題作「郡齋」，未知何據？

〔拂城松樹一千株〕咸淳臨安志卷五八：「白公詩『拂城松樹一千株』，指萬松嶺言，今多不存。」本卷夜歸詩云：「萬株松樹青山上，十里沙堤明月中。」

〔夢兒亭古傳名謝〕咸淳臨安志卷二三：「晏公輿地志：晉謝靈運，會稽人，其家不宜子，乃寄養於錢塘杜明師。明師夜夢東南有賢人相訪，翌旦靈運至，故號夢謝亭。陸羽記云：一名客兒亭。在靈隱山間。盧刺史元輔靈隱寺詩云：『長松晉家樹，絕頂客兒亭。』」

〔教妓樓〕查慎行白香山詩評云：「教妓樓，失考。」

【校】

〔姓蘇〕此下那波本無注。

江樓夕望招客

海天東望夕茫茫，山勢川形闊復長。燈火萬家城四畔；星河一道水中央。風吹古木晴天雨，月照平沙夏夜霜。能就江樓銷暑否？比君茅舍校清涼。

【箋】

作於長慶三年（八二三），五十二歲，杭州，杭州刺史。城按：此詩汪本編在後集卷五。唐宋詩醇卷二五：「高瞻遠矚，『坐馳可以役萬景』，他人有此眼力，無此筆力。」查慎行白香山詩評：

「『星河一道水中央』，黄山谷『快閣』名句本此。」

【校】

〔題〕咸淳臨安志引作「江樓夕望」。

〔清涼〕「清」，那波本訛作「青」。

新秋病起

一葉落梧桐，年光半又空。秋多上階日，涼足入懷風。病瘦形如鶴，愁焦鬢似蓬。損心詩思裏，伐性酒狂中。華蓋何曾惜？金丹不致功。猶須自慚愧，得作白頭翁。

【箋】

作於長慶三年（八二三），五十二歲，杭州，杭州刺史。城按：此詩汪本編在後集卷五。

木芙蓉花下招客飲

晚涼思飲兩三杯，召得江頭酒客來。莫怕秋無伴醉物，水蓮花盡木蓮開。

【箋】作於長慶三年（八二三），五十二歲，杭州，杭州刺史。城按：此詩汪本編在後集卷五。〔木芙蓉花〕咸淳臨安志卷五八：「東坡倅杭日，有和陳述古中和堂木芙蓉詩。今蘇堤及湖岸多種，秋日如霞錦雲。」城按：木芙蓉花又名木蓮。白氏吴中好風景詩（卷二一）云：「水荇葉仍香，木蓮花未歇。」

悲歌

白頭新洗鏡新磨，老逼身來不奈何。耳裏頻聞故人死，眼前唯覺少年多。塞鴻遇暖猶迴翅，江水因潮亦反波。獨有衰顏留不得，醉來無計但悲歌。

【箋】作於長慶三年（八二三），五十二歲，杭州，杭州刺史。城按：此詩汪本編在後集卷五。

江樓晚眺景物鮮奇吟玩成篇寄水部張員外

澹煙疏雨間斜陽，江色鮮明海氣涼。蜃散雲收破樓閣，虹殘水照斷橋梁。風翻白浪花千片，雁點青天字一行。好著丹青圖寫取，題詩寄與水曹郎。

【箋】

作於長慶三年（八二三），五十二歲，杭州，杭州刺史。城按：此詩汪本編在後集卷五。全詩卷三八五有張籍答白杭州郡樓登望畫圖見寄詩。唐宋詩醇卷二五：「起句便是極好畫景，中四句四面摹寫，總爲『鮮明』二字設色，落句以圖結足，歸到寄詩之意，篇法極緊。」

〔水部張員外〕水部員外郎張籍。見卷十九喜張十八博士除水部員外郎詩箋。

〔好著〕即好以之意。太平廣記卷一〇五引廣異記三刀師條云：「遂削髮出家，著大鐵鈴乞食，修千人齋供，一日便辦。」可證。見敦煌變文字義通釋第六篇釋虛字。

【校】

〔題〕「張」下英華有「籍」字。

〔青天〕「青」，英華作「晴」。

〔圖寫〕「寫」，英華、全詩俱作「畫」。英華注云：「集作『寫』。」汪本注云：「一作『畫』。」全詩注云：「一作『寫』。」

夜招周協律兼答所贈

滿眼雖多客，開眉復向誰？少年非我伴，秋夜與君期。落魄俱耽酒，殷勤共愛詩。相憐別有意，彼此老無兒。

【箋】作於長慶三年（八二三），五十二歲，杭州，杭州刺史。城按：此詩汪本編在後集卷五。〔周協律〕周元範。見本卷閑夜詠懷因招周協律劉薛二秀才詩箋。

重酬周判官

秋愛冷吟春愛醉，詩家眷屬酒家仙。若教早被浮名繫，可得閑遊三十年。

【箋】作於長慶三年（八二三），五十二歲，杭州，杭州刺史。城按：此詩汪本編在後集卷五。〔周判官〕周元範。見本卷閑夜詠懷因招周協律劉薛二秀才詩箋。并參見白氏歲假内命酒贈周判官蕭協律（本卷）、九日宴集醉題郡樓兼呈周殷二判官（卷二一）、日漸長贈周殷二判官（卷二一）、九日思杭州舊遊寄周判官及諸客（卷二三）、代諸妓贈送周判官（卷二四）、三月二十八日贈周判官（卷二四）、望亭驛酬別周判官（卷二四）等詩。

飲後夜醒

黄昏飲散歸來卧，夜半人扶强起行。枕上酒容和睡醒，樓前海月伴潮生。將歸梁燕還重宿，欲滅窗燈復却明。直至曉來猶妄想，耳中如有管絃聲。

【箋】

作於長慶三年（八二三），五十二歲，杭州，杭州刺史。城按：此詩汪本編在後集卷五。

代賣薪女贈諸妓

亂蓬爲鬢布爲巾，曉踏寒山自負薪。一種錢塘江畔女，著紅騎馬是何人？

【箋】

作於長慶三年（八二三），五十二歲，杭州，杭州刺史。城按：此詩汪本編在後集卷五。汪立名云：「按堯山堂外紀云：唐時杭妓承應宴會皆得騎馬以從。」

【校】

〔布爲巾〕「巾」，全詩注云：「一作『裙』。」

奉和李大夫題新詩二首各六韻

因巖亭 一作固巖。

箕潁人窮獨，蓬壺路阻難。何如兼吏隱，復得事躋攀。巖樹羅階下，江雲貯棟間。似移天目石，疑入武丘山，清景徒堪賞，皇恩肯放閑？遥知興未足，即被詔徵還。

【箋】

作於長慶三年（八二三），五十二歲，杭州，杭州刺史。城按：此詩汪本編在後集卷五。

〔李大夫〕李德裕。舊書卷十六穆宗紀：「（長慶二年）九月，御史中丞李德裕爲潤州刺史、兼御史大夫、浙江西道都團練觀察處置等使，以代竇易直。」城按：德裕原詩已佚。

〔因巖亭〕在鳳凰山杭州刺史治所内。見咸淳臨安志卷五二。

【校】

〔因巖亭〕此下汪本無注。

〔箕潁〕「潁」，那波本訛作「頴」。

忘筌亭

翠巘公門對，朱軒野逕連。只開新户牖，不改舊風煙。空室閑生白，高情澹入玄。酒容同座勸，詩借屬城傳。自笑滄江畔，遥思絳帳前。庭臺隨事有，争敢比忘筌？

【箋】

〔忘筌亭〕在鳳凰山杭州刺史治所内。見咸淳臨安志卷五二。

【校】

〔空室〕「空」，英華、全詩俱作「虚」。

〔酒容〕「容」，英華作「客」，非。

〔隨事〕「事」，英華、汪本、全詩俱作「處」。全詩注云：「一作『事』。」

予以長慶二年冬十月到杭州明年秋九月始與范陽盧賈汝南周元範蘭陵蕭悅清河崔求東萊劉方輿同遊恩德寺之泉洞竹石籍甚久矣及兹目擊果愜心期因自嗟云到郡周歲方來入寺半日復去俯視朱綬仰睇白雲有愧於心遂留絶句

雲水埋藏恩德洞，簪裾束縛使君身。暫來不宿歸州去，應被山呼作俗人。

【箋】

作於長慶三年（八二三），五十二歲，杭州，杭州刺史。城按：此詩汪本編在後集卷五。

〔范陽盧賈〕居易任杭州刺史時之從事。白氏座上贈盧判官詩（卷二五）云：「莫言不是江南會，虛白亭中舊主人。」亦酬賈之作。

〔汝南周元範〕見本卷閑夜詠懷因招周協律劉薛二秀才詩箋。

〔蘭陵蕭悦〕見卷十二畫竹歌詩箋。並參見醉後狂言酬贈蕭殷二協律（卷十二）、歲假内命酒贈周判官蕭協律（卷二〇）、憶杭州梅花因叙舊遊寄蕭協律（卷二三）等詩。

〔清河崔求〕據舊書卷一七七崔珙傳，珙弟球，字叔休，寶曆二年登進士第。未知是此人否？

〔東萊劉方輿〕即本卷閑夜詠懷因招周協律劉薛二秀才詩中之「劉秀才」。

〔恩德寺〕咸淳臨安志卷二九：「風水洞在楊村慈嚴院，院舊名恩德。有洞極大，流水不竭。頂上又一洞，立夏清風自生，立秋則止，故名。多石子，紅點如丹，持出即隱，置於内如故。」輿地紀勝卷二：「風水洞在錢塘之楊村慈嚴院，白樂天長慶三年來遊留詩。」

〔俯視朱綬〕韻語陽秋卷五：「樂天以長慶二年自中書舍人爲杭州刺史，冬十月至治時，仍服緋。故遊恩德寺詩序云：『俯視朱紱，仰睇白雲，有愧於心。』及觀自歎詩云：『實事漸銷虛事在，銀魚金帶繞腰光。』戊申詠懷云：『紫泥丹筆皆經手，赤紱金章盡到身。』以今觀之，金帶不應用銀魚，而金章不應用赤紱，人皆以爲疑，而不知唐制與今不同也。按唐制：紫爲三品之服，緋爲四品之服，淺緋爲五品之服，各服金帶。又制：衣紫者魚袋以金飾，衣緋者魚袋以銀飾。樂天時爲五品，淺緋金帶，佩銀魚，宜矣。劉長卿有袁郎中喜章服詩云：『手詔來筵上，腰金向粉闈。勳名傳舊閣，舞蹈著新衣。』郎中亦是五品，故其身章與樂天同。」

【校】

〔題〕萬首作「遊恩德寺」。

〔恩德洞〕「洞」，萬首作「寺」。汪本、全詩俱注云：「一作『寺』。」

〔暫來〕「暫」，馬本訛作「漸」，據宋本、那波本、汪本、萬首、全詩、盧校改正。

早冬

十月江南天氣好，可憐冬景似春華。霜輕未殺萋萋草，日暖初乾漠漠沙。老柘葉黄如嫩樹，寒櫻枝白是狂花。此時却羨閑人醉，五馬無由入酒家。

【箋】

作於長慶三年（八二三），五十二歲，杭州，杭州刺史。見汪譜。城按：汪本此詩編在後集卷五。

歲假内命酒贈周判官蕭協律

共知欲老流年急，且喜新正假日頻。聞健此時相勸醉，偷閑何處共尋春？脚隨周叟行猶疾，頭比蕭翁白未匀。歲酒先拈辭不得，被君推作少年人。

【箋】

作於長慶四年（八二四），五十三歲，杭州，杭州刺史。城按：汪本此詩編在後集卷五。

〔周判官〕周元範。見本卷重酬周判官詩箋。

〔蕭協律〕蕭悦。見卷十二畫竹歌詩箋。並參見本卷予以長慶二年冬十月到杭州明年秋九月始與范陽盧賈汝南周元範蘭陵蕭悦清河崔求東萊劉方輿同遊恩德寺之泉洞竹石籍甚久矣及兹目擊果愜心期因自嗟云到郡周歲方來入寺半日復去俯視朱綬仰睇白雲有愧於心遂留絶句詩。

〔聞健〕即「趁健」之意。搜神記焦華條：「比來夢惡，定知不活，聞我精好之時，汝等即報内外諸親在近者，唤取，將與分别。」見詩詞曲語辭匯釋卷五及敦煌變文字義通釋第六篇釋虚字。

〔歲酒先拈辭不得〕楊倫杜詩鏡銓宴戎州楊使君東樓「重碧拈春酒」句注云：「趙曰：元微之元日詩：『羞看稚子先拈酒。』白樂天歲假詩：『歲酒先拈辭不得。』則拈酒乃唐人語也。」

【校】

〔聞健〕「聞」，汪本作「鬬」，非。

與諸客攜酒尋去年梅花有感

馬上同攜今日盃，湖邊共覓去春梅。年年只是人空老，處處何曾花不開。詩思又牽吟詠發，酒酣閑喚管絃來。樽前百事皆依舊，點檢唯無薛秀才。去年與薛景文同賞，今年長逝。

【箋】

作於長慶四年（八二四），五十三歲，杭州，杭州刺史。城按：此詩云：「湖邊共覓去春梅」，則當作於至杭州之第二春，即長慶四年。汪本此詩編在後集卷五。又按：唐摭言卷十二酒失條謂元稹在浙東時，賓府有薛書記，飲酒醉後，因争令擲注子擊傷相公猶子，遂出幕。醒來乃作十離詩上獻府主，後元思之乃作詩云：「馬上同攜今日盃，湖邊還折去年梅。年年祇是人空老，處處何曾花不開。歌詠每添詩酒興，醉酣還命管絃來。罇前百事皆依舊，點檢唯無薛秀才。」摭言蓋誤以白氏此詩爲元氏詩，辭句亦小異。考十離詩亦非薛書記呈元稹之作，汪立名云：「十離詩卑靡羞澀，自是兒女子乞憐語，摭言之説未足據也。」所疑甚是，卞孝萱元稹年譜謂十離詩乃薛濤呈韋皋之作，俟考。

〔薛秀才〕白氏有閑夜詠懷因招周協律劉薛二秀才、和薛秀才尋梅花同飲見贈兩詩，均係酬景文之作。

【校】

〔去春梅〕「春」，馬本作「年」，非。據宋本、那波本、汪本、全詩、盧校改正。

〔薛秀才〕此下那波本無注。

醉送李協律赴湖南辟命因寄沈八中丞

富陽山底樟亭畔，立馬停舟飛酒盂。曾共中丞情繾綣，暫留協律語踟躕。紫微星北承恩去，青草湖南稱意無？不羨君官羨君幕，幕中收得阮元瑜。

【箋】

作於長慶四年（八二四），五十三歲，杭州，杭州刺史。城按：汪本此詩編在後集卷五。

〔沈八中丞〕沈傳師。舊書卷一四九、新書卷一三二有傳。舊書卷十六穆宗紀：「（長慶三年）六月，辛相監修國史杜元穎奏史官沈傳師除鎮湖南。」全詩卷四八〇李紳趨翰苑遭誣搆四十六韻原注云：「沈八侍郎、武十五侍郎、元九相公、龐嚴京兆、蔣防舍人皆爲塵世。」城按：沈八侍郎即傳師也。

〔富陽山底樟亭畔〕富陽山在錢塘縣西南富陽縣。樟亭，見本卷樟亭雙櫻樹詩箋。

〔青草湖〕見卷十六送客之湖南詩箋。

【校】

〔酒盃〕「盃」，馬本訛作「盃」，據宋本、那波本、汪本、全詩、盧校改正。

〔承恩去〕「去」，盧校作「久」。

内道場永讙上人就郡見訪善説維摩經臨別請詩因以此贈

五夏登壇内殿師，水爲心地玉爲儀。正傳金粟如來偈，何用錢塘太守詩？苦海出來應有路，靈山別後可無期。他生莫忘今朝會，虚白亭中法樂時。

【箋】

作於長慶四年（八二四），五十三歲，杭州，杭州刺史。城按：汪本此詩編在後集卷五。

〔虚白亭〕即虚白堂。見本卷虚白堂詩箋。又白氏冷泉亭記（卷四三）：「先是領郡者有相里君造作虚白亭。」

【校】〔法藥〕馬本誤作「發藥」，據宋本、那波本、汪本、全詩、盧校改正。全詩注云：「一作『法藥』。」亦非。

見李蘇州示男阿武詩自感成詠

遥羨青雲裏，祥鸞正引雛。自憐滄海畔，老蚌不生珠。

【箋】作於長慶四年（八二四），五十三歲，杭州，杭州刺史。城按：此詩汪本編在後集卷五。

〔李蘇州〕蘇州刺史李諒。見本卷初到郡齋寄錢湖州李蘇州詩箋。

【校】〔老蚌〕「蚌」，宋本訛作「蛙」。

正月十五日夜月

歲熟人心樂，朝遊復夜遊。春風來海上，明月在江頭。燈火家家市，笙歌處處樓。無妨思帝里，不合厭杭州。

【箋】

作於長慶四年（八二四），五十三歲，杭州，杭州刺史。城按：此詩汪本編在後集卷五。

題州北路傍老柳樹

皮枯緣受風霜久，條短爲經攀折頻。但見半衰當此路，不知初種是何人？雪花零碎逐年減，煙葉稀疏隨分新。莫道老株芳意少，逢春猶勝不逢春。

【箋】

作於長慶四年（八二四），五十三歲，杭州，杭州刺史。城按：此詩汪本編在後集卷五。

〔但見半衰當此路二句〕唐音癸籤卷十一：「白居易咏老柳樹：『但見半衰臨此路，不知初種是何人？』羅隱咏長明燈：『不知初點人何在？祇見當年火至今。』語似祖述，而用法一順一倒不同。」

題清頭陀

頭陀獨宿寺西峯，百尺禪庵半夜鐘。煙月蒼蒼風瑟瑟，更無雜樹對山松。

【箋】作於長慶四年(八二四),五十三歲,杭州,杭州刺史。城按:此詩汪本編在後集卷五。

【校】〔雜樹〕「樹」,英華作「事」。

自歎二首

形羸自覺朝飡減,睡少偏知夜漏長。實事漸消虚事在,銀魚金帶遶腰光。

二毛曉落梳頭懶,兩眼春昏點藥頻。唯有閑行猶得在,心情未到不如人。

【箋】作於長慶四年(八二四),五十三歲,杭州,杭州刺史。城按:此詩汪本編在後集卷五。

湖上醉中代諸妓寄嚴郎中

笙歌杯酒正歡娱,忽憶仙郎望帝都。借問連宵直南省,何如盡日醉西湖?蛾眉别久心知否?雞舌含多口厭無?還有些些惆悵事,春來山路見蘼蕪。

【箋】作於長慶四年（八二四），五十三歲，杭州，杭州刺史。城按：此詩汪本編在後集卷五。汪立名云：「按堯山堂外紀云：唐、宋間郡守新到，營妓皆出境而迎，既去，猶得以鱗鴻往返，靦不爲異。」

〔嚴郎中〕嚴休復。見卷十九馮閣老處見與嚴郎中酬和詩因戲贈絶句詩箋。並參見嚴十八郎中在郡日改制東南樓因名清輝未立標牓徵歸郎署予既到郡性愛樓居宴遊其間頗有幽致聊成十韻兼戲寄嚴（卷八）、酬嚴十八郎中見示（卷十九）等詩。

自詠

悶發每吟詩引興，興來兼酌酒開顔。欲逢假日先招客，正對衙時亦望山。勾檢簿書多鹵莽，隄防官吏少機關。誰能頭白勞心力？人道無才也是閑。

【箋】作於長慶四年（八二四），五十三歲，杭州，杭州刺史。城按：此詩汪本編在後集卷五。

【校】〔兼酌〕「酌」，宋本、那波本俱作「著」。全詩注云：「一作『着』。」

〔假日〕「假」，馬本作「暇」，據宋本、那波本、汪本、全詩、盧校改。全詩注云：「一作『暇』。」城按：假日亦作暇日。

晚　興

草淺馬翩翩，新晴薄暮天。柳條春拂面，衫袖醉垂鞭。立語花堤上，行吟水寺前。等閑消一日，不覺過三年。

【箋】作於長慶四年（八二四），五十三歲，杭州，杭州刺史。城按：此詩汪本編在後集卷五。

早　興

晨光出照屋梁明，初打開門鼓一聲。犬上階眠知地濕，鳥臨窗語報天晴。半銷宿酒頭仍重，新脫冬衣體乍輕。睡覺心空思想盡，近來鄉夢不多成。

【箋】作於長慶四年（八二四），五十三歲，杭州，杭州刺史。城按：此詩汪本編在後集卷五。

竹樓宿

小書樓下千竿竹，深火爐前一盞燈。此處與誰相伴宿？燒丹道士坐禪僧。

【箋】

作於長慶四年（八二四），五十三歲，杭州，杭州刺史。城按：汪本此詩編在後集卷五。

湖上招客送春汎舟

欲送殘春招酒伴，客中誰最有風情？兩瓶箬下新開得，一曲霓裳初教成。時崔湖州寄新箬下酒來，樂妓按霓裳羽衣曲初畢。排比管絃行翠袖，指麾船舫點紅旗。慢牽好向湖心去，恰似菱花鏡上行。

【箋】

作於長慶四年（八二四），五十三歲，杭州，杭州刺史。城按：汪本此詩編在後集卷五。

〔箬下〕箬下酒。見本卷錢湖州以箬下酒李蘇州以五骰酒相次寄到無因同飲聊詠所懷詩箋。

〔霓裳〕霓裳羽衣曲。見卷十二長恨歌箋。

【校】

〔開得〕「開」，宋本、那波本、汪本俱作「求」。

〔初教成〕此下那波本無注。

戲醉客

莫言魯國書生懦，莫把杭州刺史欺。醉客請君開眼望，綠楊風下有紅旗。

【箋】

作於長慶四年（八二四），五十三歲，杭州，杭州刺史。城按：汪本此詩編在後集卷五。

【校】

〔開眼望〕「開」，萬首作「閑」。全詩注云：「一作『閑』。」

紫陽花

招賢寺有山花一樹，無人知名，色紫氣香，芳麗可愛，頗類仙物，因以紫陽花名之。

何年植向仙壇上？早晚移栽到梵家。雖在人間人不識，與君名作紫陽花。

【箋】

作於長慶四年(八二四),五十三歲,杭州,杭州刺史。城按:汪本此詩編在後集卷五。韻語陽秋卷十六:「珍木奇卉生於深山窮谷之中,不遇賞音,與凡木俱腐,好事者之所深惜也。唐招賢寺有山花,色紫氣香,穠麗可愛,以託根招提,偶赦於樵斧,固爲幸矣。而人莫有知其名者。白樂天一日過之而標其名曰紫陽,於是天下識所謂紫陽花者,其珍如是也,豈不爲尤幸乎!」咸淳臨安志卷五八:「禪宗院山有山花一本,色紫而香,無人知名。白公樂天名爲紫楊花,賦詩。」按:「陽」字咸淳臨安志作「楊」。招賢寺係唐德宗時吴元卿爲鳥巢禪師所建,宋時名禪宗院。又見咸淳臨安志卷七九。

【校】

〔題〕此下那波本無小注。

白居易集箋校卷第二十一

後序

前三年，元微之爲予編次文集而叙之。凡五秩，每秩十卷，訖長慶二年冬，號白氏長慶集。邇來復有格詩、律詩、碑、誌、序、記、表、贊，以類相附，合爲卷軸，又從五十一以降，卷而第之。是時大和二年秋，予春秋五十有七，目昏頭白，衰也久矣，拙音狂句，亦已多矣。由茲而後，宜其絶筆，若餘習未盡，時時一詠，亦不自知也。因附前集報微之，故復序于卷首云爾。

【箋】作於大和二年（八二八），五十七歲，長安，刑部侍郎。見陳譜。城按：此序汪本編在後集卷一，那波本編在卷五一。

〔前三年二句〕元稹白氏長慶集序云：「長慶四年，樂天自杭州刺史以右庶子召還，予時刺郡會稽，因得盡徵其文，手自排纘成五十卷，凡二千二百五十一首。……長慶四年冬十二月十日微之序。」

〔訖長慶二年冬〕汪立名云：「後集凡十七卷，首卷即各本之二十一卷也。胡氏丁籤自此卷以下皆作後集。各本雖卷第相次而並列後序於此卷，且編例與前集二十卷判然不同，既格律分卷，復前後互間不可據依。今編一卷至五卷並格詩，六卷至十七卷並律詩，而略爲詮訂其失。次者，按後集起長慶三年春，即到杭州之明年，故杭州詩半在律卷。獨古詩則首蘇州旬假命宴一首，不及杭州作，此蓋删并時誤簡前集卷尾也。今並歸入。或曰元序成於長慶四年十月，而公自序乃曰訖二年冬，似相牴牾，不知古人詩文必反覆勘定然後成集，豈朝脱稿而夕就編者耶！況公以四年夏自杭州召還除庶子分司東都，使長慶集訖於四年冬，則除官赴闕、留别西湖諸律詩何以舊編後集而不入前集乎？」城按：岑仲勉謂「長慶二年冬」係「四年冬」之誤。其所撰之論白氏長慶集源流并評東洋本白集一文駁汪氏之説云：「如謂『迄長慶二年冬』爲是，何以前集内竟收三、四年之詩？故無論如何，今東本非將後集混入前集，即是將前集混入後集，二者必居其一。然由元序『全徵其文』一句觀之，余是以信後者爲是，而三年應正作四年也。汪立名云：……是蓋明乎白氏全集之糾紛遺墜，而因未見分别前、後集之本——如今東本——遂不能決其癥結。」又花房英樹白居易研究第一章之三白居易年譜據日本東大寺藏宗性白氏文集要文抄引此序異文作「前三年，元微之爲予編次文集而叙之，訖長慶三年冬，故號白氏長慶集，邇來復有格詩五十首，律詩三百首，碑誌序記表贊三十首，以類相附，合爲五軸，又從五十一以降，卷而第之，是時大和二年秋，予春秋五十有七」。

〔格詩〕汪立名云：「唐人詩集中，無號格詩者。即大曆以還，有齊梁格、元白格、元和格，葫蘆、轆轤、進退諸格，多兼律詩體而言，不專主古體也。」顧格詩之義雖亡考，而見諸公之文章者可證。元少尹集序：「宗簡，河南人，自舉進士，歷御史府、尚書郎訖京亞尹二十年，著格詩若干首，律詩若干首，賦述銘記等若干首，合三十卷。」由是觀之，格者但别於律詩之謂。公前集既分古調、樂府、歌行，以類各次於諷諭、閑適、感傷之卷，後集不復分類别卷，遂統之曰格詩耳。時本於十一卷之首，格詩下復繫歌行雜體字，是以格詩另爲古詩之一體矣。豈元少尹生平獨不歌行雜體乎？况公後序但曰：邇來復有格律詩，洛中集記亦曰：「分司東都及兹十二年，其間賦格律詩凡八百首。」初未嘗及歌行雜體者，固以格字該舉文也。又時本三十六卷，首作半格詩，附律詩。半者，本謂卷内半是格詩而附以律詩云爾，乃直標半格詩而注附律詩於其旁，是又將以半格詩另爲一體矣。其誤不幾於眇者之捫燭揣籥以爲日乎？」陳寅恪元白詩箋證稿頗韙汪氏之説，而又申論之云：「蓋樂天所謂格詩，實又有廣狹二義。就廣義言之，格與律對言，格詩即今所謂古體詩，律詩即今所謂近體詩，此即汪氏所論者也。就狹義言之，格者，格力骨格之謂。則格詩依樂天之意，唯其前集之古調詩始足以當之，然則白氏長慶集伍壹格詩下復繫歌行雜體者，即謂歌行雜體就廣義言之固可視爲格詩，若嚴格論之，尚與格詩微有别也。至於格詩諸卷中又有於題下特著齊梁格者，蓋齊梁格與古調詩同爲五言，尤須明其不同於狹義之格詩也。又格詩諸卷中凡有長短句多標明雜言，豈以雜言之體殊爲駮雜耶！」

【校】

〔訖長慶二年冬〕「訖」，那波本訛作「記」。

〔云爾〕此下馬本注云：「按此序宜與元相序同列秩首。今遍考諸本，俱附此卷，姑仍其舊。」盧校：「後序正應如此，馬説非。」

格詩歌行雜體 凡五十六首

郡齋旬假命宴呈座客示郡寮 自此後在蘇州作。

公門日兩衙，公假月三旬。衙用決簿領，旬以會親賓。公多及私少，勞逸常不均。況爲劇郡長，安得閑宴頻？下車已二月，開筵始今晨。初黔軍廚突，一拂郡榻塵。既備獻酬禮，亦具水陸珍。萍醅箬溪醑，水鱠松江鱗。侑食樂懸動，佐懽妓席陳。風流吴中客，佳麗江南人。歌節點隨袂，舞香遺在茵。清奏凝未闋，酡顔氣已春。衆賓勿遽起，羣寮且逡巡。無輕一日醉，用犒九日勤。微彼九日勤，何以治吾民？微此一日醉，何以樂吾身？

【箋】

作於寶曆元年（八二五），五十四歲，蘇州，蘇州刺史。城按：居易寶曆元年二月四日自太子左庶子分司出爲蘇州刺史，其蘇州刺史謝上表（卷六八）云：「伏奉三月四日恩制，授臣使持節蘇州諸軍事、守蘇州刺史。臣以其月二十九日發東都，今月五日到州，當日上任訖。」又此卷那波本編在卷五一，汪本編在後集卷一。

〔郡齋〕指蘇州刺史治所。吴郡志卷六：「黄堂：郡國志：在雞陂之側，春申君子假君之殿也。後太守居之，以數失火，塗以雌黄，遂名黄堂。即今太守正廳是也。」

〔箬溪醑〕即箬下酒。見卷二〇錢湖州以箬下酒李蘇州以五酘酒相次寄到無因同飲聊詠所懷詩箋。

【校】

〔五十六首〕宋本、那波本、馬本俱誤作五十七首，今改正。

〔題〕此下小注那波本作大字同題，「自此後」作「從此後」。英華題作「蘇州郡齋旬假始命宴呈座客示郡寮」。

〔二月〕宋本、那波本、英華俱作「三月」。城按：陳譜寶曆元年乙巳云：「五月五日到任，有謝表。」謝表謂三月二十九日發東都，則五月到任必不能稱「已三月」。今從馬本、汪本、全詩作「二月」。

〔初黔〕「黔」，宋本作「點」。

〔獻酬禮〕「酬」，英華作「酧」。城按：酧乃酬之俗字。

〔箬溪〕「箬」，英華作「若」。按：「箬溪」亦作「若溪」。

〔吴中客〕「中」，英華作「地」。全詩注云：「一作『地』。」

〔酡顔氣〕英華作「朱顔酡」。汪本注云：「一作『朱顔酡』。」全詩「酡」下注云：「一作『朱』。」「氣」下注云：「一作『酡』。」

〔羣寮〕「羣」，宋本、那波本、汪本俱作「郡」。全詩注云：「一作『郡』。」

題西亭

朝亦視簿書，暮亦視簿書。簿書視未竟，蟋蟀鳴座隅。始覺芳歲晚，復嗟塵務拘。西園景多暇，可以少躊躇。池鳥澹容與，橋柳高扶疏。烟蔓嫋青薜，水花披白蕖。何人造茲亭？華敞綽有餘。四簷軒鳥翅，複屋羅蜘蛛。直廊抵曲房，窈窱深且虛。修竹夾左右，清風來徐徐。此宜宴嘉賓，鼓瑟吹笙竽。荒淫即不可，廢曠將何如？幸有酒與樂，及時歡且娛。忽其解郡印，他人來此居。

【箋】

作於寶曆元年（八二五），五十四歲，蘇州，蘇州刺史。

〔西亭〕在蘇州刺史治所內。吳郡志卷六：「西亭，唐有之，今西齋是其處。」明統志卷八蘇州府「西亭一名西齋，唐建。」白氏郡西亭偶詠詩（卷二四）云：「常愛西亭面北林，公私塵事不能侵。」

〔西園〕見本卷郡中西園詩箋。

【校】

〔躊躇〕「躇」，馬本作「蹰」，據宋本、那波本、汪本、全詩、盧校改。

〔窈窱〕馬本「窈」下注云：「鋤交切。」「窱」下注云：「土了切，深貌。」

〔嘉賓〕「嘉」，馬本、全詩俱作「佳」，非。據宋本、那波本、汪本改正。全詩注云：「一作『嘉』。」亦非。城按：詩小雅鹿鳴：「我有嘉賓，鼓瑟吹笙。」

郡中西園

閑園多芳草，春夏香靡靡。深樹足佳禽，旦暮鳴不已。院門閉松竹，庭徑穿蘭芷。愛彼池上橋，獨來聊徙倚。魚依藻長樂，鷗見人暫起。有時舟隨風，盡日蓮照水。誰知郡府内，景物閑如此？始悟諠静縁，何嘗繫遠邇！

【箋】

作於寶曆元年（八二五），五十四歲，蘇州，蘇州刺史。唐宋詩醇卷三四：「妙諦從『心遠地偏』悟出。」

〔西園〕吴郡志卷六：「西園在郡圃之西隙，地直子城甚衺，唐謂之西園，今作教場。」本卷白氏題西亭詩云：「西園景多暇，可以少躊躇。」

【校】

〔香靡靡〕「香」，英華作「常」。

〔院門〕「門」，那波本作「閑」，非。

北亭卧

樹緑晚陰合，池涼朝氣清。蓮開有佳色，鶴唳無凡聲。唯此閑寂境，愜我幽獨情。病假十五日，十日卧兹亭。明朝吏呼起，還復視黎甿。

【箋】作於寶曆元年(八二五),五十四歲,蘇州,蘇州刺史。

【校】〔樹緑〕「樹」,全詩注云:「一作『遠』。」

一葉落

煩暑鬱未退,涼飈潛已起。寒温與盛衰,遞相爲表裏。蕭蕭秋林下,一葉忽先委。勿言微摇落,摇落從此始。

【箋】作於寶曆元年(八二五),五十四歲,蘇州,蘇州刺史。

【校】〔微摇落〕汪本、英華俱作「一葉微」。全詩注云:「一作『一葉微』。」

崔湖州贈紅石琴薦焕如錦文無以答之以詩酬謝

頳錦支緑綺,韻同相感深。千年古澗石,八月秋堂琴。引出山水思,助成金玉音。人間無可比，比我與君心。

【箋】

作於寶曆元年（八二五），五十四歲，蘇州，蘇州刺史。

〔崔湖州〕湖州刺史崔玄亮。嘉泰吳興志卷十四：「崔玄亮，長慶三年十一月自刑部郎中拜，遷秘書少監分司東都。」同治湖州府志卷五：「長慶二年十一月自刑部郎出爲湖州刺史，遷秘書少監。」宋張君房雲笈七籤卷一一一：「崔公玄亮，奕葉崇道。雖登龍射鵠，金印銀章，踐鴛鷺之庭，列珪組之貴，參玄趨道之志未嘗怠也。寶曆初除湖州刺史。二年乙巳於紫極宫修黄籙道場。」白氏有吳興靈鶴贊（卷六八）亦作於是時，即酬玄亮之作。城按：白氏長慶四年所作湖上招客送春汎舟詩（卷二〇）自注云：「時崔湖州寄新箬下酒來。」則可證玄亮長慶末已刺湖州，當爲錢徽之後任，亦與嘉泰吳興志所記時間相符，雲笈七籤謂其寶曆初除湖州，蓋誤。又據白氏郡中閑獨寄微之及崔湖州（卷二四）、夜聞賈常州崔湖州茶山境會想羡歡宴因寄此詩（卷二四）、仲夏齋居偶題八韻寄微之及崔湖州（卷二四）等詩，知寶曆二年秋前，玄亮仍在湖州任。

【校】

〔助成〕「成」，汪本訛作「我」。

九日宴集醉題郡樓兼呈周殷二判官

前年九日餘杭郡，呼賓命宴虚白堂。去年九日到東洛，今年九日來吴鄉。兩邊蓬鬢一時白，三處菊花同色黄。一日日知添老病，一年年覺惜重陽。江南九月未摇落，柳青蒲緑稻穟香。姑蘇臺榭倚蒼靄，太湖山水含清光。可憐假日好天色，公門吏静風景涼。搒舟鞭馬取賓客，掃樓拂席排壺觴。胡琴錚鏦指撥刺，吴娃美麗眉眼長。笙歌一曲思凝絶，金鈿再拜光低昂。日脚欲落備燈燭，風頭漸高加酒漿。觥盞灩翻菡萏葉，舞鬟擺落茱萸房。半酣憑檻起四顧，七堰八門六十坊。遠近高低寺間出，東西南北橋相望。水道脈分棹鱗次，里閭棋布城册方。人烟樹色無隙罅，十里一片青茫茫。自問有何才與政？高廳大館居中央。銅魚今乃澤國節，刺史是古吴都王。郊無戎馬郡無事，門有棨戟腰有章。盛時儻來合慚愧，壯歲忽去還感傷。從事醒歸應不可，使君醉倒亦何妨。請君停杯聽我語，此語真實非虚狂。五旬已過不爲夭，七十爲期蓋是常。須知菊酒登高會，從此多無二十場。

【箋】

作於寶曆元年（八二五），五十四歲，蘇州，蘇州刺史。見陳譜及汪譜。唐宋詩醇卷二四：「以九日起，以宴集結，中幅鋪陳吴中山水人物城市之勝，可作圖經。」

〔周判官〕周元範。見卷二〇重酬周判官詩箋。並參見歲假内命酒贈周判官蕭協律（卷二〇）、日漸長贈周殷二判官（本卷）、九日思杭州舊遊寄周判官及諸客（卷二三）、代諸妓贈送周判官（卷二四）、三月二十八日贈周判官（卷二四）、望亭驛酬别周判官（卷二四）等詩。

〔殷判官〕殷堯藩。見卷九别楊穎士盧克柔殷堯藩詩箋。並參見日漸長贈周殷二判官（本卷）、歲日家宴戲示弟姪等兼呈張侍御二十八丈殷判官二十三兄（卷二四）等詩。

〔餘杭郡〕杭州。見卷八長慶二年七月自中書舍人出守杭州路次藍溪作詩箋。

〔虚白堂〕見卷二〇虚白堂詩箋。

〔七堰八門六十坊〕吴郡圖經續記卷中：「七堰者皆在州門外。據樂天詩云：『七堰八門六十坊』，而圖經云：廢堰一十有六。蓋樂天指其近者言之也。舊説：蓄水養魚之所。或云：所以遏外水之暴而護民居。近世城中積土漸高，故雖開堰無甚患也。」吴郡志卷三：「東面婁、匠二門，西面閶、胥二門，南面盤、蛇二門，北面齊、平二門。唐時八門悉啓。」吴地記：「古坊六十所。三十坊在吴縣。三十坊在長洲縣。」

【校】

〔餘杭郡〕那波本、汪本俱作「在餘杭」。汪本注云：「今本作『餘杭郡』。」全詩注云：「一作『在餘杭』。」

〔老病〕「病」，英華作「態」。汪本、全詩俱注云：「一作『態』。」

〔稻穟香〕「稻穟」，英華作「秔稻」。

〔倚蒼靄〕「倚」，英華作「傍」。

〔假日〕英華作「暇日」。

〔好天色〕「色」，英華作「氣」。

〔錚鏦〕「鏦」，宋本、那波本俱作「摐」。

〔美麗〕「美」，英華作「細」。全詩注云：「一作『細』。」汪本注云：「一作『吴娃細麗』。」

〔欲落〕「落」，英華作「下」。

〔菡萏葉〕「葉」，英華作「朵」。

〔四顧〕英華作「西望」。

〔六十坊〕「六十」，馬本作「十六」，非。據宋本、那波本、汪本、英華、全詩改正。詳前箋。

〔隙鏬〕「鏬」，宋本、馬本俱誤作「鑄」，據那波本、汪本、全詩改正。城按：鑄乃鏬之譌字。

〔腰有章〕「腰」，英華注云：「一作『金』。」

〔聽我語〕「我」，英華作「此」。
〔多無〕英華作「無多」。

同微之贈別郭虛舟鍊師五十韻

我爲江司馬，君爲荆判司。俱當愁悴日，始識虛舟師。師年三十餘，白皙好容儀。專心在鉛汞，餘力工琴棋。靜彈絃數聲，閑飲酒一巵。因指塵土下，蜉蝣良可悲。不聞姑射上，千歲冰雪肌。不見遼城外，古今塚纍纍。嗟我天地間，有術人莫知。得可逃死籍，不唯走三尸。授我參同契，其辭妙且微。六一閟扃鐍，子午守雄雌。我讀隨日悟，心中了無疑。黄芽與紫車，謂其坐致之。自負因自歎，人生號男兒。若不珮金印，即合翳玉芝。高謝人間世，深結山中期。泥壇方合矩，鑄鼎圓中規。鑪橐一以動，瑞氣紅輝輝。齋心獨歎拜，中夜偷一窺。二物正訢合，厥狀何怪奇？綢繆夫婦體，狎獵魚龍姿。簡寂館鐘後，紫霄峯曉時。心塵未净潔，火候遂參差。萬壽覬刀圭，千功失毫釐。先生彈指起，姹女隨煙飛。始知緣會間，陰騭不可移。藥竈今夕罷，詔書明日追。追我復追君，次第承恩私。官雖小大殊，同立白玉墀。我直紫微闥，手進賞罰詞。君侍玉皇座，口含生殺機。直躬易媒孽，浮俗多瑕疵。轉徙今安在？越嶠吴江湄。一提支郡印，一建連帥旗。何言四百里，不見如天涯！秋風旦夕來，白日西南馳。雪霜各滿鬢，朱紫徒爲衣。師從廬山洞，訪舊來於斯。尋君又覓我，風馭紛逶迤。帔裾曳黄絹，鬚髮垂青絲。逢人但斂手，問道亦頷頤。孤雲難久留，十日告將歸。款曲話平昔，殷勤勉衰羸。後會杳何許，前心日磷緇，俗家無異物，何以充别資？素牋一百句，題附元家詩。朱頂鶴一隻，與師雲間騎。雲間鶴背上，故情若相思。時時摘一句，唱作步虚辭。

【箋】

作於寶曆元年（八二五），五十四歲，蘇州，蘇州刺史。

〔郭虚舟鍊師〕道士郭虚舟。與白居易相識於江州。白氏有郭虚舟相訪（卷七）、尋郭道士不遇（卷十七）等詩，均係在江州酬虚舟之作。

〔泥壇方合矩下二十句〕查慎行白香山詩評：「此段單説爐火事。」

〔簡寂館〕即廬山簡寂觀。見卷七宿簡寂觀詩箋。

〔紫霄峯〕在廬山。陳舜俞廬山記卷三叙山南篇第三：「（簡寂）觀在白雲峯之下，其間一峯獨出而秀卓者曰紫霄峯。故張祐（祜）詩曰：『紫霄峯下草堂仙，千載空遺石磬懸。』」

【校】

〔題〕「五十韻」三字，宋本爲小注。

〔鉛汞〕馬本「鉛」下注云：「音延。」「汞」下注云：「呼孔切，水銀。」

〔閟扃鐍〕「閟」，馬本、汪本俱訛作「悶」，據宋本、那波本、汪本、全詩改正。

〔齋心〕「齋」，馬本訛作「齊」，據宋本、那波本、汪本、全詩改正。

〔訢合〕「訢」，那波本誤作「訴」。

霓裳羽衣歌 和微之。

我昔元和侍憲皇，曾陪内宴宴昭陽。千歌百舞不可數，就中最愛霓裳舞。舞時寒食春風天，玉鉤欄下香案前。案前舞者顔如玉，不著人家俗衣服。虹裳霞帔步摇冠，鈿瓔纍纍佩珊珊。娉婷似不任羅綺，顧聽樂懸行復止。磬簫箏笛遞相攙，擊擫彈吹聲邐迤。凡法曲之初，衆樂不齊，唯金石絲竹次第發聲，霓裳序初亦復如此。散序六奏未動衣，陽臺宿雲慵不飛。散序六遍無拍，故不舞也。中序擘騞初入拍，秋竹竿裂春冰拆。中序始有拍，亦名拍序。飄然轉旋迴雪輕，嫣然縱送游龍驚。小垂手後柳無力，斜曳裾時雲欲生。四句皆霓裳舞之初態。烟蛾斂略不勝態，風袖低昂如有情。上元點鬟招萼緑，王母揮袂别飛瓊。許飛瓊、蕚緑華，皆女仙也。繁音急節十二遍，跳珠撼玉何鏗錚！霓裳曲十二遍而終。翔鸞舞了却收翅，唳鶴曲終長引聲。凡曲將畢，皆聲拍促速，唯霓裳之末，長引一聲也。當時乍見驚心目，凝視諦聽殊未足。一落人間八九年，耳冷不曾聞此曲。湓城但聽山魈語，巴峽唯聞杜鵑哭。予自江州司馬轉忠州刺史。移領錢唐第二年，始有心情問絲竹。玲瓏箜篌謝好箏，陳寵觱篥沈平笙，清絃脆管纖纖手，教得霓裳一曲成。自玲瓏已下，皆杭之妓名。虚白亭前湖水畔，前後秪應三度按。便除庶子拋却來，聞道如今各星散。今年五月至蘇州，朝鍾暮角催白頭。貪看案牘常侵夜，不聽笙歌直到秋。秋來無事多閑悶，忽憶霓裳無處問。聞君部内多樂徒，問有霓裳舞者無？答云七縣十萬户，無人知有霓裳舞。唯寄長歌與我來，題作霓裳羽衣譜。四幅花牋碧間紅，霓裳實録在其中。千姿萬狀分明見，恰與昭陽舞者同。眼前髣髴覩形質，昔日今朝想如一。疑從魂夢呼召來，似著丹青圖寫出，我愛霓裳君合知，發於歌詠形於詩。君不見，我歌云，驚破霓裳羽衣曲。長恨歌云。又不見，我詩云，曲愛霓裳未拍時。錢唐詩云。由來能事皆有主，楊氏創聲君造譜。開元中西涼府節度楊敬述造。君言此舞難得人，須是傾城可憐女。吴妖小玉飛作烟，夫差女小玉死後，形見於王。其母抱之，霏微若煙霧散空。越豔西施化爲土。嬌花巧笑久寂寥，娃館苧蘿空處所。如君所言誠有是，君試從容聽我語。若求國色始翻傳，但恐人間廢此舞。妍媸優劣寧相遠，大都只在人擡舉。李娟張態君莫嫌，亦擬隨宜且教取。娟、態，蘇妓之名。

【箋】

作於寶曆元年（八二五），五十四歲，蘇州，蘇州刺史。見汪譜。程大昌演繁露卷七：「樂天和元微之霓裳羽衣歌略曰：移領錢塘第二年，始有心情問絲竹。玲瓏箜篌謝好箏，教得霓裳一曲成。前後祗應三度按，聞到而今各星散。今年五月至蘇州，忽憶霓裳無處問。聞君部内多樂徒，問有霓裳舞者無？元答云：七州十萬户，無人知有霓裳舞。惟寄長歌與我來，題作霓裳羽衣譜。案：此乃居易守杭日自教官妓玲瓏習爲霓裳舞，至樂天鎮蘇時，習舞者已皆不存。元微之爲越守，樂天求此舞人於越而越中無之，但寄得霓裳歌以爲之譜耳。元、白距明皇不遠，此時此曲已自無傳，況今日乎！」城按：元詩今已佚，賴白氏詩中存此數句。葛立方韻語陽秋卷十五：「霓裳羽衣舞，始於開元，盛於天寶，今寂不傳矣。白樂天作歌和元微之云：『今年五月至蘇州，朝鐘暮角催白頭。貪看案牘常侵夜，不聽笙歌直到秋。秋來無事多閑悶，忽憶霓裳無處問。聞君部内多樂徒，問有霓裳舞者無？答云七縣十萬户，無人知有霓裳舞。惟寄長歌與我來，題作霓裳羽衣譜。』想其千姿萬狀綴兆音聲，具載於長歌，按歌而譜可傳也。今元集不載此，惜哉！賴有白詩，可見一二爾。『虹裳霞帔步摇冠，鈿瓔纍纍佩珊珊』者，言所飾之服也。又曰：『散序六奏未動衣，中序擘驟初入拍。繁音急節十二遍，唳鶴曲終長引聲。』言所奏之曲也。而唐會要謂破陣樂、赤白桃李花、望瀛、霓裳羽衣，總名法曲。今世所傳望瀛亦十二遍。散序無拍，曲終亦長引聲，若樂奏望瀛，亦可髣髴其遺意也。又曰：『君言此舞難得人，須是傾城可憐女。』言所用之人也。然所用之人，未詳其數。若曰：『玉鉤欄下香案前，案前舞者顏如玉。』則疑用一人。若曰：『李娟張態君莫嫌，亦擬隨宜且教取。』則又疑用二人。然明皇每用楊太真舞，故長恨詞云：『風吹仙袂飄飄舉，猶似霓裳羽衣舞。』則當以一人爲正。鄭嵎津陽門詩註：葉法善引明皇入月宫，聞樂歸，笛寫其半。會西涼府楊敬述進婆羅門曲，聲調脗合。按之便韻，乃合二者製霓裳羽衣之曲。沈存中云：霓裳曲用葉法善月中所聞爲散序，以楊敬述所進爲其腔。未知所據也。又謂霓裳乃道調法曲，若以爲道調，則誤矣。樂天嵩陽觀夜奏霓裳云：『開元遺曲自淒涼，況近秋天調是商。』則霓裳用商調非道調，明矣。厥後文人往往指霓裳爲亡國之音，故杜牧詩云：『霓裳一曲千峯上，舞破中原始下來。』」參見卷十二長恨歌箋。查慎行白香山詩評云：「『我昔元和侍憲皇』至『唳鶴曲終長引聲』叙霓裳羽衣之節奏聲容也。『當時乍見驚心目』至『聞道如今各星散』叙自己之仕途遷移而選伎以教霓裳此舞難得人』以下説舞人。」唐宋詩醇卷二四：「『四幅花箋碧間紅』以下説譜之妙，『君言此舞難得人』以下説舞人。」唐宋詩醇卷二四：「『我昔元和侍憲皇』至『唳鶴曲終長引聲』叙霓裳羽衣之節奏聲容也。『當時乍見驚心目』至『聞道如今各星散』叙自己之仕途遷移而選伎以教霓裳羽衣之節奏聲容也。『今年五月至蘇州』至『似著丹青圖寫出』叙微之之寄霓裳羽衣譜也。『我愛霓裳君合知』至末以和詩意作結，而言此舞之不可失其傳也。曰『就中最愛霓裳舞』、『教得霓裳一曲成』、『無人知有霓裳舞』、『恰與昭陽舞者同』、『但恐人間廢此舞』，叙次分明，層層照應，可當一篇霓裳羽衣記。情致纏綿往復，極一唱三嘆之妙。」

〔玲瓏〕餘杭歌妓高玲瓏。阮閱詩話總龜卷四〇樂府門：「高玲瓏，餘杭之歌者。白公守郡，與歌曰：『罷胡琴，……使君歌了汝更歌。』時元微之在越州，聞之，厚幣來邀，樂天即時遣去。到越州，住月餘，使盡歌所唱之曲，即賞之。後遣之歸，作詩送行，兼寄樂天曰：『休遣玲瓏唱我詞，我詞都是寄君詩。却向江邊整迴棹，月落潮平是去時。』」唐語林卷二文學：「長慶二年，白居易自中書舍人爲杭州刺史，替嚴員外休復，休復有時名，居易喜爲之代。時吳興守錢徽、吳郡守李穰（城按：應爲李諒，語林誤）皆文學士，悉生平舊友，日以詩酒寄贈。官妓高玲瓏、謝好好，巧於應對，善歌舞。後元相稹鎮會稽，參其酬唱，每以筒竹盛詩來往。」城按：高玲瓏，白氏醉歌詩自注云：「示妓人商玲瓏」，苕溪漁隱叢話後集卷十三及詩人玉屑卷十六所引亦均作「商玲瓏」，當以「商玲瓏」爲正。

〔謝好〕與白氏代謝好答崔員外詩（卷十九）中所指當係同一人。又白氏憶杭州梅花因叙舊遊寄蕭協律詩（卷二三）「沈謝雙飛出故鄉」句自注云：「薛、劉二客，沈、謝二妓，皆當時歌酒之侣。」城按：沈、謝指沈平及謝好。

〔吳妖小玉飛作烟〕長恨歌（卷十二）云：「轉教小玉報雙成。」

〔李娟張態君莫嫌〕白氏憶舊遊詩（卷二一）：「李娟張態一春夢。」自注云：「娟、態，蘇州妓名。」夜遊西武丘寺八韻詩（卷二四）「娉婷十翠娥」句自注云：「容、滿、蟬、態等十妓從遊也。」態即張態。清郭兆麒梅崖詩話：「白香山云：『李娟張態亦尋常，大都祇要人抬舉。』此評妓詩也。其說通於用人取士，十室必有忠信，葑菲無以下體，吹求無已，安得女皆苧蘿，溪盡浣紗哉！」

【校】

〔題〕此下小注英華作「答微之」。汪本作「霓裳羽衣舞歌」，注云：「按今本無『舞』字。」全詩「衣」下注云：「一有『舞』字。」

〔百舞〕「百」，英華作「萬」。全詩注云：「一作『萬』。」汪本「萬舞」下注云：「一作『百武』。」

〔人家〕「家」，英華注云：「一作『間』。」全詩注云：「一作『間』。」

〔娉婷〕那波本訛作「嫂婷」。

〔擊擫〕「擫」，英華作「撤」。

〔邐迤〕此下那波本無注。

〔不飛〕此下那波本無注。注中「無拍」，馬本訛作「無指」，據宋本、汪本、全詩改正。

〔擘騞〕「騞」，馬本注云：「霍虢切。」

〔冰拆〕「拆」，那波本、英華作「折」。此下那波本無注。

〔轉旋〕「旋」下那波本、馬本、汪本無「去聲」二字注。據宋本、全詩增。

〔縱送〕「送」，英華作「逸」。

〔雲欲生〕此下那波本無注。

〔飛瓊〕此下那波本無注。

〔鏗鎗〕此下那波本無注。注中「而終」英華作「始終」。

〔引聲〕此下那波本無注。

〔杜鵑哭〕此下那波本無注。

〔問絲竹〕「問」，英華作「聞」。全詩注云：「一作『聞』。」

〔一曲成〕此下那波本無注。

〔秖應〕英華作「只曾」。

〔七縣十萬户〕「七」，馬本訛作「十」，據宋本、那波本、汪本、全詩、盧校改正。又英華作「七州千萬户」，注云：「集作『七縣十萬户』，蓋指越州管内言之。若問論浙東觀察使所統七州，則英華本爲是。」城按：文苑英華辨證卷九略同。全詩「縣十」下注云：「一作『州千』。」

〔昭陽〕「昭」，全詩訛作「朝」。

〔昔日〕「日」，英華作「者」。

〔歌詠〕「詠」，英華作「引」。全詩注云：「一作『引』。」

〔羽衣曲〕此下那波本無注。

〔未拍時〕此下那波本無注。

〔造譜〕此下那波本無注。

〔難得人〕「得」，英華作「其」。全詩注云：「一作『其』。」
〔須是〕「是」，英華作「得」。全詩注云：「一作『得』。」
〔作烟〕此下那波本無注。
〔李娟〕「娟」，英華作「嬋」，非。全詩注云：「一作『嬋』。」亦非。
〔隨宜〕「宜」，英華作「時」。全詩注云：「一作『時』。」
〔教取〕此下那波本無注。

小童薛陽陶吹觱篥歌 和浙西李大夫作。

剪削乾蘆插寒竹，九孔漏聲五音足。近來吹者誰得名？關璀老死李袞生。袞今又老誰其嗣？薛氏樂童年十二。指點之下師授聲，含嚼之間天與氣。潤州城高霜月明，吟霜思月欲發聲。山頭江底何悄悄！猿鳥不喘魚龍聽。翕然聲作疑管裂，詘然聲盡疑刀截。有時婉軟無筋骨，有時頓挫生稜節。急聲圓轉促不斷，轢轢轔轔似珠貫。緩聲展引長有條，有條直直如筆描。下聲乍墜石沉重，高聲忽舉雲飄蕭。明旦公堂陳宴席，主人命樂娛賓客。碎絲細竹徒紛紛，宮調一聲雄出羣。衆音覶縷不落道，有如部伍隨將軍。嗟爾陽陶方稚齒，下手發聲已如此！若教頭白吹不休，但恐聲名壓關李。

【箋】

作於寶曆元年(八二五),五十四歲,蘇州,蘇州刺史。劉集外七有和浙西李大夫霜夜對月聽小童吹觱篥歌依和本韻詩。城按:德裕原詩今已不全,全詩卷四七五中存有逸句云:「君不見秋山寂歷風飆歇,半夜青崖吐明月。寒光乍出松篠間,萬籟蕭蕭從此發。忽聞歌管吟朔風,精魂想在幽巖中。」元稹亦有和篇,已佚。四人之中,惟居易與德裕之政見有異,若元、劉則與李素分至深,今觀白詩專就陽陶立言,未及德裕一字,不心許之意,可以想見。唐馮翊桂苑叢談:「咸通中,丞相姑臧公拜端揆日,自大梁移鎮淮海。……以其郡無勝遊之地,且風亭月榭既已荒涼,花圃釣臺未愜深旨。一朝命於戲馬亭西連玉鈎斜道,開闢池沼,構葺亭臺。揮斤既畢,萃其所芳春九旬,都人士女得以遊觀。一旦聞浙右小校薛陽陶監押度支運米入城。公喜其姓同曩日朱崖左右者,遂令詢之,果是其人矣。公愈喜,似獲古物。乃命衙庭小將代押,留止別館。一日公召陶同遊,問及往日蘆管之事。陶因獻朱崖、陸暢、元、白所撰歌一曲,公亦喜之。即於茲亭奏之,其管絶微,每於一觱栗管中常容三管也。聲如天際自然而來,情思寬閑。公大佳賞之,亦贈其詩,不記終篇。其發端云:『虚心纖質雁銜餘,鳳吹龍吟定不如。』於是賜賚甚豐,出其二子,皆授牢盆倅職。初公搆池亭畢未有名,因名賞心。」所謂「丞相姑臧公」蓋指咸通中之淮南節度使李蔚,其祖上公,元和初爲陝虢觀察使,宜其備諳德裕在時之事。全詩卷六六五羅隱薛陽陶觱篥歌詩「平泉上相東征日，曾爲陽陶歌觱篥。吴江太守會稽侯，相次三篇皆俊逸」句注云：「平泉爲李德裕，曾作薛陽陶觱篥歌。蘇州刺史白居易、越州刺史元稹並有和篇。」又卷五一一張祜聽薛陽陶吹蘆管詩：「紫清人下薛陽陶，末曲新笳調更高。」何義門云：「贊皇公每得居士詩，閟之篋中，此篇亦其藏恐開視回心之一邪！」

〔李衮〕國史補卷下：「李衮善歌，初于江外，而名動京師。崔昭入朝，密載而至。乃邀賓客，請第一部樂及京邑之名倡，以爲盛會。紿言表弟，請登末坐，令衮弊衣以出，合坐嗤笑。頃命酒，昭曰：『欲請表弟歌。』坐中又笑，及囀喉一發，樂人皆大驚曰：『此必李八郎也。』遂羅拜階下。」城按：據此詩，則李衮除善歌外，亦當時觱篥名手，惜樂府雜録等書未載其名。

〔翕然聲作疑管裂十句〕查慎行白香山詩評云：「『翕然聲作疑管裂』十句，節節變，聲聲换，無意不透，無筆不靈。」

〔不落道〕翟灝通俗篇卷七：「白居易小童薛陽陶吹觱篥歌：『衆音覼縷不落道，有如部伍隨將軍。』按此謂不旁越他道。今反以文詞錯雜失次爲『不落道』，非。」

【校】

〔題〕此下那波本無注。

〔樂童〕「樂」，英華作「小」。全詩注云：「一作『小』。」

〔江底〕「江」，英華作「水」。汪本、全詩注云：「一作『水』。」

〔猿鳥〕「鳥」，馬本、汪本、全詩俱作「聲」，非。據宋本改。那波本、英華俱作「鳥」。何校：「黄作『鳥』。」
〔婉軟〕「婉」，英華、汪本、全詩俱注云：「一作『脆』。」
〔轢轢〕英華作「栗栗」。全詩注云：「一作『栗栗』。」
〔展引〕「展」，全詩注云：「一作『辰』。」
〔有條〕「條」，英華、全詩俱作「餘」。
〔有條直直〕「有」，英華、全詩俱注云：「一作『條』。」
〔賓客〕「客」，英華作「傄」。全詩、汪本俱注云：「一作『傄』。」
〔覼縷〕「覼」下馬本注云：「即何切。」
〔部伍〕「伍」，那波本作「仵」，非。

啄木曲

莫買寶剪刀，虚費千金直。我有心中愁，知君剪不得。莫磨解結錐，虚勞人氣力。我有腸中結，知君解不得。莫染紅絲線，徒誇好顔色。我有雙淚珠，知君穿不得。莫近紅爐火，炎氣徒相逼。我有兩鬢霜，知君銷不得。刀不能剪心愁，錐不能解腸結。線不能穿淚珠，火不能銷鬢雪。不如飲此神聖杯，萬念千憂一時歇！

【箋】

作於寶曆元年（八二五），五十四歲，蘇州，蘇州刺史。何義門云：「甚古，却少味。」

【校】

〔題〕英華作「四不如酒」，注云：「集作『啄木曲』。」汪本、全詩俱注云：「才調集、英華並作『四不如酒』。」

〔寶剪刀〕「寶」，才調作「金」。

〔虛費〕「虛」，才調作「徒」。

〔虛勞人氣力〕才調作「徒勞費心力」。全詩作「徒勞人氣力」，「人氣力」下注云：「一作『費心力』。」

〔紅絲線〕「絲線」，才調作「素絲」。

〔兩鬢霜〕才調作「鬢邊霜」。

〔線不能〕「線」，才調作「絲」。

〔飲此神聖杯〕才調作「且飲長命杯」。全詩「聖」下注云：「一作『且飲長命』。」

〔萬念千憂〕才調作「萬恨千愁」。全詩「憂」下注云：「一作『愁』。」

題靈巖寺

寺即吴館娃宫，鳴屧廊、硯池、採香徑遺跡在焉。

娃宫屧廊尋已傾，硯池香徑又欲平。二三月時但草緑，幾百年來空月明。使君雖老頗多思，攜觴領妓處處行。今愁古恨入絲竹，一曲涼州無限情。直自當時到今日，中間歌吹更無聲。

【箋】

作於寶曆二年（八二六），五十五歲，蘇州，蘇州刺史。城按：此詩汪本編在後集卷一。劉集外八有館娃宫在舊郡西南硯石山上前瞰姑蘇臺傍有采香徑梁天監中置佛寺曰靈嵒即故宫也信爲絶境因賦二章詩。

〔靈巖寺〕吴郡志卷三三：「顯親崇報禪院在靈巖山頂，舊名秀峯寺，吴館娃宫也。梁天監中始置寺。有智積菩薩舊蹟，士人奉事甚謹，今爲韓蘄王功德寺，改今名。」白氏又有宿靈巖寺上院詩（卷二四）。

〔娃宫〕館娃宫。吴郡志卷八：「館娃宫：吴越春秋、吴地記皆云闔閭城西有山號硯石山。山在吴縣西三十里，上有館娃宫。又方言曰：吴有館娃宫，今靈巖寺即其地也。山有琴臺、西施洞、硯池、翫花池。山前有採香徑。皆宫之故跡。」輿地紀勝卷五平江府：「館娃宫在吴縣西二十里硯石山上，揚雄方言謂吴人呼美女爲娃，蓋以西施得名。」

〔屧廊〕即響屧廊。吴郡志卷八：「響屧廊在靈巖山寺。相傳吴王令西施輩步屧，廊虚而響，故名。」

〔硯池〕在蘇州靈巖山。見吴郡志卷八。並見前「娃宫」箋。

〔香徑〕採香徑。吴郡志卷八：「採香徑在香山之旁，小溪也。吴王種香於香山，使美人泛舟於溪以採香。今自靈巖山望之，一水直如矢，故俗又名箭涇。」並參見前「娃宫」箋。

〔二三月時但草緑二句〕何義門云：「對變。」

【校】

〔題〕此下那波本無注。

〔屧廊〕「屧」，宋本、那波本俱作「屐」。

雙石

蒼然兩片石，厥狀怪且醜。俗用無所堪，時人嫌不取叶韻。結從胚渾始，得自洞庭口。萬古遺水濱，一朝入吾手。擔舁來郡内，洗刷去泥垢。孔黑烟痕深，罅青苔色厚。老蛟蟠作足，古劍插爲首。忽疑天上落，不似人間有。一可支吾琴，一可貯吾酒。峭絶高數尺，坳泓容一斗。五絃倚其左，一盃置其右。窪樽酌未空，玉山頽已久。人皆有所好，物各求其偶。漸恐少年場，不容垂白叟。迴頭問雙石：能伴老夫否？石雖不能言，許我爲三友。

【箋】

作於寶曆二年（八二六），五十五歲，蘇州，蘇州刺史。唐宋詩醇卷二四：「觸手明通，游戲自在。此種詩境，開自居易，而蘇軾致之，軾集中楊康功石一首本此。」

【校】

〔不取〕此下小注「叶韻」二字，那波本、馬本、汪本、全詩俱無，據宋本增。

〔少年場〕「場」，宋本作「腸」，非。

宿東亭曉興

温温土爐火，耿耿紗籠燭。獨抱一張琴，夜入東齋宿。窗聲渡殘漏，簾影浮初旭。頭癢曉梳多，眼昏春睡足。負暄簷宇下，散步池塘曲。南雁去未迴，東風來何速？雪依瓦溝白，草遶牆根緑。何言萬户州，太守常幽獨？

【箋】

作於寶曆二年（八二六），五十五歲，蘇州，蘇州刺史。城按：此詩汪本編在後集卷一。

〔東亭〕吴郡志卷六：「東亭，唐有之，今更它名。」

〔南雁去未迴二句〕何義門云：「驚心動魄，二語不減十九首骨格也。」

【校】

〔去未迴〕「去」，那波本訛作「云」。

日漸長贈周殷二判官

日漸長，春尚早。牆頭半露紅萼枝，池岸新鋪緑芽草。躡草攀枝仰頭歎，何人知此春懷抱？年顔盛壯名未成，官職欲高身已老。萬莖白髮直堪恨，一片緋衫何足道。賴得君來勸一杯，愁開悶破心頭好。

【箋】

作於寶曆二年（八二六），五十五歲，蘇州，蘇州刺史。

〔周判官〕周元範。見卷二〇重酬周判官詩箋。

〔殷判官〕殷堯藩。見卷九別楊穎士盧克柔殷堯藩詩箋。並參見九日宴集醉題郡樓兼呈周殷二判官（本卷）、歲日家宴戲示弟姪等兼呈張侍御二十八丈殷判官二十三兄（卷二四）等詩。

【校】

〔直堪恨〕「直」，馬本、汪本、全詩俱作「真」，據宋本、那波本、何校改。

花前歎

前歲花前五十二，今年花前五十五。歲課年功頭髮知，從霜成雪君看取。五年前在杭州有詩云：「五十二人頭似霜。」幾人得老莫自嫌，樊李吳韋盡成土。樊絳州宗師，李諫議景儉，吳饒州丹，韋侍郎顗皆舊往還，相繼喪逝。南州桃李北州梅，且喜年年作花主。花前置酒誰相勸？容坐唱歌滿起舞。容、滿皆妓名也。欲散重拈花細看，爭知明日無風雨？

【箋】

作於寶曆二年（八二六），五十五歲，蘇州，蘇州刺史。見陳譜。

〔樊絳州宗師〕韓愈南陽樊紹述墓誌銘：「嘗以金部郎中告哀南方，還言某師不治，罷之，以此出爲綿州刺史。一年，徵拜左司郎中，又出刺絳州。綿、絳之人至今皆曰：『於我有德。』以爲諫議大夫，命且下，遂病以卒。」城按：韓文未載宗師卒年。新書卷一五九本傳云：「進諫議大夫，未拜卒。」告哀南方在元和十五年正月，則其卒當在長慶初年，與白氏此詩時間相合。

〔李諫議景儉〕元和末自忠州入朝，拜倉部員外郎。月餘驟遷諫議大夫。長慶元年十二月貶漳州刺史。元稹作相，改楚州刺史。後追還授少府少監，卒。見舊書卷一七一本傳。城按：元稹作相在長慶二年二月，則景儉之卒當在三年至四年間。

〔吴饒州丹〕白氏故饒州刺史吴府君神道碑銘（卷六九）云：「寶曆元年六月某日薨於饒州官次。」

〔韋侍郎顗〕新書卷一一八本傳：「敬宗立，授御史中丞，爲户部侍郎，徙吏部卒，贈禮部尚書。」舊書卷一〇八本傳：「寶曆元年七月卒，贈禮部尚書。」

〔容坐唱歌滿起舞〕白氏夜過西武丘寺八韻詩（卷二四）「娉婷十翠娥」句自注云：「容、滿、蟬、態等十妓從遊也。」

【校】

〔看取〕此下那波本無注。

〔成土〕此下那波本無注。注中「相繼」，宋本、汪本俱作「相次」。

〔起舞〕此下那波本無注。

自詠五首

朝亦隨羣動，暮亦隨羣動。榮華瞬息間，求得將何用？形骸與冠蓋，假合相戲弄。何異睡著人，不知夢是夢？一家五十口，一郡十萬户。出爲差科頭，入爲衣食主。水旱合心憂，飢寒須手撫。何異食蓼蟲，不知苦是苦？公私頗多事，衰憊殊少歡。迎送賓客懶，鞭笞黎庶難。老耳倦聲樂，病口厭杯盤。既無可戀者，何以不休官？一日復一日，自問何留滯？爲貪逐日俸，擬作歸田計。亦須隨豐約，可得無限劑？若待足始休，休官在何歲！官舍非我廬，官園非我樹。洛中有小宅，渭上有別墅。既無婚嫁累，幸有歸休處。歸去誠已遲，猶勝不歸去。

【箋】

作於寶曆二年（八二六），五十五歲，蘇州，蘇州刺史。見汪譜。

【校】

〔題〕二、三、四、五首前，宋本俱有「又」字，那波本俱有「又一首」三字。

和微之聽妻彈别鶴操因爲解釋其義依韻加四句

義重莫若妻，生離不如死。誓將死同穴，其奈生無子！商陵迫禮教，婦出不能止。舅姑明旦辭，夫妻中夜起。起聞雙鶴别，若與人相似。聽其悲唳聲，亦如不得已。青田八九月，遼城一萬里。徘徊去住雲，嗚咽東西水。寫之在琴曲，聽者酸心髓。況當秋月彈，先入憂人耳。怨抑掩朱絃，沉吟停玉指。一聞無兒歎，相念兩如此。無兒雖薄命，有妻偕老矣。幸免生别離，猶勝商陵氏。

【箋】

作於寶曆元年（八二五），五十四歲，蘇州，蘇州刺史。元集卷二一有聽妻彈别鶴操詩云：「别鶴聲聲怨夜絃，聞君此奏欲潸然。商瞿五十知無子，便付琴書與仲宣。」與白氏此詩五言十四韻不同，當另有一首五言十二韻詩。

【校】

〔迫禮教〕「迫」，馬本、全詩俱作「追」，據宋本、那波本、汪本、盧校改。全詩注云：「一作『迫』。」

題故元少尹集後二首

黄壤詎知我？白頭徒憶君。唯將老年淚，一灑故人文！

遺文三十軸，軸軸金玉聲。龍門原上土，埋骨不埋名。

【箋】

作於寶曆元年（八二五），五十四歲，蘇州，蘇州刺史。

〔元少尹〕元宗簡。見卷十九和元少尹新授官詩箋。並參見卷十九朝迴和元少尹絶句、重和元少尹、新秋早起有懷元少尹等詩。白氏故京兆元尹文集序（卷六八）云：「著格詩一百八十五，律詩五百九，賦、述、銘、記、書、碣、讚、序七十五，總七百六十九章，合三十卷。」城按：白氏晚歸有感詩（卷十一）自注云：「元八少尹今春櫻桃花時長逝。」又元家花詩（卷十九）云：「失却東園主，春風可得知？」櫻桃花開在春夏之際，元宗簡當卒於長慶二年三月末四月初。

和微之四月一日作

四月一日天，花稀葉陰薄。泥新燕影忙，蜜熟蜂聲樂。麥風低冉冉，稻水平漠漠。芳節或蹉跎，遊心稍牢落。春華信爲美，夏景亦未惡。颭浪嫩青荷，熏欄晚紅藥。吴宫好風月，越郡多樓閣。兩地誠可憐，其奈久離索！

【箋】

作於寶曆二年（八二六），五十五歲，蘇州，蘇州刺史。

吴中好風景二首

吴中好風景，八月如三月。水荇葉仍香，木蓮花未歇。海天微雨散，江郭纖埃滅。暑退衣服乾，潮生船舫活。兩衙漸多暇，亭午初無熱。騎吏語使君，正是遊時節。

吴中好風景，風景無朝暮。曉色萬家烟，秋聲八月樹。舟移管絃動，橋擁旌旗駐。改號齊雲樓，重開武丘路。況當豐熟歲，好是歡遊處。州民勸使君，且莫抛官去。

【箋】

作於寶曆二年（八二六），五十五歲，蘇州，蘇州刺史。

〔八月如三月〕何義門云：「『八月如三月』可作詩題。」

〔潮生船舫活〕胡震亨唐音癸籤卷十九引閲耕餘録云：「白太傅詩：『暑退衣服乾，潮生船舫活。』吴中以水長船動爲船活。採入詩中，便成佳句。」

〔齊雲樓〕見卷二四齊雲樓晚望偶題十韻兼呈馮侍御周殷二協律詩箋。

〔武丘路〕虎丘寺路。見卷二四武丘寺路宴留别諸妓詩箋。

【校】

〔題〕第二首前宋本有「二」字，那波本有「又一首」三字。

〔潮生〕「潮」，那波本訛作「湖」。

〔無朝暮〕「無」，那波本作「舊」，非。

〔豐熟歲〕「熟歲」，馬本、汪本、全詩俱倒作「歲熟」，據宋本、那波本乙轉。何校：「『豐熟歲』從黄校。」

白太守行

劉禹錫

聞有白太守，抛官歸舊谿。蘇州十萬户，盡作嬰兒啼。太守駐行舟，閶門草萋萋。揮袂謝啼者，依然兩眉低。朱户非不崇，我心如重狴。華池非不清，意在寥廓棲。夸者竊所怪，賢者默思齊。我爲太守行，題在隱起珪。

【箋】作於寶曆二年（八二六）。城按：此詩見於劉集外一，汪本編在後集卷一，附於白詩之後。

【校】〔題〕盧校：「白太守行，宋本劉詩在答詩前，亦頂格。」城按：那波本同宋本，馬本同汪本。據宋本、那波本改。

〔舊谿〕「舊」，那波本訛作「無」。

答劉禹錫白太守行

吏滿六百石，昔賢輒去之。秩登二千石，今我方罷歸。我秩訝已多，我歸慚已遲。猶勝塵土下，終老無休期。卧乞百日告，起吟五篇詩。謂將罷官，自詠五首。朝與府吏別，暮與州民辭。去年到郡時，麥穗黄離離。今年去郡日，稻花白霏霏。爲郡已周歲，半歲罹旱飢。襦袴無一片，甘棠無一枝。何乃老與幼，泣别盡霑衣！下慚蘇人淚，上愧劉君辭。

【箋】作於寶曆二年（八二六），五十五歲，蘇州，蘇州刺史。見汪譜。城按：白氏在蘇州所作之華巖經社石記題云「寶曆二年九月二十五日前蘇州刺史白居易記」，則知其九月二十五日前仍未離蘇州。此詩云：「今年去郡日，稻花白霏霏。」所指當是晚稻之花。東南諸省晚稻熟於立冬前後，據此，居易離蘇時必在十月初旬。又按：白氏又有寶曆二年八月三十日夜夢後作詩云：「塵纓忽解試堪喜，世網重來未可知。莫忘全吴館中夢，嶺南泥雨步行時。」八月底、九月初蓋即居易罷蘇州刺史任之日，去「稻花白霏霏」之時僅月餘。然居易刺蘇甫一年，非報滿之時，何至請百日長告而亟亟去官？蓋寶曆元年乃李逢吉用事之時，而二年則裴度復入知政事，故由度之援手，去官還京，相繼有秘書監、刑部侍郎之授。禹錫白太守行謂「棄官歸舊谿」，恐尚未深悉居易内中隱情。

【校】

〔題〕盧校：「宋本題只一『答』字，在劉詩後。」城按：那波本同宋本。馬本、汪本、全詩俱作「答劉禹錫白太守行」。

〔五篇詩〕此下那波本無注。

別蘇州

浩浩姑蘇民，鬱鬱長洲城。來慚荷寵命，去愧無能名。青紫行將吏，班白列黎甿。一時臨水拜，十里隨舟行。餞筵猶未收，征棹不可停。稍隔烟樹色，尚聞絲竹聲。悵望武丘路，沉吟滸水亭。還鄉信有興，去郡能無情？

【箋】

作於寶曆二年（八二六），五十五歲，蘇州，蘇州刺史。

〔長洲〕指蘇州。城按：唐長洲縣屬蘇州，萬歲通天元年，分吴縣置。見舊書地理志。又城西南舊有長洲苑，爲闔閭所遊獵處，故名。見吴郡志卷八。

〔武丘路〕虎丘寺路。見卷二四武丘寺路宴留别諸妓詩箋。

〔滸水〕即滸浦。清統志蘇州府一：「許浦在常熟縣北七十里。……縣志：自縣東瀼東行三十五里爲梅里塘。又東北行三十五里爲許浦，入江。亦作滸浦。」

卯時酒

佛法讚醍醐，仙方誇沆瀣。未如卯時酒，神速功力倍。一杯置掌上，三嚥入腹内。煦若春貫腸，暄如日炙背。豈獨支體暢，仍加志氣大。當時遺形骸，竟日忘冠帶。似遊華胥國，疑反混元代。一性既完全，萬機皆破碎。半醒思往來，往來吁可怪。寵辱憂喜間，惶惶二十載。前年辭紫闥，今歲抛皂蓋。去矣魚返泉，超然蟬離蛻。是非莫分別，行止無疑礙。浩氣貯胸中，青雲委身外。捫心私自語，自語誰能會？五十年來心，未如今日泰。況茲盃中物，行坐長相對。

【箋】

作於寶曆二年（八二六），五十五歲，蘇州，蘇州刺史。

【校】

〔沆瀣〕「沆」下馬本注云：「何黨切。」「瀣」下注云：「奚介切。」

自問行何遲

前月發京口，今辰次淮涯。二旬四百里，自問行何遲？還鄉無他計，罷郡有餘資。進不慕富貴，退未憂寒飢。以此易過日，騰騰何所爲？逢山輒倚棹，遇寺多題詩。酒醒夜深後，睡足日高時。眼底一無事，心中百不知。想到京國日，懶放亦如斯。何必冒風水，促促赴程歸？

【箋】

作於寶曆二年（八二六），五十五歲，蘇州至洛陽途中。見陳譜。城按：居易及劉禹錫於是年十二月間行抵楚州，故詩云：「前月發京口，今辰次淮涯。」

【校】

〔赴程〕「赴」，宋本、那波本俱作「趁」。

除日答夢得同發楚州

共作千里伴，俱爲一郡迴。歲陰中路盡，鄉思先春來。山雪晚猶在，淮冰晴欲開。歸歟吟可作，休戀主人杯。

【箋】

作於寶曆二年（八二六），五十五歲，蘇州至洛陽途中。見陳譜。劉集外一有歲杪將發楚州呈樂天詩。城按：據本卷白氏自問行何遲詩，居易是年十二月抵楚州。又據此詩，知遲至除夕始離去，蓋由於刺史郭行餘之挽留。

〔夢得〕劉禹錫。彭城人（城按：彭城乃劉禹錫之郡望，據今人考證，應爲洛陽人），貞元九年進士。順宗即位，王叔文用事，引禹錫及柳宗元入禁中，所言必從。擢屯田員外郎、判度支鹽鐵案。叔文敗，貶連州刺史。未至，斥朗州司馬。元和十年，召還，作遊玄都觀詠看花君子，語涉譏刺，執政不悦，復出爲播州刺史。旋改授連州。寶曆二年，自和州刺史徵還（城按：舊書卷一六〇本傳謂大和二年自和州刺史徵還，誤），拜主客郎中分司東都。大和五年十月，出爲蘇州刺史。八年七月，轉汝州刺史。開成元年秋，自汝州刺史授太子賓客分司東都。會昌二年七月，卒，年七十一。贈户部尚書。禹錫晚年與白居易友善，詩筆文章，時無出其右者，號稱劉、白。見舊書卷一六〇、新書卷一六八本傳、舊書卷十五憲宗紀、舊書卷十七文宗紀、劉集外九子劉子自傳、卞孝萱劉禹錫年譜。按：陳譜寶曆二年云：「夢得時在和州，歲暮罷歸洛，與公相遇揚、楚間。」考劉、白貞元末同在京，曾否過從，集中無明文可據。劉集外一有翰林白二十二學士見寄詩一百篇因以答貺詩，知居易爲翰林學士時曾有寄劉之詩，今長慶集無，或係編集時所遺。據元稹留呈夢得子厚致用詩（原注：題藍橋驛），則禹錫元和十年春自朗州召還長安時，必有與元稹、白居易見面之可能。考劉集外一有酬樂天揚州初逢席上見贈詩，外四有樂天是月長齋鄙夫此時愁卧里閭非遠雲霧難披因以寄懷遂爲聯句所期解悶焉敢驚禪詩云：「憶罷吴門守，相逢楚水潯。」但白居易又有初見劉二十八郎中有感詩，作于大和五年冬，見那波道圓本白集卷五七，編在醉贈劉二十八使君詩之後，題中亦稱爲「初見」，可知「初逢」、「初見」俱爲久别初逢之意，並非專指初次見面。或二人自貞元末、元和初已相識，而至寶曆二年冬始在揚州重逢也。凡此均卞譜所未詳，附考於此。

問楊瓊

古人唱歌兼唱情，今人唱歌唯唱聲。欲説向君君不會，試將此語問楊瓊。

【箋】

作於寶曆二年（八二六），五十五歲，蘇州，蘇州刺史。城按：汪立名云：「立名按：元微之和樂天示楊瓊詩注：楊瓊本名播，少爲江陵酒妓，去年姑蘇遇瓊叙舊，及今見樂天此篇。然則此詩亦蘇州作也。」

〔楊瓊〕蘇州歌妓。見卷十九寄李蘇州兼示楊瓊詩箋。

〔古人唱歌兼唱情二句〕任半塘唐戲弄五伎藝云：「『今人唱歌僅唱聲，古人唱歌兼唱情』，乃白氏不滿當時歌女伎藝之不高者。……顧歌中之情從何而來？昔人以爲來自宫調，如謂『南吕宫唱感歎傷悲，商調唱悽愴悲慕』等；實則宫調之情猶俟人事之配合與寄託，故惟有舞臺上之演唱，情緣事發，而唱由情生者，功効最著耳！」城按：任氏引白詩二句誤倒。並參見卷十八竹枝詞詩箋。

有感三首

鬢髮已班白，衣綬方朱紫。窮賤當壯年，富榮臨暮齒。車輿紅塵合，第宅青煙起。彼來此須去，品物之常理。第宅非吾廬，逆旅暫留止。子孫非我有，委蜕而已矣。有如蠶造繭，又似花生子。子結花暗凋，繭成蠶老死。悲哉可奈何，舉世皆如此！

莫養瘦馬駒，莫教小妓女。後事在目前，不信君看取。馬肥快行走，妓長能歌舞。三年五歲間，已聞換一主。借問新舊主：誰樂誰辛苦？請君大帶上，把筆書此語。

往事勿追思，追思多悲愴。來事勿相迎，相迎亦惆悵。不如兀然坐，不如塌然卧。食來即開口，睡來即合眼。二事最關身，安寢加餐飯。忘懷任行止，委命隨修短。更若有興來，狂歌酒一盞。

【箋】

約作於寶曆二年（八二六）至大和元年（八二七），蘇州至洛陽途中。

〔衣綬方朱紫〕見卷二輕肥詩箋。

〔莫養瘦馬駒二句〕何義門云：「諺有養瘦馬之語似出於此。新城亦云。」城按：陔餘叢考卷三八：「揚州人養處女賣人作妾，俗謂之養瘦馬，其義不詳。白香山詩云：『不養瘦馬駒，莫教小妓女。後事在目前，不信君看取。馬肥快行走，妓長能歌舞。三年五年間，已聞換一主。』宋漫堂引之，以爲養瘦馬之説本此。」茶餘客話卷二〇：「樂天詩：『莫養瘦馬駒，莫教小妓女。』蓋興體也。今揚州買小女子者爲養瘦馬。」城按：又見筠廊偶筆。

【校】

〔題〕第二、三首前，宋本俱有「又」字，那波本俱有「又一首」三字。

〔鬢髮〕「髮」，宋本、那波本、汪本、盧校俱作「毛」，全詩注云：「一作『毛』。」

〔亦惆悵〕「亦」，馬本、全詩俱作「已」，非。據宋本、那波本、汪本、盧校改正。

〔任行止〕「任」，馬本訛作「即」，據宋本、那波本、汪本、全詩、盧校改正。

宿滎陽

生長在滎陽，少小辭鄉曲。迢迢四十載，復向滎陽宿。去時十一二，今年五十六。追思兒戲時，宛然猶在目。舊居失處所，故里無宗族。豈唯變市朝？兼亦遷陵谷。獨有溱洧水，無情依舊緑。

【箋】

作於大和元年（八二七），五十六歲，蘇州至洛陽途中。

〔滎陽〕元和郡縣志卷八鄭州：「晉武帝分河南置滎陽郡。……周改爲滎州。……開皇三年改滎州爲鄭州。」舊書地理志：「鄭州，隋滎陽郡，武德四年平王世充，置鄭州於武牢。」

〔生長在滎陽二句〕白居易醉吟先生墓誌銘并序（卷七一）云：「大曆六年正月二十日生於鄭

州新鄭縣東郭宅。」陳譜大和元年丁未：「公生於新鄭，自蘇還道過之。」乾隆新鄭縣志卷四風土志鄉土：「東郭里：白香山年譜：代宗大曆七年壬子正月二十日，公始生於鄭州新鄭縣東郭宅。」按：在今縣西十五里。」城按：詩中之滎陽指鄭州新鄭縣。

〔溱洧水〕元和郡縣志卷八：「溱水源出（新鄭）縣西北三十里平地。」又云：「洧水，（新鄭）縣西北二十里。」明統志卷二六開封府上：「溱水源出密縣，一名澮水，東北至新鄭縣與洧水合。」又云：「洧水源出密縣，東至新鄭縣，會溱水爲雙洎河，至西華縣入黄河。」

【校】

〔少小〕宋本作「少少」。

〔復向〕「向」，宋本、那波本、汪本俱作「到」。

〔猶在目〕「猶」，馬本作「如」，據宋本、那波本、汪本、全詩、盧校改正。

〔依舊緑〕「緑」，宋本、那波本俱作「渌」。

經溱洧

落日駐行騎，沉吟懷古情。鄭風變已盡，溱洧至今清。不見士與女，亦無芍藥名。

【箋】

作於大和元年（八二七），五十六歲，蘇州至洛陽途中。

〔溱洧〕溱水及洧水。見前宿滎陽詩箋。

〔鄭風變已盡四句〕詩鄭風溱洧：「溱與洧方渙渙兮，士與女方秉蕳兮，女曰觀乎！士曰既且。且往觀乎，洧之外，洵訏且樂。維士與女，伊其將謔，贈之以勺藥。」太平寰宇記卷九鄭州：「溱水在（新鄭）縣北，洧水在（新鄭）縣南。……又按韓詩外傳，鄭國俗以二月桃花水下時會于溱、洧之上，以自祓除也。故詩謂『溱與洧方煥煥兮』。」

【校】

〔行騎〕「行」，馬本作「吟」，非。據宋本、那波本、汪本、全詩、盧校改正。

〔沉吟〕何校云：「『沉』，黄校作『況』。」非。

就花枝

就花枝，移酒海，今朝不醉明朝悔。且算歡娱逐日來，任他容鬢隨年改。醉翻衫袖抛小令，笑擲骰盤呼大采。自量氣力與心情，三、五年間猶得在。

【箋】作於大和元年（八二七），五十六歲，洛陽。

喜雨

圃旱憂葵堇，農旱憂禾菽。人各有所私，我旱憂松竹。松乾竹焦死，眷眷在心目。灑葉溉其根，汲水勞僮僕。油雲忽東起，涼雨淒相續。似面洗垢塵，如頭得膏沐。千柯習習潤，萬葉欣欣緑。十日澆灌功，不如一霢霂。方知宰生靈，何異活草木？所以聖與賢，同心調玉燭。

【箋】作於大和元年（八二七），五十六歲，洛陽。唐宋詩醇卷二四：「『千日澆灌功，不如一霢霂』，口頭尋常語，却是至理。喜字意纔寫得盡。末四句推廣言之，小中見大，蓋濟人利物之心，無時或忘也。」

【校】

〔十日〕「十」，馬本、全詩俱作「千」，非。據宋本、那波本、汪本、盧校改正。

〔霢霂〕馬本「霢」下注云：「莫白切。」「霂」下注云：「莫卜切。」

題道宗上人十韻 并序

普濟寺律大德宗上人法堂中，有故相國鄭司徒、歸尚書、陸刑部、元少尹及今吏部鄭相、中書韋相、錢左丞詩，覽其題皆與上人唱酬，閲其人皆朝賢，省其文皆義語，予始知上人之文爲義作，爲法作，爲方便智作，爲解脱性作，不爲詩而作也。知上人者云爾，恐不知上人者，謂爲護國、法振、靈一、皎然之徒與？故予題二十句以解之。

如來説偈讚，菩薩著論議。是故宗律師，以詩爲佛事。一音無差别，四句有詮次。欲使第一流，皆知不二義。精潔霑戒體，閑澹藏禪味。從容恣語言，縹緲離文字。旁延邦國彦，上達王公貴。先以詩句牽，後令入佛智。人多愛師句，我獨知師意。不似休上人，空多碧雲思。

【箋】

作於大和元年（八二七）至大和二年（八二八），長安。

〔普濟寺〕在長安朱雀門街之東第五街曲江之南。長安志卷九：「貞元普濟寺，貞元十三年勅曲江南彌勒閣賜名。」

〔故相國鄭司徒〕鄭餘慶。字居業。貞元十四年拜中書侍郎、平章事。穆宗登極，以師傅之舊，進位檢校司徒。元和十五年十一月卒。見舊書卷一五八、新書卷一六五本傳。

〔歸尚書〕歸登。憲宗時自左散騎常侍轉兵部侍郎，遷工部尚書。元和十五年卒。見舊書卷一四九、新書卷一六四本傳。

〔陸刑部〕未詳。

〔元少尹〕元宗簡。見卷十九和元少尹新授官詩箋。

〔吏部鄭相〕鄭絪。永貞元年十二月壬戌拜中書侍郎、同中書門下平章事。大和二年入爲御史大夫、檢校左僕射、兼太子少保。見舊書卷一五九本傳、新書卷六二宰相表中。

〔中書韋相〕韋處厚。寶曆二年十二月，文宗即位，拜韋處厚爲中書侍郎、同中書門下平章事。見舊書卷十七上文宗紀。又白氏祭中書韋相公文（卷六九）云：「長慶初，俱爲中書舍人，日尋詣普濟寺宗律師所，同受八戒，各持十齋，繇是香火因緣，漸相親近。」

〔錢左丞〕錢徽。舊書卷十七上文宗紀：「（大和元年二月）丙辰，以華州刺史錢徽爲尚書右丞。」城按：舊書卷一六八錢徽傳云：「文宗即位，徽拜尚書左丞。大和元年十二月復授華州刺史。」新書卷一七七錢徽傳亦云：「文宗立，召拜尚書左丞。」白氏又有華城西北雉堞最高崔相公首創樓臺錢左丞繼種花果合爲勝境題在雅篇歲暮獨遊悵然成詠（卷二五）、喜錢左丞再除華州以詩仲賀（卷二五）二詩，均謂徽除「尚書左丞」，則舊紀謂除「右丞」，蓋係「左丞」之譌文。

〔護國法振〕唐才子傳卷三道人靈一條云：「其或雖以多而寡稱，或著少而增價者，如惟審、護國、文益、可止、清江、法照、廣宣、無本、修睦、無悶、太易、景雲、法振、栖白、隱巒、處默、卿雲、棲一、淡交、良乂、若虚、雲表、曇域、子蘭、僧鸞、懷素、惠標、可朋、懷浦、暮幽、善生、亞齊、尚顔、栖蟾、理瑩、歸仁、玄寶、惠侃、法宣、文秀、僧泚、清尚、智暹、滄浩，不特等四十五人，名既隱僻，事且微冥，今不復喋喋云爾。」全唐詩卷八一一小傳云：「護國，江南人，有聲大曆間。詩十二首。」又云：「法振，大曆、貞元間以詩名。詩十六首。」

〔靈一〕贊寧宋高僧傳：「釋靈一，姓吴氏，廣陵人也。……以寶應元年冬十月十六日寂滅於杭州龍興寺。……與天台道士潘志清、襄陽朱放、南陽張繼、安定皇甫曾、范陽張南史、吴郡陸迅、東海徐凝、景陵陸鴻漸爲塵外之友，講德味道，朗詠終日。……詩行於世，有選其尤者，入間氣集焉。」嘉泰會稽志卷十五：「雲門靈一律師，持律甚嚴，以清高爲世所推。姚合贈以詩曰：『童子病來煙火絶，清泉還齒過齋時。』亦能詩，劉長卿、嚴維、郎士元、皇甫冉皆以詩與之往來。」劉禹錫澈上人文集紀：「世之言詩僧，多出江左。靈一導其源，護國襲之；清江揚其波，法振沿之。如么絃孤韻，瞥入人耳，非大樂之音。獨吴興晝公能備衆體。晝公後，澈公承之。」

〔皎然〕宋高僧傳卷二九：「釋皎然，名晝，姓謝氏，長城人。康樂侯十世孫也。……登戒於靈隱戒壇。……特所留心於篇什中，吟詠情性，所謂造其微矣。文章儁麗，當時號爲佛門偉器哉！……以貞元年終山寺。有集十卷。于顒（城按：當作頔）序集。」唐才子傳卷四：「皎然，字清晝，吴興人。俗姓謝，宋靈運之十世孫也。初入道，肄業杼山，與靈徹、陸羽同居妙喜寺。羽於寺傍創亭，以癸丑歲、癸卯朔、癸亥日落成，湖州刺史顔真卿名以『三癸』，皎然賦詩，時稱『三絶』。真卿嘗於郡齋集文士撰韻海敬源，預其論著，至是聲價藉甚。貞元中，集賢御書院取高僧集上人文十卷藏之，刺史于頔爲之序。李端在匡嶽，依止稱門生。一時名公俱相友善，題云『晝上人』是也。」

【校】

〔論議〕「議」，何校作「義」。

寄皇甫賓客

名利既兩忘，形體方自遂。卧掩羅雀門，無人驚我睡。睡足抖擻衣，閑步中庭地。食飽摩挲腹，心頭無一事。除却玄晏翁，何人知此味？

【箋】

作於大和元年（八二七）至大和二年（八二八），長安。

〔皇甫賓客〕皇甫鏞。皇甫鎛之兄。大和中爲太子賓客。開成元年以太子少保分司卒。見白氏唐銀青光禄大夫太子少保安定皇甫公墓誌銘（卷七〇）及舊書卷一三五、新書卷一六七本傳。城按：舊、新書本傳均謂鏞係鎛之弟，非是。白氏皇甫公墓誌云：「當憲宗朝，公之仲弟居相位，操利權也。從而附離者有之，公獨超然，雖貴介之勢不能及。及仲之失寵得罪也，從而緣坐者有之，公獨皦然，雖骨肉之親不能累，識者心服，號爲偉人。」應以白氏之文爲正。又白氏有酬皇甫賓客（卷二五）、贈皇甫賓客（卷二七）、酬皇甫賓客（卷二八）、拜表早出贈皇甫賓客（卷七二補遺上）等詩，均係酬鏞之作。

【校】

〔抖擻〕「擻」，宋本、那波本俱作「藪」。城按：「抖擻」亦作「抖藪」。

寄庾侍郎

一雙華亭鶴，數片太湖石。巉巉蒼玉峯，矯矯青雲翮。是時歲云暮，淡薄烟景夕。庭霜封石稜，池雪印鶴跡。幽致竟誰别？閑静聊自適。懷哉庾順之，好是今宵客。

【箋】

作於大和元年（八二七），五十六歲，洛陽，秘書監。

〔庾侍郎〕庾敬休。字順之。曾官吏部侍郎、工部侍郎。舊書卷一八七下、新書卷一六一俱有傳。據舊傳，敬休大和初已官工部侍郎。並參見卷十夢與李七庾三十二同訪元九詩箋。

寄崔少監

微微西風生，稍稍東方明。入秋神骨爽，琴曉絲桐清。彈爲古宫調，玉水寒泠泠。自覺絃指下，不是尋常聲。須臾羣動息，掩琴坐空庭。直至日出後，猶得心和平。惜哉意未已，不使崔君聽。

【箋】作於大和元年（八二七）至大和二年（八二八），秘書監。

〔崔少監〕崔玄亮。舊書卷一六五、新書卷一六四本傳均未載玄亮歷秘書少監一職，白氏唐故虢州刺史贈禮部尚書崔公墓誌銘（卷七〇）云：「俄改湖州刺史，政如密、歙。……入爲秘書少監，改曹州刺史，兼御史中丞，謝病不就，拜太常少卿，遷諫議大夫。」嘉泰吴興志卷十四：「崔玄亮，長慶三年十一月二十二日自刑部郎中拜，遷秘書少監分司東都。」城按：白氏寶曆二年秋離蘇州任時，玄亮仍在湖州，則入爲秘書少監當在大和初。又劉集卷二四有秘書崔少監見示墜馬長句因而和之詩，作於大和初，當係酬玄亮之作，可證崔、劉亦有往還也。

醉題沈子明壁

不愛君池東十叢菊，不愛君池南萬竿竹。愛君簾下唱歌人，色似芙蓉聲似玉。我有陽關君未聞，若聞亦應愁煞君。

【箋】

作於大和元年（八二七）至大和二年（八二八），長安。

【校】

〔池東〕全詩注云：「『池東』一作『家』。」

〔池南〕全詩注云：「『池南』一作『家』。」

勸酒

勸君一盃君莫辭，勸君兩盃君莫疑，勸君三盃君始知。面上今日老昨日，心中醉時勝醒時。天地迢遥自長久，白兔赤烏相趁走。身後堆金拄北斗，不如生前一樽酒。君不見，春明門外天欲明，喧喧歌哭半死生！遊人駐馬出不得，白轝素車争路行。歸去來，頭已白，典錢將用買酒喫。

【箋】

作於大和元年（八二七）至大和二年（八二八），長安。

〔春明門〕見卷六村中留李三宿詩箋。

【校】

〔題〕英華爲「勸酒二首」之二。

〔一盃〕「盃」，英華、全詩俱作「盞」。全詩注云：「一作『盃』。」下同。

〔遥自〕英華作「迢日」。全詩注云：「一作『迢日』。」「迢遥」，宋本、盧校俱作「迢迢」。

〔拄北斗〕「拄」，宋本作「柱」。英華作「到」。

〔素車〕「素」，宋本、那波本、英華、汪本俱作「紫」。

〔買酒〕「買」，英華作「沽」。

落花

留春春不住，春歸人寂寞。厭風風不定，風起花蕭索。既興風前歎，重命花下酌。勸君嘗緑醅，教人拾紅蕚。桃飄火燄燄，梨墮雪漠漠。獨有病眼花，春風吹不落。

【箋】約作於大和三年（八二九）至大和五年（八三一），洛陽。

對鏡吟

白頭老人照鏡時，掩鏡沉吟吟舊詩。二十年前一莖白，如今變作滿頭絲。余二十年前嘗有詩云：「白髮生一莖，朝來明鏡裏。勿言一莖少，滿頭從此始。」今則滿頭矣。吟罷迴頭索盃酒，醉來屈指數親知。老於我者多窮賤，設使身存寒且飢。少於我者半爲土，墓樹已抽三五枝。我今幸得見頭白，禄俸不薄官不卑。眼前有酒心無苦，只合歡娛不合悲。

【箋】約作於大和三年（八二九）至大和五年（八三一），洛陽。

【校】〔滿頭絲〕此下那波本無注。

耳順吟寄敦詩夢得

三十四十五慾牽，七十八十百病纏。五十六十却不惡，恬淡清净心安然。已過愛貪聲利後，猶在病羸昏耄前。未無筋力尋山水，尚有心情聽管絃。閑開新酒嘗數盞，醉憶舊詩吟一篇。敦詩夢得且相勸，不用嫌他耳順年。

【箋】

作於大和五年（八三一），六十歲，洛陽，河南尹。劉集外二有和樂天耳順吟兼寄敦詩詩。

〔敦詩〕崔羣。字敦詩。大和五年拜檢校左僕射、兼吏部尚書。卒於大和六年八月。見舊書卷一五九本傳。白氏有祭崔相公文（卷七〇）、微之敦詩晦叔相次長逝巋然自傷因成二絶詩（卷三一）。

〔夢得〕劉禹錫。見本卷除日答夢得同發楚州詩。

〔不用嫌他耳順年〕崔羣、劉禹錫與白居易同歲生，大和五年均年六十歲，故云。

別氊帳火爐

憶昨臘月天，北風三尺雪。年老不禁寒，夜長安可徹？賴有青氊帳，風前自張設。復此紅火爐，雪中相暖熱。如魚入淵水，似兔藏深穴。婉軟蟄鱗蘇，温燉凍肌活。方安陰慘夕，遽變陽和節。無奈時候遷，豈是恩情絶？毳簾逐日卷，香燎隨灰滅。離恨屬三春，佳期在十月。但令此身健，不作多時别。

【箋】

作於大和五年（八三一），六十歲，洛陽，河南尹。

【校】

〔毳簾〕「簾」，馬本訛作「簾」。據宋本、那波本、汪本、全詩改正。何校：「韻無『簾』字。」

六年春贈分司東都諸公 時爲河南尹。

我爲司州牧，内愧無才術。忝擢恩已多，遭逢幸非一。偶當穀賤歲，適值民安日。郡縣獄空虚，鄉閭盜奔逸。其間最幸者，朝客多分秩。行接鵷鷺羣，坐成芝蘭室。時聯拜表騎，間動題詩筆。夜雪秉燭遊，春風攜榼出。花教鶯點撿，柳付風排比。法酒澹清漿，含桃嫋紅實。洛童調去聲金管，盧女鏗瑶瑟。黛慘歌思深，腰凝舞拍密。每因同醉樂，自覺忘衰疾。始悟肘後方，不如杯中物。生涯隨日過，世事何時畢？老子苦乖慵，希君數牽率。

【箋】作於大和六年（八三二），六十一歲，洛陽，河南尹。見汪譜。唐宋詩醇卷二四：「『偶當穀賤歲』四句，先將境内承平之況，吏治之善，將筆提寫，以下接入宴遊之樂，便自不妨。此其所可幸也。儻四境不治，而從事宴遊，是曠官也。方自媿之不暇，何以幸爲！韋應物詩云：『邑有流亡媿俸錢。』與此作兩得之矣。」

【校】〔題〕那波本以下無注。

〔司州〕「司」，宋本、馬本、汪本、全詩俱訛作「同」。那波本作「司」。何校從黄校作「司」。城按：居易大和九年始除同州刺史，不拜。何校、那波本是。據改。

〔空虚〕「虚」，馬本訛作「空」，據宋本、那波本、汪本、全詩、盧校改正。

〔朝客〕「客」，馬本作「夕」，據宋本、那波本、汪本、全詩、盧校改。全詩注云：「一作『夕』。」

〔調金管〕「調」下，馬本、那波本俱無「去聲」二字注。據宋本、汪本、全詩增。

九日代羅樊二妓招舒著作　齊梁格。

羅敷斂雙袂，樊姬獻一杯。不見舒員外，秋菊爲誰開？

【箋】

作於大和六年（八三二），六十一歲，洛陽，河南尹。

〔樊妓〕樊素。白氏不能忘情吟序（卷七一）云：「妓有樊素者，年二十餘，綽綽有歌舞態，善唱楊柳，人多以曲名名之。」

〔舒著作〕舒元輿。舊書卷一六九本傳：「（大和）五年八月改授著作郎分司東都。」又見秋日與張賓客舒著作同遊龍門醉中狂歌凡百三十八字（卷二九）、送舒著作重授省郎赴闕（卷三一）等詩。

〔齊梁格〕馮班鈍吟雜録卷五：「永明之代，王元長、沈休文、謝朓三公皆有盛名於一時，始創聲病之論，以爲前人未知，一時文體驟變，文字皆避八病。一簡之内，音韻不同；二韻之間，輕重悉異。其文二句一聯，四句一絶，聲韻相避，文字不可增減。自永明至唐初，皆齊梁體也。至沈佺期、宋之問變爲新體，聲律益嚴，謂之律詩。陳子昂學阮公爲古詩，後代文人始爲古體詩。唐詩有古律二體，始變齊梁之格矣。……故聲病之格，通言齊梁，若以詩體言，則直至唐初皆齊梁體也。白太傅尚有格詩，李義山、温飛卿皆有齊梁格詩，但律詩已盛，齊梁體遂微。後人不知，或以爲古詩。若明辨詩體，當云齊梁體創於沈、謝，南北相仍，以至唐景雲、龍紀始變爲律體，如此方明，此非滄浪所知。」城按：馮氏所釋「齊梁格」乃「體格」之義，與本卷後序中所釋汪氏格詩之解不同。陳寅恪元白詩箋證稿云：「格有二義：其一爲體格格樣之格，白氏長慶集伍壹九日代樊羅二妓招舒著作及同集陸貳洛陽春贈劉李二賓客兩詩，其下皆自注『齊梁格』，即體格之義也。」

〔舒員外〕舒元輿。元輿自刑部員外郎改授著作郎。

憶舊遊　寄劉蘇州。

憶舊遊，舊遊安在哉？舊遊之人半白首，舊遊之地多蒼苔。江南舊遊凡幾處？就中最憶吳江隈。長洲苑綠柳萬樹，齊雲樓春酒一盃。閶門曉嚴旗鼓出，皐橋夕鬧船舫迴。修娥慢臉燈下醉，急管繁絃頭上催。六七年前狂爛熳，三千里外思徘徊。李娟張態一春夢，周五殷三歸夜臺。虎丘月色爲誰好？娃宮花枝應自開。賴得劉郎解吟詠，江山氣色合歸來。娟、態，蘇州妓名。周、殷，蘇州從事。

【箋】

作於大和六年（八三二），六十一歲，洛陽，河南尹。見陳譜。劉集外二有樂天寄憶舊遊因作報白君以答詩。

〔劉蘇州〕劉禹錫。大和五年十月，自禮部郎中、集賢學士遷蘇州刺史。見白氏與劉蘇州書（卷六八）、劉禹錫蘇州舉韋中丞自代狀、蘇州刺史謝上表，並參見白氏寄劉蘇州（卷二六）、喜劉蘇州恩賜金紫遥想賀宴以詩慶之（卷三一）、劉蘇州以華亭一鶴遠寄以詩謝之（卷三一）、劉蘇州寄釀酒糯米李浙東寄楊柳枝舞衫偶因嘗酒試衫輒成長句寄謝之（卷三二）、福先寺雪中餞劉蘇州（外集卷上）等詩。

〔長洲苑〕見卷十八長洲苑詩箋。

〔齊雲樓〕見卷二四齊雲樓晚望偶題十韻兼呈馮侍御周殷二協律詩箋。

〔閶門〕蘇州西面之城門。又名破楚門。吴郡志卷三：「閶門：文選注：吴王闔閭立閶門，象天閶闔門。」

〔皋橋〕見卷二四夜歸詩箋。

〔李娟張態〕本卷霓裳羽衣歌：「李娟張態君莫嫌，亦擬隨宜且教取。」

〔周五〕周元範。見卷二〇閑夜詠懷因招周協律劉薛二秀才詩箋。

〔殷三〕殷堯藩。見卷九別楊穎士盧克柔殷堯藩詩箋。又白氏有歲日家宴戲示弟姪等兼呈張侍御二十八丈殷判官二十三兄詩（卷二四）。則「殷三」殆即「殷二十三」之省稱。

【校】

〔歸來〕此下那波本無注。

答崔賓客晦叔十二月四日見寄

來篇云：「共相呼喚醉歸來。」

今歲日餘二十六，來歲年登六十二。尚不能憂眼下身，因何更算人間事？居士忘筌默默坐，先生枕麴昏昏睡。早晚相從歸醉鄉，醉鄉去此無多地。

【箋】

作於大和六年（八三二），六十一歲，洛陽，河南尹。見陳譜。

〔崔賓客晦叔〕崔玄亮。大和五年，玄亮爲右散騎常侍（城按：舊書文宗紀作左散騎常侍），宰相宋申錫爲鄭注所搆，獄自内起，衆以爲怨。玄亮首率諫官十二人詣延英請對。文宗初欲寘申錫於法，玄亮詞不屈，文宗爲之感悟。六年，拜太子賓客分司東都。見舊書卷一六五、新書卷一六四本傳及白氏唐故虢州刺史贈禮部尚書崔公墓誌銘（卷七〇）。

勸我酒

勸我酒，我不辭。請君歌，歌莫遲。歌聲長，辭亦切，此辭聽者堪愁絶。洛陽女兒面似花，河南大尹頭如雪。

【箋】

作於大和六年（八三二），六十一歲，洛陽，河南尹。

【校】

〔女兒〕馬本倒作「兒女」，據宋本、那波本、汪本、全詩、盧校乙轉。

贈韋處士六年夏大熱旱

驕陽連毒暑，動植皆枯槁。旱日乾密雲，炎烟焦茂草。少壯猶困苦，況予病且老。既無白栴檀，何以除熱惱？華嚴經云：「以白栴檀塗身能除一切熱惱而得清涼也。」汗巾束頭鬢，羶食熏襟抱。始覺韋山人，休糧散髮好。

【箋】

〔韋處士〕韋楚。白氏薦李晏韋楚狀（卷六八）稱「伊闕山平泉處士韋楚」。又有秋遊平泉贈韋處士閑禪師詩（卷二二）。

【校】

〔既無〕「既」，馬本、全詩俱作「脱」，據宋本、那波本、汪本、盧校改。全詩注云：「一作『既』。」